U0916421

无人幸免

2074—2095

美国第二次南北战争

American War

Omar El Akkad

[加] 奥马尔·阿卡德——————著

齐彦婧——————译

北京联合出版公司
Beijing United Publishing Co.,Ltd.

献给

我的父亲

夫犯汝者，汝必犯之。

——《诗歌集成》[1]

我的产业向我岂如斑点的鸷鸟呢？鸷鸟岂在她四围攻击她呢？你们要去聚集田野的百兽，带来吞吃吧。

——《旧约·耶利米书》第 12 章第 9 节

1 《诗歌集成》(*Book of Songs*) 是一部阿拉伯古典诗歌汇集，约 10 世纪由阿拉伯学者阿布尔·法拉治·伊斯法哈尼编纂。

合众国全图，2075 年前后

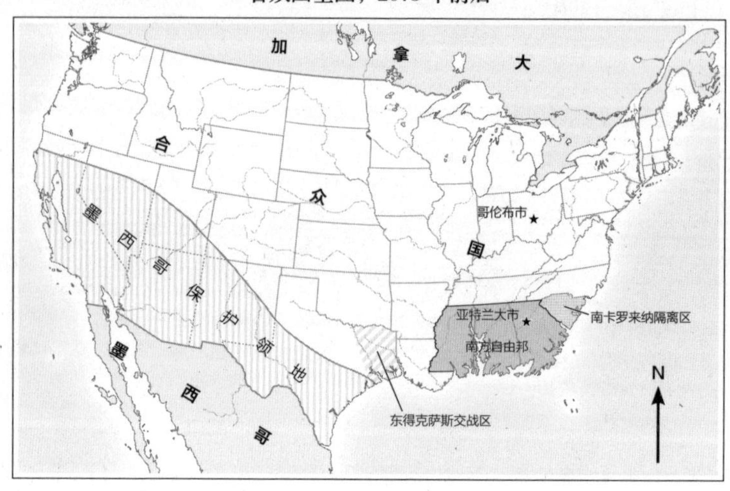

南方自由邦全图，2075 年前后

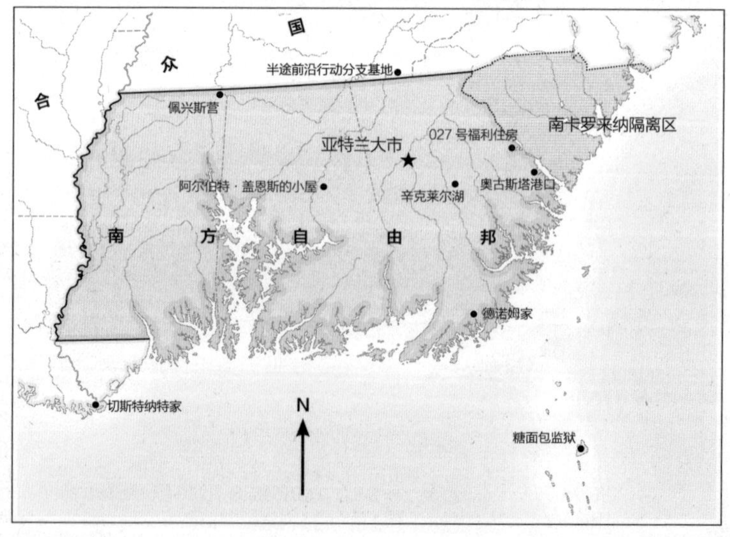

PROLOGUE 引子

小时候，我喜欢搜集明信片。在孤儿院时，我把它们装进一个鞋盒里，藏在床底下。后来，我搬进了新安克雷奇[1]后的第一个家，在我那间摇摇欲坠的工具棚里有只旧油桶，我就把这个鞋盒存放在桶底。我大半辈子都在研究战争史，搜集这世界静谧而理想化的浮光掠影，帮我找到某种平衡。

有时候，我也想把那只旧油桶扔掉算了，又怕别人——譬如大学里的某个同事——看见了，把它当作一种意气用事的政治表态，就像在曾属于红区的地方，住宅门前偶尔还会出现铜头蛇[2]旗和开膛破肚的肌肉车——都不过是些苍白无力的反叛徽章，昭示着那段被摧毁，也摧毁一切的过去。不管怎么说，我都是出身于南方的人。尽管我六岁就到了中立区，也从没与人谈起过此前的生活，但不排除我那帮同事中仍有人暗地里相信，我的血液中残留着一丝反抗军的红色。

我最喜欢的明信片，出自21世纪三四十年代，在那之后，这个世界就开始跟这个国家作对，而这个国家则开始跟自己作对。在明信片上，海岸边宽阔的沙滩尚未被高涨的海水吞噬；西南部的景致尚未化为灰烬；蓝天下的中西部平原依然辽远空旷，

1 新安克雷奇（New Anchorage），名称来源于阿拉斯加最大的城市安克雷奇。

2 铜头蛇（Copperhead），指美国南北战争时期反对战争、同情南方的北方民主党人。

尚未挤满因“内迁运动”而迁徙来的沿海流民。这些图景，记录了美国 21 世纪前期的面貌：如日中天，繁荣兴盛，对危机浑然不觉。

我还记得自己买的第一张明信片。上面有一张安克雷奇老城的照片。画面上，城市海滨覆着皑皑白雪，海面上点缀着层层浮冰，山峦背后落日低垂。

六岁时，我第一次见到了真正的阿拉斯加落日。当时，我，一个被晒伤的佐治亚男孩，一个难民，正站在走私船的甲板上。我还记得自己的睫毛上挂满了奇怪的白色碎屑，牙齿不由自主地打战——那是我生平第一次觉得冷。看到靠近山巅的天空中，高悬着一枚封冻的蛋黄，我还以为自己来到了人世的尽头，生息的尽头。

☆　☆　☆

我们这代人，被称为“不可思议的一代”：都出生在 2074 年爆发、2095 年结束的第二次美国内战期间。有人更进一步，把战后十年瘟疫期间出生的人也囊括进来。长久以来，这个国家都有一个传统，总爱用几乎将一代人赶尽杀绝的动荡来为那些人命名，对我们这代人也不例外。我们是为数不多的幸存者，逃过了人弹的愤怒和“鸟”的蹂躏，又藏在塞满食物的地窖或避风窖里，躲过了横扫内陆的“再统一瘟疫”。

我们为数不多，侥幸而已。

我的整个职业生涯，都在研究我们国家这场血腥的战争，为此我写过学术论文和杂志文章，还主持过不计其数的研讨会和工作会议。我研习过所有留存下来的文献，包括国会报告、口述历史，以及瘟疫幸存者令人心碎的证词。我还原了“再统一日”当天那一系列臭名昭著的事件——在反抗军所剩无几的旧部中，有一人潜入合众国首府，释放出一种病毒，将整个国家拖入了死亡的十年。据估计，战争期间的死亡人数达 1100 万，而战后死于瘟疫的人数几乎是这个数字的十倍。

我收到的读者来信数不胜数，他们总在一些细枝末节的史实上与我纠缠——例如某次自杀式爆炸是否真该算在反抗军头上，这场或那场屠杀是否确如南方宣传的那样恶劣，等等。我保留了成百上千封这样的信件，它们的内容看似观点迥异，但实际上都秉持同一个论调：作为一个娇生惯养的新安克雷奇北方人，一个从未亲历过厮杀的中立区精英，我根本就不懂这场战争。

但我却知道战争中许多不为人知的事——都是她告诉我的。

我因知情而卷入其中。

☆　☆　☆

如今，我已时日无多，于是，开始审视早年积攒的什物。

不久前，我找到了自己买的第一张明信片。上面那张照片的拍摄时间距今已有一百多年。画面上的一切，除了山峦与大海，其他的都已不复存在。新安克雷奇原本是铺展在山脚下的一片郊区，建筑低矮，人口富足，这些年来，它向内陆迁移了不少。我当年作为一个晕头转向的战争遗孤登陆的那个港口也经历了无数次的抬高和加固。过去码头上那些拴绳结的木桩，都换成了便于迅速移动和拆卸的组装平台。毕竟，猛烈的风暴说来就来。

有时候，我会沿着新安克雷奇的海滨漫步，一直走过码头和港口。如今，要是不租清道船的话，这就是离我最初登陆中立区的地点最近的位置了。我的医生说，经常散步对我有好处，在不引发病痛的前提下，我应该尽量多走走。我怀疑他对所有的临终病人都会说这句鸡肋的话，而这些人对“有好处”“没坏处”之类的说法早已麻木。

行将就木的感觉有些古怪。我一生都以为自己会死于非命，要么死于传入北方中立区的瘟疫，要么死于红区再度掀起的叛乱，或者因这场叛乱而发生的手足相残。然而恰恰相反，我注定要以最平淡无奇的方式死去，死于大面积的细胞失灵。我曾读到过，患上一种病程适中的癌症要算一种体面的死法了——患者既不必忍受长达数年的病痛，又有足够的时间做出必要的安排，说完该说的话。

☆ ☆ ☆

已经很多年没有下雪了，不过到了1月末，细碎的冰霜就会不时地爬上窗棂。每逢那样的日子，我总爱到海边去，看自己的气息凝结在空气中。那一刻，我感到心中了无牵挂，不再害怕。

我站在滨海板道边缘，望着海水，想着它带走的一切，还有它从我手中夺走的一切。有时，我会一连几小时盯着海面，直到夜色渐浓，直到我仿佛置身于另一个时空，回到那个满目疮痍的红色国度——我出生的地方。

这时，我就又见到了她，看着她从水面上升起。她依然是我记忆中模样，古铜色的身躯高大魁梧，背上布满了灰白的伤痕，每一道都意味着她经受的一次折磨，她遭遇的一次隐秘的暴行。她越升越高，宛如血肉筑就的磐石，在萨凡纳河洞开的肚腹中重生。而我又变回了一个孩子，尚未与父母分离，尚未失去家园，尚未遭到背叛。我又回家了，回到了河边，幸福快乐，依然爱她。

我的秘密，就是我依然爱她。

☆ ☆ ☆

这个故事讲述的，不是战争，而是毁灭。

PART 1 | 2075.04

路易斯安那州

-

圣詹姆斯县

1

那时，我还快乐。

☆ ☆ ☆

太阳穿过重云，露出脸来，执着地照耀着密西西比河。

岸边风平浪静，海水一片棕黄。宽阔的入海口覆盖了残毁的湿地，并且还在逐年拓宽，海水逐渐卷走了淤泥、沙子和土壤，旧河床沿岸的种植园、塑料厂和船排都变得摇摇欲坠。在这些建筑彻底没入水中之前，三角洲最后的居民会把上面能用的部件拆卸一空。海水吞没了陆地。在东南方向，曾享有无上荣光的新奥尔良被圈在海堤连成的高墙内，沦为一座井底之城。

一场新美利坚式的洗礼。

一个六岁的小女孩坐在自家前廊的遮雨棚下，手拿一个小熊形状的塑料蜜罐。金色的液体涌出罐顶，滴落在简陋的松木地板上。

小女孩往木板的节疤里灌了些蜂蜜，看着液体蜿蜒地变换着形状，适应着周遭的轮廓。这是她最早的记忆，仿若人生的起点。

在那些不念旧恶的时刻，我也选择记住这样一个她——一个孩子。

真希望我当时就认识她了，在她完好如初的年纪。

“萨拉·切斯特纳特，你知不知道自己在干什么啊？”说话的是小女孩的妈妈。她正站在孩子身后的集装箱门口，他们切斯特纳特一家就住在里面。“我怎么跟你说的来着？你可没资格糟蹋东西。”

“对不起，妈妈。”

“蜂蜜是你挣钱买的吗？嗯？不，我看压根儿不是。叫上你姐姐，给我吃早餐去，要不爸爸该走了。”

“好吧，妈妈。”女孩一边说，一边交出剩下的蜂蜜。她妈妈拍拍她印满鸢尾花的连衣裙，想拍掉她屁股上的土，她却猫着腰躲开了。

萨拉 · T. 切斯特纳特是她的名字，但她管自己叫萨拉特。

这个名字源于那年早些时候学校里的一个误会。新来的幼儿园老师错把这孩子的名字跟中间名连在一起，念成了萨拉特。小女孩觉得这个新名字听上去挺带劲儿的。“萨拉”结束在一个无力的开口音上，末尾那个渐弱的“啊”最终消失在空气中。而“萨拉特”却利落地闭合起来，活像个捕熊陷阱。

仅仅几个月之后，学校就停了课，战争无孔不入，大多数师生只得北上。但这个名字却保留下来。

萨拉特。

☆ ☆ ☆

切斯特纳特一家的房子位于河西，离岸边100英尺[1]。说是房子，其实不过是个从附近的造船厂淘来的集装箱，凹凸不平的。房子由几个埋在地下的楔子，也就是几块镶钢板的水泥块固定。因为终日潮湿，所以集装箱四角棕色的锈迹正在悄然扩大。

几块老式太阳能板几乎铺满了整个屋顶，只留出一个角落用

1 1英尺约等于0.3米。

来放储雨罐。太阳能板旁边有一块油布。每当风暴来临，他们就把这块油布铺展在屋顶上，四角用带钩的绳子牵住。随后他们会把雨水从太阳能板上引开导进储雨罐里，罐子满了，就导到地上或河里。这样，一家人的饮用水就有了，还能防止房子生锈或朽烂。

冬天，风暴来临时，切斯特纳特一家偶尔会在前廊躲雨。遮雨棚尽管会垂坠、漏水，却不会像集装箱那样在暴雨的抽打下噼啪作响，听上去就像卡里普索钢鼓[1]一样令人难以忍受。

到了夏天，房子会热得像个窑，这家人就在户外消磨大部分时光。这个季节十分漫长，从3月一直热到12月中旬。就是在这样的日子里，萨拉特跟她的异卵双胞胎姐姐达娜和哥哥西蒙一同度过了他们一生中最纯真快乐的童年时光。父母会远远地看着孩子们在桶里装满河水，一桶一桶地往土堤上灌，直到堤岸滑坡。孩子们还会从湿滑的泥岸上冲下河去，再顺着一条打结的绳子爬上来；下滑时，他们开心地尖叫，身体在泥土里留下深深的凹痕。他们可以这样玩上整整一下午、一晚上。

在屋后的鸡舍里，切斯特纳特家养了几只孱弱的鸡。它们聒噪，爱神经兮兮地来回奔走，棕色的羽毛脏兮兮的。只要能吃饱，又不太热，它们就会下蛋。另外，它们要是不听话或快死了，就会被提前宰杀掉，脖子钉上钉子，挂在附近一个木桩上的一圈钉子中间。

集装箱内部用隔板隔开。本杰明和马丁娜·切斯特纳特住在里间。九岁的西蒙和六岁的双胞胎一起住在中间。狭小的空间内，他们越来越难相安无事。

最外面那间屋子里有张窄小的餐桌，是用沙色的胶合板做成

1　卡里普索钢鼓是发源于加勒比地区的卡里普索音乐所特有的打击乐器，一般用55加仑大小的汽油桶制成。

的。经年累月，餐桌上留下了斑斑污迹和道道凹痕。桌旁，有个带展示柜的松木橱柜，里面放着红薯、大米、几袋薯片、甜麦片、山核桃、面粉，还有从屋旁的高粱地里收来的大颗大颗的高粱。田地的那头，就是离切斯特纳特家最近的邻居。他们还有一台迷你冰箱，总是让太阳能板不堪负荷，里面放着牛奶、黄油和一罐罐旧式可乐。

大门由一尊本杰明从小就有的雕像把守。那是一尊瓜达卢佩圣母[1]像，她双手合十，微微颔首，做出祈祷的姿态。她的脚下，放着一束结满露珠的鲜花，里面有金鸡菊和睡莲，旁边还放着一支烧熔的木兰香蜡烛。花儿凋谢、干硬之后，孩子们就被打发到田野里去采些新鲜的回来。

萨拉特蹦蹦跳跳地从雕像前经过，去找她姐姐。达娜正站在父母床上，聚精会神地打量着椭圆穿衣镜中的自己。达娜弄来一件妈妈的家居服——一件紫色的无袖宽松罩衫，虽然洗了又洗，却没怎么褪色——把自己的小小身体完全遮住了。罩衫下摆绵软无力地从床上滑落，堆在地上。她给自己涂上了妈妈的樱桃色口红——妈妈平时很少化妆，这是她那套简陋的化妆品中最珍贵的一件——还涂多了。尽管达娜小心翼翼，还是把口红涂到了她粉嘟嘟的小嘴之外，看上去就像匆匆啃了块草莓派。

“来跟我玩吧。”萨拉特说道，对姐姐的行为感到大惑不解。

达娜转向妹妹，不耐烦地说：“人家忙着呢。”

“可是我好无聊。”

“人家在扮淑女呢！”

达娜又转身对着镜子，想用手背揩掉些口红。

1 瓜达卢佩圣母（The Virgin of Guadalupe）是圣母马利亚的称号之一。

“妈妈说我们现在就得去跟爸爸吃早饭。”

“好吧，好——吧，”达娜说，“这个家里简直没一天安生。”她又瞎添了一句，这话是她偶尔从妈妈那儿听来的。

双胞胎中，萨拉特是妹妹，比姐姐晚出生五分半钟。尽管父母说她和达娜是由同样的血肉铸就的，但达娜却更像爸爸的女儿，继承了他随和的心态和真挚的笑容；而萨拉特则更像妈妈：执拗、严苛、百折不挠。姐妹俩虽然是双胞胎，却迥然不同。萨拉特常听见妈妈用“假小子”来形容她。

“上帝一下子给了我两个孩子，”她会说，“但只肯给我一个女儿。”

☆ ☆ ☆

达娜离开后，萨拉特独自在父母房间里待了几分钟。她一脸困惑地研究起那件被姐姐涂了一嘴的东西。口红丝毫激不起她的兴趣，在她看来，口红完全无法与自然界的河流、灌木、野兽和鸟儿媲美，不带任何冒险的意味。她只知道它代表了自己那个双胞胎姐姐对成人世界的向往。但萨拉特不明白的是，达娜为什么会如此迫不及待地想要加入成人的行列。

达娜从屋里出来时，还拖着妈妈的衣服。

“我不是跟你说过别动我的梳妆台吗？”马丁娜说。

“对不起，妈妈。”

“少拿‘对不起’打发我——还有，把衣服提起来，你把灰尘拖得到处都是。”马丁娜把衣服从女儿身上拽下来，“我让你妹妹去找你，结果你出来就成了这副鬼样子，她现在说不定也一样在里面瞎鼓捣呢。”

“她才不会化妆呢，”达娜说，“她长得难看。”

马丁娜跪下来，抓住女儿的肩膀，说：“永远别这么说，听见没？绝对不准说她难看，绝对不准说她任何坏话。她可是你妹妹呀，她是个漂亮姑娘。”

达娜低下头，噘起嘴。马丁娜托着她的下巴，扳起她的头。

“听着，”她说，“你进去跟她说，说她是个漂亮姑娘。”

达娜一步一顿地走了进去，看见妹妹正把妈妈的口红放回化妆盒。

“你是个漂亮姑娘。”达娜说完，一溜烟地跑出房间。

有好一会儿，萨拉特都站在原地，惊得说不出话来。

她还是个孩子，并不懂得谎言的意义，也不知道人会言不由衷。她微微一笑。

☆ ☆ ☆

屋外，马丁娜在一个笨重的柴炉上做早餐。碗盘里盛着硬饼干、高粱麦片、煎蛋，还有人工合成的胡椒培根。培根在本身渗出的油脂里被煎得脆脆的。

马丁娜双颊瘦削，眼圈发黑，39岁的年纪在脸上一览无遗——她比丈夫显老，尽管他还大她五岁，而且两人已经共同生活了半辈子。她腰胯壮硕，但并不臃肿，身上有着农村妇女那种天生的矫健，能在必要时挑起重担或长途跋涉。她丈夫是移民，小时候从墨西哥偷渡过来的，那时美墨边境的移民还是以北上为主。但她不同，她是土生土长的本地人。

“吃早饭了！”马丁娜喊道，用一块破破烂烂的洗碗布拭了拭眉头上的汗珠，“都给我过来，我不想重复第二遍。”

本杰明从屋后走出来，他刚在露天淋浴间里洗好澡，胡子刮得干干净净。

“趁人还没来，赶紧吃。”马丁娜说。

“没事的，别那么紧张，”做丈夫的答道，“他哪次不迟到？”

“你那条好领带呢？”

“我又不是去面试，不就是个工作许可吗？我只是去一趟政府办事处而已，跟上邮局没什么两样。”

“上次有人为了从邮局搞点东西而弄得你死我活才过去多久？”

院子里，本杰明坐在桌旁。他身材瘦削，面庞清癯，一对眉毛几近相连，上方是硕大的额头，太阳穴两侧略微有些脱发，更衬得他天庭饱满。他的脸随时都刮得干干净净，只留一撮浓密的小胡子，马丁娜担心这会让他显得不够体面。

他吻了吻萨拉特的额头，随后又看见满脸口红的大女儿，于是也吻了吻她。

“你的两个闺女又来了，”马丁娜说，“不守规矩，也不听话。”

本杰明先对达娜摇摇头，做出假意责难的神情，然后他俯下身去，凑近她的耳朵。

“我觉得你这样很好看。”他小声说。

“谢啦，爸爸。”达娜也小声回答。

一家人围桌而坐。马丁娜喊了西蒙一声，不一会儿，他就来到前廊附近，手里拎着一截梯子。那是刚从他们家那架十级梯子上锯下来的。

看见妈妈的脸色，这个九岁的男孩脱口而出：“是爸爸让我锯的。”

马丁娜转向丈夫，只见他正乐呵呵地嚼着培根，喝着又酸又糙的咖啡。那是配给包里的陈货，给士兵提神用的。

“别这么看着我。史密斯需要梯子，”本杰明说，“他得重修屋顶，原来的瓦都烂掉了。”

“那你就把梯子锯了给他？”

“这也挺划算的，毕竟他在办许可证那儿有熟人嘛。没有他，我们就只能一路杀过边境了。”

“他的钱都够买100万把梯子了，”马丁娜说，“我记得你说过他这回纯属帮忙。”

本杰明笑道：“靠半截梯子就能拿到北方工作许可证，够帮忙的了。”

马丁娜把剩下的一点咖啡泼在地上，说：“史密斯家要修屋顶，我们也一样得爬梯子修屋顶啊。”

“五级梯子够我们用了，”本杰明答道，“而且咱儿子现在也长高变壮了，爬得上去。”

西蒙热烈地附议，向妈妈保证，自己会像爸爸一样，定时爬上屋顶去给储雨罐加氯，清除太阳能板上的鸟粪。

一家人开始吃饭。本杰明这个天生的瘦子吃起培根和鸡蛋来简直狼吞虎咽。他儿子盯着他，仿佛要将父亲的一举一动悉数奉为自己要恪守的男子汉行为指南。很快，男孩盘子里的食物一扫而光。

双胞胎没碰塑料杯里的橙汁，还把饼干拨来拨去。等妈妈用黄油和杏肉酱浸软了面包，她们才默默地吃了起来，沉浸在各自秘而不宣的思绪里。

马丁娜望着丈夫，沉默不语。孩子们误以为这是一种严苛的神情，其实她丈夫知道，她本来就是这样一个人。

终于，她开口说：“千万别提你为南方自由邦的人做过事。”

“这又不是什么秘密，”本杰明回应道，“他们很清楚，在这一带，凡是个男人都给南方自由邦干过活儿。那又不代表我为他们打过仗。”

“不过你没必要提。你要是说了，他们肯定会在那张表上多打个钩，再把你带到单间里一通质问。最后说不定还会找个安全问题或随便什么理由拒绝给你发证。说你在制衣厂干过就行了，这也不算撒谎。”

“瞧把你担心的，”本杰明靠在椅背上，掏着牙缝里的肉说，“他们会给我们发证的。北方缺人，我们缺工作。”

西蒙插嘴道：“我们为什么非要去北方不可呢？我们在那儿谁也不认识。”

“那儿有工作，”他母亲回答，“还有学校。你不是总嫌没玩具、没朋友、什么都缺吗？这不，那儿什么都不缺。”

“康纳说叛徒才会去北方，他们都该被吊死。”

萨拉特专注地听着，暗暗记下这个生词：叛徒。听上去很有异国情调，兴许是某个外国部落的名字。

“你怎么说话呢？”马丁娜说，“你相信你妈，还是一个十岁的小屁孩？”

西蒙低头盯着自己的盘子，嘟囔道：“是康纳他爸告诉他的。”

吃完饭，他们回到前廊。马丁娜坐在台阶上，用一块湿洗碗布擦去女儿脸上的口红。女孩一边挣扎一边哭喊。西蒙用砂纸打磨着锯下来的梯子，想把截面打磨平。他使出了吃奶的劲儿，直到爸爸告诉他不用这么用力。

萨拉特重拾早上的实验。黏稠的蜂蜜已经凝固在节疤里了。她捅捅它，琥珀色液体稠密的质感深深吸引着她。她着迷的是，这东西怎么会如此轻易就顺应了容器的形状。她用小拇指戳破了风干的外壳，蘸了一小口来尝。她本以为蜂蜜会变成木头的味道，但它依然保持了本味。

本杰明坐在一张核桃木椅子上，椅背上的波纹装饰已经磨损剥落。他望着眼前棕黄而苍凉的河流，等着自己的保护人。

“你知道该跟他们说什么吗？”马丁娜又再次确认，“都想好没？”

“他们问什么我就答什么呗。”

“证件都备齐了吗？”

“都备齐了。”

马丁娜摇摇头，望向船来的方向：“说不定根本就没有什么许可证，他们很可能会故技重演，把我们遣送回来。他们就爱这么干，对‘密亚佐’[1]线以南的人根本不屑一顾。就跟我们不是人似的，连动物都不是，简直把我们当成异形了。他们会把你遣送回来的，我敢肯定。”

本杰明耸了耸肩：“你到底想不想让我去？”

“想啊，你知道我想。”

擦掉达娜脸上的口红之后，马丁娜又给她编起了辫子。孩子柔顺的长发缕缕垂下，色泽乌黑，不像萨拉特的头发，虽然颜色差不多，却是一团乱麻，毛糙不堪。

“姑娘们，你们知道北方最棒的是什么吗？”马丁娜问。

“是什么？”萨拉特应道。

“嗯，你们知道我们这儿晚上有时候会非常闷热，早上起来床单湿透。”

“我最烦这个了。”达娜说。

“嗯，要是你向北走到一定的地方，天气就再也不会这么热了。而且再往北，到了冬天，连雨都不会下了——天上会下起很小很小的冰疙瘩，在地上积起厚厚的一层，把路全都盖住。冷天，河也冻成坚硬的石块，人可以在上面走。”

“这真傻。”达娜说。她觉得这不过是父母精心编造的又一个

---

1 “密亚佐”（The MAG）指密西西比、亚拉巴马、佐治亚三个州。本书中，这三个州组成了“南方自由邦”的核心。

童话，什么冻硬的河啦，天上下冰啦，跟她爸爸以前讲过的那些故事没什么两样。他曾说过，从前，密西西比河岸并不像今天这样了无生气，那时它还只是一条河，河里游弋着大群大群长着胡须的鱼；而西边那片沙漠之下埋葬着古老时代的蜥蜴，它们的遗骸曾为整个世界提供能源。对这些玩意儿，达娜一概不信。

但萨拉特相信，每个字都深信不疑。

“是真的，”马丁娜说，“那里夏天凉快，冬天冷。他们管那叫温带气候。那儿也安全，小孩能在外面玩到大晚上，你们一到那儿就能交到朋友。”

西蒙无声地摇摇头。他心里清楚，妈妈虽然在对双胞胎说话，其实是说给他听的。她跟别人说话时从来都是直截了当，绝不感情用事、拐弯抹角，但在唯一的儿子面前，她始终担心自己摸不透他的心思，于是总会采取旁敲侧击的方式，通过看似无意实则显而易见的暗示来传达自己的意思。西蒙烦透了这个，他不明白她为什么不能学学爸爸有话直说。

☆ ☆ ☆

到了中午，说好来接本杰明的人还是没影儿。马丁娜立刻确信他们忘掉了她丈夫，不然也有可能是本杰明那个熟人在那艘老旧的化石燃料船上让人逮了个正着。诚然，在邻近红色反抗地区的几个州——路易斯安那、阿肯色、田纳西和北卡罗来纳连成一个茧，把红区围在中间——人们对南方自由邦的诉求抱有深切的同情。然而，尽管这几个州的居民只有凭证才能北上迁往蓝色国度真正的腹地，但它们仍是合众国的成员，因此在这些地区，使用化石燃料依然是非法的。

她有时会想，如果索性就让这几个州脱离合众国，让它们按地域、信仰、种族或意识形态去建立自己的小国家，说不定大家都会好过得多。众所周知，裂痕早已存在：西北诸州一直扬言要宣布独立，建立骄傲的和平主义国度卡斯卡迪亚[1]；而在卡斯卡迪亚以南，加利福尼亚、内华达、亚利桑那和得克萨斯西部的大片地区早已处于墨西哥的非正式管辖之下：情势与几百年前相比，正好掉了个个儿。中西部地区迎来了上百万名沿海难民，他们为了躲避上涨的海水和猛烈的风暴而迁居腹地。对这些人，土生土长的本土主义者毫不掩饰自己的敌意。而在这里，在南方，则有一整片地区宁可再次掀起战争、脱离合众国，也不愿停用那种非法燃料，尽管它已经为这个国家带来了太多的不幸。

马丁娜有时觉得，所谓合众国其实从不存在，那不过是很久以前，某些事不关己的党派或投机者在地图上凭空画下的一道界线，它把许多各不相同的小国凑在一起，组成了一个统一的国家。她想知道，就算哥伦布政府放手不管，停止虚掷金钱，不再白流鲜血，放弃统一这块分裂的大陆，事情又能坏到什么地步呢？不如就让南方人去用他们那落伍背时的燃料吧，她想，就让他们去把这贫瘠的土地榨干吧。

马丁娜望着河面，等候来船。她看见萨拉特正在水边查看那张废旧的捕虾网。那是几个月前从河里冲上来的，孩子们用这张网捞起了各种稀奇古怪的宝贝：一个铁十字架，理发师椅上的颈枕，一张塑封画，画的是某个封禁已久的麻风病村，还有一个小小的牌匾，上书“食堂内禁止渎神”。

萨拉特正瞧着一本捕捞上来的湿透的书，翻动着滴水的书页。书名是《地球的变迁》。封面上，一座巨大的蓝色冰山浮在

1　卡斯卡迪亚（Cascadia）通常全称为卡斯卡迪亚共和国，是北美洲太平洋西北地区所倡导的一个独立主权国家的拟用国名。该国设想由加拿大不列颠哥伦比亚省、美国俄勒冈州以及华盛顿州组成。

水面。她小心翼翼地把粘连的书页分开，一页页翻着。书里全是世界各地的地图，有过去的，也有现在的。现在的地图看上去跟过去的差不多，只不过陆地边缘都被裁去了一些——大批的岛屿消失不见，海岸线向内陆推移。

过去的美国在地图上显得更大些。

萨拉特看见哥哥西蒙的影子从自己身后冒了出来。“什么玩意儿？”他说，伸手就要抢书。

“不关你的事，”萨拉特说，“是我先找到的。”她把书抽了回来，猛地站起身，随时准备为它而战。

“切，”西蒙说，“我才没兴趣呢，不就是一本破书吗？”但她看见他还在向翻开的书页上张望。

“你连那是什么都不知道吧？”他问。

“是地图，”萨拉特说，“我知道地图是什么。”

西蒙指指书上一角、大陆最南端的位置，那里有几缕狭长的陆地，几乎被蓝色海水吞噬。

“笨蛋，”他说，“那是我们住的地方。”

萨拉特看看西蒙指的位置。地图看上去相当抽象，丝毫看不出家的模样。

“瞧见这些海水了吗？”西蒙说，“以前那儿全是陆地，但现在都没了。”他又指指身后的房子，“有一天这里也会全是水。我们得搬走，不然会被淹死。”

萨拉特看见哥哥脸上隐约闪过一丝窃笑，立刻知道他是想吓唬自己。她不明白他为什么老爱耍这种把戏，故意说些话，只为吓她一跳或惹她干傻事。他大她三岁，还是个男孩——完全是另一个物种。不过，她仍能从哥哥身上嗅到一丝不安，吓唬她并不是一种消磨时间的残酷伎俩，而是在借此向自己证明着什么。

她不知道是不是每个男孩都这样，把刻薄当作一种自我保护。

不过，她反正知道他在撒谎。水才不会淹到他们家呢。水也许会吞没路易斯安那的其他地方，吞没整个世界，但她家一定会安然无恙。她家将始终矗立在干燥的陆地上，因为它向来如此。

☆ ☆ ☆

临近晌午时，本杰明的熟人奥尔德·史密斯终于出现。晚了足足四个小时。他那艘胶合板小渔船劈开水面，微微起伏，外置的马达咯咯作响，吐出浓烟。这是一艘老式小艇，但仍然比摩托艇跑得快，后者那种没用的太阳能马达根本驾驭不了风浪。

拥有一件烧非法燃料的交通工具是相当具有说服力的，不仅说明此人家财万贯，还能彰显其人脉、地位。“早啊。”史密斯边说边把绳圈往码头的桩子上套，把船停到切斯特纳特的领地上。他跟本杰明一样，是个高个子，不过他总是得意扬扬地展示自己宽阔的双肩，炫耀那一头因终日暴晒而发黄的棕发。战前，他父亲曾是化石燃料汽车经销商，在新奥尔良和巴吞鲁日[1]开了十几家店。虽然生意早已败落，但他家的财富尚未耗尽，还能供史密斯在河对岸过上舒适的日子。这里的住户已所剩无几，散布在路易斯安那和密西西比南部的泽国之中，不过，凡是留下的人，都知道史密斯是个人脉通达的掮客。他不但在亚特兰大认识南方自由邦政府的人，还结交了掌管密西西比和阿肯色航线的走私贩；在合众国散乱的南方领土上，他认识形形色色的联邦官员，甚至还自称认识联邦首都哥伦布那些参议员、众议员的左膀右臂。

“早啊，”马丁娜回应道，“上来坐坐，我们有三明治，咖啡也有。”

1 巴吞鲁日（Baton Rouge）是路易斯安那州首府。

“多谢好意，不过我们已经晚了。来吧，本。那帮蓝党可不等人。”

本杰明吻别了妻子和孩子们，又回到屋里去吻了陶瓷圣母像的脚。随后，他小心翼翼地踏入河中，生怕滑腻腻的泥浆弄脏他那条好裤子。他拎着一只旧皮箱，还有那半截梯子。他的妻子站在平地边缘看着他，叮嘱道：“先把船停在南边，再走到城里去，别让政府的人看见这条船。”

史密斯哈哈大笑，发动了引擎。“你就放心吧。”他说，“下礼拜这时候，你们已经在去芝加哥的路上了。”

“反正好好的吧，”马丁娜说，“我是说，当心点。”

两个男人把小艇推下水，掉转船头，对准巴吞鲁日方向。小艇隆隆地驶入河心，在棕黄色的大河里渐行渐远，船后，两道水痕荡漾开去。

联邦教学指导大纲——历史
第八章　第二次内战
（节选）

章节概要：

第二次美国内战始于2074年，止于2095年。战争双方为合众国与各分离主义州，即密西西比、亚拉巴马、佐治亚和南卡罗来纳（以及墨西哥接管前的得克萨斯）。

战争的主要起因是，南方各州拒绝接受一项在美国境内全面禁用化石燃料的法案，即《可持续未来法案》。在一定程度上，由丹尼尔·纪总统牵头的该项法案，是一系列因素共同作用的结果，其中包括数十年来气候变暖带来的恶果，化石燃料不断下降的经济地位，以及2069年达科他州北部威利斯顿市发生的一起伤亡惨重的油罐列车脱轨事故。

战争的导火索由一连串流血事件点燃，其中包括2073年12月，分离主义人弹茱莉亚·坦普尔斯通在密西西比州杰克逊市行刺纪总统一案，以及2074年3月，南方示威者在南卡罗来纳州杰克逊堡军事基地外死于枪击的惨案。

2074年10月1日，几大分离主义州（合并为“南方自由邦”）宣告独立。这一天通常被认为是战争正式爆发的日子。战争的头五年中，联邦军队取得了一连串决定性的胜利——起初在东得克萨斯，随后在密西西比、亚拉巴马和佐治亚（即“密亚佐”）三个州的北部边境一带——从而将战事推向缓和。然而，在随后的五年时间里，反抗集团继续在外国特工及反美颠覆势力的支持下，以零散的游击作战方式实施暴力反抗活动。经过旷日持久的谈判，双方最终缔结了有利于合众国的和约。

2095 年 7 月 3 日，“再统一日庆典”在联邦首府俄亥俄州哥伦布市举行，标志着战争正式结束。庆典当日，一名分离主义恐怖分子得以越过南北边境，潜入北方领土，释放了一种生物因子，致使全国暴发疫情（即“再统一瘟疫”）。这场瘟疫致使约 1.1 亿人死亡，其影响在全国范围内持续十年之久。

该名恐怖分子至今身份不明。

2

切斯特纳特一家在前廊的栏杆上放着一只碗，里面涂了油，用来捕捉蚊虫。亮晶晶的液体引诱蚊虫落下，再把它们困住。

萨拉特站在前廊上，顶着滚烫的阳光观察挣扎的蚊子。它们全是小黑点，像葡萄一样圆鼓鼓的。她用拇指和食指捏起一只，举到眼前。它看上去不像活物，与小女孩对生命的概念相去甚远。安安静静，无声无息，一点也不像聒噪的蟋蟀和发狂的鸡。但她知道，自己手上这个玩意儿依然是有生命的。

萨拉特一捏，蚊子在压力之下炸开，在她手指上留下一个黑黑的污点。

“你干什么呢？”达娜问道。萨拉特完全没察觉姐姐已经从屋里来到了自己身边。

她吓了一跳，说：“没什么。”

达娜瞧瞧她的手指，说完一句“真恶心”便走开了。

萨拉特在自己那条粗糙的牛仔背带裤上擦擦手。这条裤子是她哥哥穿剩下的，上面的铜扣经年日久已经有些发黑。她在裤子里面什么也没穿。天气一热，她就松开背带绑在腰上，权作腰带，不过这只能坚持几分钟，裤子不一会儿就会垮下来拖到地上。

她不明白姐姐为什么不喜欢探索身边这些生机盎然的微小世界——其中饱含着那么多的奥秘，简直取之不尽，比如飞落下来困在碗里的蚊虫；比如松木地板上灌满蜂蜜的节疤；还有她父亲捉来的肉虫子，他像过去河里还有鱼群时那样，把它们穿在钩子上，教孩子们学习这个旧日的习俗。达娜觉得这些既乏味又烦人，但在萨拉特眼中，它们是鲜血，是脉搏，生命的魔力就流淌其中。

☆ ☆ ☆

马丁娜·切斯特纳特站在她家和高粱地之间的草地上晾衣服。她把湿衣服往细绳上搭，绳子一头连着前廊柱上的钩子，另一头系在一把插在地里的破海滩遮阳伞上。这柄遮阳伞跟屋顶上的油布一样，都是几年前从河里冲上来的。

马丁娜沿着绳子把衣服一件件搭好，再用夹子固定住。水顺着裤脚、衣角滴了下来，在这里，晾衣绳底下，草绿得更鲜亮了。

那些衣服全都普普通通，毫不起眼：不是白色就是米色，上面印着各式花纹。衣服全都穿了又穿，不少地方都磨得略有些透光。在反抗军控制下的“密亚佐”，不少人家为了不惹麻烦，都把牛仔服染成了红色。但在沉睡的路易斯安那沿海，人们还不必担心这些。

在1000英里[1]之外的东部沿海，每个月，来自遥远国度的物资援助船都会送来新一点的衣物：有廉价的长袍和马球衫，有运动服和棒球帽，其中不少还带着著名体育俱乐部的标志，比如开罗国民俱乐部。不过，这些衣服一般刚到佐治亚港就会被一抢而空——并且，在密西西比、亚拉巴马和佐治亚这三个分离主义州之外的地区销售、转运这些衣服，起码从理论上讲，都是非法的。当然，人们从不顾忌这项法令。不过，这些衣服最终进入路

1　1英里约等于1609米。

易斯安那、阿肯色，或抵达西面的墨西哥保护领地时，早已经过中间人的层层转手，贵得超出了大多数普通人家的承受能力。

自战争伊始，脱离联邦的几个州就始终依靠接济度日。化石燃料曾一度价格不菲，因此，在当时，路易斯安那的港口和得克萨斯的炼油厂尽管已经无法再像20世纪那样赚得盆满钵满，但尚且能够盈利。但随后，其他国家具备了更先进的技术，从太阳、风力和原子的裂变与碰撞中获取了充足的能源，于是昔日的燃料过了时，变得几乎一文不值。虽说几个反叛州宁可开战也不遵守禁令，但人们依然关停了炼油厂，遗弃了钻井。现在，在战争中处于劣势，资源也几近告罄的南方人越来越依赖那些巨轮。这些庞然大物每个月都会从世界另一端驶来，满载着衣食和其他生活必需品。

这些巨轮来自布瓦吉吉帝国，它在数十年前还只是散布在中东和北非的一连串小国，但随后合而为一，形成了一个统一的帝国，其疆域从摩洛哥州的直布罗陀海峡，一直延伸到黑海和里海之滨。

☆ ☆ ☆

暮色降临，暑热渐渐消退。埃莉萨 · 波尔克过来吃晚饭。她家也住在河边，往北1英里，过了高粱地就是，要算离切斯特纳特一家最近的邻居了。去年夏天，东得克萨斯的一场战役让她失去了丈夫和两个十来岁的儿子。她的哀悼持续好几个月，并且自那之后，她就再也没有穿过其他颜色的衣服，每天都是一身黑。于是，切斯特纳特家的孩子就在背后喊她“死亡圣神[1]”。

她48岁，看上去却足有58，因为她总是弓腰驼背，说话还带

1 死亡圣神（Santa Muerte）是墨西哥传统信仰当中的女性神祇，掌管人来世的健康和平安。

着尖厉的颤音。自从在东得克萨斯战场上失去亲人以来，她这一年都靠一支反抗军发放的遗孀抚恤金过活。此外，她还得到了其他的照顾。每隔几周，密西西比领土护卫队就会从对岸派来一艘船。船靠岸后，会下来两三个面无表情的年轻人，到她的院子里修修剪剪，替她打扫屋子，还给这个小个子寡妇送来了吃不完的食物和穿不完的衣服。波尔克把大部分多余的物资都给了切斯特纳特一家——而作为回报，切斯特纳特一家则陪伴这个孤独的女人过着炎热而望不到头的日子。这成了他们之间心照不宣的默契。

波尔克一到，就给了邻居一个结结实实的拥抱，问她有没有丈夫的消息，马丁娜说没有。

“他肯定平安无事，亲爱的，别担心了，”波尔克说，“上帝会保佑他的，这我打心眼里就知道。”

波尔克把带来的软泥派放在前廊栏杆上，绕到屋后跟西蒙打招呼。西蒙正站在半截梯子上，艰难地往屋顶上爬，却又碍于颜面不肯向妈妈求助。波尔克坐到一把山核桃木椅子上，擦掉额头上的汗珠，喊了双胞胎几声。达娜正忙着过家家，没搭理她，但萨拉特走了出来。

“哦，你好啊，亲爱的，你今天真漂亮。”波尔克说着，吻了吻萨拉特的面颊，然后像往常一样企望捋顺她那一头毛糙支棱的乱发。

“嘿，圣圣。”萨拉特说。这女人照例误以为自己是因为老给这家人送东西才得了这么个绰号[1]。

马丁娜晾好衣服后，走上前廊，挨着客人坐下。两个女人呷着甜茶，看孩子们在暮色中嬉戏。

---

1 此处萨拉特以“圣圣”（Santa）称呼波尔克，而圣诞老人（Santa Claus）与死亡圣神（Santa Muerte）都以 Santa 打头，因此波尔克误以为自己的绰号是圣诞老人。

西蒙在河边一个木桩上拴了一只简陋的筏子。筏子是用几个油桶做的，上面铺了一块胶合板，中间用打磨过的树枝搭了一个十字桅杆，桅杆上挂着一张床单，权作船帆。这面船帆毫无作用，多好的风势都推不动它。不过上面还是用黑色马克笔画了一面海盗旗，用以震慑过往的船只。起码西蒙是这么打算的。

风平浪静的时候，大人允许西蒙独自把筏子划到河心去，他会用一柄铲子做桨，拼命地划水。不过要是跟妹妹们在一起，他就得待在岸边。而且无论何时，筏子都必须拴着。

“我敢说那两个小伙子都好着呢，马丁娜，”波尔克又说，“那种政府办事处你是知道的，那儿的人搞不好跟他们说了，手续得花上一两天才能办妥。他们说不定会住上一晚，这样就不用再跑一趟了。我打赌他们这会儿正享受着呢。”

马丁娜摇摇头：“他应该会回来的。但凡有三个小时空闲，他也会回来的。”

波尔克的思绪大多数时候都停驻在过去，这会儿她呷了一口茶，又陷入了回忆：“你知道，反抗军带来亨利和孩子们的死讯时，我肯求他们把我也一起埋了。把我埋在他们身边吧，我一个人没法活下去。一个人还有什么活头？可是你知道，在他们下葬前，我见到了他们。他们被安葬在墨西哥边境上的烈士公墓里，跟别的勇士长眠在一起。他们看上去比任何时候都安详、纯净。就连弹孔也不像照片上那样，根本不是血肉模糊的一片——就只是一个个小洞。看着它们，你会想，这么小的伤口怎么会致命呢？见到他们之前，我怕极了，生怕他们会变得狰狞可怕、残缺不全。但没有，他们都没有。他们看上去平静极了。马丁娜，他们显得很幸福。”

“你不是说我丈夫会没事吗？”马丁娜说。

“当然啦，宝贝儿，他肯定会没事的。”波尔克说，她顿了顿，又柔声说了下去，“我只是想说，万一——但愿不会——万一出了什么事，万一蓝党对他做了什么，那也不是什么耻辱。他在我们记忆中将永远是一个骄傲的南方爱国者，就像我的儿子们一样。”

马丁娜把玻璃杯里的茶往地上一泼：“我们可不是什么南方爱国者，我们哪儿也不爱。我们……我们想离开这儿，到北方去。我们才不是什么爱国者，我们家也没有什么烈士。”

波尔克捏捏马丁娜的肩膀：“当然，当然啦，离开也没什么错。我知道你们是为孩子们好，北边毕竟安全嘛，这没的说，他们不该再受我们这种苦。但你们跟那帮人不是一边的。想让孩子过上安稳日子并没什么错——等他们长大了，能自己做决定了，也许还会回到自己的祖国——不过你们跟那帮人绝对不是一边的。你们骨子里还是南方人，身上流着南方人的血，这永远改变不了。”

“我们只是一家人而已，”马丁娜说着，向上游方向眺望，盯着视野最北端的那道河湾，“不是别的。”

河湾那边传来什么声音，来源不辨。不是史密斯那艘化石燃料艇的咯咯声，而是一种更平滑的划水声，来自一艘更大的船。一时间，马丁娜以为那是一艘反抗军走私船，只不过出动得比平时更早些。她大声叫孩子们回岸上来，他们听了，匆匆爬上湿滑的河岸，脚上沾满了泥。然而，船转过河湾后，探照灯却在漆黑的河水上投下了明晃晃的光圈。马丁娜知道走私船是不开灯的。来的是一艘江防舰，长20英尺，从巴吞鲁日开来。平时，这种舰艇一般用于阻遏反抗军在得克萨斯油田和墨西哥保护领地之间走私军火。它行驶缓慢，两侧船舷上的太阳能板闪闪发光，延伸到船身之外，宛如蝴蝶的双翼，十分引人注目。船体本该完全由这些太阳能板驱动，只在紧急情况下才启动备用的柴油引擎。但实际上，驾船的官员很快就厌倦了这些太阳能板，受够了它们孱弱的动力。他们一到河上，就几乎只用自己本该查禁的化石燃料。

马丁娜知道舰上的都是什么人。他们全是南方人，为密西西比河流保护机构效力，或受雇于应急安全部之类的州立政府机构。这些机构名义上属于各州，实际上却为北方的战时目的服务。这些官员被称为“蓝徽章”，按反抗军的说法，他们干这个是因为在老鸨那儿赊了账。每个月，密西西比边境上总会有一两个蓝徽章失踪。他们的尸体一般会在几天后被人发现，通常都吊在梓树弯弯曲曲的枝条上，裤兜里子被人扯了下来，塞在嘴里。这就是叛徒的下场——在脱离联邦的各州是这样，在邻近的各州也是如此。尽管这几个州的政府选择站在北方一边，但普通大众却对反抗军充满同情。

“是本杰明，”马丁娜说道，眼看着船转舵，向切斯特纳特家驶来，“他出事了。蓝徽章没事不会大晚上到这儿来的。”

“别慌，别胡思乱想。”波尔克劝道，“说不定没什么大事。”但马丁娜已经起身向河岸走去。半路上，她遇上了从河里上来的孩子们。孩子们在往前走，脑袋却转向身后，目不转睛地盯着来船。

“进屋去。”马丁娜说。女孩们乖乖照做了，但西蒙没有。

“他们来是要说什么跟爸爸有关的事，对吗？我不是小孩子了，我有权知道。”

马丁娜二话不说，一巴掌抽在儿子脸上。男孩惊得目瞪口呆，满脸通红，一句话也说不出来。深藏在他妈妈身上的那股无情的力量很长时间才会爆发一次，男孩常常忘记它的存在。

“进屋去。”马丁娜对儿子重复道。男孩震惊，泪水夺眶而出。他满腔怨愤，脸色阴沉下来，可最后还是顺从了。

船在泥泞的河边靠了岸，船上下来两个男人，穿一身乏味的褐色的制服。那身打扮有点像治安官：他们胸前都挂着一些粗糙的徽章，看上去像用塑料做的。

其中一个男人长得又高又壮，头发剃得很短，紧贴着肉粉色的头皮，马丁娜不看就知道，他的后颈上一定堆积着层层脂肪。另一个矮点的男人十分瘦削，看样子比他的搭档大十岁左右，而那位搭档本人肯定不超过21岁。矮个子男人手里拿着一个单薄的文件夹，不停地打开手电翻看里面的文件。

“你是马丁娜·切斯特纳特吗？”他终于开口问道。

“他怎么了？”马丁娜反问。

“你是本杰明·切斯特纳特的妻子吗？”

“告诉我他怎么了？”

这个官员始终盯着手上的文件夹，连眼皮也不抬一下，继续用他那漠然而单调的口气说道：“切斯特纳特女士，2075年4月1日下午1点17分，一名分离主义分子在巴吞鲁日联邦政务大厅实施了自杀式爆炸……”

后面的内容，马丁娜什么也没听见。她两眼一黑，感觉面前的人影化入了黑色的河流。她隐约觉得胃里泛起一阵恶心，强烈而灼心。波尔克再次把手搭在她肩上，这让她暂时回过神来，打断了那个男人的话。

“带我去见他，”她说，“我要见我丈夫。”

“女士……”官员正要劝说。

“我有权见我丈夫的尸体，我有这个权利。你们带我去，再把我和他一起送回来。他不能躺在某个太平间里，他得在自己的领地上入土为安。”

“女士，在应急安全部调查完毕之前，我恐怕……”

“该死的胆小鬼！”马丁娜嚷道，“你们还是爷们儿吗？他们让干什么你们就干什么吗？啊？跟狗有什么两样？但愿下回轮到你家，但愿下回轮到你家。”

“一旦调查完毕，您就可以来认领遗骸。”

“滚出我的家。”马丁娜吼道。她躬下身子，抓起泥土，朝两个官员扔去。泥巴砸在他们的制服上、靴子上，一团团湿漉漉地炸开。她再次躬下身去时，两名官员已经转身往船上走了，泥团落在他们背上。

解开船锚时，年轻的那个官员短暂地回过头来，面向马丁娜说：“节哀顺变。”

马丁娜看着那条船逆流而上，看见它在驶过月牙的倒影时，瞬间通身透亮。随后，船转过河湾，消失无踪。

她听见波尔克在说：“他去见上帝了。他跟我家那位一样，是个烈士。”

“去看看孩子们，”马丁娜说，“把他们都哄睡。我马上就来。”

“亲爱的，我不会丢下你的。”

“快去。我马上就来。”

波尔克进屋后，马丁娜又独自在泥岸边站了好一会儿。

她望着河面，漆黑的河水无穷无尽，奔流不息。她向北走，脚踩着清凉潮湿的泥土。不久，她就来到高粱丛中，庄稼秆上结满了饱满的穗，一粒粒粮食有如钢珠般结实。她来到离家很远的位置，在确信孩子们听不到之后，她双膝跪地，放声尖叫。

血脉的召唤
发自南方反抗地区的通讯报道
（节选）

梦醒时分最是煎熬。她静静地躺在床上，头脑亢奋，身体瘫软，感到无法面对新的一天。她把母亲那枚蝴蝶胸针攥在手里，上面那些褪色的绿宝石有光滑的触感。护士们允许她留着它，他们已经提前把后面的别针拆掉了。

这是在一切发生之前——在茱莉亚·坦普尔斯通成为南方反抗地区的第一位烈士、第一位杀手、南方的战争守护神之前。人们总是容易忘记：凡事都有个之前。

反抗军将她招入麾下时，她手腕上还带着新缠的绷带。他们是在法里什街上一间酒吧里找到她的，那间酒吧就在废弃的阿拉莫剧院对面，门上横着一个蓝色招牌，首尾字母都已经不见踪影。某个护士给了她一件别人不要的衣服，她当时就穿着它。她孤身一人，酒气熏天，脑部的恶疾又复发了。

他们懂得如何甄别最适合的人选。他们派人在医院里观察，寻找有自杀倾向的人；在学校里，他们寻找受人排挤的对象；在教堂里，他们则会锁定那些顽固的宗教极端分子，那些为神谕而狂热的信徒。

从这些人中，他们锻造武器。

总统到访杰克逊那天，他们开车把茱莉亚送到城市以南 10

英里处的一栋废弃的农舍里，给她穿上死亡盛装。执行任务时，她会乔装成一名孕妇。他们在她的假孕肚里装满了浓稠的农药和柴油，再撒满种子般的铁钉，他们称其为“农人工装”。一条引线横贯她的胸前，藏在袖子里，顺着左臂向下延伸，连着她手腕上的雷管。

“人们会永远记住你的，”他们对她说，“战争结束后，人们将用你的名字命名一座座城池。”

3

萨拉特伏在前廊上，等妈妈从埃莉萨·波尔克家回来。她去那里是要见个什么人。不远处，西蒙在奋力往屋顶上爬。过去三天里，他已经试过十几次了，始终无法翻上屋顶。他深知上面那些太阳能板必须隔天清洗，否则功率就会降低；而储雨罐要是不定期氯化，过不了多久就会散发出一股臭鸡蛋味。他眼看着日子一天天过去，自己却对这些事无能为力，心中懊恼不已。

他再次把梯子竖起来，靠在集装箱一侧。这里靠近露天淋浴间，地面的泥土被废水冲得发软，梯子腿微微陷了进去。

西蒙非要让妹妹们帮忙不可，于是她们一人一边扶着梯子，尽量不让它摇晃。西蒙站在最高一级梯子上，准备起跳，想把自己弹上屋顶。

“行了，”他边说边擦掉手心的汗，“准备好了吗？”

“准备好了。”萨拉特和达娜齐声答道。

西蒙手扶集装箱边缘，踮起脚扫了一眼屋顶。

“扶稳了。”他冲妹妹们喊道。

“扶着呢。”萨拉特回答。

“不行，扶好，别让它动。”

“扶好了！”

西蒙给自己鼓鼓劲。他想起爸爸从前干起这些事来是多么得心应手——尽管他夜里很晚才从制衣厂下班，手指因终日缝衣而粗糙发红，但他依旧欣然扛下了家中的琐事：给储雨罐打补丁，在风暴肆虐之后加固窗户，用老旧的手摇磨磨高粱面。他想起把粮食磨成精细的面粉时手柄吱呀作响的声音——那是劳动的声音。

西蒙在梯子顶上站稳，然后他大喊一声“一、二、三”，竭尽全力向上一蹦。他双手抓着集装箱边缘，胳膊向上一撑，在屋顶上探出半个身子。有一个瞬间，他仿佛失去了重量，整个人悬在空中。他试着向上用力，想把自己撑上去，结果却像一架失衡的跷跷板一样结结实实地摔了下来，脖子着地，跌在软和的泥土上。

双胞胎惊叫着从梯子旁弹开。萨拉特望着地上的哥哥。他与地面的剧烈碰撞溅起无数泥浆，简直把她看呆了。达娜则在尖叫，因为她的裙子哗啦一下沾满了泥点。

西蒙在原地一动不动地躺了差不多一分钟，有些痉挛。过了一会儿，他终于呻吟一声，爬了起来。

“算了，”他对妹妹们说，“都是因为你们没扶好。”

“我的天哪，等爸爸来修不就好了？”达娜说，“你把泥巴溅得到处都是。”她说完就冲进屋里换衣服去了，西蒙也跟了进去。

萨拉特留在屋外，注视着西蒙刚才落地的位置，然后跪了下来，用手在淋浴间和西蒙砸出的坑之间挖了一道小水沟。随后她打开淋浴喷头，任水哗哗地流。水慢慢地向小水沟里汇集，注入西蒙留下的小坑，形成一片男孩形状的海洋。

“快把它关了，”西蒙说，他已经换好衣服从屋里出来了，“别浪费水。”

☆　☆　☆

夜幕降临，妈妈还没回家，孩子们只好自己吃晚饭。他们吃的是三明治，就是用过期的面包夹几片罐头猪肉。肉罐头的标签上印着奇怪的文字——都是物资援助船运来的进口货，是死亡圣神送来的。这几天，他们这位邻居来得更勤了，带的礼物也更多：有更高级的食品和更好的衣服。

罐头肉嚼起来像浸湿的橡皮，有些弹牙。吃完三明治，孩子们又解决了波尔克那块软泥派的最后几块，这道甜点已经在冰箱里放了两天了，面上那层奶油芝士已干硬开裂。

萨拉特眺望着河面。这一天来，她发现自东向西渡河的船只比往常要多，而这会儿，在夜幕下的河面上，交通变得更加繁忙。她听见从上游 1 英里左右的地方传来化石燃料引擎经过消音处理的轰鸣，偶尔还能听见一些看不见的人在发号施令的声音。

“那是爸爸吗？”达娜问道。

“不，”西蒙回答，“是反抗军。”

“谁是反抗军？”

“就是一些战士，”西蒙盯着妹妹的脸，想知道她能不能理解这个词，“他们跟我们是一边的，在跟北方打仗。”

“妈妈说爸爸就在北方呢，”达娜说，“我们要上那儿去找他。”

“妈妈撒谎。”西蒙说。

达娜听了，一脸惊诧地转向妹妹：“他居然说妈妈撒谎！”然后她又对哥哥说：“我要告诉妈妈。”

“你以为爸爸会撇下我们自己去北方吗？”西蒙说，“他可什么也没带，除了几份文件，连换洗衣服都没有。肯定出了什么事，妈妈还瞒着我们。”

达娜摇摇头，又重复了一遍：“妈妈说爸爸就在北方呢，你在瞎说些什么啊？”

☆ ☆ ☆

孩子们听见的的确是反抗军的船队的声响，船只正把士兵和补给转移到西部前线附近的油田上。他们停靠在埃莉萨·波尔克家附近，在那儿设立了一个临时营地。在邻居的邀请下，马丁娜·切斯特纳特赶到这里，来跟反抗军指挥官商谈庇护问题。

波尔克家的房子是四节围成一圈的拖车。拖车是用预制件组装的，外墙由乙烯制成，每节都有倾斜的锡制屋顶。

埃莉萨·波尔克家这块地方向来十分宁静，但现在，由于反抗军的到来，这里变得混乱而喧闹。马丁娜从高粱地里出来，看见好几十个男人在邻居家附近走来走去，大都是十来岁的毛头小子。他们一个传一个，把板条箱和粗麻布袋从熄火的船上转移到拖车里。反抗军士兵身上都别着小小的移动对讲机，里面不时传出各种指令，要他们准备迎接更多的即将靠岸的船只。一个小伙子坐在河边，把一盏落地灯开了又关，用瞬时迸发的强光为漆黑河面上的过往船只打着信号。

他们身上的制服破旧不堪，颜色、款式各异，都是用手边现成的料子将就做的——黑色牛仔裤、工装背心、猎鸭人迷彩，还有应反抗军将领要求夹在援助物资里走私进来的外国军用工作服。他们的武器也是走私来的，要不就是从父辈、祖辈的阁楼里翻出来的——这些枪支往往比持枪的男孩还老。在一般人看来，他们远远谈不上训练有素，而且装备匮乏。他们这些人的前景，不外乎奔赴西面的战场，死在自己根本无法匹敌的强敌手中。然而在他们身后，在他们出生的那些绝望小镇，还盘桓着另一种更为缓慢的死亡——死于贫困、厌倦和堕落。

马丁娜站在高粱地边上望着他们。他们在院子中央支起了一张桌子，充作临时指挥台。桌上铺展着一张硕大的等高线图，画的是路易斯安那与得克萨斯交界处的地形。几个稍稍年长一些的男人正围在桌旁，用各种图钉和记号笔在地图上标来画去。他们会偶尔抬起头，对忙着搬箱子和搭帐篷的年轻战士说几句话。有个看上去不超过17岁的男孩爬上了波尔克家那节正对河面的拖车，想在上面插一面代表“反抗军联盟”的响尾蛇旗，却被一位行事谨慎的年长军官制止了。

在那节拖车门口，马丁娜看见了埃莉萨·波尔克。她正站在门前的台阶上，等着几个反抗军士兵把她的行李从屋里搬到停在附近的一艘船上。

波尔克也看见了马丁娜，于是招呼她过去。一路上，马丁娜能感到士兵们向自己投来冷漠而狐疑的目光。不过他们什么也没说。

波尔克抱了抱她的邻居。“噢，宝贝儿，宝贝儿，”她说，“计划赶不上变化呀。”

“你不是说只有那个指挥官会来吗？”

波尔克摇头：“蓝军从得克萨斯油田向东转移了，我们这些小伙子要去会会他们。他们说要是行军够快，就能阻止蓝军进一步挺进路易斯安那。”

马丁娜四下打量，想找出战地指挥官模样的人。“他在这儿吗？”她问道。

“在，亲爱的。不过他正忙着呢。他这会儿不会搭理任何人的，除了他的手下。”

“指给我看，哪个是他？”

“等一会儿吧，”波尔克央求道，“现在去找他谈没什么好处。”

“告诉我他在哪儿。”

波尔克这才不情不愿地把马丁娜带到院子中央那张桌旁，一个男人等在那里。他又高又瘦，比马丁娜年轻五六岁。他的小胡子经过精心修剪，呈倒梯形，像个箭头似的指向他胸骨的顶端。

他穿一身黑，从靴子到军帽都是黑的。忙碌的士兵们围绕在他身边，仿佛运行在一条长长的轨道上，他们在临时营地里四处穿梭，执行着他的指令，完成后再回来领命。他说话时声音很轻，马丁娜走到铺地图的桌前，直到只跟他一桌之隔，才听清他在说什么。

见了她，战地指挥官一言不发，转而把目光投向波尔克。

“这就是我之前跟您提过的那位邻居，”波尔克说，“丈夫牺牲了的那位。”

“他不是牺牲，”男人说，“是死了。”

战地指挥官再度陷入沉默。他身边的人都带着敌意盯着马丁娜，不过他的目光却平静如水。

“我听说你们在维克斯堡[1]附近有一个为烈士遗孀设立的避难所，”马丁娜说，“那儿能保障妇女和孩子的安全。”

战地指挥官没有搭腔。

“我有两个小女儿和一个儿子，都很年幼，”马丁娜接着说，“他们的父亲死了，我们失去了生活的经济来源。”她转向波尔克，“波尔克女士是我们唯一的邻居，多亏她慷慨解囊，我们才不至于饿死，但现在她也要走了。我只求您允许我们跟她一起到维克斯堡去，保我子女平安，此外，我别无他求。”

“办不到。”战地指挥官回答。

“怎么办不到？我们个把小时就能收拾停当。我们立马就能上路，只消带几件衣服。”

“我们只收容军烈属，”战地指挥官说，“除非你家有人为我们的事业捐躯，否则你没资格去那儿。”他又研究起了桌上的地

1　维克斯堡（Vicksburg）是密西西比州沃伦县下属的城市。

图，战士们很快又围着他忙碌起来。

“算啦，宝贝儿，”波尔克挽起马丁娜的胳膊，“让他们忙吧。我们会有办法的，一定会有。”

马丁娜一把推开波尔克的手。

“是你的人害死我丈夫的。”她对战地指挥官说，“你的人既然害死了自己人，就有义务给他的家人善后。”

战地指挥官绕过桌子，走到马丁娜跟前。凑近一看，马丁娜才发现他有一双漂亮的绿眼睛，尽管波澜不兴，却十分美丽。

“我的人只杀北方佬和叛徒，”他说，“你丈夫属于哪种？”

波尔克拽住战地指挥官的衣袖，恳请他跟自己到拖车里借一步说话。两人朝屋里走去，把马丁娜留在原地。战士们把她围在中间，其中不少人都停下手里的活儿看热闹。

“你敢这么跟他说话，够有种的，”一名士兵上前来说，“我见过有人还没说这么多话就被他崩了。”

“我对你的见闻没兴趣。”马丁娜答道。

过了一会儿，战地指挥官和波尔克一起从拖车里走了出来，他走向马丁娜。

“明天一早，河东岸那条路上会有一辆巴士，去往北边的佩兴斯营。看在有这位女士为你担保的分上，看在她家的男人为我们的事业做过贡献的分上，我会跟他们打个招呼。明天你要是带上孩子去那儿等，他们会给你们留个位置。”

“你的意思是让我把孩子带到难民营去？”

“我是让你好自为之。”

随后，战地指挥官的视线又回到铺着地图的桌面上。“走开吧，”他说，“这儿没你事了。”

马丁娜扫了扫围在她身边的士兵。

“你们没有一个有种的能站出来是不是？你们都没妈、没孩子是不是？”

他们只是盯着她瞧，有的神情冷漠，有的暗暗发笑，但没有人开口。

马丁娜撇下他们，原路返回。在她快踏进高粱地时，波尔克从后面追了上来。

“哦，宝贝儿，真抱歉，”她说，“我尽力了。”

“我们生在南方，所以不是北方人；我们想去北方，结果也不算南方人了。”马丁娜说，“那我们算什么啊？你说我们算什么？”

波尔克往马丁娜手里塞了一张纸，上面潦草地写着第二天早上巴士停靠的时间和地点。“营地那儿也没那么糟啦，马丁娜，”波尔克说，“那儿吃得不错——食物都是物资援助船直接供应的，而且不要钱。他们还专门开辟了地方给孩子们玩，你们在那儿会很安全。”

“我们在那儿会被人当牲口对待。”

波尔克指指西边：“亲爱的，这都是为了孩子们好。都说战场现在离我们这儿已经前所未有的近了，前线每天都在东移。路易斯安那警卫队那帮叛徒听任蓝军在我们的地盘上长驱直入，根本不管他们杀害的是谁。佩兴斯起码都是自己人。到了那儿，你的孩子们就安全了，马丁娜。还有什么比这更要紧的？”

马丁娜望着邻居那双笃定的小眼睛。“我就留在家里，哪儿也不去，”她说，“我要去认领我丈夫的尸首，把他埋在他自己的土地上。我还要一直住在自己家里，打仗就打仗。我再也不会去求那些端着枪的小屁孩开恩了。”

“我反正是尽力了，”波尔克说，“不过你不该说什么他们害死了自己人这种话，他们很介意这个。”

☆ ☆ ☆

马丁娜回到家，看见萨拉特整个身子都埋在岸边的泥里，只露出个脑袋。她哥哥正把一捧一捧的黄泥往她身上糊，小女孩开心得乱叫。达娜坐在不远处的树桩上看着他们，面带一种含糊的不屑。

西蒙一看到母亲，就倏地站了起来："是她叫我弄的。"

"把她挖出来，洗澡去，"马丁娜说，"完了赶紧睡觉。"

"妈妈，西蒙说你撒谎。"达娜说。

"才没有呢。"西蒙否认道，朝达娜扔了一把泥。

"我好话不说二遍。"马丁娜说。

孩子们从河岸边往回走。萨拉特跳到最前面，身上沾满滑腻腻的泥浆，皮肤还散发着泥土的腥咸味。她边走边脱衣服，把背带裤脱在身后的路上，进了淋浴间。三个孩子里，她的肤色最深；达娜和西蒙都继承了爸爸浅棕的肤色，而萨拉特则有着妈妈的黑皮肤。

马丁娜给女儿拿来了干净衣服，放在淋浴间外面一个倒扣的水桶上。不一会儿，孩子们就都洗漱完毕了。他们一个个吻过母亲，回到房间。

马丁娜独自坐在核桃木椅子上。她吃掉孩子们剩下的三明治渣，又把最后一点罐头肉也吃了。但她还是饥肠辘辘，只得快步走进屋里，从冰箱里取出一袋杏肉冻。那是一种橙色的胶状食物，装在一个平淡无奇的银色小包装袋里，曾是行军套装的一部分。在南方，这种套装不论是卖掉、扔掉还是送人，最后无一例外地落入黑市，再被拆开单卖。这种食物价格不菲，不是因为美味，而是因为实用，能补充能量。

吃完，马丁娜没有回到椅子上。她发觉自己正朝什么地方走去——不是去东面的河岸或北面的高粱地，而是向西走到屋后，沿着那条人迹罕至的小道穿过发黄的草丛，来到那座远离河岸的废弃小镇上。

初冬那会儿，气温骤降，工厂需要人手。她丈夫每天就沿着这条路到唐纳森维尔[1]的制衣厂去上班。其实切斯特纳特家附近就有一个班车站，但他大多数时候都是走着去。他会沿着草丛中这条小路拐上一条乡道，再走两英里，就能看见路面上横着两道废弃的铁轨，枕木间荒草丛生。

马丁娜就沿着这条路向铁轨走去。她小心翼翼地迈着步子，因为地上满是罅隙，很容易崴脚。路边有几盏路灯依然屹立不倒，靠着尚未损毁的自动太阳能板在地上投下惨白的光晕。除此之外，路上一片漆黑。

在道路与铁轨的交会点东面，有一栋矮小的农舍，那曾是马丁娜父母朋友的房子。屋子一侧曾有一片棉田，但早已灰飞烟灭。

马丁娜下了乡道，拐上泥土车道。那栋几近垮塌的木质简易农舍静静地立在她面前。从密西西比河上刮来的一连串风暴，吹松了固定墙体的榫卯，却又不足以把屋子推倒，结果造成房子大幅度西倾，成了一个摇摇欲坠的平行四边形。

偶尔想一个人静静时，马丁娜就会上这儿来。除了门口不时会有流浪汉留下的啤酒瓶和空烟盒，这个家从来没有任何生命的迹象。这块领地西头，有一棵枝繁叶茂的山核桃树。许久以前，这家人在最粗壮的那根枝条上挂了个秋千。自孩提时起，马丁娜就把这里当作一个避难所。在那棵树背后，就是一望无际的平原，放眼望去，能把整个路易斯安那西部尽收眼底。

1　唐纳森维尔（Donaldsonville）是美国路易斯安那州的一座小城市。

但夜里那儿什么也看不见，天空一片漆黑。只有“鸟”在她头顶上盘旋——这是一种悄无声息的远程武器，用于搜集情报或清除目标；过去，这些机器的运行和行动有人遥控，尽管操作者看到的目标图像总是像素极低，模模糊糊，常常令他们良心不安。战争初期，“鸟”曾是合众国军最得力的武器，但随后，反抗军向连接“鸟”及其操纵者的军事服务器群投下一颗炸弹，改变了这一局面。今天，这些机翼上镶有一圈太阳能板的机器四处乱飞，被遗弃在空中，没有既定路线，目标随机。

她在破旧不堪的秋千上坐了下来。树枝稍稍压低了些，发出轻微的嘎吱声，秋千绳在马丁娜的重量下绷紧，深深勒入树皮上的绳槽。她撕开杏肉冻的包装，用手指掏出那种黏稠的橙色食物，送进嘴里。这种质地的食物没什么嚼头，她用舌头和上腭把它压碎，再顺着喉咙咽下去。它的味道不像杏肉，倒像杏味香水，一些没怎么在自然界中见过这种水果的工程师凭空想象出来的。不一会儿，她就感到糖分在自己的神经末梢里游走。

她听见一串吧嗒吧嗒的脚步声。她心中一惊，想问谁在那儿，却没有问出口，只是一动不动地待在原地。脚步声越来越近了，简直就像在她身边似的。她这才看清声音的来源——一只枯瘦的癞皮狗漫无目的地在空旷的田野上游荡。是只猎狐犬，它蹑手蹑脚地缓缓走向她，试探着，看她是否心怀敌意。

马丁娜把最后一点杏肉冻挤到手上，伸向那条狗。尽管已经饥饿难耐，但它还是谨慎地嗅嗅，停下来思考片刻，最终掉头离开了。

马丁娜抬起头，一缕橙红的微弱曙光霎时点亮了天际。

夺目的光线笼罩着地平线，宛如穹顶。这景象仅仅持续了几秒，就消失了。不一会儿，它又再次出现，身后那一抹火焰般的光芒刺穿了夜幕。光线悬在空中，停留片刻，又消退下去。这场面全无声息，每一抹朝霞都仿佛在真空中闪耀。

接着，太阳探出半个脑袋，刚才的霞光顿时黯然失色。几秒钟过后，马丁娜听见一记闷响，她从没听过这样的声音。那声音吓得她心惊肉跳，从秋千上摔了下来。她倒在地上，目瞪口呆，耳中回荡着震耳欲聋的钝响。那条猎狐犬狂吠着逃开了。紧接着，马丁娜也奔跑起来，奔向孩子们和家的方向，使出了年轻时的功力。四分之一英里过后，她感到肺部烧灼欲裂。这时，一声更剧烈的闷响又把她掀翻在地。等她终于跑回家中，扶着前廊栏杆大口喘气时，两声爆炸再次传来，彻底粉碎了夜的宁静。

她在屋里找到了惊慌失措的孩子们。双胞胎在父母床边的地板上抱在一起，萨拉特护着号啕大哭的姐姐。西蒙在门边，想关上集装箱那扇锈烂不堪的门。他家夏天极少关门。

“你去哪儿了？”他问妈妈，“出什么事了？”

马丁娜抓住儿子的胳膊，把他拉进里屋，说：“没事的。是路那头一间工厂着火了，就是声音大而已，我们不会有事的。”

她坐在地上，把孩子们紧紧搂在怀中。她从床底下拽出一床平时舍不得用的毯子，把它披在自己和女儿们身上。“只不过是路那头一家工厂着了火，”她说，“就是声音大而已，很快就会没事的。”她每重复一遍，就多相信一分。

☆ ☆ ☆

爆炸声一直持续到清晨，毫无规律，轻重不一。最后，孩子们都累坏了，也不再大惊小怪——双胞胎靠在妈妈的胸口，西蒙坐在她们旁边的地板上，一家人都一动不动，静静地看着阳光渗进窗户。

马丁娜直勾勾地盯着家门口，等待着。爆炸声已趋于平息，现在她留意的是那些细小的响动——踏踏的脚步声，压低嗓门的下令声，咔咔的子弹上膛声。但什么都没有。她只听见鸡无助的啼叫、蟋蟀有节律的振翅和孩子们的呼吸。

想想固执已经让你付出了多少代价吧，她心里说，别再让它夺去更多。

她挪到儿子身旁："你觉得你能用那条小船送我们过河吗？"

"能！"西蒙不假思索。

"回你房里去——轻点，别吵醒妹妹们——尽可能往你的背包里多装几件衣服。"

"为什么？"西蒙问。

"赶紧，我还指望你送我们过河呢。你爸爸全指望你了。"

男孩悄无声息地站起来。马丁娜等着他打好包，才起身去把两个东倒西歪、迷迷瞪瞪的女儿抱到她们床上。她一放下她们，两人就又睡着了。趁她们没醒，她从床底下拖出切斯特纳特家那只最大号的箱子——那是她奶奶留下的一只旧行李箱，上面带着铜制的镶饰。箱子又宽又深，铜制的合叶已脆弱不堪，箱子侧面满是贴纸，每张都来自马丁娜只在教科书上读到过的某个历史遗迹或国家公园。

她在床上打开箱子，一股樟脑丸的味道顿时弥漫在房间里。箱子里有几支笔和一个破烂的空相框。她把这些玩意儿扔在地上，拉开梳妆台抽屉，把衣服和洗漱用品一股脑儿塞进箱子里。她几乎想也没想就立刻给要带的东西排好了次序，贴身的优先——卫生棉、内衣，然后才是裙子。她带了两条毛巾、两卷卫生纸和一包纸尿裤。见箱子差不多快满了，她就去厨房拿来几罐最经得住贮存的食物——果酱、花生酱和剩下的所有行军套装。她拿出几只硕大的汽水瓶，把里面的饮料全部倒在屋外，再打开连着储雨罐的水龙头，把它们灌满。她一直塞到箱子几乎关不上为止。她坐在上面，想把它压上，但老旧的搭扣根本不管事。于是她从梳妆台里取出丈夫的皮带，把它们系在一起，一圈一圈捆在箱子外面，免得它炸开。随后，她找出萨拉特和达娜那两只一模一样的米妮老鼠背包，在里面塞满女儿们的衣服。

她来到屋外。在屋子朝南那一面的柴炉边上，有一段广口水管从屋顶通到地上，但什么也没连。水管两端都是封死的。她跪下来，拆开底端的封口。管子里淌出几滴黄褐色的水。她把胳膊伸进去，摸到一个咖啡罐，用力拽了好几下才取出来。她打开罐子，开始清点里面的东西：500 美元；300 块路易斯安那等值辅币；三张 16 开的战前邮票；2000 块反抗军货币（这种货币是战争之初由新祖阿夫兵团[1]发行的，现在几乎已经一文不值，不过本杰明觉得这玩意儿说不定哪天会有历史价值）；还有马丁娜的曾祖父传下来的一块坏掉的劳力士手表。

☆ ☆ ☆

收拾停当后，马丁娜把行李都搬进院子，进屋去叫女儿们。孩子们睡眼惺忪地望着她，还没睡醒，也没回过神来。

“姑娘们，我们来一次小小的冒险吧，”她说，“我们一起过河去，好不好？”

一听到冒险，萨拉特来了精神：“我们为什么要过河呢，妈妈？”

“因为我们要到一个新房子里去住一阵子，宝贝。”

“我们是去找爸爸吗？”

“是的，宝宝，是去找爸爸。来吧，我们穿衣服。我们这就得出发了。”

---

1 新祖阿夫兵团（The New Zouaves）得名于著名的法国外籍雇佣军兵团祖阿夫兵团。该兵团曾在 1861—1865 年美国南北战争期间为双方作战。

带女儿们上路前，马丁娜从首饰盒底下抽走了两张自己和丈夫的合影。那些都是老古董了，是用她祖父的相机拍的。她把照片揣进衣服底下。

她来到外屋，看见萨拉特正踮着脚，吃力地想举起瓜达卢佩圣母像。

“宝贝，别管它了，”马丁娜说，“我们以后再回来拿。”

“爸爸会想它的。”萨拉特回答。

“暂时先别管它了，我们得走了。爸爸会理解的。”

“不！”小女孩怒吼一声。她使出吃奶的劲儿，把雕像举离了桌面。它正好落进她怀里，弄得她差点摔倒。萨拉特抱着这尊跟她差不多高的雕像，摇摇晃晃地出了门。

马丁娜拉上集装箱的门，又上了一把不堪一击的密码锁，她心里清楚，这种锁连最小的电缆钳都经不住。随后，她提起箱子，带着女儿们顺着堤岸走向河边，西蒙已经在筏子上等她们了。

伴随着她们登上筏子，筏子浮浮沉沉。马丁娜以前从没坐上来过。几年来，她过河的次数屈指可数，那有限的几次也基本都是乘奥尔德·史密斯的船，每次都是他邀这家人去城里野餐。这只筏子不过是孩子们的玩具，不适合渡河，它漂在密西西比河河口上，简直像一只水蛭。

切斯特纳特一家在朝霞染红的天空下起航。马丁娜从儿子手中接过铁锹，奋力划水。她感到水流正把他们拽向下游，也知道到了河东，他们还得再往回走上一英里多，才能到达巴士的停靠点。她汗如雨下，腋下有一大片深暗的汗渍。她感到双眼刺痛，但她没有停止划水。

☆　☆　☆

多年后，在佩兴斯营的帐篷里，马丁娜会暗自诅咒自己离家的那一天，诅咒自己竟心甘情愿地把孩子们带进了饱经战乱、满目疮痍的南方腹地。

但在那天早上，她不会知道，反抗军、联邦军和墨西哥军队已经陷入了僵持状态；自切斯特纳特一家在那个清冷的4月离家之后，战争再也没有向路易斯安那蔓延一寸。

见证分裂
第二次内战早期的新闻报道
（节选）

内战打响第一枪

杰克逊堡的示威活动爆发流血冲突，造成至少 59 人死亡、200 余人受伤。

《查尔斯顿消息报》 记者丹妮尔 · 马纳克

2074.03.15

南卡罗来纳州，哥伦比亚市——周三，杰克逊堡基地[1]门前的抗议示威活动进入第四天，并爆发流血冲突，联邦军队向示威者开枪，打死至少 59 人。舆论普遍将该事件视为哥伦布政府发起的首次军事打击行动，至此，一场针对各反对州的战争全面爆发。

南卡罗来纳州州长戴维斯 · 布朗表示："我们必须明确指出：这是一场针对南卡罗来纳州人民、针对南方人民的屠杀，是对敢于发声的抗议人士斩尽杀绝。借此，联邦政府已毫不掩饰地表明，凡是不认同《可持续未来法案》或哥伦布政府其他任何决议的人士，都是政府的敌人，都必须被消灭。

1 杰克逊堡（Jackson Fort）基地是美国陆军基地，也是美军最大的新兵训练基地。

“这是在挑起战争。”

周三正午左右，一队驻守军营二号门的海军陆战队卫兵向示威人群开火。事发地点位于斯特罗姆·瑟蒙德大街附近，连日来，此处已聚集了上千名示威者。该部队的执勤点设在一栋临时瞭望塔内，执勤点一侧是一排仓促搭建的围栏，将示威者隔离在基地入口之外。

第一轮火力击中了前排的数名示威者。随后，恐慌情绪向后排蔓延，为躲避枪击，示威人群发生了踩踏。

“我前面那人前一秒钟还挥着标语呢，忽然一声枪响，他就像块石头似的猝然倒地。”示威者以利亚·米勒说。他于周三上午早些时候加入示威队伍，并于枪击前不久抵达二号门附近。

“我对天发誓，那人根本没带枪。他不会对任何人构成威胁，但他们还是打死了他。”

据目击者描述，枪击发生后，现场可谓惨不忍睹：路面上排列着众多死者遗体，其身下的血泊清晰可见。

据一位非属二号门卫队的杰克逊堡士兵透露，至少有一名前排示威者用手枪射击用于固定临时围栏的锁链。

“他肯定以为一枪就能把锁打掉，像动作片里那样。”这名不愿透露姓名的士兵说。驻扎在基地内的部队已经接到命令，不得接受任何媒体采访。

这名士兵还补充说，这一枪并未破坏锁链，子弹反而弹回了人群中。

“这时，示威者就以为有人朝他们开枪了，于是有一半人开始迅速后撤，另一半则上前冲击围栏。

“海军陆战队看围栏快顶不住了，就开了枪。”

众多示威者否认了这一说法，称海军陆战队并未受到任何挑衅。

“围栏里面那帮胆小鬼无缘无故地就开枪了。”保罗·哈蒂格说。事发前，他已在二号门前驻守了三天。“他们平白无故杀了这么多人，该被吊死。”

针对这一流血事件，各方迅速做出了回应。在哥伦布，十位来自路易斯安那、阿肯色、密苏里、肯塔基和田纳西等亲联邦的南方州议员发表了一项联合声明，谴责示威者，将事件斥为“一次多此一举的可悲挑衅，丝毫无助于缓和局势、避免战争，反而助长了极端分子的气焰”。

在南方自由邦委员会发表的一份声明中，得克萨斯、密西西比、亚拉巴马、佐治亚和南卡罗来纳的几位州长将这起流血事件称为“彻头彻尾的冷血谋杀”，认为这属于独裁和叛国行径，作为联邦总统的马丁·亨利应该为此受审。

“举凡南方爱国人士，在得知杰克逊堡屠杀事件那一刻，就会明白这样一个事实：在哥伦布政府眼中，南方人的生命一文不值。”州长们在声明中称，“只有掩耳盗铃之辈，才会在目睹哥伦比亚血染的街道后，依然无动于衷。”

杰克逊堡发生流血事件的消息传开后，暴力开始在整个南卡罗来纳蔓延，在得克萨斯油田以东的各州中，南卡罗来纳的反联邦政府情绪最为高涨。在哥伦比亚市，众多北方企业分支机构被付之一炬——其中部分机构早在去年12月丹尼尔·纪总统于密西西比州杰克逊市遇刺之后就已陆续关停。三具遭到割喉的男尸在新查尔斯顿海岸附近被人发现，民间分离主义组织指控他们为北方搜集情报。

“这一切已经不光是为了脱离联邦了，”南卡罗来纳州的一名民间组织代表称，“我们还要为死去的同胞报仇。”

截至周三傍晚，联邦总统亨利尚未就流血事件发表声明。国防部网站周一之后再无更新，目前仍仅显示一则简短的通告，称军队相信杰克逊堡的海军陆战队“行事极为克制”。

布朗州长此前曾要求一切同情北方的人士离开南卡罗来纳，周三，他重申了这一要求，并号召本州公民支持反抗事业。

“屠杀我们人民的恶行不容讨价还价。我们在这件事情上绝不让步，绝不妥协。”布朗州长说，“今天，在发生了杰克逊堡事件之后，一切都已无可挽回。”

4

切斯特纳特一家在棕榈树斑驳的阴凉下等待。过河时，他们被河水往下游带了两英里。他们沿河畔的乡道走回来，结果又多绕出 1 英里。路上不少地方都沟壑纵横，像被犁过似的。路中的黄色分界线几乎消失殆尽，几乎模糊了来路与去路之间的界线。

他们一直走到一个转弯处才停下，路旁有一个供车辆临时停靠的土坝子，坝子上长着一丛没精打采的棕榈树。植物的叶柄浓绿而尖利，长长的叶片背对着初升的太阳，垂向河面。树下长着几丛杂色的丝兰，尖刀般的叶子白绿相间。这里就是那人所说的巴士站点了。

“河水会把它冲走的。”西蒙抱怨道。他背着沉重的背包，人显得更小了。他的背包里塞满了各种玩意儿，有衣物、漫画书、一副浮潜面具、一把手工打磨的小刀，还有本杰明 · 切斯特纳特的一包无过滤嘴玉溪香烟。

玉溪烟十分纤细，用味道清淡的烟叶制成。吸烟是男孩父亲为数极少的不良嗜好之一。为了不让妻子发现，他把它们藏在外屋一块松动的板子后面。但本杰明其实用不着这样神神秘秘，因为他的儿子和妻子都知道他抽烟。他们只是为了维持某种不可言说的体面，才没有点破。

“冲不走的。”马丁娜说。

“我们停得不够靠岸。下次一下雨，它就会被涨潮的河水冲到海里去。”

“那样的话，我就再给你做个筏子。”

“你就是要嘴皮子，你明知道我们不会回来了。”

“你够了。”

一家人把行李放在空地上，等着巴士。达娜精疲力竭，枕着自己的背包就地睡着了。

萨拉特在附近转悠，一会儿翻翻灌木丛，一会儿瞧瞧丝兰。丝兰的叶子扁平、坚硬，看上去十分坚韧。在南方所剩无几的植物中，丝兰无疑是生命力最顽强的。

萨拉特用手指捋着叶片。它们摸上去十分干燥，有砂纸的质感，同时又富有弹性，叶肉丰盈柔软。她把手指按在叶子尖端，感到自己的皮肤在压力下绷紧。

天渐渐热了起来。切斯特纳特一家等啊等啊，车就是不来。马丁娜立刻开始疑心他们是不是错过了，想着恐怕很快就得决定要不要带孩子们再往东走。

“这是什么，妈妈？”萨拉特指着丝兰问。

“是一种植物，宝贝。”

“什么植物？”

“一种仙人掌。别离得太近了，会扎着你的。”

“仙人掌，”萨拉特学着说，用舌头玩味着每个音节，“仙——人——掌。”

马丁娜听见了车轮声。巴士转过一道弯，从南面驶来。是战前那种黄色的校车，车顶上加装了一排太阳能板。巴士两侧过去用来标注校名的地方，如今写着几个大字：民用运输。

巴士开得很慢，太阳能板还在从阳光中汲取能量。到了停靠点，司机停下车，打开折叠门。

马丁娜领着孩子们穿过马路。她朝车里张望，看见驾驶室里坐着一个三十来岁的司机，身材浑圆，皮肤上凝着大颗大颗的汗珠。他身后还坐着一个人，身材高大壮硕许多，穿普通的白色T恤衫和蓝色牛仔裤，一把老旧的95式步枪枪口朝上靠在他身上。这种步枪在反抗军当中很有市场，因为它既廉价又粗糙，绝少卡膛或崩溃，而且比较容易混在援助物资里走私进来。带枪的男人望着马丁娜，面无表情。

“我们是切斯特纳特一家，”马丁娜告诉司机，她这才发现自己到现在也不知道那个准许她上车的男人叫什么名字，“反抗军指挥官说我们可以乘这趟车去佩兴斯。”

司机呵呵一笑。“可不是吗？反抗军指挥官都发话了，那咱不能让他失望啊。”随后他收起嘴上的讪笑，“每人100。”

马丁娜摇摇头：“他说我们可以上车的。他说——”

“女士，你懂英语吧？每人100。”

马丁娜从行李中摸出装钱的罐子。“我只有300，”她说，“路易斯安那辅币。”

“我说辅币了吗？”司机答道，“那种可笑的货币在路易斯安那都不好使啦。”

“我只有这些了。”

司机耸耸肩，他一拉车轮旁的一个操纵杆，折叠门就关上了，把马丁娜挡在外面。巴士缓缓开动。

马丁娜把孩子们从行车路线上拉开，自己追着巴士跑，用攥着美元的拳头砸车门，司机再次停下车来。

“喃，瞧见这家伙没？”他冲拿枪的男人说，“我猜她刚才肯定是放错地方了。”

马丁娜付了钱，让孩子们上车。西蒙跳上去，后面跟着两个妹妹。萨拉特还抱着那尊圣母像。西蒙边走边盯着那个拿枪的男人，简直着了迷。

一家人步履蹒跚地走向车厢后部。除他们之外，车上只有一名乘客，是位老人，坐在倒数第二排。马丁娜和孩子们走到他身后，来到最后一排座位上。他们卸下背包和行李，放在座位上或座椅下，一个挨一个地坐在老人对面那侧。巴士轻轻地呻吟了一声，再次出发。在龟裂的路面上，巴士颠簸，悬架随之咯吱作响。

“他们让我大老远过来，就为了这个？”司机问士兵，对方没有搭腔，“简直他妈的浪费时间。我们为什么还要管‘密亚佐’之外的流民啊？他们既然站在哥伦布一边，就该由哥伦布管啊。我们自己的人还管不过来呢。”

卫兵调了调步枪的弹夹，转脸向着窗外，不理会司机的话。

司机转而对乘客们说：“好啦，赶紧坐下吧，你们还得赶一天的路呢。”

司机的声音吵醒了老人，刚才他一直枕着帽子靠在车窗上熟睡，醒来后擦去了嘴角的一抹涎水。马丁娜望着他。他八十来岁，兴许还不止，总之是千禧一代。他的皮肤、面颊和手臂因长年暴晒而呈皮革般的深棕色，上面布满了星星点点的黑斑。他穿一套战前款式的白色西装，胸前的口袋里插着一方红丝巾，十分惹眼。他的上衣肘部和裤子膝盖部分都有些发灰，不过其他部位都洁白无损。这身打扮让老人显出一种旧世界的派头，颇有尊严。在马丁娜看来，他那个时代不光与现在不同，简直南辕北辙，他出生的那个美利坚，早已转身跨入了它那道黑暗的子午线，把他这样的人抛在身后。

老人把压扁的费多拉帽拍回原状，放在腿上。他环顾着车厢，仿佛不知道自己怎么会置身于此。他向马丁娜转过头来，打量了她好一会儿。

最后他问："你是从布兰德河[1]来的吗？"

"不是。"

"你听说过布兰德河吗？"

"没听过。"马丁娜说。

老人不再说话，把脸转了回去。

"我丈夫有些表亲住在那一带。"马丁娜说。

老人来了精神："从这儿往西30英里左右就是布兰德河了。过去，走在从新奥尔良过来的路上，你还能看见路标，不过现在都没了。"

"嗯……"

"我在那儿住了51年，"老人的声音略带自豪，"挺过了2043年的'安娜'和2051年的'迈克尔'。'迈克尔'就从我家的客厅刮过去，把方圆十个街区的房子都摧毁了，但我家是唯一屹立不倒的。他们还航拍了一张我家的照片，就登在《信报》上。"

他起身走到切斯特纳特一家那侧，逐一端详起孩子们来——西蒙依然目不转睛地盯着卫兵和他的枪；女孩们坐在窗边，望着窗外的农场废墟，还有电杆和上面那些早已瘫软废弃的电缆。

萨拉特在靠窗的位置上抱膝坐着，鼻子紧紧抵在窗玻璃上。炙热的阳光下，大地明晃晃的，广袤无垠，令她惊叹。

达娜像小猫一样蜷在妹妹和妈妈之间，在萨拉特毛糙的头发上编着小辫。她每编完一条就松开，看着它慢慢散掉后又重新开始。

---

1 布兰德河（Blind River）是路易斯安那州东南部的一条航道。

“他们多大了？”老人问。

“西蒙九岁了，双胞胎六岁。”马丁娜说。

“双胞胎！她们长得可一点也不像啊！”

“是不像。”

老人打量着达娜：“嗯，你可真是个可爱的小东西呀！”他说完，又转向孩子的妈妈：“我也有过一个孙女，跟她很像。现在估计该跟她差不多大了。她父母把她带到西边的加利福尼亚去了，结果不久就遇上了 2044 年的第三次硅谷泡沫破裂。后来就再也没有他们的消息了。要是他们还在的话，现在应该已经南下墨西哥了。”

“你知道他们要送我们去的那个营地是什么情况吗？”马丁娜问，“那儿安全吗？”

“他们没说，”老人说，“他们只是突然冒出来，说要征用我的土地，用来停靠他们进出密西西比河的船。他们都是军火贩子，全是，我清楚得很。那儿就剩我一个人了，再往南就没有房子了，全被海水淹了。领头的那个小伙子说我但凡再年轻点，他们肯定会直接把我扔进河里。不过我想他们还是发了慈悲，给了我 10 分钟打包东西，然后才打发我上路。10 分钟啊！得打包 56 年[1]的生活！”

“到了营地，他们会提供食物吗？会安排住处吗？我们没多少钱……”

“……不过你知道吗？走之前，我回敬那个小伙子说，我但凡再年轻点，被扔下河的就是他了……”

马丁娜任由老人自顾自地说下去。他花了大半个小时讲他过

1　原文如此。前文中老人自称在布兰德河居住了 51 年。

去在布兰德河的生活，想到什么，就说什么。她还听见车前传来司机的声音。司机对带枪的男人说起他叔叔以前如何在亚特兰大郊区的某个垂直农场帮他安排了一份美差。他说在那里，人只要别打瞌睡，再往种植台里撒几泡尿，就能当上值班监理，而且不出六个月肯定能升职，成为真正的白领。

“你瞧，那帮小伙子的问题在于，他们都不明白要想出人头地就得先干点脏活儿，”司机说，“他们都是一手挣钱一手花钱，根本没有节制。但我就很节制。没错，长官，我很节制。”

卫兵注视着窗外。

巴士沿着河岸缓缓行驶，在南路易斯安那仅存的这片千沟万壑的陆地上穿行。

在这里，海水赢得了最终的胜利。几十年来，州政府和联邦政府为了防止南路易斯安那沉入海底，已斥资数十亿——他们筑起了数百英里的海堤、防洪堤、高架堤道，到了最后甚至还修建了海上城市。当时为时尚早，持续上涨的海平面尚不足以撼动人们乐观的信念：他们认为只要堆砌了足够多的混凝土、泥土、骄傲和金钱，这个低洼地区就能得救。

但此一时彼一时。如今，那个世界早已沉没，仅剩下零星的陆地和那场徒劳的拯救留下的痕迹，其中有一涨潮就消失的纤细沥青带，人造高地上人去楼空的城镇，还有一头扎进水中的坍塌桥梁。它们散布在仅存的小片陆地上，屹立不倒，成为废墟，并像所有的废墟一样怪诞诡奇，独立于时间之外。

☆ ☆ ☆

巴士驶离河岸，向北拐上55号州际公路。战前，这条公路能一直通到芝加哥。但现在，它终结于孟菲斯以南10英里处，尽头是一片带刺铁丝网和塔卫岗哨，也就是战时边境上的一个检查点。

路旁有一些蓝色的路标，指示着各出口附近的服务设施。加油站的标志都被涂黑了，但在一些黑色的涂抹痕迹上，又有人用粗糙的涂鸦把标志画了上去。道路两旁是两排萧索的树木，树叶凋零，徒剩光秃秃的枝丫。在路边的每栋建筑上，劫掠的痕迹都清晰可见：电杆上没了电缆，车辆被开膛破肚，工厂只剩些龟裂的水泥和钢筋搭建的空架子。

在这趟漫长而沉默的旅程中，马丁娜开始回顾自己头天晚上仓促离家时都忘了做什么。她带了食品罐头，却落下了开罐器；她给集装箱门上了密码锁，但密码却早不记得了；她忘了把油布挂到太阳能板上，也忘了排空储雨罐；鸡还关在鸡舍里。

☆　☆　☆

两小时后，巴士抵达了路易斯安那与密西西比的交界处。一栋沉闷的临时建筑矗立在卫兵岗哨和水泥减速弯道之间。车辆都缓慢地通过这个狭窄的开口。一队装腔作势的卫兵——有些是路易斯安那预备役士兵，另一些则佩戴着象征南方自由邦的红色三星徽章——在边界两侧不耐烦地打转。

巴士减速，在弯道上缓慢地爬行。前面是一辆白色旅行车，离他们大概几英尺远。车顶上有用黑色绝缘胶带拼成的“媒体”字样。每过三道弯，就会有几英尺直路，车辆在此通过几道由南向北依次排列的破胎减速带。一个南方自由邦士兵在附近的一座瞭望塔上注视着这一切，全然冷漠。

巴士进入怠速状态，等待卫兵检查前面的旅行车。士兵们把四个男人赶下车后，自己上了车。两名士兵开始从车上往外搬东西——摄像机、三脚架、卫星电话、荧光绿的防弹背心，还有头盔。第三名士兵站在一旁查看车上一名乘客递过来的几张纸。他草草翻阅，无论对内容还是上面各式各样的公章，他都没表现出任何兴趣。递文件的人不时想插话，却都被勒令住口。越来越多的士兵聚集到旅行车周围，都盯着地上那堆散放的设备。终于，拿文件的士兵折起纸张，塞进口袋，命人将他们连车带人再加设备一起转移到路边的一座小楼里。车上的人表示抗议，却无济于事。

另一名士兵打了个手势，让巴士往前开。司机又往前挪了挪，直到有人示意他停下。司机打开车门，那名士兵上了车。

“早上好，长官。”司机说，“就是去一趟佩兴斯。从这儿继续往北，到了格拉纳达[1]再折向东北，直奔边境。喏，我这儿有亚特兰大的许可……”

士兵没搭理司机，却对车上的反抗军战士点点头。

士兵检查起巴士和车上的五名乘客。他身形瘦弱，跟马丁娜在埃莉萨·波尔克家看见的那帮军人差不多。他的红色“密亚佐”军装上缀满了铜扣和星星，十分俗气，整套衣服松松垮垮地挂在他身上。他头戴一顶方正的军帽，平坦的帽檐遮蔽了他的眼睛。他看上去相当孩子气。

“按理说不能再从紫区往里运人了。”他说。

“就他们几个了，长官，”司机一边说一边摸索着他那一沓许可证，“只是几个老乡，被得州边境的战事弄得无家可归了。我们有‘密亚佐’驻巴吞鲁日代表签发的许可，您请看……”

反抗军战士示意司机闭嘴。

“不用担心，”他对上来的士兵说，“他们都是红党。”

士兵点点头，他从司机手中收走许可文件，下了车。“走吧。”

---

1 格拉纳达县（Grenada County）位于美国密西西比州中北部。

他说。

司机关上门，巴士缓缓驶向道闸。一名士兵把闸杆从搭扣上解开，闸杆一端的水泥平衡装置向下一沉，闸门开了。巴士过了关，驶入两州交界的灰色地带。

他们不久就到了另一边。马丁娜透过窗户向西望去，只见大批难民挤在边检站上，准备南下，却被一小队路易斯安那预备役士兵拦住了去路。巴士继续向前，提了速，边检站很快消失于身后。

"欢迎来到'密亚佐'，"司机对乘客们说。

☆ ☆ ☆

他们继续向北行驶。萨拉特望着窗外。那片几乎覆盖了整个路易斯安那南部的泽国已不见踪影，不过除此之外，这里看上去跟其他地方没什么两样。他们途经的田野全都荒芜焦黄，树木枯槁。路旁的沟渠里，扔满了爆裂卷曲的轮胎残骸。

不过这里依然有新鲜的景致，都是些她从没见过的东西。高速公路上轰然洞开的弹坑，直径足有10英尺。它们被用各种方式匆匆遮盖起来：有的用水泥，有的直接用木板或是钢板简陋地一搭。一辆老旧的化石燃料肌肉车从他们旁边呼啸而过，引擎盖上装饰着一条艺术化的响尾蛇。

道路两侧都立着奇怪的广告牌，展示着各种毁灭和杀戮的景象：化为废墟的城市街道，尘土之下的儿童尸骸，对边境城镇上一无所有的居民施以援手的南方自由邦士兵。这些画面上没有别的文字，只写着：《尼希米记》第4章第14节[1]。

司机在杰克逊附近拐了个弯，向东开去。他们很快进入了亚

1《新约·尼希米记》第4章第14节的内容为：我察看了，就起来对贵胄、官长和其余的人说："不要怕他们！当记念主是大而可畏的。你们要为弟兄、儿女、妻子、家产争战。"译文据中文和合本。

拉巴马境内，随后再次北上。到了亨茨维尔[1]，亚拉巴马的战时红蓝边境已经近在眼前。司机放慢车速，拐进了城区。

“这就是北方吗，妈妈？”萨拉特问道。

“还没到呢，”马丁娜回答，“就快了。”

拐下公路时，司机眯起眼睛，望着岔道尽头的市镇。“天哪，”他说，“我都看见他们了，推推搡搡地爬来爬去，跟耗子似的。”

巴士停在一座挺拔的红砖教堂门前。院子里挤满了黑压压一大群人：女人们带着孩子站在背包和行李箱的重围之中，年迈或伤残的男人瘫坐在轮椅上。志愿者在给他们分发保鲜膜包裹的三明治和果汁。有些志愿者是神职人员，裹着黑袍，不过他们也都在外面套着统一的白马甲，背上醒目地印着硕大的红色月牙标志。

看见巴士，人群躁动起来。几名志愿者把人拦在教堂庭院的黑色铁门之内。一位教士挤出人群，走向巴士。司机打开车门。

“下午好啊，牧师，”司机说，“我看您简直快被自己的教民踩扁了，是不是？”

“他们星期六轰炸了黑泽尔格林[2]，”神父说，“天知道他们想干什么，但反正弄得全城的人都出来逃难了。你能帮我解决90个，对吧？”

“85个。”

教士瞧瞧手中的那块笔记板，上面夹着一张名单：“这里写的90人，我都跟他们说过这趟能走90个了。”

“别担心，牧师。我敢打赌，这帮人早被人忽悠惯了。85个，

1　亨茨维尔（Huntsville）是美国亚拉巴马州麦迪逊县境内的城市，也是麦迪逊县的县治所在地。

2　黑泽尔格林（Hazel Green）是位于亚拉巴马州麦迪逊县的一个社区。

不能再多了。”

教士揉揉太阳穴：“成吧，不过得等我一下。还有，把门关上。我宣布的时候，他们搞不好会上来掐你脖子。”

“悉听尊便，牧师。”

教士回到院子里对一部分人喊话，很快，人群中怨声四起，哄嚷着要教士滚下去。马丁娜透过一条窗缝听着。

“该轮到我了，你昨天说过的，”一个女人说，“你还发过誓。”

“这事我说了不算。”教士答道。

“鬼才信呢。”一个拄拐的男人又说。

“我确实做不了主。”

“那告诉我们谁能做主。告诉我们该找谁去谈。”

“这事不是哪个人能决定的，这你们也知道。”教士说，“现在是战时，只有战争说了算，战争说你们当中有五个人得再等一晚上。”

随后，教士跟其他志愿者凑在一起，研究该留下哪五个人。人们争先恐后地喊出各自的理由，表明自己不能再等了，有的声称自己身体抱恙或伤口化脓，需要及时医治；有的则大声数着自己失去了多少个亲人，高喊着孩子们的名字。牧师和那些给他出谋划策的志愿者在名单上圈了又划，划了又圈。

“该死的圣公会教徒，”巴士司机说，“从来都不会干脆拍板。”

最终，他们决定把四个男人和一个十来岁的少年留在教堂里。另外 85 名难民中，有 83 人是妇女和儿童，他们在院子里排起一条歪歪扭扭的长队，一直排到人行道边。巴士司机打开车门，人们挨个儿上了车。

上车的过程沉闷、乏味。女人们机械而无动于衷地走向座位，孩子们走在她们前面，一家人的行李全都塞在背包、箱子或洗衣筐里。她们穿运动裤、T恤和背心，衣服上沾着食物留下的污渍，还印着各种标志，那是一些早已消失的餐馆、酒店和公司的徽标。好几个女人都穿着一模一样的廉价涤纶T恤衫。那衣服正面印着一面飘扬的南方自由邦旗帜：红色旗帜的正中央，横着一条白线，上方用黑色的线条并排画着三颗五角星。T恤衫背面醒目地印着一个日期，2074年10月1日——南方独立日。

马丁娜往孩子们那边挪了挪，紧紧挨着他们，牢牢地占据着座椅一角。渐渐地，车上变得人满为患。热烘烘的人体把车内的空气变得潮湿难闻，充满酸腐的汗臭和久未洗澡的体味。三个女人填满了最后一排余下的位置，腿上放着行李，孩子高高地坐在上面。其中一个女人凑近马丁娜，她二十大几的年纪，身后还拖着个比西蒙小一点的男孩。

"你们太占地儿了，"她边说边指了指切斯特纳特一家的行李，"快把那些破玩意儿都扔了。"

"我们占的地方并不比别人多。"马丁娜回道。

那女人一脸不屑地瞄着圣母像，萨拉特把它放在自己身旁的座位上。"他们要我丈夫在那鬼地方多待一天，就为了让你们带个破雕像？这不公平。"

"我不知道会上来这么多人。"

"我他妈才不管你知不知道呢。把它扔出去。"

一个坐在布兰德河老人旁边的女人转过脸来。"你就坐下吧，劳拉，"她说，"别再烦这个可怜的女人了。"

"闭嘴吧，霍莉。你管不着。"

巴士前面的反抗军士兵站起身来，说："闭上你的嘴，坐下。"

"这不公平，不公平啊！"劳拉还嘴道，"为什么他们可以什么破玩意儿都带着，我丈夫却连说好的座位都没有？"

卫兵把步枪甩到肩上，向车后走来。

“好啦，好啦，”劳拉说，“冷静点，别冲动。”可士兵已经快速上前，把她拖到前车厢去了。她对士兵破口大骂，还试图抓住椅背，但都无济于事。到了前面，士兵用另一只手打开车门的插销，把那女人推了出去。她一时间没有站稳，摔倒在人行道上。她的儿子哭喊着要士兵放开妈妈。士兵旋即转向他，把他也扔了出去。教堂志愿者还来不及抗议，士兵就又把母子俩的帆布背包丢了出去。他关上门，面向一车乘客。

“还有人有意见吗？”他问，全车鸦雀无声。士兵转向司机说：“走。”司机照做了。

巴士再次驶上公路，向西边的密西西比州开去。车子跨过小黄溪[1]后又往前开了1英里，然后司机拐了个弯，向北开去，凭记忆在迷宫般的乡间小道上穿行。道路在干涸的河床间蜿蜒，那些河床上，曾流淌过田纳西河的支流。

霍莉再次转过来面对马丁娜。

“别在意劳拉，”她说，“自从去年冬天她的小儿子被‘鸟’炸死之后，她就变了个人。”

“我不知道，”马丁娜说，“这些我事先都不知道。”

霍莉从椅背上伸过来一只手，向马丁娜介绍了自己，又握握她的手。“你们打哪儿来的？”她问。

“圣詹姆斯。”

“没听说过。”

“在巴吞鲁日南边，靠近密西西比河。”

霍莉皱起眉头。“那是‘蓝区’啊，”她说，“起码得算‘紫区’

1　小黄溪（Little Yellow Creek）位于美国亚拉巴马州与密西西比州交界处。

吧。你们怎么会到这儿来呢？”

“得克萨斯的战事东扩了。”

“亲爱的，你以为得克萨斯就算打得厉害的了？你还没见过边境上那些地方呢。你当时真该找个机会去北方。他们在巴吞鲁日设了个办事处，你们可以去那儿申请工作许可的。”

马丁娜瞥了孩子们一眼，确认他们是不是在听。他们都顾不上这些了——达娜睡着了，萨拉特正出神地望着窗外陌生的世界，西蒙在跟霍莉的儿子聊天，一起玩着那孩子带来的一只塑料短吻鳄玩具。

“总之呢——我说到哪儿了？——你们会没事的，”霍莉接着说，“掌管佩兴斯的人都挺不错的，是‘红色月牙’的人。那是最好的人道援助组织了，你知道，所有的大战，他们都派人去。别想多了，那儿肯定不是什么宾馆饭店，不过那地方够大，蓝军要是再误炸就说不过去了，他们时不时就会这么干。而且，反正亚特兰大克肖总统的人说了，到了圣诞节，战争肯定就结束了，大家就都能回去跟家里人，或者说家里剩下的人，团聚。他还说他们也许会让蓝军出钱重建边境上那些城市，不过我觉得还是到时候再看吧，我要眼见为实。”

马丁娜望向窗外。她看见路边停着四辆旧式化石燃料卡车。有十来个南方自由邦士兵站在车旁，其中一人示意巴士停下。

“他们又想干什么？”马丁娜说。

“没什么，”霍莉回答道，“他们不能让武装的反抗军士兵送大伙儿进去。怕会吓着‘红色月牙’的人。”

巴士停下，一名军人上来把反抗军战士换了下去。这名士兵身着红色制服，跟驻守路易斯安那边境的卫兵一样，他把帽子折起来别在肩章下。

“早啊。”他跟乘客们打招呼，有几个人点点头，算是回应。

“你这一车人可够欢乐的啊！”士兵对司机说，“走吧，送我去大门口。”

司机接着往前开。巴士又行驶了几英里，来到田纳西河畔的三州交界处，开进一片曾是树林的焦土，轧过几条减速带。路旁出现了一个广告牌，上面的月牙图案跟亨茨维尔教堂志愿者背心上的一样。牌子上写着：佩兴斯营难民救助机构——中立地带。

☆ ☆ ☆

难民队伍步履沉重地踏入密西西比的暮色中。切斯特纳特一家最后下车，坐了一整天的车，他们的腿都麻木了。他们还没来得及看清新的环境——厚帆布帐篷连成一片，一望无垠，里面住满了流离失所的人——就被一名营区工作人员带进了管理大楼。

他们进了一间宽敞的接待室，坐在学校用的塑料椅上等候。有些人实在坐不住了，就从包里抽出毯子铺在地上，躺在上面打盹。房间里，几台大号的立式电扇呼呼作响。有不少新来的难民围在它们周围。几名护工在屋子里走动，从冷藏箱里取出瓶装水发给大家。

“我们这是在哪儿啊，妈妈？”萨拉特问。

“就是个过夜的地方，宝贝。”马丁娜回答。

“这里的气味好奇怪。”

“妈妈知道，再等一小会儿就好。”

在接待室里等了差不多半个小时，马丁娜听见有位护工在叫自己的名字。她带着孩子们再次拾起行李，跟着护工进了一间办公室。那里坐着一个男人，面前是一张零乱的教师办公桌，上面有一沓接收表。

“切斯特纳特一家？”他开口问道。

“我们是。”马丁娜回答道。

“四个人？”

“对。”

那人又盯着面前的表格看了好一会儿。因为睡眠不足，他细长的眼睛周围全是黑眼圈。

“你们的原籍不是南方自由邦的领土。”他说。

马丁娜没有回答。那人又过了一遍接收表。

“你们有没有……比如南方自由邦领事办公室的证明……”他开了口，随后又停顿了一下，“有人给你们发过证件吗？我们营地只接收南方自由邦内的难民，懂吗？你明白我的意思吧？”

“我没有证件。”马丁娜说。

男人把接收表往桌上一放，挠起头来。他叹了口气，从一个抽屉里抽出一张粉色的表格。他开始填表，边填边头也不抬地向马丁娜抛出各种问题。

“你的出生年月日？”

“2036年3月21日。”

“男孩的姓名和出生年月日？”

“西蒙·切斯特纳特。2066年1月1日。”

“女孩们呢……”

“萨拉·切斯特纳特，2068年12月30日。达娜·切斯特纳特，同一天生的。”

“他们注射过疫苗吗？”

“什么苗？”

“他们打过针没？预防麻疹、腮腺炎之类的，明白吗？”

“没打过。”

“他们有没有生病？有传染病吗？有没有咳嗽、发烧之类的？”

“没有。”

男人摇摇头，在表上划掉几行。他读了一遍余下的内容，又把最下面的几段也划掉了。他在表格上盖下红色月牙的公章，然后把它跟其他的接收表一起放进一个文件夹。

“你们是跟黑泽尔格林的难民坐同一辆车来的，对吧？”

“对。”

“那么，为了管理方便，你们今后就说自己是从那儿来的。要是有人问起——因为营地里不时会有媒体光顾——你们就得说自己是从那儿来的。这很重要，明白吗？”

“行。”

那人冲外面喊了一声，助理就进来把切斯特纳特一家带离了管理大楼。

“亚拉巴马片区满了，所以你们得住到密西西比片区去。第36排的14号帐篷，”助理说，“记住了——从现在起，这就是你们的地址了。”

切斯特纳特一家踏着靛青的暮色，步入浩浩荡荡的帐篷阵。自此，直到大屠杀前夜，这里都将是他们的避难之城。

第二次美国内战口述历史
第二卷，2074—2080年
（节选）

问：你们一方一共有多少人？

答：我所在的地方有五百来人，就在基尔戈北面。此外，驻扎在郎维尤和格莱德沃特之间和东山市[1]一带的人数可能是我们的三倍。那会儿，得克萨斯东部到处都是战士。那差不多是南方刚独立的时候，大家对打仗还很兴奋。

问：能描述一下你在基尔戈部队里的战友吗？他们都是什么背景、来自哪里？

答：谈不上什么部队，就是一帮扛枪的哥儿们，都不知道自己是去当炮灰的。大都是得克萨斯人。要不然起码祖上是得克萨斯的，在得克萨斯还正经是个州的时候，他们就定居在这儿了。有些人过去当过兵，南方独立前在国民警卫队干过，或者在蓝军里服过役。他们瞧不上我们，这你一眼就能看出来。他们有正规的制服，都是崭新的，是从奥斯汀发来的，枪也是新的，跟蓝军的家伙一样。我们其他人只有船上走私来的95式步枪，要不就是旧猎枪，甚至还有手枪之类的。有几个密西西比小伙子还拖着旧砍刀，上面全是锈，就跟要去闯亚瑟王宫殿似的。那玩意儿他

1　基尔戈（Kilgore）、郎维尤（Longview）、格莱德沃特（Gladewater）、东山市（East Mountain）均为美国得克萨斯州东部的城镇。

们拿着都费劲。

问：得克萨斯以外的人到油田上来是出于什么动机呢？

答：那些从紫区——阿肯色、堪萨斯、田纳西——来的人，要么是在家乡破了产、失了业，或者在逃难，所以他们只求一日三餐，再加点军饷；要么就是打心眼里受不了自己的家乡站在哥伦布一边，看不惯燃油禁令，这些人就是为打仗而来的。

从“密亚佐”来的人，大都属于反抗武装——像帕尔梅托枪手团、新祖阿夫兵团、密西西比领土护卫队等等，还有十来个更小的组织，一队十人左右，有的连十人都不到。这些人一逮住机会就会跟你宣扬南方的大业是多么正义，念得人耳朵都起茧子了。我想他们当中真的有人相信自己是来东得克萨斯替天行道的。

然后还有从南卡罗来纳来的人，他们又完全是另一回事了。当时，哥伦布政府还没把那个州弄瘫痪呢，即使在那会儿，南卡罗来纳士兵也是前线上最心狠手辣的杂种。我在和平时期去过那儿，遇到的人全都热情好客。但战争一爆发，他们就再也不跟外人说话了，更不可能对人微笑，或跟人握手。待在他们身边，你会觉得南卡罗来纳州从没走出历史上那场战争[1]，他们同时在打两场战争。

还有些人是凭空冒出来的——没有组织，什么也没有。见鬼，我敢打赌他们有些人是蓝区人出身，参战前一周才头一次离开纽约。我猜他们大概是想找点刺激，想近距离感受感受战争、体验体验叛逆。得克萨斯人和反抗军最看不惯这些人，管他们叫“游客”或“特务”。不过要是抛开这些成见，你就会觉得有北方

---

1 指美国内战，即南北战争。1861 年，南卡罗来纳州率先宣布脱离联邦，成为南北战争中第一个退出联邦的州。

人愿意跟你并肩作战还是挺让人欣慰的，那会让你觉得自己的事业正义凛然。

问：能否描述一下你初到前线时所见的景象？

答：我们到了地方，就看见一片农田，随处可见的那种，只不过田里什么粮食也没种。上面命令各就各位，于是我们就分别进了五间废弃的农舍，或者在农舍周围就位。每间农舍之间间隔一两英里。地里长满杂草，草叶是棕黄色的，特别扎人。我不知道那是什么草，当你穿过草丛时，它们能让人痒死，而且根本没法缓解。我看见一个伙计拿着一把砍刀，想在一间农舍和100英尺外的木屋之间开出一条路。他挥刀砍了大半个小时，草丛还是毫发无损。他回来的时候，看上去就像刚从水母池子里爬上来似的。

不过草丛也有个好处，就是高。你只要蹲在里面，就隐蔽起来了。所以得克萨斯人把我们大部分人都派到这些田里去。我们得用旧毛巾包着脸，免得痒。

问：能讲讲进攻当晚的情形吗？

答：他们让我们在我方战场上列队，每100英尺排两个人。我的同伴是从蒙哥马利[1]来的，名叫……见鬼，我想不起来了。

整夜，我们都在互相低声问话——“你看见什么了吗？”“没。你呢？”“没。”

凌晨3点钟左右，我听见一个声音，就像——就像过去的行李箱上那种老式密码锁转动的声音。嗒——嗒——嗒几声，声音不是很大，但相当诡异。我记得有个得克萨斯老兵说过，自然界没有笔直的线条，也没有平铺直叙的声音。那就是一种笔直的声音。但我还没来得及开口，路上的一间农舍就被炸成了碎片。爆

1 蒙哥马利（Montgomery County）是美国马里兰州的一个县。

炸点腾起一团亮晃晃的橙色火光，那声音听上去就像是有人戳爆了一只金属做的气球，然后那儿就什么也不剩了，徒留蹿天的火舌和一大团黑烟。

打那开始，一切都变得一团糟。你能听见有人在地里骂娘，有人下令开火，但没人知道自己在朝什么开枪。有些士兵戴着夜视仪，旁边的人就一个劲问他们看见什么没有，但他们也一样，什么都没看见。接着，又响起一阵嗒——嗒——嗒，这下大家都知道要像训练中那样躲避、捂住耳朵，然后我们左边的农舍就没了。

爆炸像一记重拳打在我肚子上。等缓过劲来，我喊了我的搭档几声，想看他是不是还好，但他没有答应。我直到早上才看见他悲惨的死状。他们向我们投下的这些炸弹里装满了细小的镖，他的整个左半边身子都被这些玩意儿撕成了碎片。要是当时换成我在他左边，死的就是我了。但事实正好相反。

炸完房屋，他们就开始轰炸农田。轰炸持续了一段时间之后，我就只好脸朝下趴在地上，一边念祈祷词，一边等待。

轰炸停止后，我听见头顶传来直升机的声音。还有些人没被炸死，于是直升机就从空中扫射。这时，我感到所有声音听起来都似乎离我很远。我耳鸣得厉害，不过我能感觉到周围的地面在震动。

随后，直升机降低了高度。它们先是飞掠了几圈，然后其中几架降落了。我能感到那些士兵就在我附近，但我看不见也听不见他们。他们列队行进，在农田里来回巡视。我像死了一样趴着不动。有一次，他们离我特别近，就像咱俩这么近。我不知道他们是以为我死了呢，还是根本无所谓，不然就是想让我活下来讲述这一切，反正他们没有停下脚步。一小时后，他们走了，但我一直等到天亮才敢动。

问：早上你看见了什么？

答：看见尸横遍野，房子都烧成了灰烬。

问：联邦军还有人在那儿吗？或者有没有联邦军人的尸体？

答：他们就像从没来过似的。

问：你受伤了吗？

答：完全没感觉。

问：你接下来又做了什么？

答：一开始，我觉得应该回基尔戈去。我还以为其他人都去了那儿。当时我还不知道，已经没有其他人了。然后我的脑子转过弯来了。我想到蓝军接下来就会开往基尔戈及其周边，把没上前线的人也干掉。

问：有人当了逃兵？

答：不是。

问：那他们是一开始就没上前线？

答：没上，他们根本不算军人，但依然是蓝军的敌人。比起我们这些军人，他们对蓝军更有威胁。

我不指望你理解。你们虽然是参战方，但战争从没发生在你们身边。而在红区，战争实实在在地发生过。

凡是战争期间在南方生活过的人，即便自己没被人用枪指着赶出家园，也肯定认识有这种经历的人；就算自己家没人被“鸟”那种无法预料、无缘无故的死亡之雨夺走，熟人家里也肯定有。

对大多数人来说，仅仅是听说这些事情，倒还不至于揭竿而起——想到自己可能会被子弹打中、被弹片撕碎，或者更有甚者，想到自己被捕后可能会在糖面包或别的什么监狱被关到死，不是每个人都能受得了的。但听了这些，你他妈的不想做点什么才怪。

于是你就会去教堂布施，而且对这钱的用途心知肚明。或者，蓝军打到你们镇上，要找他们整天挂在嘴上的分离主义分子时，就算清楚这些人藏身何处，你也不会走漏半点风声，你会任由海军陆战队把你家拆个干净，直到这帮人气急败坏地离开。还有，只要听说那玩意儿——你们北方人管那叫什么来着？自杀式爆炸袭击？——在田纳西以北的某个地方炸死了几个人，你嘴上什么也不说，但心里却高兴得很。因为终于有人能让北方尝尝我们的痛苦了。虽然也不算扯平，而且还差得远，但好歹能让他们尝点苦头。

你们北方人是永远也不会懂的，真正的分离主义分子从没开过一枪。

问：战争期间，你还参加过别的战役吗？

答：没有。后来我向东走了两天，在克罗斯湖[1]附近搭车回到了亚拉巴马南部，我的家乡。我就在那儿一直待到战争结束，再到后来的瘟疫结束。到最后，我过去认识的人差不多都死光了。

问：对合众国，或者说对北方各州，你会不会始终怀恨在心、恨之入骨，或者怀有敌意？

答：[笑]

1 克罗斯湖（Cross Lake）是美国路易斯安那州什里夫波特市附近的一个湖泊。

PART 2 | 2081.07

密西西比州

–

卢卡市[1]

1　卢卡市（Luka）位于美国密西西比州蒂肖明戈县（Tishomingo County），该县位于密西西比州东北角，东临亚拉巴马州，北接田纳西州，卢卡是其县治所在地。

1

佩兴斯营的布局如同一个四等分的圆。西北角的扇形是密西西比片区，西南是佐治亚片区，东北是亚拉巴马片区，东南则是南卡罗来纳片区。营区根据难民的籍贯把他们分入相应的区域。外来者切斯特纳特一家自初到营地那天起，就居住在密西西比片区，迄今已有六年。

四个扇形营区交会的地方，也就是营地的中心区域，集中安放着一些功能性设施，包括接收区、学校、教堂、医务室，还有食堂。难民居住的帐篷就以这些建筑为圆心，一圈一圈发散开来，直到漫山遍野。

佩兴斯营西邻已然千疮百孔的蒂肖明戈县立野生动物保护区。营地北面有着全营最高的铁丝网，外面就是田纳西州。在晴朗的冬日，最北端那些帐篷的居民能依稀辨认出蓝军前沿分支基地里覆盖着树纹迷彩的瞭望塔；到了晚上，还能听见归顺合众国的民兵一边嬉笑咒骂，一边在灌木丛中巡逻，搜寻冒险潜入北方的人。

总有人铤而走险越过边境，结果不可避免地被射杀。另一些难民来了又走，最终还是决定到南方首府亚特兰大周边的贫民窟中去碰碰运气。唯一的例外是那些来自南卡罗来纳的难民，他们几乎算是定居在佩兴斯了。南卡罗来纳人已经完全放弃了回家的希望，因为他们记忆中的南卡罗来纳早已不复存在。战争初期，为了抑制那里日益高涨的分离主义情绪，合众国特工释放出一种病毒，让整个南卡罗来纳陷入了瘫痪。今天，那里已经变成了一座高墙围堵的隔离医院。病人都被封锁在隔离墙内，而健康人则永远失去了家园。

☆ ☆ ☆

马丁娜的邻居劳拉敲敲切斯特纳特家的帐篷门，走了进来，看见马丁娜还在老地方，坐在一张回收利用的塑料户外桌旁。这张桌子充当了马丁娜的临时办公室，她终日伏在上面，替难民营里的文盲打字，代写陈情信或各式各样的申请。

“采访怎么样？”马丁娜问。

“老样子。”劳拉应道，“蓝区来的那些记者你是知道的，翻来覆去就那几个问题，不外乎反抗军这个，分离主义者那个。不过倒是赚了几个酒钱，所以也没什么可抱怨的啦。”

“进来坐坐，”马丁娜说，“喝点水吧，外面热得跟下火似的。”

劳拉打开马丁娜桌旁的小冰箱，取出两瓶水。物资援助船每个月 10 日在奥古斯塔靠岸，随后，不出几天，这种瓶装水就会成箱成箱地运抵营地。挤得皱巴巴的空瓶，成了营地里最常见的垃圾。

“这回又在写什么？”劳拉问。她在马丁娜身旁的一张折叠椅上坐下，越过马丁娜的肩头盯着平板电脑屏幕。那台机器已经十分老旧，性能极差。

“亚拉巴马 36 排 12 号新来的姑娘想请求亚特兰大提前一年释放她丈夫。”马丁娜回答，“说他是被人用枪顶着脑袋加入‘铜头蛇’的，从来就没开过枪。”

“你打算申请独立日放人？”

“没错。”

“能管用？”

“当然没用了。不过她拿出一整包玉溪，我可不会拒绝。”

“这倒提醒我了，”劳拉说，“我跟你说过的那个姑娘，就是佐治亚片区那个姓麦迪逊的，她又变卦了，不想让你替她给沙里夫写陈情信了。”

“她有别的法子治她儿子的兔唇了？”

“哪有啊？她说她有一天来这儿找你，结果看见了那个。”劳拉指了指那尊布满裂纹的圣母像，它被摆在帐篷里靠前的位置，立在几个瓶装水包装箱上。

“那个怎么了？”马丁娜问。

“可能她不喜欢天主教徒吧。”

“开什么玩笑！”

“大姐，我没开玩笑。”

马丁娜摇摇头。“有些人就是这样。”她说，“反正我无所谓。她要真那么虔诚，就让她去找那个伯明翰来的耍蛇牧师[1]给她的儿子治病吧。”

劳拉大笑着说：“他们已经不准他进来了，嫌他太狂热了。现在换成了一个从亚特兰大来的半吊子浸礼会牧师。那号人你是知道的——这个是上帝神圣的安排，那个也是上帝神圣的安排。”劳拉扫了一眼马丁娜电脑上的时间，问，“对了，你来参加礼拜吗？”

“没空！”马丁娜说，“得先弄完这个，接着还有巴克霍恩家的。”

1　伯明翰（Birmingham）是亚拉巴马州的一座城市。耍蛇牧师指美国南部的一些五旬节派牧师，他们认为信仰上帝则百毒不侵，即使被蛇咬，也能得救。因此，其中一些人会在布道时耍弄毒蛇，以示信仰坚贞。

“巴克霍恩又有什么想法了？”

“可能是因为佐治亚东面边境上的战事缓和了吧，亚特兰大宣布他们的家乡又安全了。”

“他们想让人家送他们回去还是什么？”

“不，他们想留在这儿。”

“这倒新鲜了。”劳拉说。

“我觉得这不赖他们。他们在这儿待得比我们久，怕的是回去也是一无所有。”

一阵敲门声打断了她们的对话。伦尼走了进来，手里还攥着一捆钞票。他 17 岁，是营地里人脉最广的掮客。

“女士们早啊！”他说，“可别说你们不乐意见到我，我知道那是不可能的。”

“反正我很乐意见到你手里那玩意儿。”劳拉说，“他们付了你多少？”

“你听了准高兴，鲍威尔太太，我拿的可是标准价。”伦尼说，他从那卷钞票里数出三张放在桌上，“这是你的。不过说实话，你早上在我们的客人面前可表现得有点丢脸。”

“噢，那我是该给他们唱歌、跳舞？”

“起码，你不该骂人。”

“我哪儿骂人了？”

“你说人家是骗子。”伦尼说，“在一个体面的北方记者眼里，这就是骂人。”

马丁娜伸出一只手，说：“我女儿那份呢？”

“什么？”

“别跟我什么什么的——能不能拿出你好的一面来？”

“我哪面都挺好的呀。”伦尼说罢，递给马丁娜两百块。

“就这点儿？”马丁娜说，“他们可对着她拍了快一个小时呢。”

“这回先这样。不过别担心，达娜·切斯特纳特会成为明星的。只要能拍到一个漂亮的南方难民小女孩，那帮外国蹩脚文人多少钱都愿意出，而且谁也没见过比你女儿更漂亮的难民小孩了。”

“下不为例！”马丁娜说。

“你说了算，不过我知道他们肯定还会回来的。”伦尼在切斯特纳特家的冰箱前蹲下，起来的时候手里拿了一瓶水。他跟两个女人一块儿在桌旁坐下，擦了擦脸上的汗。

“我想你误会那个蓝区记者了。”他对劳拉说，“我觉得你说的东西他只会用一部分，虽然天知道你起码有一半时间都语无伦次。”

“我管他会用多少！”劳拉说，“北方难道还有人不知道在打仗吗？”

伦尼笑道：“你知道吗？他一个劲儿要我带他去南卡罗来纳片区。我跟他说了，‘他们一看见你就会割你喉咙’，但他偏不信，坚持说他们会——他怎么说的来着？哦对了，说他是中立身份，他们会承认的。”

“噢，他们当然会认出点什么，”劳拉说，“立马就能认出来。”

伦尼两口就喝光了水，把空瓶放在桌上。他长得又瘦又小，明显是因为营养不良、发育迟缓。他有个习惯动作——肩膀微倾，侧转身体——始终不让人看清他那半张毁容的脸，多年来这已经形成了他的肌肉记忆。那半边脸上的皮肤仿佛融化到一半时突然凝固，整个耳朵缩成了一团。他总穿一件褪色的QQT恤衫和一条运动裤，在他那些数不清的裤兜里，永远揣着几个写满名字和地址的小本子，还有全佩兴斯营唯一能用的手机。

“一如既往，荣幸之至，女士们，”他说着，站起身来，“我敢说我很快会再见到你俩的。平时离北边的隔离带远点，越远越好。我哥儿们说北边那些民兵又要开始不安分了。”

他走后，马丁娜让平板电脑休眠，往椅背上一靠。在这里生活了六年，她已经可以靠感觉预测天气：又一场沙尘暴即将来袭。空气中有一种熟悉的干燥，看不见的重量正在聚集。一两天之内，古铜色的沙尘就会笼罩营地，遮天蔽日。随后那一周，食堂的空气罐和湿巾将全部售罄。

“这小子当掮客多久了？”她问劳拉。

“伦尼吗？起码从10岁或11岁就开始了。一开始是帮边境上的蓝军大兵买烟，吃准了没人会朝他那么小的孩子开枪，而且运气也确实好，没遇上人开枪。从那以后，他又开始替记者干活儿。半边脸就是这么没的。估计是有个记者想上北边的柯林斯[1]去看看，反抗军在那儿布的汽车炸弹炸死了不少蓝军，于是他就带那人去了，结果……可想而知。”

“你瞧见那一沓钞票没？”马丁娜说，“这小子肯定发财了。”

“他倒是一个子儿也没花，有想法得很呢。他每次帮北方记者或者蓝军干活儿，都让人家给他写个推荐信，这样他就好申请许可证，有朝一日离开红区了。那些人都满口答应，但很少有人写。他甚至都不在他们面前用真名。跟北方佬打交道的时候，他用的完全是另一个身份。他们都以为他叫克里斯琴什么的。”

“他还在替蓝军干活儿？”

“是的。那帮人估计前一阵子开了窍，知道开进南方城镇后要想让当地人配合，就最好带个南方人。”

---

1 柯林斯（Corinth）是美国密西西比州奥尔康县的县治。

“我就纳闷了，反抗军怎么就没把他给绑起来呢？”

劳拉耸耸肩。“他是那种跟谁都能交上朋友的家伙，简直朋友遍天下，”她说，“他总有一天会惹上麻烦的，不过人家起码有个目标，不像我们，日复一日在这里坐以待毙。”

劳拉站起来。“你真不去礼拜了？”她问，“结束后他们还会弄个招待会，有那种味道跟真橙子差不多的橙汁。”

“你去吧，”马丁娜说，“我们晚上打牌的时候见。”

劳拉摇摇头。“没什么比弃教的天主教徒更可悲的了。”她说。

☆　☆　☆

朋友走后，马丁娜又打开平板电脑，准备把自己揽下来的那封陈情信写完，但她的思路却有些卡壳，随即又放下平板电脑，回到帐篷最内侧。她躺到自己的床上，听到小床的弹簧在她的重量作用下咯吱作响。

这些年间，她已经写了成百上千封信——从宽申请，供认小罪的认罪书，人丁兴旺的家庭要申请更大、更舒适的帐篷，有人要给远在天边的报社编辑写信，此外还有北方旅行许可证申请，再比如情书和悼词。而她写的东西，除了悼词，几乎都起不了任何作用。每 20 封信里，大约只有 1 封能达到目的。这些成功的范例，或者说有目共睹的工作成果，都被她打印出来，放在床头的一个小文件匣里。这些信，标志着她在营地创业大军中占据了一席之地——她的同侪遍布全营，譬如亚拉巴马片区就有一个男人，最多只用四天，就能在全国各地之间调遣任意金额的资金；佐治亚片区还有一位大娘，利用位置之便，从管理办公室蹭到一个无线网络信号。工作让人有了奔头，让人活得有价值，活得充实。

写这些信，让她对南方各派那些微妙的癖好稍稍有了些了解。像大多数反抗武装一样，密西西比领土护卫队喜欢被人称为“兄弟”；所有写给佩兴斯营营长沙里夫先生的信都由他的秘书代为拆阅、处理，不过不能直接写给秘书；亚特兰大的南方自由邦政府逢信必回，不过回信寄到时，事情起码已经过去两年了。

她知道哪些手法会奏效、哪些不会。写信人与收件人之间但凡有一点沾亲带故，不论隔得多远，都会被毫不留情地加以利用；照片上死去的亲人和骇人的战争创伤向来没有什么用处，虽然持有这些照片的难民总是要求务必要将它们随信寄出，无一例外；直接的行贿企图往往会招致羞辱，但如果提出愿意资助收件方指定的事业，就既能达到目的，又不失分寸。

说到底，这是一份令人绝望的工作，写的都是些注定失败的信。但那些难民为了让马丁娜代写这些陈情信，不惜花钱或恳求。

对他们而言，绝望不是放弃希望的理由。

☆ ☆ ☆

切斯特纳特一家的帐篷也像他们过去在密西西比海边的房子一样，分为三个部分。最里面是马丁娜的房间，屋里摆着一张医用钢丝床和一个五斗柜。

中间那三分之一属于双胞胎，两侧各有一张小床。达娜床上放着几件十几岁少女必备的玩意儿，都是淘来的旧货，包括一个直发器，还有一套化妆品，里面有品牌各异、色彩繁多的遮瑕膏、腮红、唇膏和眼影。这些东西旁边，有一沓页边卷曲发黄的《丽人》杂志，这本期刊已经停刊几十年了。

萨拉特那一侧没贴海报，东西也很少。她用一个塑料大碗收集各式各样的战争种子——弹夹，还有弹片上龇牙咧嘴的镀银等等。这些都是那些脸色阴沉的大兵送她的礼物，他们奉命在营地北侧边界外排除地雷。她喜欢看士兵们干活儿，看他们在地里弯着腰，听他们手中年代久远的探测器令人无可奈何地响个不停。

在女儿们的卧室前，马丁娜归置出一间厨房。厨房到帐篷门之间的地方，是西蒙的房间。里面凌乱不堪，散发着浓重的馊味，脏衣服在西蒙的床下堆积如山；床垫底下压着一条毯子，权作临时挂帘，用来遮挡塞在床底下的东西；墙上挂着一张海报，上面是纯然原始的得克萨斯沙漠，画面澄净、无瑕——这是一种抗议。佩兴斯营先是全面禁止了一款早已停产的某品牌化石燃料肌肉车的海报，随后，这张沙漠海报就开始在营地里的十几岁少年中间风行。在肌肉车之前，流行的是蛇，品种不限；再之前，是代表反抗武装的响尾蛇；更早之前——最开始——是印有任何一支反抗军名号的海报。过不了多久，佩兴斯营就会把得克萨斯风光也禁掉，男孩们又得另觅他物。

帐篷里堆满了东西——电热锅、立式风扇、两台迷你冰箱，还剩半瓶的消毒酒精、润肤霜、营区和南方自由邦的证明文件、开罐器，还有急救套装，其中最多的是毯子。

向佩兴斯营输送的援助物资中，有不计其数的毯子，全是那种粗厚的织物，像砂纸一样硌人，它们一箱箱地摞在一起。其实，即使在冬天最冷的时候，营地里也用不上毯子，于是难民们就用它们做隔帘、桌布、脚垫，还有抽屉内衬。尽管如此，毯子还是多得让人一筹莫展。双胞胎的床底下和文件柜顶上，全堆满了叠好的毯子。作为物物交换的货币，它们简直一文不值，贬值得比南方货币还厉害。然而，不知名的捐赠者们依然乐此不疲地发来更多毯子。马丁娜一辈子也没想明白，外国人究竟以为红区都是什么天气。不过退一步想，她很难把这些捐赠者想象成活生生的人。他们生活在另一重宇宙，不是血肉之躯，而是一些管子，装在一台她无法理解的庞大机器上，其唯一可见的产品，就是那些笨重的物资援助船，上面满载着毯子。

☆ ☆ ☆

马丁娜躺在床上休息，闭上眼睛，却毫无睡意。午间，暑热渐起。她坐起来，离开帐篷，向南进入佐治亚片区。她沿着帐篷间的小道，来到那个有兔唇宝宝的女人家。帐篷属于较新的一批，位于营地西南角。那女人独自在家，正把孩子放在床上给他换尿布。

那是个纯洁无瑕的男婴，皮肤像大理石一样光洁。就连他豁开的上唇，看上去都是那般完美，仿佛其他人才长得不对。

“早啊。”马丁娜说，“有空吗？”

女人没吭声。她二十出头的样子，上身穿一件南方自由邦T恤，下面套着一条单调的垂到脚踝的灰裙子。

“劳拉告诉我，说你又不想给营长写信了。”马丁娜说。

“没错。”女人说。

“有别的办法了？”

“我们打算凑合着过了。”

“听着，我不了解你的过去，我也不在乎，”马丁娜说，“但在这儿，我们没心情树敌。我帮你写信吧，一分钱不要。”

“不了，谢谢你。我们就凑合着过了。”女人说。她把宝宝放到一小块援助毯上。孩子挥舞着胖乎乎的小胳膊，在空中乱抓。

“看在上帝的分上，”马丁娜说，“我们根本不是天主教徒，那尊雕像是我丈夫的东西。”

“所以你丈夫是天主教徒咯。”

“我丈夫死了。”

女人没有答话。宝宝咯咯笑了，吐着口水，出神地盯着天花板。

“那好，”马丁娜说，“随你便。不过记住，你那个宝贝儿子在为你心里那些莫名其妙的恩恩怨怨付出代价。”

“多谢你的关心。”那女人说。

马丁娜离开那顶帐篷。她被这个固执的年轻女人气得够呛，继而很快想起自己从前也曾在这些毫无意义的狭隘对立中选边站队。在别人期待中的那个正统、正常的世界面前，她总感到格格不入——她的肤色，她的少数族裔丈夫，甚至她的假小子女儿，都曾加深这种感觉。她曾试着摆脱它，但不论她多么努力，她仍会不时地心生怨怼。随你怎么刻薄吧，蠢姑娘，她想，攥紧你那点自封的权力。但我希望你每次看到孩子豁开的上唇时，都会想起我。

她走回自家所在的密西西比片区。路上，她看见萨拉特在跟几个小她几岁的男孩子玩捉人游戏。孩子们在帐篷之间、在沉甸甸的晾衣绳底下钻来钻去，又笑又叫。马丁娜把女儿叫到跟前。

“别在地上打滚了！”她说，“瞧你脏的。”

“我们玩玩而已。”女孩回答。她喘着粗气时，别的孩子自顾自地跑开了。

“你姐姐呢？”

“我不知道。”萨拉特说，“跟那帮大孩子去米西家的帐篷了吧，我猜。”

“我不是叫你看着点她吗？”

“他们又不会把她吃了。”

“你哥哥呢？我一上午都没瞧见他。”

“听说他跟马克他们溜到马斯尔肖尔斯[1]去了。别说是我说的

1　马斯尔肖尔斯（Muscle Shoals）是美国亚拉巴马州的一座城市。

啊，他会气死的。”

“马斯尔肖尔斯？他们怎么出的营地？”

“走私贩怎么进来的他们就怎么出去的呗，”萨拉特说着，指指东面，“走亚拉巴马片区那边的桑迪溪。”

“这你都知道？你跟他们出去过？”

“就跟他们会带我似的。”

“那是你自己知道的啰，嗯？”

女孩耸耸肩：“人人都知道。”

马丁娜拍拍萨拉特的无袖夏装，为她掸掉灰尘。她才 12 岁，已经开始捡别人的衣服穿了——全是其他家长送的，他们的孩子通常都比她大个三岁左右。但就连这些衣服也跟不上她越来越高大的身形。这三年来，她蹿得实在太快了，马丁娜甚至一度担心那是内分泌失调的结果，是病。现在，她已经跟马丁娜一般高了，一头沾满汗水和尘土的乱发支棱在头上。

“找你姐姐去，然后一起回来洗洗干净。”马丁娜说，“你今天在外面疯得够久了。还有，以后离北边远点。”

萨拉特点头应允，说：“好的，妈妈。”

☆　☆　☆

萨拉特看着妈妈走进帐篷。母女俩说话的工夫，其他孩子都跑没影了，这会儿再去追他们也没什么意思。萨拉特回到女澡堂所在的帐篷附近，她刚才为了跑得自在些，把拖鞋脱在澡堂前湿滑霉烂的台阶上。

淋浴帐篷像人身上的褶皱一样，也散发着一种人体特有的潮热气息。上午尤为明显，因为上午水最凉，洗澡最舒服，于是一般都会有一长串眼神呆滞的难民趿拉着塑料拖鞋往洗澡间走，仿佛是去朝圣。他们洗澡的时候，废水就顺着排水管流进一道 15

英尺宽、5 英尺深的臭水沟里。水沟环绕着营地，被戏称为“碧溪”。废水夹带着棕黄的人体排泄物缓缓流向净化池，那股熏天的气味让所有的难民都避之不及，没人愿意住在离净化池 15 英尺之内的帐篷里。

萨拉特穿上拖鞋，去东侧的亚拉巴马区找她姐姐。她故意不理会妈妈的话，先绕到北侧，再沿着边界上的隔离带走。她大部分闲暇时光都在这条隔离带附近度过，独自观察着那些奉命在营地北面和田纳西边界之间扫雷的年轻人。

他们都是些看上去无可救药的列兵。而且理论上，他们受雇于南方自由邦，所以没资格穿印有红月牙的白背心。那种背心只有中立的人道救援人员才能穿。他们穿着黄色的赛车背心，戴着贴有反光带的头盔，这些可以向边境另一边的蓝军表明身份，自己属于编外的非战斗人员。

即便穿着这身制服，夜间作业也是极其危险的，因此这些人只在白天工作。他们与这个总来看他们干活儿的女孩成了朋友，每次用探测器探到什么杂七杂八的玩意儿，只要有点意思，就会送给她。他们对她十分好奇——这个手长脚长、头发蓬乱的女孩，竟会喜欢这种缓慢的战时冶金活动。

在亚拉巴马片区，萨拉特撞见一个男孩在洗衣盆里玩浑黄的水。萨拉特见他家帐篷位置靠北，T 恤上又印着响尾蛇——还没人为此斥责他——于是断定他是新来的。他有一双绿色的眼睛，浅棕色的头发从中间笔直地分开。他看上去也就 12 岁，个头偏小，可实际上他比萨拉特还大两岁。

“你做什么呢？”她问。

男孩抬起头来，吃了一惊。“我在净化水，”他说，“我爸爸说用塑料薄膜和太阳光就可以做到。”

萨拉特好奇起来，问也不问，就在男孩身旁席地而坐。男孩往洗衣盆里倒了几瓶水，又扔进去几把土。盆子中央，立着一只空瓶，底部用卵石压住。男孩在盆上蒙了一层透明塑料薄膜，中间也用卵石压着，好让薄膜的最低点对准瓶口。

“热量会把水蒸发上去，但不会带起泥土。”男孩说，“干净的水出不去，只能滴下来流进瓶子里。”

萨拉特朝盆里瞧，见有水滴正沿着薄膜缓缓往下流，阳光在水滴圆鼓鼓的肚皮上投下微小的彩虹。

“这叫热蒸法。”男孩说。

“你是刚搬来的？”萨拉特问。

“嗯，两天前来的，”男孩回答道，“我们还谁都不认识呢。”

“我叫萨拉特·切斯特纳特。”

“我叫马库斯·埃克萨姆。”男孩说，然后问，“你是亚拉巴马人？”

“不，我家住密西西比片区。来六年了。”

“六年！”马库斯重复道，“我爸说谁只要在这儿待超过一个月，就会一直待到死。”

“这儿也没那么差啦，不过基本上都很无聊。他们办了个学校，不过随便你去不去。”

孩子们把视线转向附近一座帐篷，马库斯的爸爸从里面走了出来。像营地里的许多男人一样，他大腹便便，乱蓬蓬的胡子遮蔽了脖颈。而且，在一个以妇孺为主的地方，他也像其他男人一样，看上去略显突兀。他穿棕色的工装裤，里面那件白汗衫虽然是新洗的，却依然残留着陈旧的污渍。男人朝儿子走来。

“这是萨拉特·切斯特纳特，”马库斯说，“她在这儿住六年了。”

萨拉特挥手致意。男人把她上下打量一番，态度不冷不热。

“你多大了？”他问道。

“12。”萨拉特回答。

“看着不像。”

“我在同龄人里算个子高的，去年长了5英寸[1]。”

“你说你在这儿待六年了？”

萨拉特点点头。男人指指东北方向。在那里，过去的25号公路被拦腰截断，尽头是重重铁丝网、卫兵岗哨，还有鲜红的禁止穿越警示牌。

“你知道那条路通向哪儿吗？”男人问她。

“知道呀。那边是北门，出去就是田纳西边境。你要是靠近那儿，他们就会特别生气。我哥说蓝军的狙击手就藏在对面的树上，一旦有人跨过边境，他们就会开枪，不管是小孩、女人，还是别的什么人。”

男人又盯着大门瞧了一会儿，正午的阳光照得他半眯起眼睛。他朝那个方向走了几英尺，不过很快掉头往南，向四个新来的难民走去，那几个人正围在一个倒扣的纸箱旁打牌。

马库斯转向他的新朋友。“他们真在那边安了狙击手吗？”他问。

“对呀。”萨拉特回答，“你想看吗？”

马库斯点头。萨拉特把他带到营地北端的一个地方，那儿的隔离带断了三根栏杆，中间的缝隙刚够探出一个脑袋。

“瞧那儿。”萨拉特说，“就在远处那棵最高的树上。瞧见没？”

马库斯扫视着地平线。远处树木稀疏，只有一处地方稍显茂

1 1英寸大约等于2.54厘米。

密。在一小片林地上，一棵大树拔地而起，比别的树都高出10英尺左右。

“扫雷兵说那不是真树，叶子也都是假的。”萨拉特说，“他们说那就像个鸟巢，只不过上面住的是狙击手。他们会整日整夜地守在上面，就等有人来越境，然后把他一枪打死。”

马库斯沉默地观望了一会儿。

“那我们这样看没事吗？”他问，“他们会不会朝我们开枪？”

萨拉特从没考虑过这个问题。她正琢磨着，突然，一只松鼠在那棵树上一跳，引得枝叶摇撼。两个孩子吓得一激灵。

☆ ☆ ☆

萨拉特在管理区附近找到了姐姐，她正跟四个朋友在一起。食堂和营长办公楼之间的小巷里有几个垃圾桶，他们就坐在合着的桶盖上。这条巷子一天中的大多数时候都无人问津——特别是现在，员工和难民都集中在营地最东端的那栋建筑，也就是教堂里。而且不管太阳处在什么位置，这里永远背阴，因此尽管也是户外，但夏天时这里的温度常常比营地里其他地方低出10摄氏度。

达娜看见妹妹，对她挥挥手。“嘿，漂亮姑娘！”她说。萨拉特来之前，那几个孩子正围着一台旧平板电脑看着什么东西，不过现在他们把它收了起来。

萨拉特也挥挥手。她认出了另外几个孩子，都是十年级的。其中有梅勒姐妹，是营地里另一对双胞胎；还有一个叫埃弗里的男孩，以及一个叫毕晓普的，萨拉特知道他俩都是西蒙的朋友，而且经常从桑迪溪附近那个守卫不严的船坞溜出去。

除此之外，这些大孩子身上的一切都令她感到陌生——他们对那些看似疯狂却又无关冒险的事物极其关注，简直到了夸张的地步：像裙子的颜色和款式啦，脸上长出的胡须啦，还有神秘的身体构造之类的。

“妈妈让我们马上回家。”萨拉特说。

“怎么就叫我们俩？”达娜回答，“西蒙一整天都在外面晃，也没人找他麻烦啊。”

“我也不知道为什么，反正她就是这么说的。”

“他们一般会让男孩子为所欲为。”梅勒双胞胎之一说。她左脸上有一颗痣，很容易和她的姐姐区分开，不过萨拉特总记不清她俩谁是谁了。“去年比尔和马克·赫尔南德斯在亚拉巴马把半个喇叭都给卸下来了，还扔进溪里，结果也没人拿他们怎么样。”

“他们1月的时候不是被送回老家了吗？”埃弗里问。

“是啊，不过那是因为他们的父母坚持要走，”脸上没痣的梅勒说，“并不是为了惩罚他俩。”

“事情很简单，真的，”达娜说，“所有的男孩，只要一满15岁，他们就会给他发枪，然后送出北门。你得在那儿熬过一周，能活着回来的话，就有资格留下。”

“我们为什么必须去呢？”毕晓普说，“我们什么也没干呀。”

“但你们要是想干点什么，也挺容易的嘛，”达娜说，“所以就得这样。”

“行吧，行吧！那你看这么着行吗？”毕晓普说，“我能不能让萨拉特替我去？”

“我看你还真干得出来，对吧？”达娜应道。

“我去！”萨拉特说，“我知道狙击手在哪儿。”

听了这话，男孩们和梅勒姐妹笑得前仰后合。

“听见没？”毕晓普说，“给她个机会吧，她明天就能结束战争！”

达娜对毕晓普做了个手势，那是妈妈曾告诉萨拉特绝对不准做的手势。她站起来。“那我们明天见了，蠢货们。”她说。

“明天我们到外面的狙击手那儿去碰头，带上萨拉特。”毕晓普伴着梅勒姐妹的哄笑应了一声。

“去你的吧，毕晓普。”达娜说。

☆ ☆ ☆

切斯特纳特双胞胎从巷子里出来，往密西西比方向走。她们走在食堂外那顶锡制遮雨棚的阴影下，与步出教堂的人群相对而行。礼拜日，男男女女都穿着各自最体面的行头，缓缓走向自家的帐篷，手里还端着橙汁，聊着那位浸礼会牧师刚才布道的内容：

亲爱的弟兄啊，有火炼的试验临到你们，不要以为奇怪（似乎是遭遇非常的事），倒要欢喜——他随后又把这个词重复了两次，手舞足蹈地。欢喜！欢喜！——因为你们是与基督一同受苦，使你们在他荣耀显现的时候，也可以欢喜快乐[1]。

从教堂出来的男人都穿着战前样式的西装，打着领带——不是南方自由邦一逮着机会就派发的那种带三颗星的量产便宜货，而是羊毛质地的上好领带，甚至还有丝绸的，上面饰有错综变幻的几何图案，或者过去哪支美国橄榄球队的标志。女人们穿着各自保存最完好的绣花裙子，戴着大檐遮阳帽，上面装饰着压花或纸花。这些是逝去的美好生活留下的最后一丝痕迹。难民们穿成这样，汗流浃背，感到极不自在，不过他们还是坚持盛装出席，因为除了圣诞节和南方独立日之外，再没有什么别的场合能这么穿了。

1　出自《新约 · 彼得前书》第 4 章 12 至 13 节，译文据中文和合本。

教堂台阶已空无一人，萨拉特和达娜坐在上面，看着几个营区工作人员把一个失魂落魄的女人和她的小女儿带往她们位于密西西比片区最外围的新家。

一辆带着硕大红月牙标志的三轮蹦蹦车隆隆地行驶在一条土路上，那是350号公路的残迹。那条路几乎正好将营地一分为二。车上坐着几个南方自由邦士兵，此外还有两名士兵站在后挡泥板上。小小的三轮车动力不足，伴随着马达嘶吼，轮胎扬起灰尘。

“我赌他们是去修大门的，”萨拉特说，“大门肯定又让民兵的火箭筒给轰塌了。”

“别再那么说话了。”达娜应道。

“怎么啦？你想去看看吗？我跟你赌五块钱。”

“我不是指这些当兵的，我是说像今天那样，跟毕晓普，显得好像别人说什么你都信似的，好像你不知道人家在笑你。”

“我哪儿有？”

“‘我知道狙击手在哪儿……’”

“我就是知道嘛！”萨拉特不乐意了，“扫雷兵给我指过。”

“你得学着长大，萨拉特。你已经不是小孩了。听着，我只希望你别让人抓住把柄、被人家戏弄，仅此而已。那样你也能多交些朋友。”

两个女孩静静地坐着。三轮蹦蹦车很快回来了，乘客少了三个，中间有一个新载回来的人，一名从亚特兰大来的疫苗接种员。这位志愿者由一名百无聊赖的士兵陪着，挨家挨户地索要五岁以下儿童的接种记录。

“我今天交了个朋友，”萨拉特说，“他叫马库斯，住在亚拉巴马。”

“噢，是吗？”

“嗯嗯。狙击手的事你要是不相信我，可以去问他。我带他去看过了。”

达娜摇摇头，笑了。她看着那个疫苗接种员。那是个二十出头的女人，北方人，在“一国联盟”当志愿者，会在这里服务一年。

“你还记得他们是什么时候给我们打过那玩意儿吗？”达娜问。

萨拉特点点头，说：“都跟他们说我们超过接种年龄了，可能打了也没作用。”

“也许还是起作用了。要是没打，我们说不定已经死了。”

“马库斯的爸爸说人要是在这儿住久了，就会死在这儿。”萨拉特说，然后问达娜，“你觉得我们会死在这儿吗？”

达娜陷入了沉思。马路对面，疫苗接种员在驱赶一群孩子，他们都是“熟客”了，来讨要她每次注射之后发的糖果。

“不会的。”达娜说，“好吧，也许再过 100 年吧。但不会那么快，不会在——好比——明天。”

“那还行，”萨拉特说，“100 年还行。”

在孩子们的乞求下，疫苗接种员善心大发，把糖果发了个精光。孩子们立即开始狼吞虎咽，用小小的槽牙奋力地咀嚼着糖果。

达娜靠在妹妹身上，把头贴在萨拉特的胳膊上。

“对不起，我不该让你学着长大。”她说，“永远不要长大，永远不要改变，漂亮姑娘。”

☆ ☆ ☆

疫苗接种员一个帐篷接一个帐篷地走访，向孩子们询问他们的年纪。有的孩子知道，有的不知道。她让那些不知道的孩子举起右胳膊，手肘弯曲，越过头顶，右手垂下来放在左耳附近，能摸到耳朵的，她就认为超过了五岁，疫苗已经起不了什么作用了。安排这次疫苗接种事出有因：某种早已销声匿迹的麻痹症又借战争之机死灰复燃，需要用那几滴透明的液体抑制住它。

☆ ☆ ☆

夜深了，天气凉快下来，营地里嘈杂的奔忙平息了，代之以流离失所的人们沉重而粗莽的睡眠。马丁娜到朋友埃丽卡·雅尔贝尔的帐篷里打牌。在将近五年的时间里，她们的牌局已经形成了惯例，每周三到四次，牌搭子有马丁娜、埃丽卡、她俩的朋友劳拉，再加上当晚附近帐篷里临时加入的女人。

雅尔贝尔家的帐篷很大，位于亚拉巴马和南卡罗来纳交界处，埃丽卡曾和丈夫，还有十几岁的儿子一起住在这里。后来，她的儿子去西边参战了，丈夫有天早上突然心力衰竭，撒手人寰。所以，她现在一个人住。

马丁娜带来一罐腌水果，用酷爱牌饮料[1]做的汁水泡得红红的。那其实就是些泡在甜水里的人造樱桃，马丁娜受不了那玩意儿，不过另外几个女人爱吃得很。她们总会带来些吃的喝的：煮花生、干花生，抹了油或培根油脂的隔夜食堂面包、甜角、凯特尔薯片，玻璃罐里腐坏的自酿怡然酒，再加上这些女人当天凑巧弄到或分到的任何食物。

她们玩斗地主。十块钱一分，先得 100 分算赢。她们用三副牌打，这样打得快，炸弹和火箭也多。她们点着彩色蜡烛打牌，蜡烛是用烧熔的蜡笔和鞋带做的。旁边有一台平板电脑，一个男人在唱歌，声音洪亮，有金属的质地："年轻的爱让我苍老而疲

1 酷爱（Kool-Aid）是卡夫食品公司生产的一种混合水果速溶饮料。

惫，焦灼而忧郁[1]。”

“一对‘密亚佐’，对八带对九。”马丁娜边说着边把六张牌甩在摇摇晃晃的胶合板桌上。

“不要。”劳拉说。

“要不起。”接着是埃丽卡。

马丁娜收起这把牌，倒扣在面前一沓整整齐齐的牌上。劳拉的怡然酒开始见效了。

怡然酒，一种弗兰肯斯坦式的廉价烈酒，可以用手边的任何材料酿造，每罐都独一无二。这些年来，这种酒成了南方的战时饮品。马丁娜又来了一大口，品味着这瓶酒独有的配方：橙汁，放置数月，早已腐坏的那种，回味中还混杂着玉米和漱口水的味。她有些微醺，酒精作用下，时不时感到纹丝不动的是烛火，而摇曳的是房间。

牌局结束后，马丁娜收取了战果，跟女人们一起走进埃丽卡那间小小的临时客厅。屋里有几个靠垫，套子是用援助毯缝的，里面塞了泡沫。没有沙发，垫子就仿照布瓦吉吉座席风格摆在地上。座位之间摆了几个营地里那种瓶装水的空包装箱，充当茶几。

女人们在垫子上坐下，给帐篷门留出一条缝，好透透气。埃丽卡很快就睡着了。

四周一片寂静，只听见埃丽卡的鼾声。在怡然酒和香烟的作用下，马丁娜感到一股暖流涌遍全身，日间的苦楚开始消退。

“你知道，我还有过一个姐姐。”她说。

“你从没跟我提过啊。”劳拉回答。

“我跟谁都没提过，连我丈夫都没说。我五岁的时候她就死

1 出自圣保罗与伤者乐队（St. Paul and the Broken Bones）的歌曲《伤者和零钱》（*Broken Bones and Pocket Change*）。

了。我记得她的大拇指可以朝两边弯，她以前总爱炫耀这个，因为她发现别人都做不到。”

劳拉在靠垫上坐直身子，眨眨眼睛，想甩掉堆砌在眼皮上的困意。

“她怎么死的？”她问。

“有一天她在家附近的小溪里玩，着了凉。到了晚上，她开始发抖、咳血。早上就死了，连一天都不到。记得我的父母不让我进卧室，不想让我看到她那个样子。但我在外面的走廊上待着，能听见声音，她挣扎着呼吸的声音。我好希望他们能让我看看她，我觉得听着这种声音还不如让我看看她。”

“我很遗憾，”劳拉说，“那肯定很难受。”

马丁娜说：“啊，早都过去了。时间埋葬过去，我妈以前常这么说。不过这事把我爸打垮了。后来有好几个月，他都在念叨，其实以前有一种药是能治好她的，但人人都在滥用，弄得这些药都失效了。而那些有效的药，我们又买不起。他一遍又一遍地重复这些话，好像那样就能改变一切似的。”

马丁娜在见底的量杯里掐灭了烟头，继续说：“我还记得她下葬的那天。我们把一个讲道的请到农场上来，想让他说点什么。那人感觉有100岁了，眼睛半盲，老态龙钟。他走到坟前——我的父母就在农场里给她挖了座坟，在前面立了个篱笆做的十字架——我们站在他身后，大家都穿着自己最体面的衣服。我们以为他最多也就念一段什么，或者说点好听的话，像是她回到了上帝的怀抱之类的。结果这些他都没干——知道他干了什么吗？他唱起歌来。歌词大概是：在耶稣的国度里，我们都是神的孩子。这句他唱了好几遍——我觉得那是他瞎编的，因为我们都没听过这首歌，我们就站在他身后，跟白痴似的，谁也没吭气——然后他又开始唱：在耶稣的国度里，男孩女孩都是神的孩子，在耶稣的国度里，猫和狗都是神的孩子，还有骡子和羚羊……他一直唱啊唱啊，就跟登上了诺亚方舟似的。我开始咯咯地笑。结果我妈一巴掌拍在我背上，让我闭嘴，但我就是忍不住。我真的忍了，简直使出了吃奶的劲儿，但是没成功。然后，我猛地想到自己是在姐姐的葬礼上笑呢，心里泛起一阵愧疚——那感觉像火车似的从我心上轧了过去。接着我开始大哭，我从没哭得那么惨过。但那老人根本没理我，只是自顾自地唱着——青蛙和马，还有松鼠和……”

马丁娜笑笑，摇摇头说：“我永远也忘不了那个该死的老布道人，他怎么能让一个小女孩在姐姐的葬礼上怨恨自己呢？”

“天哪，”劳拉说，“没准你们一家子还真是天主教徒。”

不久，漆黑的天幕上渗进了第一缕靛青的晨光。怡然酒带来的醉意退去了，马丁娜告辞，走回自家帐篷。此时的营地格外阒寂，帐篷阵铺展在大地上，有一种崎岖而苍凉的美——宛如沙漠中奇异的兽群，缄默、凝滞，满载丰盛的生命。

到了家，她缓缓推开门，免得惊醒孩子们。一进屋，她就看见儿子跪在地上，正把什么东西推到床下。床脚旁放着他的靴子，上面还沾着新鲜的泥土。

“让我看看你在床底下藏了什么。”马丁娜说。

男孩听见妈妈的声音，吓得跳起来。他刚要开口，转念又觉得不说为妙。他伸手从床底下拽出一个黑色的硬质吉他盒。上面的带子有些陈旧，但就其年代而言，盒子本身堪称完好无损。马丁娜看得出它过去的主人肯定用它用得很勤，格外爱惜。

“这是他们给你的？”马丁娜问，“是礼物还是什么？”

“才不是，”西蒙答道，“是在一个废弃的工作室里找到的。”

“少蒙我。”

"我发誓。"

"坐下。"

西蒙坐到床上，马丁娜挨着他坐下，发现他的额头左侧有一道伤口。她用大拇指检查伤口，西蒙躲开了。

"你知道他们给这儿的孩子送礼物，是想换取什么吧？"

"妈妈，吉他是我偷的，真的。我发誓。其实也不算是真的偷，它就放在那儿——没人会回来拿了。"

马丁娜叹了口气。"既然你这么说，那我信。"她说，"但不管怎么说，你马上就大了，到时候你爱干什么、想去哪儿，我也就管不着了。所以我今天得把这话交代给你：如果你真想参战，如果这真是你想要的，那么等过了17岁，你就去亚特兰大加入南方自由邦军队，穿上军装，正规作战。我肯定不会高兴，但你到时候就是个男人了，可以自己做主。但别加入反抗军。我不管他们送你什么、许了什么愿，也不管他们是不是说的比唱的好听。总之，我们心里都清楚，他们找营地里的人是去干什么的，我不准你去干那个，明白吗？"

"得了吧，妈妈。我才不会加入什么反抗军呢，我又不想把自己炸飞，我不会干那种事的。"

"不管他们跟你说了什么，错的就是错的，战时、平时都一样。"

"我懂，妈妈。"

马丁娜拥抱了儿子，紧接着在他后脑勺上掴了一巴掌："这一下是惩罚你偷东西，别再犯了。"

"行了。对不起嘛。"

她吻过儿子，道了晚安，蹑手蹑脚地穿过隔壁双胞胎熟睡的房间。她躺下来。床垫经年累月，已经沾满她的气息，留下了她的轮廓。她闭上眼睛，很快进入了梦乡。

窒息而绝望：南卡罗来纳战时隔离背后的故事（节选）

在开罗，布瓦吉吉帝国的首都，学生宿舍区的灰色楼群屹立在砖石街巷的尽头。这些陈旧的楼宇建于革命前，屋顶上满是鸽笼、看门人的陋室和开裂的太阳能板。天气热得吓人，1 月也不例外。在这里，一年中有大半年的时间热得无法出门。要不了多久，就连最顽固的钉子户也会北上迁往地中海沿岸或转入蓬勃兴盛的地下城。那些地下城市如今已几乎取代了地面上那些古老的城市。气温实在太高了，过去的生活方式已难以为继。但传统依然根深蒂固，起码在冬季最凉爽的那几个月里，许多人还会试图沿袭从前的生活。

地下的街市沸反盈天：银匠的家什叮叮当当地晃荡，炭烤炉的余烬噼噼啪啪地炸响，游客高声地讨价还价。外围的庞大都市也是车水马龙：客机盘旋在马斯鲁蒂机场上空，它是布瓦吉吉帝国最大的航空枢纽；8 月 14 日，桥上的车阵堵得水泄不通，喇叭声汇成一曲交响乐。

新旧两个开罗彼此碰撞，永无止息。

75 年前，正是在这个片区，学生们冲进塞西可汗大市场的街巷，迎向军人们高举的枪口。如今，当年的杀戮早已无迹可寻，仅剩下一眼徒然喷涌的泉，池中的阿拉伯瓷砖吸收掉了游客投入的硬币上的锈迹。

坐在他那间能俯瞰烈士喷泉的小公寓里，马哈牟德·阿卜杜勒·俄福尔倾听着阿拉伯式百叶窗外面的声响。实际上，这不是他的本名，这里也并非他的祖国。他的本名是格里·塔斯克，他的祖国是美利坚。他是一名叛国者。

☆ ☆ ☆

2075年年初，南方反抗军在莱克星顿杀死了38名联邦雇员。第二天，即1月14日，总统将六名政府研究员召入位于哥伦布的行政宫。他们的任务是制订一套能平定全国首个反叛州的方案。三个月后，一组战争办的特工抵达南卡罗来纳州议会附近的反抗军集结点，在他们的外套下，藏着一只只罐子，里面装有肉眼看不见的病毒（他们事前被告知该病数月内即可自愈）。蓝军在南卡罗来纳北部的边境上集结了战争爆发以来规模最大的方阵。陷入重围的南卡罗来纳人，还以为敌军即将发起进攻，但事实上，那只是一项隔离措施。

随后，不出一个月，疾病横扫全州，就此南方火热的反抗核心被迎头浇灭。紧接着，南方自由邦的其他成员也见识了病毒的威力，迅速在自己这边竖起了一道隔离墙。

十年后，当格里·塔斯克进入位于林奇堡[1]的政府实验室时，北方已经在战争中占了上风。当年这场曾帮助蓝军扭转乾坤的人为昏迷症，如今却成了大写的难堪，沦为民族之耻。于是，这位上任不久、依然热情澎湃的年轻病毒学家被委以重任，来此寻求治愈这种疾病的方法。

大多数美国人都没有接触过“缓效”，但塔斯克不同，他有机会直接见证它的威力。每月的最后一个星期五，一支武装护卫

1 林奇堡（Lynchburg）是美国弗吉尼亚州中部的一座城市。

队会驱车五小时南下，从林奇堡开到南卡罗来纳隔离墙。一穿过高墙，他们就发现，自己置身于一个昏迷的国度。

塔斯克挑选的实验对象既有尚未发病的儿童，也有完全被疾病耗尽的成人。如此一来，他就可以同时研发治疗药物和制订预防方案。他俨然一个炼金术士，寻访着某种鲜活的金属。

大多数实验对象都是自愿的，士兵们身着厚厚的防护服，把他们护送到一辆单独的车上。这些南卡罗来纳少年都十分清楚自己面临着怎样的未来，纷纷乞求中选。至于成年人，到了 30 岁，就会完全无法自理，丧失除呼吸、进食和繁衍之外的一切能力，他们中有人不时会咒骂北方人，不过很快就会配合。而更年长的人则坐在轮椅里，一声不响地被推到车上。他们四肢彻底瘫痪，僵硬得有如磐石。

在随后十年中的大部分时间里，格里·塔斯克每个月都要走上这样一遭。路上，他会遇到绝望的孩子向他乞求那种他拿不出来的解药。也许正是这样的经历，久而久之，在他心中种下了仇恨。

因此可想而知，在那个 4 月的某天，格里·塔斯克看到五名曾与植物人无异的实验对象苏醒过来，面带狂喜、小心翼翼地舒展手指时，他是何等神清气爽；可想而知，面对这终于奏效的配方，他曾怎样喜极而泣；可想而知，他曾多想抛却理智，打开重重加固的大门，把病人带到实验室中央的大草坪上向世人展示，就像展示春天播种的优质粮食。

而且，同样可想而知的是，在那个周末，当那些实验对象在短暂的苏醒后纷纷死去，化作火化炉中的尸体时，他眼中的宇宙该是多么残酷。

日后，格里·塔斯克研制出的这种病毒将被命名为“速效”——传染性比此前放倒整个南卡罗来纳人的病毒更强，能将任何人置于死地。不过在它诞生时，他仅仅视之为又一次失败的尝试，于是遵照此前的做法，用一个简单的序列号将它命名为：032-072。

关于科学家本人的想法，没有任何书面记录。不过，只消想象那个 4 月，在短短两天中，夺目的希望是怎样顷刻间化为黑暗的泡影，就不难相信，正是这次经历促使他决定用昔日的研究生涯去换取一些——任何——别的东西。

接下来发生的一切几乎已经有了定论，布瓦吉吉帝国急于尽量延长美国内战，于是与这位病毒学家做了一笔交易，安排了他的出逃。2094 年 3 月 12 日一早，格里 · 塔斯克在里士满港[1]登上即将东去的法塔赫号商船。他用自己致命的发明支付了这趟旅程的费用。一年后，他制造的怪物将在俄亥俄州哥伦布市统一广场的台阶上苏醒，夺去首批感染者的生命，并将死亡人数扩大到 1 亿以上。

---

1 里士满港（Richmond Harbor）位于美国弗吉尼亚州境内。

2

萨拉特来到乔克霍洛沟岸边，给她的宠物寻找食物。她迈着优雅而敏捷的步子，踩在断枝枯叶上，死去的植物在她的赤脚下发出令人欣慰的嘎吱声。树枝尖锐，树叶上生长着一层菌类，但女孩没有任何感觉，她的脚底像革一样厚实。

她跪下来，挖开靠近水边的泥土。泥土表面被太阳晒得暖烘烘的，但深处还是凉的。她挖好一个小臂粗细的坑，在里面寻找小时候见过的那种虫蛀的洞。但根本没有。河水很快涌进了坑底，她放弃了。

不远处，马库斯采摘着长在枫香树干上的蘑菇。白色的蘑菇伞大大的，他用小刀在蘑菇根部一划，把战利品摘下来装进背上的帆布背包里。有棵树倒伏在地，树干上结了一层蘑菇，密密麻麻的，完全遮蔽了树皮。马库斯采摘着树干上那种寄生植物，直到包都装满，一小截炭黑的树干才露了出来。

“那个它肯定吃，”萨拉特爬到这棵死去的树上说，“见鬼，我都想吃了。”

“我觉得不好说，”马库斯一边回答道，一边把蘑菇的伞边折来折去，“说不定有毒呢。我爸说这里长的好多东西都有毒，就算这儿还长得出能吃的东西，也早被吃光了。”

“我们喂的是乌龟，”萨拉特说，“又不是人。”

“话是这么说，但有毒就是有毒啊。谁吃都有毒。”

“呃，可我们只能在这附近给它找吃的啊。再找找。”

萨拉特在她那件远洋运输的T恤衫上蹭掉手上的泥土，又下到溪边的沟里。

她现在只能穿男孩的衣服，营地里的女孩甚至女人，都没有一个像她这么高的。不过，捡西蒙和他朋友的旧牛仔裤、破T恤穿反而让她觉得如释重负，因为这样就再也不会有人拿她跟姐姐对比了。那标准简直令人难以忍受。姐姐满满当当的衣橱里，没有一件适合这样的探险。

一株亚拉巴马勾儿茶垂到水面上，她从上面摘下绿叶和小小的花朵，又把从地面上发现的一小堆枫香种子和乌黑浆果全都装进了背包。

在离她几英尺的地方，有一小块空地延伸到水边。萨拉特爬过去，把双脚浸在温暖、混浊的溪水里赶开浮于水面上的蓝绿色泡沫，把一个杯子浸在水里灌满。她举起水杯，对准阳光，看水中细小的颗粒灼灼闪耀。

100英尺外，是乔克霍洛沟的河口，沿岸筑有河堤。这条水沟在此汇入桑迪溪，溪流再往东延伸1英里，又汇入田纳西河。远远地，萨拉特能望见反抗军的小艇停泊在某个废弃海军基地破败的码头上。等到夜暮降临，他们就会渡河。

两个孩子已经遇见反抗军好几次了。他们常常在乔克霍洛沟附近的小径上碰面，在那一带，有人折断并粉碎了营地脆弱的隔离带。这些年来，营地居民早就学乖了，不会往东走出这么远，不会到反抗军泊船的地方来，也不会到营地北面去，因为在那儿，反抗军与北方军的交战越来越频繁了。

对萨拉特而言，这里宛如一个小小的天堂——远离人类的污染和平庸乏味的营地生活，生机盎然。反抗军们早就习惯了这个爆炸头女孩和她矮小的朋友，于是不再理会他们，既不把他们视作威胁，也对他们不感兴趣：那男孩太矮，女孩又太高。

马库斯下到岸边，来到萨拉特身旁。“我们该走了。”他说。

“别着急，来点水果吧。”萨拉特摘下两颗浆果，把其中一颗递给马库斯。他不要。她耸耸肩，把两颗果子全部扔进嘴里。果皮软软的，一咬就破。

两个孩子往回走。他们沿着25号公路的残迹走了一会儿，损毁的路面上布满沙土。公路北面不到1英里处，就是过去通往蓝区的断桥。

他们一路向西，朝营地最北端那片废弃的帐篷走去。他们凭经验判断出哪些帐篷去不得——有些帐篷尽管无人居住，却堆放着反抗军连夜从桑迪溪对面运来的走私货。名义上，这些帐篷属于早已死去或迁走的难民。新来的难民就算被分配到这儿，也会很快得到老住户的提醒，想方设法搬到距离南面中心更近的区域去。

两个孩子走近一座位于密西西比和亚拉巴马交界处的帐篷。它看上去与周围的帐篷毫无二致，只在东侧的帆布墙上有一道矩形的切口。那是萨拉特划的，好让室内阳光充足。

马库斯学会了用小刀的十字刀头从外面转动门闩。他们相信这样一来就能避免里面的东西被好事者发现。他在门闩的螺帽上拨弄了几下，锁就开了。

帐篷中央，四张床侧立在地上，围成一个正方形，搭成一个临时畜栏，畜栏的内侧铺了一圈援助毯。

畜栏一角，一只壳纹黄黑相间的乌龟正没精打采地挪动着，老迈、粗糙的腿缓慢移动，脚趾上尖利的爪子轻轻地勾着毯子。

看到两个孩子，乌龟表现出一种无声的惊惶，缓缓缩回壳里。

“它会喜欢我们吗？”马库斯问。

“它是女孩。”萨拉特说。

“你怎么知道它是女的？”

“它是我找到的，所以是女的。”

“那么，它会喜欢我们吗？”

“它见到我们带来的食物就会喜欢我们了。”萨拉特回答。

“我们是不是该把它放回溪边去？”马库斯说，但萨拉特让他闭嘴。她把手伸进包里，掏出叶子和浆果，拢成几小堆，摆在畜栏里离乌龟较远的一侧。马库斯有些不情不愿，但也学着她的样子把蘑菇伞放到毯子上。

“别那么放呀！”萨拉特说，“那些蘑菇比它还大，先掰碎。”

摆好食物，两个孩子后撤了几英尺。过了一阵子，乌龟终于再次探出头来瞧了瞧畜栏另一头的那堆东西，却没有挪动脚步。

“它说不定是寂寞了。”马库斯说。

“那就没辙了。”萨拉特回答，“你都多久没在这附近见过别的乌龟了？或者蜥蜴？或者蛐蛐？”

“不过它总是有来历的吧。它肯定是被生出来的，那就必然有父母，兴许还有兄弟姐妹呢。”

“就算它以前有，也不代表现在还在啊。”

两人又等了一会儿，乌龟依然纹丝不动。萨拉特很快就对毫无进展的局面失去了耐心。

她走到畜栏另一端，乌龟一听到动静就再次缩回壳里。萨拉特抓起乌龟，把它拎到畜栏这头，放在食物旁边。随后又退了回去。

乌龟伸出头来，用底色橙黄的眼睛瞅瞅孩子们，然后拖着步子扭头走了。

“见鬼。”萨拉特说。

“要不要试试我的办法？”马库斯提议。

“跟你说，那没用的。”萨拉特回答，“那只老鼠都快跟它一般大了，肯定更会吓着它的。”

“试试又没什么坏处。”

萨拉特默许，于是马库斯立即夺门而出，向南直奔他家的帐篷。不出几分钟，他就带着一只镀锌钢桶回来了。他把桶举到畜栏上方，往里倾倒，一只小小的褐色田鼠顺着桶壁滑了进去。

帐篷里的四个生命都静立不动，面面相觑。接着，田鼠蹿到堆满食物的角落，吃起了浆果。

“好吧，它起码有个伴了。”萨拉特说。

两个孩子离开帐篷。他们在亚拉巴马南面分了手，马库斯要回家去了。萨拉特跟他说，傍晚再去找他，一起去看他们的宠物。

“你知道我们是不能晚上去隔离带那边的。”马库斯说。

“白天不也不能去吗？”萨拉特回答，“你怕了？”

“不怕。”

“那不就得了？”

萨拉特跟他道了别，离开了。她向南穿过亚拉巴马西侧，进入密西西比。回家路上，几个男孩打她面前经过，神情亢奋。

“我跟你说，他肯定没法把它从粪坑里捞起来了，”一个男孩说，“在击一个快球的时候甩出去的，正好掉在粪坑那儿。”

出于好奇，萨拉特跟了上去。

她跟随他们来到“碧溪”边。约莫十个住在附近的少男少女围在那条臭气熏天的水沟旁。

人群中央，有一个叫伊森的男孩。他比萨拉特大一岁，正指着沟里的什么东西跟几个七嘴八舌的男孩争论，显得既绝望又无助。

一个捏着鼻子的女孩看见萨拉特正往这边走，就说：“嘿，说不定萨拉特能把它弄出来，她比你们都高。”

“把什么弄出来？”萨拉特问。男孩们都打量着她，对这个与众不同的女孩，他们向来谨慎而好奇。她对此早已见怪不怪，毫不理会，拨开人群，走向岸边。

水沟里的水浑黄而黏稠，有如肉汤，一锅用营区的粪便和污垢熬成的浓汤。清洁工每天用蓝色的消毒剂冲两次马桶，如今这些东西冒着月牙形的气泡，在水面上打转。烟头、空罐头和配给食品包装堆积在岸边，有的还浮在污水里。

一只祖传的古老腕表躺在水沟中的一块石头上。这只表像难民们带来的所有这类东西——褪色的照片，过时或破旧的存储器，还有家门钥匙，尽管房子早已被炸毁或拆除——一样，虽已陈旧，却依然象征着一条无可替代的纽带，连接着一段遥远而幸福的过去。

“那是我爷爷的东西，”伊森说，“要是拿不回来，我妈会杀了我的。”

“那就蹚过去拿啊。”萨拉特说。

“别恶心了，我才不会蹚屎呢。”

另一个男孩趴在伊森耳朵上嘀咕了几句，他听了点点头，说：“要不你去拿，萨拉特？拿到我就给你 50 块。”

萨拉特耸耸肩：“行啊。”

她推开男孩们，离开水沟，朝近处的帐篷走去。有几个孩子跟在她后面，伊森也在其中。他抓住萨拉特的手腕，警告她不要告诉大人。

“我不会说的。”萨拉特说着，甩开他的手，“能不能别这么胆小怕事？”

她走到两座帐篷之间，松开晾衣绳一头的钩子，把它从帐篷上取下来，绕上一条钓鱼线，回到水沟旁。孩子们也跟了上去。

到了岸边，她把钩子向沟里投去。第一回她投得太靠左了，第二回又有些太右。但第三回，鱼线末端的钩子恰好落在腕表所在的石头后面，她开始慢慢收线。

“当心点，当心点！”伊森在她身后大喊，“你要把它碰下去了。”

“别吵！”萨拉特说。

她动作轻柔地拉线，直到钩子挪到石头上的腕表旁。她用外科医生般的手法移动钩子，钩住了腕表。表开始顺着石头光滑的一面滑向污水，不过途中恰好被钩子卡住了，几个孩子发出胜利的欢呼。

“你钩住它了！”伊森喊，“拉上来，拉上来。”

“慢着！”萨拉特说，“把你那根球棒给我。”

有个男孩捡起近旁的一根球棒，递给萨拉特。她左手攥着线，右手举起球棒，在能保持平衡的情况下，一直伸到她力所能及的最远处。她把线搭在上面，慢慢抬起球棒，让两者之间形成一个支点。接着她开始收线。钩子离了地，表也随之上升。离开石头的一刹那，表摆动起来，掠过水面。萨拉特一边收线一边往手腕上缠，拉过表来，放到地上。

她转向伊森。“给钱！”她说。

男孩们盯着地上的表瞧了好一会儿，仿佛它是天外来客。终于，伊森从兜里抽出一卷红钞，把说好的数目给了她。

孩子们开始散去。有几个男孩又开始打棒球，只不过这次知道离水沟远点了。萨拉特不认识的一个小一点的女孩提出跟她一起去还钩子。

萨拉特正要离开，却被另一个男孩叫住了，是那个叫迈克尔的 14 岁男孩，住佐治亚区。他弟弟托马斯智力水平至今依然停留在两岁，因为他还在襁褓时就被弹片击中了。“鸟”出现的那天晚上，他哥哥也睡在同一张床上，却侥幸毫发无损。

“嘿，萨拉特——等会儿，姑娘，走这么快干吗？”迈克尔说。他指指水沟，“你敢下去，我就再给你 50。”

正在散去的人群顿时又聚集起来。萨拉特瞧瞧他们，再把目光投向迈克尔。他身形纤弱，高得吓人，身上那件 T 恤是从奥古斯塔港运来的旧货，在他身上晃来荡去，大得离谱。

萨拉特没有作声。

“来嘛。”迈克尔说，“你不会是害怕了吧？”

他面带一抹坏笑，那种表情萨拉特再熟悉不过了。这些年来，她无数次在别的男孩脸上见过这样的笑容，志得意满地一咧嘴。他的笑表明他深信自己已经逼得她别无选择——要么踏进那条肮脏的沟渠，要么就被打上胆小鬼的标签。

即使在当时，在那么年轻的时候，萨拉特也已经看透了那种笑容的本质：那是一张面具，用以掩盖恐惧；那是一种慰藉，用以抚慰支离破碎的童年的深深不安。这表情属于那些脆弱的男孩，正因为脆弱，他们才必须威慑他人。萨拉特了解这些男孩胜过他们自己，她明白这场赌局不会有赢家。这才是重点——她就是要这场赌局没有赢家，只有不同程度的两败俱伤。

“我怎么知道你没骗人？”她说。

迈克尔从兜里扯出一张皱巴巴的红钞，在萨拉特面前扬了扬。

“她不会真下去吧？”人群中有个男孩说。另一个男孩用胳膊肘捅捅他，让他闭嘴。

萨拉特转身背对迈克尔，一步跨下堤岸，背靠着斜坡缓缓下滑。她速度很慢，感到越靠近那一潭恶臭，脚下的泥土就越凉。在佩兴斯营生活了这么多年，“碧溪”的气味从没烦扰过她，但现在，那股浓烈气味模糊了她感官的界限，很快，她感到舌头几乎尝到了那种恶臭的腥味。

萨拉特喉咙发紧，直犯恶心，但她努力克制。在营区各处，人们依然自顾自地忙碌着；在这里，这群孩子却站着围观，屏息凝视，目不转睛。

棕黄的污泥附着在萨拉特的小腿的汗毛上，温热浓稠。她把脚浸入水沟时，听见身后突然有人长出一口气，一个小女孩说，真恶心。

她这才想起刚才没跟迈克尔提前约定往沟里下多深才算数。不管她下到哪儿，他都可能抵赖，说她应该再往深处去。

废水齐膝时，她探到一块光滑的石头，站稳了脚。水沟比她想象的浅。她轻轻转身面对着提出挑战的男孩。迈克尔就站在沟边，脸上依然挂着那种志得意满的微笑，但她能看出来，在他的笑容背后有一种竭力克制的惊叹，仿佛他不敢相信她竟会真的去，并且还做到了。

达到了挑战者提出的条件，萨拉特心满意足。她慢慢靠向堤岸，可就在她手扶着泥土想使力爬上岸边时，水下有什么东西碎裂了——她踩的石头松动了。突然间，她开始下沉。

浑黄的废水眨眼间将她吞没。她本能地闭上眼睛，在黑暗中，她感到暖烘烘的水流拂过面颊，穿过头发。有一瞬间，她以为自己溺水了，一种前所未有的求生本能攫住了她的肌肉。

她还没睁开眼睛就开始往岸上爬，指甲抠进石块和泥土里，疯狂扑腾，有如一只困兽，心中的恐惧如此真切。

她爬上来时，胳膊上、腿上都沾满了滑腻腻的脏东西。除了浑身的那股恶臭，她已经闻不到别的气味了。她看见孩子们都在笑她，尤其是那几个男孩。迈克尔笑得极其浮夸，前仰后合，喘不过气来的样子。他用这种方式宣告胜利：自作聪明的女孩用区区一条钓鱼线就让他们下不来台，可这下她全身都是屎。

萨拉特手脚并用地往上爬，一直爬到平地上。

“我做到了，”她说，“把我的钱给我。”

迈克尔步步后退，躲着她。他冲她扔出钞票，它落在萨拉特脚边的地上。

“老天呀，”迈克尔说着，还笑个不停，“你臭死啦。”

萨拉特把钱捡起来。她穿过人群时，孩子们自动给她让出一条路，还有几个家伙走走停停地尾随着她。其他人则像童军先遣队一样，冲到前面去向父母和兄弟姐妹报告刚才的事，把她撇在身后。

她腿上沾满了污泥，泥点子在身后滴了一路。她感到头发里有什么东西。

她知道消息一定会比自己先到家，传入家人耳中。

“你对自己干了什么？”妈妈正站在帐篷外等萨拉特，一见到她就问。

“没干什么。”萨拉特回答。这话出自本能——她还没意识到，就脱口而出。话音未落，她妈妈就走上前来，啪地给了她一个耳光。

“你还嫌我们麻烦事不够多是不是？”她说，“你觉得我们被困在这个地狱，跟杀人犯住在一起还不够糟糕是不是？你是不是嫌我不够烦啊？还跑去给我们丢脸，让我们都跟着你受人耻笑！”

萨拉特摇着头，泪水涟涟。尾随她回家的孩子们大都散了，仅剩的几个也正要离开。她的壮举带来的新鲜感很快退去了。

“你浑身是屎，不准进屋！”马丁娜说，“既然是你自找的，那你就自己去洗干净。你自己闯的祸自己收拾，从今往后没人再帮你兜着。”

“那好，”萨拉特说，“我没让你们帮我兜着。”

她转身离开，向东走去。暮色降临，那些为了避暑而睡了一下午的男人这会儿都从帐篷里出来了，坐在包装箱上喝酒、打牌。萨拉特打他们身边经过，身上的气味在风中飘散，尽管如此，他们也丝毫没有留意或多看一眼。

到了亚拉巴马北端，她看见六七个男人围坐在一张陈旧的折叠桌旁。桌上摆着一台接了音响的平板电脑。

他们在看上周的“尤夫西”录像。那是一场在奥古斯塔城堡举办的搏击大奖赛，算是近期比较精彩的一场赛事了。开场已经好一阵子了，12 名拳手依然悉数屹立不倒，直到第七分半钟，才有一位选手倒下出局。

一个看比赛的人说，有个佩兴斯出来的小伙子本来都快打进副赛了，可惜输掉了大前天晚上的一场资格赛。

“是个南卡罗来纳哥儿们，一个叫泰勒的小伙子，”男人说，“据说狠得吓人。”

“没错，不过我敢说他光顾发狠了，别人可是把精力都用在了搏击上，”另一个人回应道，“光狠没什么用。”

马库斯站在这些观众身后，脚下垫着一只倒扣的洗衣筐，伸长脖子瞄着屏幕。见了萨拉特，他跳下来跑向她。

“嘿，嘿，”他说着，拍拍她的胳膊肘，“你干吗呢？”

“别碰我。”萨拉特说，马库斯退缩了。她看见他眼中骤然涌上了疑惑和痛苦。

“我不是那个意思。”她说，“我浑身是屎，太臭了。”

“这有什么啊？”马库斯说，“那就去洗个澡呗。”

“没干净衣服，我妈不准我进帐篷，说我丢了她的脸。”

“我敢说，你要是回去跟她说声对不起，她肯定会——”

“我没有对不起任何人！”萨拉特说。声音之大，引得两个看比赛的人都抬起头来。“我没有对不起任何人，谁也别想让我后悔。他们个个都是骗子和胆小鬼，个个都是。他们假装一切正常，好像生活就该是这样。但这根本不正常。你爸说得对，我们就是在等死，在等蓝军有朝一日越过隔离带，把我们杀个精光。我不后悔，错的又不是我。”

“我想你没错，”马库斯说，“我从没觉得你会错。到淋浴拖车去吧，我到自家帐篷去给你拿几件衣服，反正我爸也没比你高多少。”

萨拉特顺着土路走向亚拉巴马片区最北端的淋浴拖车。那是一座架在底座上的棚子，金属与乙烯混制的外墙上锈迹斑斑。进去之后，能闻到一股霉味，还有甜豆蔻味，这味道来自那种每个月从奥古斯塔港成箱运来的沐浴液。这些液体装在小小的透明套装里，类似调料瓶那种。包装扔得到处都是，堵在下水道里，粘在脚上。在佩兴斯营，除了最有门路的人之外，人人都用这种套装洗头、洗澡，然而他们当中没有一个人闻起来有这种黏稠的琥珀色液体的味，唯有淋浴拖车留存了这种味道。

萨拉特进了淋浴拖车，脱下衣服。她在三个隔间中选了一个，把衣服堆在淋浴喷头下的地面上，然后拧开热水。顷刻间，室内就盈满了蒸汽。水溶化了衣服上凝结的污物，一股腥咸的硫黄味弥漫在拖车里。

萨拉特走进旁边的隔间，拧开水龙头。水很凉，她起了一层鸡皮疙瘩，小臂上纤细的汗毛竖了起来。

她低着头站在淋浴喷头下，望着混浊的棕色水流围着地漏打转。隔间门上全是涂鸦：有南方民兵的标志，有潦草怪诞的生殖器，还有妓女、盗贼和叛徒的帐篷地址。

水流很快澄清了。

萨拉特听见淋浴拖车的门开了，马库斯走了进来，他的脚步很轻，几乎淹没在哗哗的水流和隆隆的水管声中。她听见他把衣服放到盥洗池旁的长凳上，接着又传来开门、关门的吱呀声。

虽然声音消失了，但她明白马库斯并没有离开，他还站在屋里。透过隔间门上合页一侧的微小缝隙，她能感受到他落在自己身上的目光。

她低着头，看见了他之所见。那是她的身体：双肩宽阔厚实，那对乳房在同龄女孩身上绝对堪称峰峦了，但在她身上却毫不起眼；胯部与肩同宽，与大腿同宽。她身材魁梧，缺乏曲线，一个砖块般的女孩。她知道，他眼中最奇异的犒赏，位于这些线条之间，也就是那个去年开始与她作对的部位，那种变化是如此突如其来，弄得她一开始还以为自己就快死了。那个部位瞬间把她变成了自己的陌生人。

她明白自己要是抬起头来迎向他的目光，他就会立即逃跑，事后甚至都不敢来乞求她原谅，简直可能羞愧致死。这是她有生以来第一次沐浴在另一个人的目光里，她低着头，任这目光停驻在自己身上。在那厚重的味道和蒸汽中，有好一阵子，男孩和女孩都出神地盯着同一个身体。

水流渐渐小了，水管隆隆作响。萨拉特关上水龙头。水声停息后，她听见马库斯匆匆溜出了淋浴拖车。

她在隔间外找到一件T恤和一条软塌塌的牛仔裤，裤子膝盖磨得破旧不堪。上衣还算合身，不过裤腰太肥。她从那堆湿透的旧衣服里捡起自己的T恤，把它撕碎。她把一半的布条编成绳子，同时拧干，穿在裤子的腰袢里，扎紧。

出了淋浴拖车，她看见马库斯抱膝坐在最低一级台阶上。她坐到他身旁。

此时夜幕刚刚降临，营地里一派生机盎然，处处是说话声、游走的手电光，还有炉灶间的汗臭。尖声细气的移动喇叭里，传出南方自由广播的声音。

她望着马库斯，他却盯着自己的脚。她感到在自己和朋友之间，有一面墙坍塌了，同时另一面墙竖了起来。并且，尽管她对此难以名状，心里却明白它是什么。她知道它与姐姐精通的那门晦涩的语言系出同门，存在于好奇与欲望之间那个令人莫名兴奋的地带。而这让她兴奋不已——不是因为性，而是因为新奇，因为意识到自己不仅能支配自身的感觉，还能调遣他人的感官，因为发现自己可以轻易拨动另一副躯体中的机关。

终于，他说："我爸只要一睡着，就怎么也弄不醒。"

"我才不去你家的帐篷过夜呢。"萨拉特说。

"那你去哪儿过夜？"

"我去跟切丽林和你那只老鼠睡，如果切丽林还没把它吃掉的话。那儿有的是地方。"

马库斯转过脸来，抓住萨拉特的胳膊："千万别去那儿过夜。你知道那儿不安全。我爸说现在蓝军随时都有可能趁夜越过隔离带。"

"我想他说得对，不过总不至于碰巧就是今晚吧。"

“万一呢？”

“那我们反正横竖都是死。你说我该待哪儿呢？”

“去医务大楼，”马库斯说，“就说你得了感冒之类的——他们会让你在那儿过夜的。”

“医务大楼去年圣诞节之后就没开过。”萨拉特说。

“里面起码还有几张床吧，也没人用。”

枪声打断了他们的对话，那是北面传来的一声枪响，在空气中回荡。这种声音，他们已经听过无数次了，来路不明，去向成谜。

“求你今晚别待在那儿。”马库斯说。

“行吧。”萨拉特说。

这对朋友坐在台阶上，看一个老妇人用针线和一块毯子缝补帐篷上一个方形的豁口。萨拉特突然尖叫起来。

“怎么啦？”马库斯问。

“我的头发痒死啦。”萨拉特说。

“你不是洗过了吗？”

“是啊。”她拿指甲用力挠着，直到快把头皮抓破了。但那些看不见的蚂蚁依然在她支棱卷曲的发丝中行军。

“你爸有推子吗？”她问。

“有。”

“去拿来。”

马库斯一跃而起，跑回自家帐篷。不一会儿，他就拿回来一个老旧的电推子和三个附件。

萨拉特把附件装上，启动推子。它在她手中嗞嗞震动。她小心翼翼地把它按在前额上方，一开始什么感觉也没有。接着，她感到发根被轻轻一揪，大把的头发缓缓从她眼前飘落，掉在地上。

她慢慢移动推子，既是出于小心，也是为了延缓这个过程——推子爬过皮肤的感觉妙极了。很快，推子就畅通无阻了，头发也不再往下掉。

“漏掉哪儿没？”她问。马库斯摇头。

萨拉特把推子放在台阶上，刀齿上还堵着碎发。她用手揉揉头皮，体会它的触感，随后站起身来。

“你真够朋友。”她告诉马库斯，说罢，便离开了。

☆ ☆ ☆

萨拉特走到管理区，坐在诊所后门边等待，身旁那条步道对面就是亚拉巴马片区最南端的帐篷。其中有一座帐篷，朝东那面破得已是无可救药，里面住的那个老妇人为了补救，就把一面巨大的南方自由邦旗帜覆在上面。旗帜经久褪色，红色的线条变成了苍白的淡红，三颗黑色的五角星也几乎消失不见。

她曾无数次见过这面旗帜，在帐篷上、旗杆顶，还有那种日益贬值的货币上，但她从没留意过它。她一直认为南方处在两股不同势力的管辖之下——其一是以亚特兰大为首府的南方自由邦政府，他们的军队几乎从没参与过战斗；其二便是形形色色的反抗武装，几乎时刻都在战斗。

她知道那三颗星代表组成“密亚佐”的三个州，也知道要不是成了活死人世界，南卡罗来纳本该成为旗帜上的第四颗星。

萨拉特盯着那面旗帜看，随即注意到三颗五角星并不对称，右边的角都比左边的长。她想起曾听某个老难民说起过，独立第一年，亚特兰大的南方自由邦政府匆匆决定要赶制国旗、谱写国歌。这帮人慌里慌张的，不但把五角星画歪了，还无法在国歌问题上达成一致。因此，在国旗揭幕仪式上，克肖总统发表了那段著名的演讲，宣称他们唯一的国歌就是南方人民盛怒之下痛苦的呼号，而且没提星星画歪了的事。

萨拉特心想，这个错误本来是多么容易纠正啊，只要重新把星星画好就行了。但她明白，破碎的历史也是历史，就算星星画歪了，也得将错就错。改正它们，会是个更大的错误。

她想着想着就睡着了，靠墙坐着，头枕着膝盖，腰果似的蜷缩成一团。她醒来时，午夜已过，营区一片寂静。她绕着医务楼走到一扇小窗下，那里摆着一只硕大的垃圾桶。她爬到桶上，站在窗边。方形的窗口比她的身子宽不了多少，她担心自己即使能推开玻璃窗，往里爬时也可能会卡住。

头顶的灯光在窗玻璃上明晃晃地一闪而过。萨拉特看见玻璃上映着自己的身影。削去头发的她，脸蛋更显圆润，五官衬得更端正了。她的腮部平滑地过渡到头顶，而头顶在灯光下几乎像半反射镜一样光滑。

萨拉特久久地注视着自己的新面孔。那些挥之不去的烦恼依然萦绕在她脑海深处——妈妈的愤怒，孩子们在围观或听说了她的壮举之后无休止的取笑。独自望着镜中的自己，她感到焕然一新，轻快得不可思议。

窗玻璃是一块脆弱的塑料，萨拉特一推就松动了些许。但内侧的滑槽里卡着一块厚重的木块，玻璃没法推开。她试着用手指抠住窗缝，想把玻璃整个卸下来。她干得如此聚精会神，都没有注意到墙上升起了一团阴影，勾勒出一个男人的轮廓，那人就站在她身后。

“不管你在找什么，”他说，“我都很怀疑你能在这儿找到。”

萨拉特惊跳起来，后撤一步，险些从垃圾桶上摔下来。她回过头，看见身后站着一个花甲之年的男人，穿一套战前款式的黑色西装，上面点缀着细细的白色条纹。她从没见过这人。

他个子不高，脚蹬一双锃亮的正装皮鞋，尽管鞋底那么厚，他还是比萨拉特矮半英尺。他头戴一顶挺括的霍姆堡毡帽。灯光在帽檐下投下阴影，遮蔽了他的面容。

“我没偷东西。”萨拉特说，“你打算揭发我吗？”

“别担心，我不会揭发你的。”男人说，“你叫什么名字？”

“萨拉特。”

“萨拉特，你好。我叫阿尔伯特·盖恩斯。”他声音稍显低沉，平稳中夹杂着一丝密西西比口音，宽元音一个连着一个。这令萨拉特想起妈妈爱听的那档周五晚间节目《桃树综艺》的主持人：一个舒缓而亲切的声音。

“你多大了，萨拉特？”他问。

“12岁。”

“你为什么穿别人的衣服呢？”

这个问题问得萨拉特措手不及，有一瞬间，她甚至怀疑这个老人当时就在现场，看着她跌进水沟。但她知道他不在。她已经把每张围观者的脸都刻进了记忆：她会记住每一个人、每一抹笑、每一声讥诮，永世不忘。

“我跳进了‘碧溪’。”

“你为什么要那么做呢？”

“打赌。”

盖恩斯笑了。萨拉特发现，他嘴角上方、黑眼圈之下的脸颊上布满了无数小坑，那是时间的痕迹。

“下来吧，”他说，“我有件差事想请你考虑。”

萨拉特爬下垃圾桶，朝那人走去。她想，他兴许是个官员——南方自由邦时不时会从亚特兰大派些这样的人来，摸摸难民们的情况，顺便宣扬蓝军近来吃的败仗和丢的颜面。不过他跟那些家伙又不大一样。那些人穿走了形的廉价衬衫，戴南方旗帜样式的徽章，结结巴巴半天说不出一句有用的话来。在难民们看来，那些人不过是从一台遥远机器上的齿轮间迸出的微小火星。

盖恩斯从胸前的口袋里掏出一只小小的黄信封。“我得把这封信交给一个熟人，”他说，“他叫伦纳德，帐篷是9排9号，在南卡罗来纳片区。”

“行啊。”萨拉特说。

“你不怕到南卡罗来纳去？”

“不怕。”

“你不想知道我愿意出多少钱吗？”

萨拉特迟疑了。那人笑起来：“别担心，这不是打赌，是工作。工作就有薪水。”他把信封交给她，“去吧，让我瞧瞧你的能耐。”

萨拉特接过信封，看见信封的背面有人用无可挑剔的草体字写上了伦纳德的名字。她往东南方向走，经过管理区，朝营区大门走去。

她和住在其他三个片区的难民一样，从未涉足过南卡罗来纳片区，只听过那里的故事。那些故事里的主人公都是些睚眦必报的狠角色，是他们那片被隔离的故土上最后一批健康人。

多年前，南卡罗来纳一度是营地里最大的片区。但这些年来，它的规模在不断缩减，亚拉巴马和佐治亚分别挤占了它北侧和西侧的边缘地带——因为这些州仍有难民定期涌入，而南卡罗来纳却不再有人出来。这个州被整个圈进了围墙，打上了封印。

萨拉特经过几座寒碜的帐篷，上面的裂缝大都无人修葺。几个男人坐在塑料椅子上，有的在读着什么，有的在玩多米诺骨牌。她路过时，他们都打量着她。她到了地方，看见两个男孩正在一个米袋上打牌。他们十四五岁的样子，那个背对她的红发少年留着寸头；另外还有一个纤瘦的金发少年，浑身上下只穿了一条双星短裤。

在他们身后的帐篷群之外，营地大门柔和的白色灯光远远地亮着，门外就是广袤的南方大地，它那些千疮百孔的城市、盐水侵蚀的海岸和干裂起泡的腹地，都在远处静静等待。此时，对萨拉特而言，这个世界还只存在于收音机里牧师激昂的布道中，存在于战歌的歌词中，存在于南方自由邦用于宣传的田园风景画里。它是一种抽象，一个概念，仅此而已。

见萨拉特走过来，金发男孩倏地站了起来。

“你想干什么？”他说着，凑上前来。

“我找伦纳德，”萨拉特回答，“有封信给他。”

“这不是你该来的地方，走开。”

男孩十分苍白，简直像从没晒过南方的骄阳，一道粉色的印迹从他脖子左侧一直延伸到肚脐。萨拉特说不清那究竟是皮疹，或是某种先天缺陷，还是烧伤。他比她矮三四英寸，而且起码比她轻 30 磅，他的髋骨尖削，犹如菜刀的锋刃。

“我把这个交给伦纳德就走。”萨拉特说罢，拿出那封信。

“你聋了？”男孩答道，“我叫你滚出去，立刻，马上。”

他上前推搡她，手掌落在她的肩膀与胸口之间。正是这个动作，啪地折断了她心底的某样东西。她感到胸中腾起一股灼热的怒火。

她怒吼一声，扑向那男孩，手掌像老虎钳一样扼住他的咽喉。对方倒地后，她又跳到他身上，用壮实的小腿压住他的胳膊。第一拳打在正脸上，男孩的鼻子流血了。接着，萨拉特给了他一拳又一拳，直到她感觉胳膊已经不再听使唤。她每出一拳，都会喘口粗气，随后喘息演变成尖叫。

那个精瘦的南卡罗来纳男孩圆睁着布满血丝的眼睛，有一瞬间，她在其中瞥见了自己狂暴的身影。

过了一会儿，她被人拎了起来，四肢还在扑腾，身体却让一对胳膊给揽住了。一个男人把她放到地上，他身高接近 7 英尺，魁梧的身躯甚至暂时挡住了那个败退的男孩。她试图从那人的腿侧逃脱，但他却牢牢地抓着她，腰胯死死抵着她的肩膀。

“够了，”那人说，“别动。”

萨拉特拼命挣扎，但只是徒劳。她回头去看他的脸。那是一张残毁的面容，嘴唇不见了，代之以一层薄薄的棕色脆皮，脸颊炭化起皱，脸上曾属于右眼的位置如今只剩一个空洞的深凹。萨拉特看得简直入了迷。

“这是怎么回事？”那人说。

萨拉特亮出信封。“我得把这个交给伦纳德。”她说。

男人接过信封，别在手腕上。“你做到了，”他说，“这样行了吗？”

“行了。”

她继而看见男孩站在这人身后，他被打歪的鼻子还在流血。他眼中充满敬畏，但并不是对女孩，而是对这个男人。

“你替我给盖恩斯带个话，”伦纳德告诉萨拉特，“跟他说有两家人没了顶梁柱。”他扬起信封，“这点意思根本弥补不了。”

“成！”萨拉特说罢，转身要走。

“等等！”伦纳德说，他转向那男孩。

“我是养了个胆小鬼吗？”他问。

“不是，先生。”男孩答道，声音低哑而机械，双目低垂。

“我看很像，道歉。”

男孩上前一步，说：“对不起。”

萨拉特没有应声。

“没关系，”伦纳德说，“你不必接受——但他必须说。”

☆ ☆ ☆

回到管理区，萨拉特在中央办公室附近的一张长凳上找到了盖恩斯。他在读一本旧式的纸质书，书皮上那些绕着弯的文字属于另一种语言，萨拉特认得那些字母，但不明白它们拼在一起是什么意思。封面上没有图画，只有一些几何图形和大幅度的弯刀形曲线。类似的文字，萨拉特曾见过无数次，这不过是个更精致的版本。它们出现在餐盘和水杯上，出现在配给品包装上，也出现在“红色月牙”的面包车上。那是外国人的语言。

“伦纳德让我给你带话，有两家人没了顶梁柱，这点意思没法补偿他们。”萨拉特说。

盖恩斯从书中抬起头，微微一笑：“难怪伦纳德得了个行侠仗义的虚名。”

他从钱包里抽出一张钞票递给萨拉特。“这是说好的报酬。”他说。

萨拉特目不转睛地盯着那张钱。那是北方钱，面值20美元，货真价实的绿色底版上印着一幅肖像，画的是某位入土久矣的总统。背面的激光图上，画着一座有花岗岩石柱的古老陵寝，建筑的轮廓在灯光下熠熠闪光。

“快拿着吧，”盖恩斯说，“我懂，我懂，这是蓝区的钱，对吧？那么，记住一点：用他们的东西来对付他们，何错之有？”

她伸手拿钱时，盖恩斯抓住了她的手腕。她发现他在查看她红肿带血的指关节。

“嗯，我想应该不是伦纳德，”他说，“是他手下的小伙子？”

“他推我。”萨拉特回答。

盖恩斯从胸前的口袋里抽出一块灰色的丝绸手帕，用它擦去萨拉特关节上的血迹。

“好孩子。”他说。

他放开她的手腕。凑近一看，萨拉特把他脸上的斑点看得更真切了。这让他更显年龄，但是，即便如此，他还是不像营地里的男人那么老、那么疲惫。他周身散发着一种充沛的精力，自信的光辉点亮了他灰蓝色的眼睛。他的坐姿与众不同，脊背挺得笔直。他身上那种淡定，让她想起了自己的父亲。

“谢了！”她说道，把钱揣进兜里，“那么，再见了？”转身要走。

“萨拉特，”盖恩斯说，“你愿意来跟我共进宵夜吗？”

“你在这儿有帐篷？”萨拉特问，“我还以为你是南方自由邦从亚特兰大派来的呢。”

“我没有帐篷，也不是他们派来的。”盖恩斯说，“不过我在这儿倒是有间办公室，里面有些物资，尽管很寒酸，不过鉴于你成天都在吃他们供应的食物，我想你会很愿意稍做休息，尝点别的东西。”

萨拉特跟着他走到管理大楼背后，他打开一扇侧门。自打来到营地，她进入管理人员办公楼的次数就屈指可数。这是一栋暗淡平庸的建筑，外墙涂成了指甲油似的粉白色，令人作呕。

他们走到一段她从未见过的楼梯，穿过一道金属门，来到一间地下室，里面是一道狭窄的走廊，有着裸露的水泥墙壁。走廊尽头有一扇门。盖恩斯打开锁，推开门。

萨拉特走了进去，房间里弥漫着红木和柑橘的香气。盖恩斯在她身后打开了电灯。

“请随意，”他说，“我最喜欢招待客人了。”

室内空间不高，形状狭长，在距离地面的高度上开着几扇小窗。萨拉特看见房间左侧有一张巧克力色的红木书桌，桌腿形似半只沙漏。桌上整整齐齐地摆着一叠马尼拉信封，还有一支老式自来水笔，笔尖呈泪珠形，是 20 世纪的东西。这些东西旁边，有一把开信刀，刀刃是金色的。

紧靠书桌的那面墙上，挂着一套地图——萨拉特认出其中一幅是“密亚佐”地图，另一幅描绘的似乎是田纳西战线，许多最惨烈的战役都发生在这条战线上。第三、四幅地图，她从没见过，上面布满了弯弯扭扭的涂鸦，大片地带都被涂成了红色、蓝色和棕色。

接下来的两幅地图，萨拉特很久以前在一本书里见过。那是世界地图——一幅是 100 年前的，另一幅则是现在的。

“你知道自己在哪儿吗？”盖恩斯站在她身后问。

她不确定地指了指地图左面的一块矩形地带。

“那是佐治亚，”盖恩斯说，“不过很接近了。”他握住她的手，把她的手指往西北方向移了几英寸。

“那你知道援助物资都是从哪儿来的吗？哪些是给我们运来毯子、给餐厅输送食物的国家？”

萨拉特盯着地图。

盖恩斯先是指了指地图右侧的一大片土地，接着，他把手指移到中间，指着一片国土，其广袤的疆域占据了这片大陆的三分之一，并覆盖了东面一个矩形的半岛：“有些来自布瓦吉吉帝国。”

“帝国是什么？”萨拉特问。

“就是由许多小国，不论出于自愿还是别的原因，统一而成的大国。”盖恩斯说，“我们国家从前也是帝国。”

萨拉特审视着那张从前的地图，100 年前那幅。在上面，盖恩斯手指的位置是一片混乱潦草的疆界，有的国家实在太小，连名字都印得叠在一起。但在新的地图上，这一整片区域只有一个名字：布瓦吉吉。

“在我像你这么大的时候，这些国家的人发动了一场革命。”盖恩斯说，“革命失败了，他们就又发动了一场，接着又是一场……到了第五次，他们终于胜利了。”

他指着一道蓝色的线条，它标志着布瓦吉吉帝国北部与欧洲大陆的分界。

“在这条海岸线上的每个地方，比如新阿尔及尔吧，你都能看见欧洲来的小破船成批驶向南方，”他说，“上面挤满了从过去那些欧盟国家来的移民，都希望过上好日子。那就是帝国的含义，它是引力中心，是太阳，一切比它弱小的事物都围绕它运行。”

萨拉特研究地图的当儿，盖恩斯从附近的一台小冰箱里拿出了一样东西。不一会儿，吐司的香气就打断了她的思路。

“你以前尝过蜂蜜吗？”盖恩斯问。

“尝过，”萨拉特回答，“他们隔几个月就会在配给食品里放一些发给我们，我觉得那玩意儿挺不赖的。”

“那不是什么蜂蜜，是糨糊，是科学家在珍珠河[1]的实验室里培育出来的。”

盖恩斯把吐司放进盘子里，搁在桌上。萨拉特看着他揭开一个小小的玻璃罐，里面有两片带六边形格纹的薄片，浸在琥珀色的液体中。他用勺子把蜂蜜抹在吐司上。

---

1 珍珠河（Pearl River）是美国纽约州洛克兰县的一处居住区。

“这是生命的造物，”他说，“生命的造物永远无法复制、无法仿造。尝尝看。”

萨拉特在桌前坐下，咬了一口。甜丝丝的滋味瞬间在她舌尖上炸开。她用粘满蜜糖的舌头抵住上颚，来回移动，发现它在清甜之下，还隐匿着更为微妙的滋味：有淡淡的咖啡香，有泥土的芬芳，还有隐约的金属气息和氤氲湿气。她脑海中深藏的关于故乡的记忆苏醒了：泥泞的河岸，炎热的集装箱，密西西比河口。她发现自己轻轻地抽泣起来了。她十分惊讶，感觉快认不出自己了。

“有时候，我们会忘记世间依然存在着美好的事物。”盖恩斯说完，问她从哪里来。

“我生在路易斯安那的圣詹姆斯。”萨拉特说。

“我一直很喜欢路易斯安那。”盖恩斯回答。他指着墙上的旧地图，“想知道你的家乡过去是什么样子吗？”

萨拉特点点头。她以前曾见过那番景象，见过成片的沼泽和湿地，以及它们连在一起形成的那片长靴形地带，但她还是想让他指给自己看。她跟着他来到地图前。他指着一处地方，在那里，路易斯安那的版图有如破碎的沙漏，轻轻擦过密西西比州的西侧边界。

“瞧这儿，瞧见河流汇入海湾的位置了吗？那里过去曾是土地，秀美的土地。还有这儿，现在的东海岸附近，过去曾有着全美最可爱的城市。”

女孩注视着地图。老人所指的位置，在旁边的新地图上是一片蔚蓝。

“你出生在哪儿？”她问他。

“我出生的地方名叫罗马。”盖恩斯说。

“那是哪儿？”

“嗯，比较有名的那个在意大利，不过我的故乡是在纽约州[1]。”

萨拉特盯着老人的眼睛，想找出说谎的痕迹，却完全没有。她这才意识到，除了那些来得越来越少的记者，也就是那些偶尔造访营区、竭力表现得中立的人，她还从没接触过任何北方人。

“你是蓝党？”她说。

“我可没这么说，”他回答，“你问我出生在哪儿，我就如实回答而已。你要是问我属于哪里，答案就不一样了。”

“那你是做什么的呢？”她问。

盖恩斯在桌旁坐下。“这个嘛，”他说，“我年轻时当过兵。那时候还没有什么红蓝之分，只有一支美利坚合众国军队。后来，我当兵当够了就去学医，当了一段时间的整形医生。你知道整形是什么意思吗？”

“你把人变得好看。”

盖恩斯大笑起来：“我想某种程度上这的确是我的工作。我大多数时候都在治疗严重烧伤的病人。我的专长是修复受损的皮肤。”

“你现在还做这个吗？”

“可以说我还在行医。我志愿到田纳西战线上的战地医院当医生，还在你老家路易斯安那工作过差不多一年，在油田上。”

“你帮反抗军治病？”

“我帮南方人治病。”

“对我来说反正都一样。”萨拉特说，“我哥要加入弗吉尼亚

---

1 美国纽约州奥奈达县也有一座叫罗马的城市，地名来源于意大利首都罗马。

骑兵团了，他还以为神不知鬼不觉呢，其实我全都知道。”

“那么为了他的安全，你可不该逢人便说，不是吗？”

“我没逢人便说，我只跟你说了。”

盖恩斯莞尔一笑：“在学医之前，我曾想成为一名数学家。我喜欢天文数字，而且对利用它们传递秘密的方法特别着迷。但我父亲是位医生，也希望我学医。他过去总说，只有见血的活路才是真正靠谱的职业——他指的是外科医生、军人和屠夫。他说各行各业都有起有落，但只要还有一个活人，这职业就能派上用场。而且，我想他说得没错。”

“那么你来佩兴斯干什么呢？”萨拉特问，“我见过那个发药片的医生，他们派他每周来一次。你不是营方的医生。”

“对，我不是来发药片的。至于来这儿的目的——或者可以说我如今的职业——我一般不会向人透露。不过，既然我已经有点喜欢你了，萨拉特，而且你人又这么好，帮我送了信，还跟我分享了你哥哥参军的秘密，那么作为回报，我也应该跟你分享一个秘密。你说对吗？”

“对。”萨拉特不假思索地说。

“游历南方各州就是我的工作——有时到这样的营地来，有时到边境上的城镇去，就是那些蓝军和他们的‘鸟’血洗过的地方，去物色一些与众不同的人。”

“怎么个与众不同法？”萨拉特问。

“呃，我想，得是勇敢的人吧。”盖恩斯说，“不过，光勇敢还不够。怎么说呢？让我来问问你吧。你在营地里见过那些被北方佬伤害过的人吧？就是那些肢残、失明，或失去亲人的人。”

“见鬼，大多数人都这样啊。”萨拉特说。

“没错。要是知道那些伤害他们的人依然逍遥法外，你会感到愤怒吗？”

“会吧。”

“那么你难道不希望自己能为此做点什么吗？”

萨拉特迟疑了，没有回答。

“你现在也许在想，我能干什么呀？我困在这个营地里跟坐牢没什么两样，我哪能跟大人们组成的武装部队抗衡呢？也许我根本什么也做不了，完全无能为力。”

“我没那么说。”萨拉特回他的话。

盖恩斯哈哈大笑：“你当然没那么说，当然！而且这就是为什么直觉告诉我，你，萨拉特，也许就是这样一个与众不同的人。我寻找这些与众不同的人——这样的人一旦有了机会并得到了必要的工具，就能挺身而出，代表那些不能上战场的同胞直面敌人。我要找的人，即便清楚自己将会付出多么巨大的代价，甚至可能付出生命，也依然会感到责无旁贷。而这时，我就会倾尽全力去为他们提供工具，给他们创造机会。”

萨拉特等着他说下去，但他就此打住了，坐在那里望着她。她吃力地思索着该怎么回应，好让他确信她听懂了他的话，尽管她其实根本就是一头雾水，可以说完全如坠雾中。她感到周遭的沉默越来越沉重，脸唰地红了。

“啊！别管那些有的没的了。”盖恩斯冷不丁地说，“我们今后有的是时间聊这些。现在，我们来听点音乐吧，你说怎么样？”

“好吧。”萨拉特说。

盖恩斯起身走向屋子另一侧的一排书架，上面摆满了旧式的纸质书籍。有些书厚得不可思议，有些则以皮革装帧，上面镌刻着精美的金字。他一背过身去，萨拉特就赶紧又吃了一勺蜂蜜。

书架最下方，放着一台小而扁平的装置，上面还连着两个小音箱，萨拉特从没见过这样的东西。盖恩斯的手指拂过列在另一层架子上的一排薄薄的塑料盒子，从其中抽出一盒打开。里面是一张碟片，光线照在它背面，有彩虹的颜色。他按下装置上的一个按钮，顶盖开了。他把碟片放了进去，合上盖子，又按下一个按钮，机器里随即传出一阵微弱的嗡嗡声。

“你家里还留着很多以前的东西吗？”他问萨拉特，“就是战前的东西。”

“没什么了，”萨拉特说，“以前家里有些爷爷的东西，照片、手表、信之类的，不过来这儿的时候我们把大多数都丢下了。”

“可惜。他们从你身上剥夺的第一件东西，就是你的历史。”

一阵轻柔而哀婉的弦乐传来，他们不再说话，房间里顿时充满了音乐。

那种主打乐器的声音，萨拉特过去只听到过一两回，低沉、浑厚，听上去无比沉郁，仿佛透过临终床榻上的橡木传来。

“这是我祖母最爱的曲子，”盖恩斯说，“听。”

弦乐声渐弱，凸显出一个女声。这声音不同于萨拉特以往听过的任何声音，它饱满深沉，唱着一种她听不懂的语言，有如暗语。

“*Son qual stanco pellegrino*[1].”盖恩斯说。这几个字在萨拉特听来毫无意义，但那读音却久久回荡在她心间。

她听得入了迷，以至于后来，当她听见盖恩斯说想跟她交个朋友，要教她学习艺术以及佩兴斯大门之外那个广阔而多彩的世界上许许多多别的东西时，她只是下意识地点了点头。盖恩斯微

---

1 意大利语，即咏叹调《我是如此疲惫的朝圣者》，出自亨德尔歌剧《阿里安娜在克里特岛》。

微一笑。

“我想你会在这个世界上找到属于你的位置的，萨拉特。”他说。

一名北方军人在战争与和平中的成长：小约瑟夫·韦兰将军回忆录（节选）

丹尼尔·纪总统遇刺时，我只有29岁。当时，我还是哥伦布市的一名战争理赔员，在战争办下属的一个小部门工作。南方分离主义战争才刚刚开始。

并非巧合的是，战争初期，也恰恰是美国历史上立法和制度建设最繁忙的时期，唯一能与之相提并论的，就只有将首都从饱受风暴侵扰的华盛顿特区迁往内陆的那几年了。

正是在战争初期这几年，联邦政府成功通过了《清洁裂变法案》，重启了“东西海岸弃核计划”，建成了“阳光地带运输体系”的头1000英里，并扩充了匹兹堡、印第安纳波利斯和莱克星顿人满为患的郊区。

战争即发展，这是我父亲过去的口头禅。

那时，我们部门往西两英里就是行政宫，我父亲的办公地点就在那里，他的办公室与马丁·亨利总统的新闻简报室仅相隔一道走廊。他时常叫我过去，通常是为了商讨我新近负责核准的赔偿案。我依然记得其中 次会晤的情形，那是战争之初的事了。

那天我去见他时，路过了行政宫大厅里悬挂的一幅“实时威胁地图”。当天上午，图上有一个南部要塞闪烁着红黑色，表示有袭击发生。我记得那已经是三周来的第三次了。后来我得知，那又是一次自杀式炸弹袭击，目标指向防御较为薄弱的首都外围防线。分离主义分子从没攻入过蓝框之内，遗憾的是，他们欺软怕硬，对外围防线发起了多次袭击，杀害了那么多英勇的卫兵。那天，我们失去了四名卫兵。

到了父亲的办公室，我看到他正在研读我的上一份赔偿决定：一位来自亚拉巴马的申请人遭受了失控无人机的袭击，申请按“意外财产损失”理赔。

我看着他翻过一页页的报告，查阅事实评估、裁决理由，还有赔偿金额。他的脸上一如既往地带着那种难以参透的平静。他问我有没有附加条件。我说没有，但这个人已经丧失了全部财物，被迫向亚特兰大周边的难民营提出了庇护申请，而众所周知，这些由分离主义政府管理的营地状况十分堪忧。

“我们不是有一项针对失控无人机袭击的规定吗？”我父亲说。

“有的，但我这次是破例，”我回答，“他家已经是第二次遭袭了。”

“两次被闪电击中？他要不是骗子，就是运气太背。但两种解释都不足以破例。”

我正要回话，他却已经料到了我的回答，打断我，径自说道：“金额其实无所谓。每份赔偿决定，都是一份宣言。你每核准一份 UOD[1] 赔偿，都是在为敌人的罪行埋单。摧毁服务器群的是分离主义分子，他们才是造成无人机失控的罪魁祸首。你见过他们为 UOD 袭击理赔吗？”

我坚称，申请人的居住地位于田纳西战线附近，属于战略要

1 UOD 为失控无人机（Un-Oriented Drone）的英文缩写。

地，向他支付赔偿金，有助于转变南方民众的观念，让他们不致认为联邦政府毫不同情身处腐朽分离主义政府统治下的民众。我父亲听罢不禁一笑。

“告诉我，”他说，“这场战争孰是孰非？你有自己的判断吗？”

“当然。”我说。

“那我得花多少钱才能让你改变主意呢？”

最终，我接受了父亲的理论。我明白，不论他在这场战争中失去了多少士兵，他对南方人民从来都不曾心怀芥蒂。不要忘记，起初，正是他在众多联邦政治家的强烈反对下力排众议，决定起用流离失所的南方同胞驻守蓝区外围防线。他们以无可比拟的英勇肩负起了这项使命。

3

傍晚，佩兴斯营下起了绵绵细雨。在萨拉特小时候的家里，雨点抽打在集装箱的屋顶上，总会发出猛烈的噼啪声。但在这儿，在营地里，雨点落在残破的帐篷上却悄无声息，如同低声的告诫，像一声轻柔的“嘘”。

萨拉特在听。她躺在小床上，妈妈和姐姐就睡在近旁。一道月光透过窗户洒进帐篷，照亮了她姐姐酣睡的面庞。

她们的妈妈说过，她俩是一只蛋里孵出的两只小鸟，有着同样的血肉。而且，尽管萨拉特已经在盖恩斯那里读过了一本关于基因遗传的书，也知道这种说法并不确切，但她却依然愿意这样去相信。她仍会疑惑，为什么达娜肤色浅，自己肤色深，或者为什么达娜垂顺的秀发又直又亮，而自己的头发在剃光之前总是毛毛糙糙的，不过每当这时，她就会告诉自己，这些都不重要，重要的是血肉。

她望着睡梦中的达娜，做了一件事，一件她从小就喜欢做的事：屏住呼吸，调整节奏，直到与姐姐的节奏一致，两个胸膛起伏同步。她静静地躺着，听着雨的低吟。

凌晨 4 点左右，西蒙踉踉跄跄地进了门。他想走快些，无奈醉得实在厉害，结果在黑暗中踢到了床头柜。就在他压低声音骂骂咧咧的时候，帐篷里间的灯亮起。马丁娜下了床，萨拉特和达娜也起了身。

“看在上帝的分上，睡你们的吧。”西蒙说道，费力地脱他的靴子。

“你上哪儿去了？”马丁娜问，“你都四天没回家了。”

“你管我去哪儿了？你们背着我弄了个签到表吗？”

萨拉特在他身上闻到了熏人的怡然酒味，也看得出他醉得不轻。喝到这个程度，人会浑身发痒，自己碰到自己都会觉得像被羊毛扎了一样。她在佩兴斯见过不少男人喝成这样。

马丁娜走到外屋。她朝儿子伸出手去，一把抓住了他脖子上的吊坠。那是一粒子弹壳，顶上穿了一颗铁钉——是弗吉尼亚骑士团的标志。每支南方反抗武装，都有自己的标志，如像是盘绕的蛇、得克萨斯的石油钻机，或是用带刺铁丝网写成的文字之类。弗吉尼亚骑士团用的是带铁钉的子弹。

其实这事早已尽人皆知。西蒙这几个月来都通过隔离带东北面的缺口偷偷进出佩兴斯营，随反抗军一同上田纳西前线。几个月来，他和他妈妈都装作若无其事。但这个晚上，自欺欺人再也说不过去了。

“你答应过我不做的事，为什么还偏要去做？”马丁娜说。她看他的眼神仿佛他是别人的儿子。

“我把自己炸飞了吗？”西蒙答道，“我他妈的什么也没干啊！”

“你加入了反抗军啊！”她说，“你加入了那帮炸掉巴吞鲁日许可证办事处的家伙，他们可是害死你爸爸的凶手啊！”

一听她提到爸爸，西蒙的脸色变了。他从妈妈手中夺过吊坠。“他是被你害死的，”他嘶声大喊，“就是因为你整天念叨着去北方、去北方，他才会死。他本来在那儿过得好好的，在自己的家乡过得好好的，结果你非逼他到北方去不可。害死他的人是你，不是别人。”

她给了他一个耳光，那声响、那阵仗震住了萨拉特和达娜，西蒙却无动于衷。

“什么样的孩子会对自己的亲妈说这么狠的话啊？”马丁娜说。

“我不是什么孩子了，”西蒙反驳道，“我是男子汉。”他的妈妈和妹妹们从没听过他这样高声叫嚷，仿佛声音越大，这话就越真。“我是男子汉，我是男子汉，我是男子汉！”

他一把推开门，又踉踉跄跄地走出帐篷。他一走，做母亲的就坐在儿子床上哭了起来。萨拉特和达娜本能地坐到她身边安慰，那一刻，萨拉特恨死了自己唯一的哥哥，感到自己从没像这样恨过任何人。接下来的几个月里，母子俩都装作什么也没发生，两人都说，那天的事再平常不过，每家人都会吵架的，他们也都是有口无心。但萨拉特明白，他们那晚说过的每个字都是认真的。

很快，马丁娜又重拾一贯的严厉，人也恢复了常态。但那天晚上，她彻夜未眠，对女儿们说了许多话。她向她们讲起本杰明·切斯特纳特前往巴吞鲁日却一去不复返的那一天。她还向她们讲述了那晚去向反抗军指挥官请求庇护，最终被从天而降的炸弹驱离家园的经过。

☆ ☆ ☆

晌午左右，萨拉特在正午的酷热中醒来，浑身大汗。马库斯敲门的声音吵醒了她。

“你还在睡啊？”他问，递给她一杯从旧食堂里顺出来的果汁。

“晚上没睡好。怎么了？”

“我刚才去乔克霍洛给切丽林找吃的，看见湖心那个岛上集结了一大批反抗军，”马库斯说，“他们弄来好多东西，一箱接一箱的。”

“他们出动得比平时早啊，”萨拉特说，“他们不能白天到营地里来，会被人看见的。”

“没错。我听见其中一个人说，他们天黑之后再回来取东西。”

萨拉特先是一愣，随即领会了朋友的意思：“你是想去看他们那些箱子里都有什么吧。”

马库斯一咧嘴。

他们朝营地东面走去，经过马库斯家的帐篷时，看见他爸爸正坐在一张塑料园林椅上，秃顶上盖着一块浸满汗水的破布。他手持一副望远镜，正在观察北侧隔离带后面那些隐蔽在树丛中的蓝军士兵。每隔几分钟，他就会在一个老旧的笔记本上记几笔，好似一位全神贯注的观鸟人。

马库斯钻进帐篷，出来时背了一个唐老鸭背包，里面装了几瓶水和一些杏肉冻三明治。他步伐轻快地走在萨拉特前面。他比她足足矮 1 英尺，而他走路的姿态——简直堪称躬腰驼背，还总是目不转睛地盯着地面——更突出了两人身高的差异。

他在她面前会显得自信些，不过在别的时候，他却总有些腼腆和焦虑，束手束脚的。营地里有几个男孩造他的谣，说他因为个子小，得从佩兴斯营的几个女孩那儿捡衣服穿。对萨拉特而言，这些冒犯的造次只是营地生活中的家常便饭——况且就算他穿的真是女孩的衣服，又有什么关系呢？谁会在乎啊？但马库斯却深受困扰——以至于她甚至曾看见他穿着比自己的尺码大出许多的牛仔裤和 T 恤衫在营地里走来走去，结果只是给那几个男孩徒增新的笑料罢了。

在萨拉特面前，他可以做回自己。这点她也清楚，作为他的保护人、他的密友，她感到十分荣幸。

不仅如此，他还在无意中给她带来了某种慰藉：他的矮小，让她觉得安心；他温顺无害的性格，让她能够放心大胆地去探索自己心底尚未成形的情感，关于人与人之间的相互吸引、友谊、异性，以及一连串来自青春期的荷尔蒙的暴击。除他之外，她几乎没有同龄的朋友，但她疑心自己从他身上获取的远不止单纯的友谊——而是一个新情感的试验场，安全无虞，不受他人非难。

到了乔克霍洛，他们越过倾覆的树木，来到岸边。马库斯指指史密斯岔流以北的一个无人岛，它位于河心，离他们差不多有四分之一英里。

“看见了吗？”他问。

萨拉特眯起眼睛，好不容易看见岛岸边露出一块油布隆起的一角，至于下面盖着什么则完全看不见。

“他们说天黑之后才会回来？”她问。

“对啊，”马库斯说，“不过我不知道该怎么过去。”

萨拉特耸耸肩：“游过去啊。”

马库斯似乎一下子泄了气。他向河水投去惊惶的一瞥，只见它浓稠而混浊，水面上泛着泥土的颜色。

“那你认为我们该怎么过去呢？”萨拉特问他。

“我不知道啊，”马库斯回答，“我还以为我们会弄条船什么的。”

萨拉特大笑：“你什么时候在这附近见过没人带枪把守的船啊？”她脱到只剩内衣，走上一个废弃的小码头，上面的木板都东倒西歪地伸进水里。“来吧，”她说，“又不远。”

“可我的包会湿的。”

“那就拿来，”萨拉特把背包高高举过头顶，仿佛要拿它献祭。她走下码头，下了水。马库斯也脱到只剩内衣，跟了上去。

水温接近两个孩子的体温，水里夹带着浓稠的泥沙，简直不大像水。萨拉特带头，马库斯吃力地跟在后面，两人狗刨似的向前游去。马库斯用两条胳膊拼命地划水，而萨拉特却似乎游得毫不费力。

终于在岛上靠岸后，两人都累得筋疲力尽，索性瘫在一小片沙滩上。马库斯躺成大字形，喘着粗气。萨拉特躺在他身旁，感到四肢酸痛。

这是个无名岛，很小，尚未开发过。岛上一度植被茂密，但现在却只剩下树木的残骸：死去的树干变成了褐色，野草齐腰，陈年的落叶松脆易碎，好似鞭炮。小岛中央依然留存着粗壮高大的树干，但越往岸边走，树木就越是低矮、孱弱。

两个孩子循着地上的脚印走进小岛深处。足迹把他们带到岸边一块凸出的土地上，它围绕着小岛西侧的河岸画出一道像逗号尾巴的弧。从河对岸看过来，它正好遮挡了岸边的一小片沙滩的一部分。

他们在那儿找到了那块用树枝和木板支起来的蓝色大油布。油布下面盖着大约半打木箱。大多数箱子都用钉子钉死了，但有一只却被放在地上，盖子微微留了一条缝。

两人小心翼翼地走过去，竖起耳朵留意附近的动静。萨拉特轻轻地把箱盖推到一旁，瞄着里面的东西。马库斯站在她身后，一面盯着箱子，一面留意着通往岛中央的那条小路。

“里面是什么？”他问。

箱子里叠放着一些金属圆盘，萨拉特抄起一个，觉得它看上去相当眼熟，却又记不起是在哪儿见过。那东西沉重浑圆，像个餐盘，上面涂着棕色的条纹，色泽一如他们脚下的土地。在圆盘的边缘，有一圈等距离的记号，中心有个东西，看上去像一枚硕大的黑色纽扣。

“我不知道。”萨拉特说。

“里面说不定装了什么，”马库斯回答，“你能打开它吗？”

忽然间，萨拉特想起了那些无可救药的红色军人手持金属探测器，在营地北面的隔离带外清扫地雷的情形。

“是炸弹。”她说。

“什么？”

“这是一颗炸弹。他们把这玩意儿埋在地下，人一踩就会爆炸。”

她能感到马库斯在她身后僵住了。“快离开这儿，”她说，“顺着那边那条小路走，我马上就来。”

“我可不会把你一个人留在这儿，手里还拿个炸弹。”马库斯说。

“看在上帝的分上，快走吧。咱俩有必要一起送命吗？”

“那也总比你一个人死了强，要不我还得跟人解释是怎么回事。我才不走呢。”

马库斯注视着她，她的心怦怦直跳，万分小心地把地雷放回箱子里。离箱底还有几英寸时，它从她手中滑脱了。萨拉特望着它，等待着那场无可挽回的爆炸，接着，她迅速转身，拉起朋友的手，飞快地奔向小岛中央。

他们闭着眼睛，一声不吭地在灌木丛中狂奔，直到累得精疲力竭，发现并没有什么爆炸，才停下来。

“什么……”马库斯上气不接下气地说，但他没法一口气说完，最后只说出，“什么玩意儿？什么玩意儿啊？”

萨拉特忍俊不禁。想到自己刚刚与死神擦肩而过，两人都笑得前仰后合。自从上岛后，他们一直都蹑手蹑脚的，但这会儿，两个人哈哈大笑。

小岛的中央树木最为茂密，树影下的地面凉丝丝的。萨拉特看见距离那棵最高的树 20 英尺的地方，有个木质的侦察哨，像是一个瞭望台。她想都没想，就顺着塔台上垂下来的粗麻绳往上爬。

“上面有什么？”马库斯问。

“不知道，不过我敢打赌，上面肯定能俯瞰整个营地，”萨拉特答道，“甚至蓝区。”

她登上平台，马库斯也紧随其后。近旁的几棵树干扰了他们的视线，但除此之外，他们几乎将所有的树冠都踩在脚下。整个世界，从北面的蓝区，到南面的红区，都铺展在他们面前。

他们拉开背包，一边吃着三明治，一边眺望着辽阔的地平线。萨拉特向北望去，看见那里有大片颜色焦黄的森林和几座几近倾圮的船坞，甚至依稀辨认出溪边的一片河畔住宅，矗立在田纳西河过去的河床边上。

她曾在盖恩斯那些地图上学到过，边界分为自然边界和人为边界。北面的土地看似完整的一块，但她清楚，那上面横陈着一道隐形的裂痕，她的国家在那里终结，敌人的国度从那里开始。

他们静静地坐了许久，让杏肉冻里的糖分慢慢替自己恢复体力。

“你生我气了吗？”马库斯问。

“你怎么会那么想呢？”萨拉特回他的话。

“最近都没怎么见到你。去你家帐篷找过你几回，你都不在。”

“我最近有点忙。”

“忙什么？”

“学习。有个新老师，每周会来几次。”

“我还以为你觉得他们在佩兴斯教的那些玩意儿毫无用处呢。”

“是啊，”萨拉特说，“但他跟他们不一样，不是‘红色月牙’请来的那些没用的老师。他教的东西我在他们那儿是学不到的，都是些他们不敢教的东西。”

“比如呢？”马库斯问。

萨拉特指着北面：“比如关于他们的事，比如他们这些年都对我们做了什么，比如他们曾多少次为了自己的利益而牺牲我们的利益。就算你在这儿学上一百万年，他们也没胆告诉你一件跟北方佬有关的事。但现在，我却在学习中逐渐看清他们的真面目。”

马库斯漠然地审视着北面那片土地。“我爸有天跟我说，我爷爷就是北方人。”他说。

“他为他们打过仗？”萨拉特问。

马库斯摇头：“哪儿啊？就是在那边工作过，在一个叫威利斯顿[1]的地方跑运油专列，死在2069年那场大爆炸里了。我爸说在那之前，北方的禁令也不大严，还说要是那事发生在得克萨斯，他们估计什么也不会做，就算炸死上千人也不会。他说北方佬的问题就在于总把好的留给自己，坏的大家均摊。”

“既然你爸这么恨他们，那他怎么还整天惦记着溜到他们那边去？”她问。

“想去那儿并不代表他喜欢他们啊，”马库斯说，“只是图个安生。你要是有机会到安全的地方去，你难道不去吗？”

萨拉特思索着这个问题。渴求安全，渴望不再受炸弹和“鸟”的侵袭，渴望远离日复一日的战争暴行，这些都无可厚非。但在内心深处，她正在趋向于认同另一种想法：渴求安全，本身就是另一种暴力——一种懦弱、沉默、屈从的暴力。毕竟归根结

1 威利斯顿（Williston）是北达科他州的一座城市。

底，究竟什么是安全呢？就是炸弹落入别人家中的声音？

“我不知道。”她说。

日头开始偏西，落日沉入佩兴斯营背后。萨拉特和马库斯从岗哨上下来，沿着那条小路往外走。他们身上的内衣已经干了，不过再次入水的感觉依然不错。背包空了，没必要再把它托出水面，于是萨拉特就把它背在背上，解放了双手，轻松自在地在水中划行。

她最近刚刚学到，陆地并不是这个世界天然的表皮，它不过是一种附着物，以百万年为单位不断增长。世界真正的表皮，是水，而全世界的水都彼此贯通。这样一来，她就能想象自己并非置身于田纳西河的某条支流中，而是身在密西西比河岸边那片泥泞的滩涂上。

有一瞬间，她觉得自己回家了。

☆　☆　☆

萨拉特独自在自家帐篷里吃了晚餐，然后去见盖恩斯。他们约好一周见三次。他每次来营地里，她都会去他的办公室与他会面。有时，他会让她跑跑腿，把装钱的信封送到南卡罗来纳片区去。对这个经常光顾他们片区的高个子光头女孩，南卡罗来纳人早已习以为常。后来，南卡罗来纳的小伙子们还给她起了个外号，叫“领薪日”。不过，尽管每次出入这个幽闭的片区时她身上都揣着大把的钞票，数目比大多数佩兴斯难民一辈子见过的都多，但她从不担心遭窃或受人骚扰。因为他们都知道她为谁干活儿。

跑完腿，她就回到盖恩斯的办公室去听他讲课。每天晚上的内容都不一样。有时，他们会探讨大自然，面前摊着一本教科书，上面画满了没能挺过全球变暖的动植物。不过他们最常谈论的还是这个世界过去的面貌。

他给她讲她那个民族的古老神话——描绘那个布满铁兰和棕榈叶的南国；还有那些枝繁叶茂的木兰树，一种如今只出现在正史或野史中的植物；他讲起那里的人们无与伦比的慷慨与欢乐；描述熏制多日的全猪、水蜜桃、山核桃和青柠派。她贪婪地照单全收，听得心花怒放，不仅因为得知这样一个世界曾真真切切地存在过，更因为相信自己从祖先那里承袭着一份这样生活的权利。她不在乎其中究竟有几分真实、几分美妙的幻想，事实上，她相信他说的每一个字。

他说她的故乡曾拥有世界上最肥沃的土地，盛产糖、棉花和玉米。他向她讲述了北方第一次撕裂她家乡的经过。他说，眼下，人们看待这场战争，就像看待任何一场战争一样，认为它仅仅是一场杀戮，是年轻男人在年长男人指使下的互相厮杀。但是，最终收拾残局的却总是女人，她们在已成焦土的南方重建家园，把那些年轻男人的遗孤抚养成人。他说，甚至有的女人会上阵杀敌，必要时，她们会女扮男装。她们都有一身傲骨。

有时候，他会给她带来一些手抄的文字，他称之为“歌词”，内容都与他们当天谈到的东西有关。她回家后会把它们拿出来读，直到记下自己的那部分。他下次来营地时，他们会一唱一和，完全不着痕迹，仿佛这段对话他们已经重复了上千遍。

最初是什么使人麻痹？

是财富。

若我夺去你的财富？

尚有必需。

若我毁你家园，焚你田地？

尚有体恤。

若我禁止世人同情你的遭遇？

尚有亲族。

若我斩尽你的亲族?

尚有上帝。

而上帝……

两千年来缄默不语。

好姑娘。

有时，她并不能完全领会歌词的意思，但她还是把它们记了下来。她相信自己终会顿悟其中的含义。

某天，当有了歌唱的理由，她自会放声歌唱。

☆ ☆ ☆

萨拉特站在管理大楼一侧，等着盖恩斯。

他是她认识的唯一能随意出入佩兴斯营的人。从来没有哪个难民享有这种特权，就连营地管理人员和守卫每次爹着胆子进入红区前也都必须签到。但盖恩斯任何时候都可以自如地穿过大门，不论白天黑夜，总是安闲自在、畅通无阻，仿佛这几道大门不是处在严峻的战争前沿，而是通向他自己的消夏别墅。

有一次，盖恩斯来的时候，她正好路过佩兴斯的正门。她看见看门的年轻士兵们对他微笑，一边与他握手一边问他身体可好、家人怎样。而他也同样问起他们的家人，问起他们的妻儿父母，问他们在亚特兰大的公寓里是否还住得习惯。接着，士兵们就面露难色，表示自己和家人的日子过得辛苦，说南方自由邦又迟发了薪水。不过，不管怎么说，抱怨又有什么用呢?

她看到盖恩斯妥帖地给每个士兵塞了一个小小的信封。而士兵们尽管嘴上说受不起这番好意，却都从他手中飞快地接过信封。那一刻，萨拉特在士兵们脸上瞥见了绝无仅有的真挚感激。目睹了这样的场面，她就再也不需要谁来告诉她这些年轻的士兵是在为谁效力了，是他们制服上的旗帜，还是盖恩斯信封里的票子。如此说来，盖恩斯能在佩兴斯来去自如就相当合情合理了。

11 点刚过，她就看见他沿着通往南门的小路走了过来。此前，他们总是单独见面，但今晚，他还带来了另一个人，一个她从没见过的男人。

“萨拉特，我想把我的一位挚友介绍给你，”盖恩斯说道，“我认识他很多年了，那会儿我们比你现在也大不了多少。”

盖恩斯身旁的男人伸出手来，萨拉特握住他的手。他看上去跟盖恩斯年纪相仿，肤色与萨拉特的父亲类似，不过他焦糖色的皮肤却十分平滑，几乎没有一丝皱纹。

“很高兴见到你，萨拉特，”男人开口道，“阿尔伯特对我说了你不少好话呢。我叫乔。”

他的口音略带异域腔调，音色深沉，像是发自喉咙深处。她很快明白他是个外国人。

盖恩斯领着萨拉特和乔走进管理大楼，下了楼梯，来到他的办公室。像盖恩斯一样，乔身着量身定做的西装，戴一条绿色的丝绸领带，与周遭格格不入。他也像盖恩斯一样喜欢把身子挺得笔直，一字形的双肩十分伟岸，脊背像把尺子。

进了屋，盖恩斯去准备咖啡，萨拉特和乔在桌边坐下。乔打开音响，放了一首他喜欢的古典音乐，他称为《疲惫的朝圣者之歌》。他为萨拉特在吐司上涂了厚厚的一层蜂蜜。她在这位陌生人面前显得有些拘谨，吃吐司的速度比平时慢些。但他只是微笑地望着她，仿佛打她出生起就认识她了。

“阿尔伯特告诉我你来自路易斯安那，”乔说，“我说得对吗？”

“对，”萨拉特说，“说得没错。”

“那真是世界上一个美丽的角落，我多年前曾经去过。那儿的人都非常自豪。”

“那你呢？”萨拉特说，“你从哪儿来？”

这个问题似乎让乔吃了一惊，不过他很快恢复了镇定。他冲盖恩斯笑笑，随后指指墙上的一幅地图：“我来自布瓦吉吉帝国。你了解布瓦吉吉帝国吗？”

萨拉特摇头：“只知道阿尔伯特给我讲过的那些，比如它过去是许多不同的国家，现在统一了。”

“说得对，”乔说，“过去它曾是许多不同的国家，统治者不是国王就是将军，对少数人很好，但对大多数人很坏。因此我们发动了一场革命，最终把国王和将军们都从宝座上拉了下来，建立了一个共和国，一个民主国家。”

乔说话时通身散发着一种沉静的气息，比盖恩斯更胜一筹。除了耳朵上方那圈银发之外，他的头发已经掉光了，胡子刮得十分干净，只留下一丛浓密的唇髭，完美地勾勒出上唇的形状。萨拉特试着弄清他究竟为何能如此镇定，最终觉得肯定因为他只是一名访客，一个外人，不必直接承受战争肆虐带来的后果。

“那你大老远上这儿来干什么？”她问，“如果说你真是从那儿来的。”

乔点点头：“问得好。我来到这里，是因为我的国家支持所有为自由而战的人，不论他们身在世界的哪个角落。那不正是你的同胞正在做的吗，嗯，萨拉特？为自由而战！”

“是的，先生。”

盖恩斯站起来，走向书架，回来的时候拿了一本书，是一本绿色封皮的精装选集。书脊和封面上的文字错综复杂，萨拉特完全不认识，所有的字母都连在一起，笔画峰回路转，宛如一幅地图，描绘的是一座幻影中的城市。不过乔似乎认得这书。

"我的天！"乔说，"这么多年了，你还留着它？"

"当然啦，"盖恩斯回答，"这可是一份厚礼。"他转而对萨拉特说："我俩年轻的时候，乔送过我一份礼物，是一部古老的阿拉伯诗集，叫《诗歌集成》。这是一份非常古老、非常珍贵的礼物，不论在红区还是蓝区，恐怕都是独此一份。"

他把书摊在桌上，翻动书页，直到翻出一张夹在书中的照片。他先是把它递给乔，后者见状，发出难以置信的惊呼。接着，他又把它拿给萨拉特看。

"行行好，"他说，"就说你还能认出点我俩的样子。"

萨拉特瞧瞧那张老照片。上面有两个瘦削的青年，并肩站在沙漠里的营地前，一个光着膀子，另一个穿棕色迷彩制服。两人看上去还不到 20 岁，跟萨拉特的哥哥年纪相仿。他们面带微笑，胳膊搭在彼此肩上。光着膀子的那个靠在步枪的枪托上，另一个没带武器。

"这是多少年前？"她问道。

"应该是 21 年或 22 年左右。"盖恩斯说，"那会儿我差不多是第三次被派到那儿去，就在'第五春'前夕。"

乔凑近萨拉特，又瞧瞧照片。"没错，"他说，"我还记得，那时候还是你们出枪，我们卖命。"

有一瞬间，萨拉特似乎看见盖恩斯皱了皱眉。他从她手中拿过照片，重新夹进书里，把书放回书架，随后坐到萨拉特身旁。

"几周前我们聊过你长大之后离开这里想做什么，"他说，"还记得吗？"

"记得啊。"萨拉特回答。

"嗯，这就是我介绍乔给你认识的原因。等你想好了将来要为自己、为你的同胞做些什么之后，乔也许可以帮你。我知道你说过今后可能会到亚特兰大去，为南方自由邦效力，不过你说不定会改变主意。到时候，你可能会意识到自己需要一些东西，某些不容易弄到的东西，甚至连我也没法给你。不过乔或许可以帮你，所以我希望你们能成为朋友，也希望你能对此守口如瓶，因为有许多人一旦发现他在帮助南方，就会去伤害他。明白吗？”

“好吧，”萨拉特说道，尽管她并不清楚乔能帮她什么忙，“我不会说的。”

“见到你我很高兴，萨拉特。”乔说，“但愿有一天我们能助彼此一臂之力。”

她与这两个男人一直待到破晓前，听他们缅怀从前那场让他们相遇的战争。尽管他们谈论的那个世界早已远去，旧日的力量格局业已逆转，不过她依然喜欢听他们谈论过去。

他们说布瓦吉吉帝国的所在地曾被称为阿拉伯半岛。在那片沙漠的中央，曾一度屹立着一众璀璨夺目的石油王国。然而今天，那里已不再适合人类居住。萨拉特在地理和政治教科书上读到过，今天，这片干旱的沙漠上铺满了大片大片的太阳能板——它们编织成一张耀眼的琥珀色巨网，捕捉着能量，为身后那个庞大的帝国提供动力和金钱。但两个老人都信誓旦旦地保证，那里曾有过城市——甚至国家。他们说，在气温骤升、石油枯竭之前，曾有数百万人在那里生活。

清晨，乔告别他们，离开了营地。盖恩斯和萨拉特继续留在办公室里。

“听老家伙扯年轻时候的事最无聊了，是不是？”盖恩斯说，“你对我们真是宽宏大量。”

“还好，”萨拉特说，“这里的每个大人整天都在讲自己年轻时怎样怎样。起码你们的故事还发生在一个遥远的地方。”

盖恩斯笑着说："你这话还真让我如释重负。"他起身去拉开百叶窗，打开窗户，放进新鲜空气。窗外仍是漆黑一片。

"能把你介绍给乔，我很开心。"他说，"我欠他太多了。"

"他救过你的命还是什么？"萨拉特问，"是你们当兵那会儿的事？"

"不，"盖恩斯说，"我是说是的，我想他肯定救过我无数回。不过还不止这些。"

他挨着她在桌边坐下，从钱包里掏出一张发皱的照片，是一个高中女生的毕业照。女孩遗传了盖恩斯的笑容和他深陷的眼窝。

"即使在那时，你也能预见到这一天，"盖恩斯说，"人们很早就知道这个国家会把自己撕碎了，早在第一颗炸弹落地之前，早在东得克萨斯大屠杀之前。我很担心我的家人，担心自己无法保障妻女的安全。那时是乔向我伸出了援手，他为她们在布瓦吉吉找了个安全的栖身之处。她们恨我，因为我送走了她们，但她们在那儿毕竟是安全的，这是唯一重要的事。那就是乔为我做的，那是他送给我的礼物。"

盖恩斯把女儿的照片折起来，收回钱包里："我也想说你让我想起了她，没准儿你俩会成为好朋友。但事实上，我已经太久没跟她说过话了，她现在要是见到我，很可能根本认不出我来。也许她只会觉得我是个老傻瓜，一个外国人。"

他仿佛已经不是在对萨拉特说话，甚至不是在自言自语，不是讲给任何人听。他透过半开的窗户向外望去。

他们听见头顶传来模糊的脚步声：营地管理人员和志愿者准备上早班了。

"开战以后，你为什么决定站在南方一边？"萨拉特问，

“你生在北方，国家分裂前还为北方打过仗，为什么不站在蓝军那边呢？”

“呃，在他们最后一次把我们从伊拉克和叙利亚召回国之后，我在国内游历了一番，最后定居在蒙哥马利县。”盖恩斯说，“你瞧，我们国家有个惯例，就是等某场战争结束再给它定性，结果，我猜，国家为我参加的那场战争盖棺论定时，认定那是个糟糕的主意。在北方，但凡知道我参加过那场战争的人，全都想来找我理论一番，就跟我自己能决定上不上战场似的。但在南方就没人这么做，或者起码我从没有过这样的遭遇。”

“就是这样而已？”萨拉特问，“他们对你好，所以你就选择了红方？”

“也不尽然，”盖恩斯说，“我选择红方，是因为南方人告诉你他们为何而战时——不管是为了传统、尊严，还是因为驴一样的倔脾气——你也许会赞同或反对，但绝不会认为他们是在撒谎。而当北方人告诉你他们在捍卫什么时，他们就会甩出那些词儿，什么民主啦，自由啦，平等啦，同时，你也都清楚，这些词儿的含义随时都在变化，就像天气。我受够了那套玩意儿。不论对错，你既然认定了目标，就不该变卦。”

“你觉得我们错了吗？”萨拉特问，“你是不是认为我们在为错误的目标而战？”

“不是。”盖恩斯说，“你觉得呢？”

“不是。”

“但要是你确实这么想了，要是你的确认为我们错了，你会因此而背叛自己的同胞吗？”

“不会。”

盖恩斯笑了。“好姑娘。”他说。

脚步声越来越响，楼上很快就会传来工人们分配当天任务的声音：谁去监督配给品发放，谁去陪同疫苗接种员走访营区，谁去对付南卡罗来纳人。萨拉特起身准备离开。

“等等，”盖恩斯说，“我想让你带上一样东西。”

他拉开一个抽屉。他转过身来时，萨拉特看见他手中有一把小小的折叠刀。他展开刀身，钢铁质地的刀刃上带着些微斑点，刀刃平滑，只在柄端有一些锯齿。刀柄上蚀刻着一个缩写：“YBR”。

“你会用刀吗？”盖恩斯问道，把刀刃对着她。

“刀，大家都会用啊。”萨拉特说。

“不一定，大家只知道怎么捅人。”他收起刀刃，把陈旧的铝制刀柄递给她。

萨拉特把刀拿在手中把玩。它轻极了，并因为这份轻盈而显得微不足道。她把手指按在刀刃上。

“锈了。”她说。

“不是锈了，”盖恩斯回答，“是钝了。不过这不是问题。”他从一个抽屉里取出一块磨刀石。黑色的石头呈长方形，其中一面比较粗糙，另一面十分光滑。

他把石头放在萨拉特面前的桌上，手把手地帮她把刀刃抵在粗糙的那一面。

“阻力和压力，”他说，“你只需运用阻力和压力。”

他握着她的手来回游走。刀在石头上摩擦，均匀而富有节奏。房间里回荡着磨刀声。

“怎么知道磨没磨好呢？”萨拉特问。

“能办成你想办的事时，”盖恩斯说，“就磨好了。”

☆ ☆ ☆

曙光初现。萨拉特别过盖恩斯，回到家中。路上，清晨的微风卷起微尘。萨拉特望着眼前这片帐篷的海洋，它们看上去与盖恩斯和乔那张合影上的背景毫无二致。也许战争中的帐篷都一个样。

她看见远处有两个难民扭打在一起。其中一人喝多了，踉踉跄跄地打翻了对方一瓶正在发酵的怡然酒。两个男人互相咒骂着，无力地挥拳相向。萨拉特并没有留下来围观。他们斗殴的起因，看上去如此琐屑，如此不值一提。

布瓦吉吉联邦总统卡瑟布·伊本·阿姆兰在俄亥俄州立大学的讲话 2081.06.04（节选）

今天天气无比炎热，我还讲了这么长时间，考验各位的耐心。不过，我仍须再次重申：布瓦吉吉联邦政府无意将自己的意志强加给任何国家。我相信我们都怀着这样一个共识：你们国家所面临的困境，只能由这里土生土长的人们自己终结，此外别无他法。（掌声）

但我同时也相信，世界上的一切有识之士——不论肤色、民族或信仰——对自由、民主和自主的权利都怀着同样的向往。这些是全人类真正的共同理想，而我们为推动这些原则做出的努力，将成为我们留给子孙后代的最有分量的遗赠。

战争是一时的，这些原则却是永恒的。

我依然记得多年前自己初到美国时的情形。当时我还是一名年轻的大学生，就在这个校园里学习。同时，我的国家正经历着一场残酷却必不可少的革命，众多先烈为此献出了生命，但我的同胞们也因此获得了他们苦苦追寻了近两个世纪的自由。

我还记得美国曾有那么多令我着迷的事物——她幅员辽阔、美丽多姿，疆域上分布着众多令人敬畏的自然奇迹；她的种族多元，外表虽有差异，却能共同生活、和睦相处。在这个国家的人

民身上，我看到了一种别处罕见的精神，那就是对自由全身心的热爱，而这种情感是如此强烈，它能让万众戮力一心。（掌声）

在结束讲话之前，我想对你们说，我今天在这里也看到了同样的精神。在这个艰难的时刻，不论美国面临什么样的挑战，我都始终坚信，这个国家的人民终将走出困境。他们曾那么多次战胜过困难，这次也同样能够做到。（掌声）

我还想说，作为你们的盟友，我的同胞们，即布瓦吉吉联邦的人民，随时都准备倾囊相助。数十年前，他们推翻了统治者，赢得了解放，一如你们的革命先驱解放这个国家那样。我们，这世界上的每一个人都本能地向往和平，而且我十分确信，和平终有一天会来临。

谢谢你们。天佑美国。（掌声）

4

大屠杀前两天，一场强风暴席卷了营区。雨从清晨下到傍晚，汹涌的黑云之下，时而大雨磅礴，时而细雨纷飞。当一队南方自由邦的军用卡车载着沙袋赶到时，营地里已经有不少旧帐篷被冲走了，难民们只得进入管理大楼躲避。外面，污水和泥浆汇成溪流，大批不可再穿的衣物、厨具和绝无仅有的珍藏品无助地随波逐流。水流汇入沟渠，沟渠汇入岔流，岔流最终汇入咆哮的田纳西河。

南方自由邦军队的士兵们在往“碧溪”两侧码放沙袋，他们一边捂着口鼻，一边咒骂着漫溢的污水那股浓烈的气味。与此同时，萨拉特和她手下的女孩们在追逐被雨水冲走的纪念品。

她们浑身湿透，打捞着一切具有实用价值或纪念意义的物品：相框、钓鱼线圈、州旗、反抗军旗，还有钥匙，最重要的是钥匙。

女孩们郑重其事地工作着。在阿尔伯特·盖恩斯的鼓动下，萨拉特几周前组织了一个所谓的俱乐部——算是她自己的童子军了。她已经招募到了四名年轻的成员——亚拉巴马的辛格尔特里姐妹，佐治亚的查理（她沿用了死去的弟弟的名字），还有密西西比的娜丁。来佩兴斯营的两个月前，娜丁在霍利斯普林斯遭遇了“鸟”袭，下颚受损。现在，那个皮肉模糊的部位装着一块金属片，用以固定残余的下颚。娜丁一言不发。几个女孩中，萨拉特最喜欢她。

女孩们每拾满一背包东西，就把它们带到管理大楼去。到了那儿，萨拉特会打开侧门，带她们下楼，前往盖恩斯办公室门前的走廊。她们会把捞上来的东西摊在毛巾上晾干，然后回去接着干活儿。

到了傍晚，雨渐下渐小，两小时过后，就只剩一点毛毛雨了。萨拉特跑到营地最北端，看压顶的乌云撤回蓝区。北侧这些帐篷都是崭新的，不少还空着，但没有一个难民来这里避雨。

第二天早上，萨拉特让女孩们把抢救出来的财物搬出走廊。她的手下们把东西摆在大楼一侧。等营地工作人员弄清这些女孩做了什么时，她们的临时失物招领处已经聚集了大批难民。人们翻找着曾以为再也找不回来的物品，一旦找到，就会惊呼一声，抱住这些女孩，说她们是天使。到了中午，那堆东西已经一件不剩了。

☆ ☆ ☆

马丁娜·切斯特纳特久久地站立在她家毫发无伤的帐篷前。她瞧瞧帆布与脚手架的连接处，竟没找到一处裂痕。帐篷周围的地面已经化为浓稠的泥浆，邻居的帐篷不是已经垮塌，就是摇摇欲坠，但马丁娜家却完好无损。

有一瞬间，她想到了上帝的旨意，会不会是某个更高的存在伸出一只手，手掌倒扣，替她家遮挡风雨。这绝不仅仅是走运而已，一定是她受了太多的苦，才换来了这小小的恩典。诚然，受苦的人不止她一个，有人来到营地时已是缺胳膊少腿、双目失明、痛失亲人，有人更是沦为行尸走肉，可是，她毕竟也是受过苦的啊！

她进了帐篷，见萨拉特和达娜坐在小床上读书。达娜举着一个平板电脑，屏幕上是《空翻》杂志的专题，介绍的是黑海的时尚潮流，以及遥远的布瓦吉吉北部最新的复古风潮。

萨拉特直挺挺地坐在床上，手捧一本从盖恩斯那儿借来的关于南方历史的旧书。

“你们怎么这么快就回来了？”马丁娜问。她深吸一口气，帐篷里弥漫着一股苦甜参半的刺鼻气味，化学品的气味。

“她一晚上都在外面抢救大家的垃圾。”达娜说，“我一直在这儿。”

“你们怎么没到大楼里来？”马丁娜问，“风暴搞不好会把帐篷整个冲垮的。”

达娜笑道：“开什么玩笑？西蒙昨天跟几个朋友来过了，把帐篷上上下下喷涂了一遍。他们有一种化学剂，可以把落在任何表面上的水挡开——就跟没下过雨似的。不过，这场风暴可真吵啊！我简直没怎么睡着。”

马丁娜瞧瞧小女儿。那孩子的目光还停留在书页上。

“这事你也知道？”马丁娜问。

萨拉特耸耸肩。

马丁娜不说话了。她经过女儿们的房间，回到自己屋里。过去一年里，她和她的双胞胎女儿已经占据了整个帐篷。西蒙搬到营地外去了，每个月只回来住一两个晚上。

马丁娜在自己床上发现儿子又给她送来一个物资包。东西装在一只厨房料理机包装箱里，纸箱顶盖用胶条封得死死的。

马丁娜拎起纸箱，相当重，有20磅的样子。她没把它打开，而是穿过用毯子做的隔帘来到女儿们的房间，把它放在萨拉特床边。

“拿着这个，去发给那些失去帐篷的人。”她说。

“里面是什么？”萨拉特问。

“我不管，把它发给需要的人就是了。”

“需要的人未免太多了。你是想让我就在密西西比发呢，还是……”

“赶紧去发吧，萨拉特。”

“好吧。”

马丁娜回到房间，在床上躺下。床单凉丝丝的，枕头抵着她的后颈，感觉好极了。女孩们很快就听见帘后传来了鼾声。

达娜静静地躺在自己床上，瞟着妹妹。

“去呗。”她说。

“她起来之后会变卦的，”萨拉特答道，“会想把东西要回来。”

“可你要是不去，她会骂死你的。把它打开——我们拿点出来，到时候可以告诉她我们还剩了些没发完，这样不就皆大欢喜了？”

萨拉特摸进兜里，从一个刀鞘里取出盖恩斯送给她的折叠刀。刀子刚到手那会儿，刃还比较钝，但她每天夜里都把它拿出来，在磨刀石上磨砺。现在，刀刃因为磨砺过度而变得凹凸不平，但萨拉特误以为那就是锋利。

她挑开胶带，打开物资包，拿起看到的第一样东西——几只孱弱的蓝区橙子——朝姐姐扔去。达娜用指甲划开果皮，把水果举到鼻子前，深深地嗅了一下。

“为了这个，他们估计得一路跑到弗吉尼亚去。”她说。

萨拉特摇摇头：“西蒙说他们只在大烟山[1]南面战斗，专门对付那边的军队。再往北，他们就该被蓝军抓走了。”

1 大烟山国家公园（Great Smoky Mountains National Park）位于北卡罗来纳和田纳西州的交界处。

“田纳西产不了这个，”达娜说，“太热，起码得弗吉尼亚。”

“他们又不是从产地弄来的，从奥古斯塔港搞来的而已。不管你想要什么，那儿绝对应有尽有。有些东西连亚特兰大都没有。”

达娜讪笑道：“这你是怎么知道的？你都没法在地图上指出奥古斯塔。”

“我当然能，而且这是真的。没人会追踪物资援助船上的货物，你就算偷空半条船，也不一定会有人发现。”

萨拉特翻了翻剩下的东西，又朝姐姐扔去一小罐腰果，给自己留了一包杏肉冻。还有一管强力胶、一卷线圈和一些缝纫用品，她准备把这些分发给别的难民，其余的留给妈妈。

“嘿，把那个给我点儿，”达娜说，指了指一小盒止痛药，“妈妈用不着那个。”

“没人用得着那个，”萨拉特答道，“那是给骨折的人用的。你要这玩意儿干吗？”

“我好无聊啊，”达娜说着，举起双腿，对着棚顶扭动脚趾，“我的无聊比骨折严重十倍。”

萨拉特望着床上的姐姐。不知怎的，她似乎变得幼稚了。自出生起，萨拉特就始终觉得双胞胎姐姐比自己成熟几分，她好像天生就能理解成人生活的意义。但最近几个月，她却渐渐有了相反的感受。达娜突然在她眼中变得稚气十足、不可理喻，达娜感兴趣的东西也显得太过女孩子气，毫无新意。

萨拉特把止痛药放回去，又把纸箱塞到自己床底下，继续看书。达娜剥着橙子，细细品味着每一瓣果肉，还把一块果皮放在噘起的嘴唇上，像一撮小胡子。她哼起歌来，歌名叫《茱莉亚的权利》，是最近流行的一首红色民歌的头几个小节。去年夏天，这首歌红遍整个“密亚佐”，并在田纳西战线以北遭到全面禁播。演唱者是一位名叫切丽林·西的乡村歌手，萨拉特以她的名字命名了自己的宠物乌龟。

达娜又转向妹妹。“那我们什么时候跟妈妈说？”她说。

“跟妈妈说什么？”

“你知道的，说我们要走的事啊，亚特兰大什么的。”

萨拉特叹了口气。她第一次跟姐姐提起自己有朝一日想去南方首府，加入南方自由邦政府时，达娜还笑她异想天开。“你以为一个路易斯安那难民女孩对他们能有什么用啊？”她说，“你是不是还想去竞选总统啊？”但日子一天天过去，达娜见营地里始终人满为患，人们的日子过得一天比一天没尊严，就渐渐对进城动了心。她开始向朋友们吹嘘自己的打算，弄得萨拉特后悔不迭，觉得当初不该对她坦露想去亚特兰大的事。

“我们不能把妈妈丢下自己走，”萨拉特说，“到时候谁来照顾她呢？”

“西蒙不是把她照顾得很好吗？”达娜说，指了指萨拉特床下的箱子。

“西蒙每个月最多在这个帐篷里住一天，这你是知道的。”

“那不然呢？我们就在这地方待一辈子吗？就等着下一场暴雨把这儿整个冲毁，等着这里被‘鸟’炸个稀巴烂吗？我还以为你很有想法呢，什么为政府效力，让世界知道北方对我们做了什么，云云。你一直说你将来会改变这一切。要是待在佩兴斯，你屁都改变不了。”

“我们肯定是要走的，达娜，我保证。但我们得考虑这些同胞。”

达娜嗤之以鼻：“同胞？这个营地里的？你开什么玩笑？他

们要不是知道西蒙现在跟反抗军混了，你又是阿尔伯特·盖恩斯的小跟班，早就把这儿偷个精光了！这个营地里没有我们的同胞。我们与他们唯一的共同之处就是都属于战争中落下风的一方。”

“我们没落下风，”萨拉特说，“我也不是盖恩斯的小跟班。”

“得了吧，你每天晚上都跟他在一起，他还让你读这读那、跑上跑下的。你我都清楚，他就是给那些反抗武装跑腿的，专门到这种地方来找那些蠢到愿意穿上‘农人工装’、上哪个北方检查点去把自己炸飞的家伙。他就快设法给你套上‘农人工装’了。”

“他只是个老师，”萨拉特说，“不是别的。”她站起来，从墙上的挂钩上摘下自己的邮差包，甩到肩上。“我去溪边找西蒙，”她说，“太阳快下山了——他们该回来了。可别跟妈妈提亚特兰大的事，也别吃那些药。”

☆ ☆ ☆

一股霉味弥漫在空气中。营区里，风暴带来的破坏随处可见，但也能看出复苏的迹象。无处可去的难民们像感染部位周围的抗体一样开始向冲毁的帐篷聚集。

在去往亚拉巴马东北角的途中，萨拉特经过人们晾晒的一排排衣物、床单、旗帜，还有毯子；平板电脑、收音机和手机被埋在米袋里，像播撒在地里的种子。天空呈暗哑的雪青色，“密亚佐”即将迎来又一个和暖、干燥的傍晚，水坑开始干了。

她穿过北侧的帐篷，那里只有暴雨的痕迹，没有生命的迹象。路过自己养宠物龟的帐篷时，她提醒自己稍后再来看它。

快到残存的25号公路时，她看见了一个男人和一个男孩，两人都躬腰驼背地背着行囊，朝北面那座毁弃的大桥和蓝区大门走去。她走近一看，发现那是马库斯和他父亲。

他俩背上背着鼓鼓囊囊的行囊，手中提着杂物，父亲的脖子上挂着一副观鸟望远镜。萨拉特盯着他们看了一分钟，见他们正往道路与溪流交会的地方走去，那里过去曾有一座低矮的路桥。

战前，这条路能一直通到田纳西，但如今，水位线以上只剩下两道窄窄的混凝土路缘，标示着道路过去的边界。路缘将将露出水面，有如两条混凝土做的钢丝。远处，在那些禁止穿越的巨大红色警示牌背后，是装有带刺铁丝网的隔离带和涂有树形迷彩的狙击塔，是蓝色国度开始的地方。

萨拉特朝马库斯和他父亲走去。马库斯的父亲一看见她，就迅速回过头去看还有没有别人。见她是只身一人，他就打了个手势让她走开。

“你们在干什么呢？”萨拉特问。

“不关你的事。”他说，“走吧，这跟你没关系。”

“没事的，爸爸，”马库斯放下手中的杂物说，“就让我道个别吧。”

“没时间了，”他父亲说，“他们很快就会回大门那儿去。”

“就一分钟，我保证。”

马库斯从肩膀上卸下背囊。他比去年长高了些，但还是只到萨拉特胸前。他把手搭在她手臂上，说：“我们要走了，萨拉特，我们今晚就去北方，不回来了。”

“你疯了？”萨拉特说，“你只要一靠近那道大门，就会被他们打死的。”

马库斯摇摇头：“爸爸一直在观察。前两天，那儿一个卫兵都没有，隔离带附近没有一个蓝军士兵。我不知道他们都去哪儿了，但反正是走了。”

萨拉特向远处的大门眺望。那些枝叶掩映的瞭望塔和陈旧的减速弯道看上去还是老样子。

“要出事，”马库斯的父亲说，“他们在为冲击隔离带做准备——他们终于要从这里越过边界了。”

“这话你都说了好几年了。”萨拉特说。

“他们也酝酿好几年了。”

萨拉特转向马库斯：“你就打算这么走了，连声再见也不说？”

“我知道你在忙自己的事，”马库斯说，“而且我们最近一阵子都没怎么见。我不想打扰你。”

“可你是我最好的朋友啊。”萨拉特说。

马库斯避开了她的目光，盯着地面。

“拿上你的包，”马库斯的父亲说，“我们没工夫在这儿干站着。”

她看着马库斯拎起他的东西。其中一个装杂物的包满满当当地装着配给套装、一只保温瓶，还有几条内裤；另一个包里装了一盏头灯和一只小型露营炉。

“你会照顾切丽林的，对吧？”马库斯说。

萨拉特点点头。

“别告诉任何人，”马库斯的父亲说，“要是所有人都开始越境，他们会回来把我们全杀了的。”

她眼看着男人带着他儿子攀上那两道水泥钢丝，跨入禁忌之地。路缘出水不过几英寸，只有一只脚掌宽。他们小心翼翼地走着，不时抬起手臂保持平衡。等他们过了警示牌，萨拉特就开始等待狙击手的步枪响起，等待父子俩的尸体倒进河里。但枪声没有传来。他们很快就翻过路障，消失在灌木丛中。他们走后，萨拉特久久地站在原地，望着对岸那片波澜不兴的土地。

她试着设想朋友和他的父亲会去哪里。也许，在那些棕色的低矮山脊背后，有着熙熙攘攘、灯火通明的北方城镇；或者散发着芬芳的辽阔田野，上面栽着一排排橙子和柑橘，还有各种她闻所未闻的蓝区瓜果，那两个旅人没准会在这样一片农田上找到工作，得以栖身；或许，他们会被自己的口音或晒得干裂的皮肤出卖，在踏进第一座城镇之前就被击毙。

做这些设想的同时，萨拉特还想到了另一件事，那就是叛逃，背叛祖国。但在她看来，这个男人和他儿子的所作所为与叛国毫无关系，仅仅是背水一战。她从盖恩斯那里学到过，自己的同胞在历史上曾遭受过北方的欺凌，于是憎恨起田纳西战线另一侧的敌人。但此时此刻，看着自己最好的朋友消失于陌生的国度，她唯一希望的，就是他在那边能平平安安。她希望他活着，活着就好。

☆　☆　☆

马库斯和他父亲消失在远处的丛林中之后，萨拉特向东面的乔克霍洛沟走去。

反抗军都聚在溪边。她还未见其人，就听见岸边传来他们的歌声、笑语和喧哗。以往，他们傍晚渡溪时总是静悄悄的，但这天晚上他们却丝毫不掩饰自己的行踪。

那是西蒙所在的队伍，弗吉尼亚骑兵团。不过，他们实际上与密西西比领土护卫队、新祖阿夫兵团或其他任何反抗武装并没有什么显著的区别，都不过是些扛枪的男孩，散布在整条边界上，处处找北方军的碴儿。

她在距离那条废弃公路几百英尺的一块空地上找到了他们，一共十来个人。他们来时乘的是三艘摩托艇和一艘大点的化石燃料艇，这些船现在都泊在沙滩上，掩藏在枫香树间。船侧有几个人正往下卸着木箱，每个箱盖都钉得死死的。

“嘿，萨拉特！”一个半醉半醒的骑兵团成员喊道。他叫伊力，是个19岁左右的男孩，四年前从达尔顿[1]来的。“喂，西蒙，你妹妹来了。”

“大点声，”西蒙躺在沙滩上说，他背靠着漆黑的船身，脚边的溪水卷起层层细浪，“在田纳西时他们都听不见你说话。”

伊力正在一小堆篝火上烤东西。火上放着一只焦黑的饼干盘，上面摆了几块厚厚的牛排，火舌舔舐着牛排的底面。每当碰到脂肪和血水，火焰就会跳起舞蹈，柴火也会噼噼啪啪地炸裂开来。

“哪来的肉？”萨拉特问。

“他们有个觉悟不错的将军交给我们的。”伊力说着，咧开嘴笑了。他少了一颗门牙，头发久未清洗，油腻腻地打着卷盖在额前。像其他人一样，他也好几天没洗澡了，但那天傍晚，温暖甜蜜的烟火气和令人着魔的烤肉味盖过了他身上的异味。

“你知道吗？北边那些猪猡每天晚上都这么吃。”伊力说，“你说你上回吃到这样的牛排是什么时候的事了？”

“也许在路易斯安那有过一回吧，”萨拉特说，“到这儿之后就再没吃过。”

“那些猪猡可是天天吃。”伊力说。

他俯身切下一片牛排。肉里丰美的脂肪在他的布伊刀下轻巧地断开。萨拉特接过他递来的肉细细咀嚼，感受着烤肉的余温，以及肥瘦相间的牛肉那柔嫩又弹牙的质感。焦黑的外皮饱含着浓郁的炭火味，里层的肉质粉嫩、纤柔。

怎么可以？萨拉特心想，人怎么可以每天如此饕餮，还不羞愧至死？而仅仅在几英里之外，却有那么多人得靠那么少的食物

---

1 达尔顿（Dalton）是美国佐治亚州下属的一座城市。

维持生计。

“你们悠着点吧，”萨拉特说，“营地里的人要是闻到了，会飞奔过来的。”

“噢，我们也给他们留了些。”伊力说着，指指河岸上的一排箱子，“我们不会像过节一样大张旗鼓，也不会装得若无其事，但我们肯定会把东西发给他们。天知道他们受得起这个。”

伊力用刀刺穿牛排，给它们翻面，火舌嗞嗞作响，蹿起扭动的烈焰。他隔着火堆凑近萨拉特。

“嘿，他们风暴后派来的那帮南方自由军哥儿们还在吗？”他问。

“不在，”萨拉特答道，“雨一停，他们就撤了。”

“很好，”伊力说，“这可不能落到他们手里。让他们回亚特兰大去吧，他们在那儿吃得够好了。”

“所以这玩意儿到底是你们偷来的还是其他途径得来的？”萨拉特问。

有一瞬间，伊力脸上的笑容消失了。他是个骨瘦如柴的小伙子——反抗军要么骨瘦如柴，要么肌肉发达，就没有体形适中的——橙色的火光在他下巴底下打上阴影。

“我们什么也没偷。”他说，“我们跟他们打了一仗，这都是我们赢来的。你看了太多的他们的连续剧，听了太多的他们的新闻了，于是你就以为他们不可战胜。但他们也会吃败仗。要是去掉他们的坦克，还有他们那些‘鸟’，总之就是让他们像孬种一样躲在背后摆弄的那些玩意儿，要是纯粹硬碰硬单挑的话，我们就能打败他们。”

“别激动，”萨拉特说，“我没那个意思。”

伊力的笑容又回来了。“我知道你没那个意思。妈呀，我听说你现在师从盖恩斯了。”他大笑起来，“还有，听说他爱死你了，说你比这儿战场上的大多数男人都有种。”

伊力将一块牛排拦腰切断。“来，”他说，“我的分给你一半。”

萨拉特谢过他，走到坐在岸边的哥哥身旁。

几个反抗军战士坐在一棵倾覆的大树一侧弹着吉他，唱起一首古老的民谣。最近，这歌经一位颇具煽动性的亚特兰大民谣歌星重新填词，又流行起来。这帮小伙子喝多了怡然酒，一边口齿不清地唱着歌，一边被自己的五音不全逗得咯咯直笑。弹吉他的那个手指极不协调，磕磕绊绊地弹完四段柱式和弦，琴弦有一半都没用上。

妈妈摘下我的旗帜，

那不再是我的祖国[1]……

萨拉特坐到哥哥身旁的沙滩上。

“嘿，淑女。”他说。他脸上挂着一道高飞狗式的笑容，身旁有一罐空了一半的怡然酒。酒气萦绕在整片河滩上：那是一股甜香，来自放烂的水果、陈面包、溪水，外加这帮小伙子能搞到的任何东西——从防冻剂、松节油到磨碎的止痛药——只要能给这种乌黑的果汁加点劲就行。

“听说你们在庆功。”萨拉特说。

“可以这么说吧。”她哥哥回答。

“我不想扫你的兴，不过妈妈生你气了。”

“她生我什么气？我们在她帐篷上喷的那玩意儿不管用吗？”

“管用，但她觉得你应该给大家都喷上。她觉得邻居们看她的眼神都不对了，因为他们的帐篷全垮了，只有她的看上去还跟

1　改编自鲍勃·迪伦的名曲《敲响天堂之门》（*Knockining on Heaven’s Door*），原句为：妈妈摘下了我的徽章，我再也用不上它了。

新的一样。”

西蒙笑笑，吐了口唾沫：“她想什么呢？我们哪有时间把每家每户的帐篷都喷了？算了，你替我转告她吧，我们明天会去营地帮大家整修整修。我们只是不想跟那帮南方自由邦的兵同时出现罢了，否则还得教这帮正规军小子学乖。这样那帮蓝区来的记者就有好戏看了，他们会说，瞧瞧南方人是怎么窝里斗的。”

西蒙从罐子里倒出一杯酒，递给萨拉特。她伸手去接，他却猛地抽回手去，把酒灌进自己嘴里，然后笑了。

“很好玩吗？”萨拉特说，“要知道，这东西喝多了会瞎的。”

“瞎了才能说明它地道。”西蒙说。他把脚踝埋进沙里，看树干上那帮小伙子唱歌。去年以来，他长大了许多，倒没长高多少——她还是比他高 3 英寸——但变结实了。作为消遣，他在田纳西河畔的反抗军营地里跟骑士团的小伙子们一起掷装满沙子的牛奶罐玩，现在，他胳膊上隆起的肌肉像连绵的山丘。

萨拉特对男孩身上的那种延展性羡慕不已，羡慕他们在还是小男孩的时候，身体就能像童军侦察兵一样表现出成人的形态。她一生都对男孩的心思毫无兴趣，觉得那只是一只只单薄的纸风车，朝着显而易见的方向转动。但她却渴望拥有那样一个富有延展性而可以预见的身体——一个既能长得又高又壮，又不会引人侧目的身体。

小伙子们沐浴在琥珀色的火光中，醉醺醺地唱着歌。西蒙转向妹妹。“昨天我们干掉他们一个人，萨拉特，”他说，“是条大鱼。”

“谁？”萨拉特问。

“一个叫皮尔森的家伙，”西蒙说，“是个将军，掌管着田纳西战线上一半的军力。”

“天啊！怎么做到的？”

“我们当时在林子里，在东边老远的地方，都过了查塔努加[1]了。我们在那儿等好几天了，把营地扎在一条小路边上，那是蓝军过去用来往巨蛙山[2]运补给的通道。伊力布了个陷阱，在地下埋了颗大雷，又在上面埋了颗小的。一个人的重量不足以触发大的，但可以引爆小的，小的可以引爆大的。我们又拦路放倒了一棵树，接着就静观其变了。等了三天，终于等来一个车队。一般车队都有四辆车，但这次只来了两辆轻装甲车。我们一开始还以为那只是半途基地派出来换岗的普通军人。当他们下来查看那根木头时，嘀，伊力举着望远镜说：‘有个人的肩章上还带星呢。’我们看着他带头走在前面，摆足了官架子，结果一脚就踩了上去。小雷引爆了大雷，当场就把他们炸死了，只剩下两个人。一爆炸，我们就一路跑下去，发现轻装甲车上没别的，全是一箱一箱的补给品，多得我们拿都拿不了。”

西蒙指指天空：“我跟你说，上帝在看着我们呢，萨拉特。上帝一直在看着我们，我知道的。”

“西蒙，你们不该在这外面庆功，”萨拉特说，“你们得躲起来。他们会来找你们算账的。”

西蒙哈哈大笑：“他们能找谁呢？他们什么也不知道。他们就知道修围墙，再放些‘鸟’出来替自己干脏活儿。”

“你们打算把那些货都放在营地里？”

“基本上都是吃的，”西蒙说，“我们会放一些在北面那些空帐篷里，但大部分都准备发给营里的人。大家真该好好吃一顿了。”

---

1 查塔努加（Chattanooga）是美国田纳西州的一座城市，邻近佐治亚州。

2 巨蛙山（Big Frog Mountain）是田纳西西南部的一座山，位于切罗基国家公园内。

"他们会知道的，"萨拉特说，"会走漏风声的。要是整个营地都在吃牛排，这事想不让人知道都难。"

"不会有事的。"西蒙说。他搂住妹妹，把她拉到身旁，她把剃得光光的脑袋搁在他肩上。"天啊，淑女，你什么时候变得这么大惊小怪了？那个只为跟人打赌就跳进粪坑的姑娘哪儿去了？"

"反正小心吧。"

"我们干掉了他们一个人啊，萨拉特，"西蒙说，"我们的人每天有上百个死在他们手里，但这回我们干掉他们一个人。"

☆ ☆ ☆

萨拉特回到营地中央。她进了管理大楼，穿过通向盖恩斯办公室的侧门。

这天晚上，她看见他俯身站在桌前，正把一种黑亮的东西一小勺一小勺地盛到盘子里。他的装束依然和她平日里见到的一样：单排扣西装上看不见一丝褶皱。他的领带打着双温莎结，暗灰的底色上饰有一个徽章，里面的图案最上面有三颗星，下面是一个全副武装的骑士头像和一面带红色条纹的盾牌。他的帽子搁在桌上。

"进来，进来！"他微笑着说，"我特意为你准备了一样东西。"

萨拉特瞧瞧桌上那个小小的罐头，锡盖已经撬开，里面装着一团团黑色的小珠子。罐身上的文字来自另一种语言，字母类似英语，却发生了某种突变似的，看起来有些扭曲变形。标签上有一个标志，上面画着一条鱼和一顶王冠。

"在哥伦布，北方人得花你难以想象的大价钱，才能买到它苍白的复制品，"盖恩斯说，"而你今晚就能尝到名副其实的正品，免费的。"

萨拉特用小拇指戳戳那东西。她盘子里的分量少得可怜，简直不可能吃饱。她想，这该不会是某种维生素吧，就像援助物资里的那种。

“这是什么？”她问。

“先尝尝。我不想让你吃不下去。”

“不会的。”

“这是鱼子酱，”盖恩斯说，“就是鱼卵。”

“哦。”萨拉特尝了一口鱼子酱。这酱似乎在她的唇齿间低语，倾诉着一个庄严而腥咸的秘密，描绘着某种远方的事物，某种外星球的树木的果实。她立刻就喜欢上了它。

“你从哪儿弄来的？”她问。

“俄罗斯联邦，”盖恩斯说，“在地球另一边。这是我们的朋友乔送来的礼物。”

他朝办公室里那间小厨房走去。萨拉特听见了吐司炉的嘀嘀声。不一会儿，他就拿着她最爱吃的吐司和蜂蜜回来了。他在她的身旁坐下，看着她吃东西，仿佛永远也看不够。

“我有本新书要给你。”他说着，走到书架前，取下一本精装书。萨拉特仔细瞧了瞧那本书。书是崭新的，跟昨天才出版似的。书名叫《一名北方军人在战争与和平中的成长》。封面上有个英俊的男人。迄今为止，盖恩斯给她的书的封面上通常只有书名和作者。但这本书的封面却完全被那个男人占据了，仿佛他的面孔就是本书的主题。萨拉特盯着书封的半身像，看见他的衣服上缀有勋章，能看出那是一身军装。

“写这本书的人叫小约瑟夫·韦兰，”盖恩斯说，“是蓝军最高司令官的儿子。”

“我为什么要读北方佬写的书呢？”萨拉特问，“反正都是一派谎言。”

盖恩斯指着封面上的照片说："这个人最近决定竞选总统。一个人一旦决定竞选总统，一般就会把许多话印在一本厚厚的书上，再在封面放上自己的照片，然后满世界分发。这样一来，到了投票那天，他精心打造的形象早已留在选民们心里了。

"但我们读它不是为了这个。我们读它，只因为他是我们的敌人。虽然整本书都在讲他的事，其实有一半的内容都与我们有关，因为我们是他的敌人。我们读它，是为了读出那些言外之意，为了看清我们身上有什么令他胆寒。"

萨拉特专注地望着盖恩斯。她喜欢听他说话，喜欢听他抑扬顿挫的声音，喜欢他的那些抨击中所暗含的那片看不见的广阔天地。即便她有时会跟不上他的思路，甚至完全听不懂他在说些什么，她也会微笑着倾听，只盼着能一直听下去。

他从桌旁站起身来。"我还有一样东西要给你。"他说着，从自己的手提箱里取出一样东西。接着，他来到她的身后。萨拉特感到他的手和手中的东西轻轻拂过她的脖颈。

那是一条麻绳项链，黑、白、红三色的线用倒针牢牢编织在一起，形成一个绳圈。他在她颈后扣好项链，递给她一只小手镜。她注视着镜中的自己：项链在她皮肤上显得粗糙而陈旧。

"它有什么意义吗？"她问。

"它是我女儿以前的东西，"盖恩斯说，"我想把它送给你。"

"谢谢你。"

女孩盯着镜子看了好一会儿。有一瞬间，她不再留意项链，却只看到老人放在她肩头上的双手。他的指关节因饱经风霜而龟裂，指甲剪得极短。他的手掌似乎有些发烫，热量充溢在萨拉特的两块肩胛骨之间，顺着她的脊背倾泻而下。

在她回去之前，盖恩斯又给了她好些信封，要她分发给难民们。他提前把跑腿的钱付给了她。她把北方钞票塞进邮差包里，跟老师道了别。

夜里，她四处奔走，天亮才回到自家帐篷。随后，在这座帐篷里，她睡了平生最后一个好觉。

☆ ☆ ☆

下午醒来时，萨拉特发现帐篷里只剩她一个人了，妈妈和姐姐都不知去向。她坐起身，伸手去够床下的物资包。她从床头柜的抽屉里取出那管杏肉冻，往嘴里挤了点甜腻的啫喱。几分钟后，她就彻底清醒了。

她换上牛仔裤和一件奥斯康电信[1]T恤，走出帐篷。屋外，难民们都忙着修葺自家的帐篷，一些反抗军在给他们帮忙。空气中充斥着霉烂的气味，但也能闻到牛排味，还能听见歌声和醉醺醺的欢声笑语。头天那种如临大敌的气氛现在似乎已经消失殆尽。

男男女女坐在椅子上，用沙袋当桌子，喝着怡然酒，徒手吃着肉，任由肉汁顺着下巴流淌。萨拉特与他们共度了几个小时。在那几小时里，她好吃好喝，心情舒畅，喝得有些微醺。

傍晚，酒力退去后，她去北面看望自己的宠物。到了那儿，她发现，亚拉巴马北侧那些空帐篷尽管依然如故，但它们背后那片土地却有些异样。

北边的蓝区检查点全都亮起了刺眼的探照灯，灯光扫过地面，勾勒出阴影中不计其数的人影。萨拉特躲到一顶帐篷后面，暗中观察。

她看见了大门口的人阵。他们成百上千，成千上万，全部身着黑衣，头戴面罩。他们乘坐的旧卡车排成歪歪扭扭的队伍，人

---

1 奥斯康电信（Orascom Telecom）是埃及奥斯康集团旗下的电信公司，是阿拉伯世界最大的移动运营商。

下车时全部手持步枪、手枪和砍刀。在探照灯的照耀下，这些人看上去就像移动的墨点，黑色的四肢缀在黑色的躯干上。他们汇成一个庞大的有机体，在隔离带的缝隙间蠕动、挣扎。她一看见他们，就全明白了。

他们开始向这边进发了。萨拉特从帐篷后溜出来，冲回营地中央。她在帐篷的阴影间穿梭，以前所未有的速度狂奔着，任空气在她的肺里翻腾。她见人就喊，叫他们快跑、快躲起来，说军队正在开来，然而人们并不理会。

快到自家帐篷时，萨拉特听见了第一声枪响——那不是她多年来早已习以为常的遥远枪声，而是一声近在咫尺、震耳欲聋的金属震颤。接着她听到了呼喊声，尖厉的号叫声。接着又是几声枪响，这次离她更近了。

萨拉特冲开帐篷门，见姐姐正手捧平板电脑坐在床上。她看的是肯尼索[1]的一场慈善演唱会，演出收入将用于资助南方的母亲们。老牌乡村歌星切丽林 · 西正在演唱她的成名曲。达娜坐在床上，吃着弗吉尼亚橙子，跟着哼唱。

“记不记得我们小时候简直爱死她了？”达娜说，紧接着发现妹妹的神色不对，“出什么事了？”

“民兵来了，”萨拉特说，“他们冲破了北门。”

“有多少人？”达娜说。

“成百上千，快起来。妈妈在哪儿？”

“我不知道。可能在埃丽卡 · 雅尔贝尔帐篷里打牌，也可能跟劳拉出去了。我不知道，不知道啊。”

萨拉特抓住姐姐的胳膊，两人一同跑出帐篷。枪声在外面回

1 肯尼索（Kennesaw）是美国佐治亚州的一座城市。

荡，步步逼近。一些难民走出帐篷，问出了什么乱子，但萨拉特这回什么也没说。

她把姐姐带到管理大楼侧门，用盖恩斯的钥匙开了锁。进去后，她锁上门，两人一起跑下楼梯，去地下的办公室，一路关掉了走廊上所有的灯。

进了办公室，萨拉特和达娜推来一个大书架顶住前门，又用桌子抵住书架。萨拉特熄灭了屋里的灯。她让姐姐躲进衣柜，旋即准备离开。

“不，不，你不能出去。”达娜拉着妹妹的胳膊说。

“我得去找妈妈，”萨拉特回答，“我会把书架和桌子挪开一点，给门开个缝，我走以后你再把门关死。”

“求你了，求你了，”达娜哀求道，“你明知道不等你找到她，他们就会先找到你的。你一出去就会被他们杀死的。我不想失去所有亲人，我不想失去所有我爱的人。求你别出去了。”

萨拉特望着姐姐，愕然不已，不是因为她脸上闪光的黑色泪痕和她惊恐的声音，而是因为她竟已做出了如此黑暗的推断。萨拉特带姐姐躲进衣柜，两人相拥着席地而坐。

枪声近了，此起彼伏，淹没了惨叫声。有时能听到急促的突突声，有时又是单独一枪，或者一连串间隔很短的单发枪响。

枪声一直持续到深夜，随后在清晨短暂地平息了一阵。达娜精疲力竭，因恐惧而精神恍惚，在这片宁静之中沉沉睡去。萨拉特依然陪在姐姐身边。黑暗中，只剩这对双胞胎轻声细气的呼吸和起伏的胸膛。屋外，枪声已渐渐平息，但还有别的声音。萨拉特侧耳倾听，听见靴子踏地的声音，一个军人问了句什么，他的上司回应说：“你很清楚该怎么做。”接着传来求饶声、痛骂声。整齐的脚步声，越来越近，越来越近，有人听命跪下，继而是更多的求饶声，有个男人在说：“我跟他不是一伙的，我发誓，我发誓。”他的声音穿透了萨拉特藏身处的墙壁，如此清晰，仿佛他就被按在这面墙上。随后是片刻寂静。接着响起一连串单发枪响，一声接着一声。而后又是一片寂静。

这阵枪声前所未有地近，有一瞬间，萨拉特简直以为那些人已经进了大楼。

要来的就让它来吧，她想，但我绝不会跪着死去。

她轻轻推开熟睡的姐姐，从兜里掏出折叠刀，站起身来。她稍稍把办公室门推开一条缝，刚够她自己通过，出来后又关上了门。

通往楼梯的走廊十分昏暗，仿佛怎么也走不到尽头。一路上，她都试图在脑海中描绘那些凶手的模样。她把他们想象成电视上看到的那种北方人，永远高大威猛，肤色苍白。在她心目中，他们完全是另一种人，甚至是另一个物种。

她登上楼梯，来到管理大楼的侧门边，把耳朵贴在门上。没有声音。她打开门，向外张望。

有那么一会儿，她以为自己搞错了时间。她估摸着那会儿应该是凌晨两三点，屠杀应该已经持续了24小时，但外面却亮如白昼。

接着，光线弱了下来，黑洞洞的天空展露无遗。黑暗持续了一阵，直到她听见北面远远地传来一声呼啸，接着，另一团火焰划出一道弧线，虚假的白昼很快又笼罩了整个营地。

萨拉特走得很慢，一直贴着墙前进。东南和西南方向隐约传来男人的咒骂，声音来自佐治亚和南卡罗来纳片区。同时还有一些混乱的声响：帐篷被拆毁，尖叫的女人突然被捂住嘴。也有枪声，但不像一天前那么急促、持久了。

亚拉巴马片区的中心燃着一堆熊熊大火，烈焰在缕缕黑烟中扭动。远处有几个人在焚烧尸体，他们拿帐篷布、衣物和垫子引火。火舌跳跃着，噼噼啪啪地向空中越蹿越高。

萨拉特转过墙角，在墙根发现了一排被捆绑的尸体，都是男人，有老有少。他们都靠墙跪着，排成一行，子弹洞穿了他们的身体，在墙上留下一团团殷红的血迹。

萨拉特站在那里，呆若木鸡。她望着那些尸体。他们大多倒伏在地，要么脸朝下，要么背对她侧卧着；但面对她的那些，大都面目可怖，难以辨认，额头绽开，在无言的痛楚中扭曲变形。

尸体在尘土上留下潮湿的印迹，还散发着热量。萨拉特能在皮肤上真切地感觉到那股潮气，它是如此真实，就像开水沸腾时冒出的蒸汽。她知道那是什么，那是生命熄灭的热量，是某种东西正在失去的热量。

在这堆零乱的尸体中，她认出了一个熟悉的面孔。是伊力，就是她去找哥哥时碰见的那个弗吉尼亚骑兵。很快，他身边的面孔一一浮现在她的记忆中：他们全是她哥哥的反抗军战友。

忽然间，她完全丧失了勇气。她站在原地，惊恐万状，两腿发软，无法再对脚下的尸堆视若无睹，她已经可以确定，她死去的哥哥就躺在他们中间。周遭依然嘈杂不堪，能听见烈火在燃烧，人在尖叫，杀戮在继续，黑暗与光明在头顶上的天空中有节奏地交替，宛如上帝那颗恢宏的心。

有人正从远端的墙角背后朝这边走来，把萨拉特从瘫软中唤醒。从他们靴子轻轻落地的声音和他们的话音中，萨拉特听出他们是军人。她听见其中一个人说："他们说天亮之前没有纪律，全凭我们处置。"

她明白他们一转过墙角就会看见她。她来不及思考，顺势往地上一躺。她往死人堆里钻，藏在尸体中间。刚才贴在她身上的那股热量，这会儿完全包裹了她，填满了她的毛孔。她躺在死者的血液、汗水和排泄物中。她的衣服上浸满了这些东西，但她毫不在意，也没理会那种气味，只顾绝望地暗自祈祷：上帝啊，求求你，别让他们看见我。别让他们杀了我。

她屏住呼吸。脚步声越来越近。

她等啊等啊，像周围的死尸一样纹丝不动。那些人过去了。

在随之而来的寂静中，她又听见一个声音，是从路对面的帐篷里传来的。她听见一声发自喉咙深处的呻吟，还有骨骼碰撞的声音。等它平息了，一声尖叫响起，又戛然而止。

萨拉特从死人缝里向外望，看见一个男人走出马路对面的帐篷。他穿黑色牛仔裤，黑衬衫的下摆散在外面。他的裤兜里垂下一只软塌塌的黑色头套。她看见了他的脸，跟营地里的男人没什么两样，像她平日里见到的那些人一样平凡。他是她的同类，同族同种。

她一动不动地躺在原地，看着这人向佐治亚走去，另一个火葬堆在那里燃烧。他消失后，萨拉特没再听见别的脚步声，于是站起身来，跑向那人刚刚走出的帐篷。

她在帐篷里见到一个名叫萨布里娜的女人，是一名密西西比难民，霍普韦尔轰炸的幸存者。尽管那女人满脸是血，面颊肿得不成样子，萨拉特还是认出了她。她的下巴大幅右偏，眼周青紫肿胀。她躺在地上，裙子被高高撩起，两道交叉的刀口掀开了她的腹部，她的胸口还在起伏。

她看见萨拉特，举起手示意她过去。萨拉特握住女人的手，挨着她坐下来。女人身下的帆布已被鲜血浸透。她呻吟着说了个词，但萨拉特听不明白。于是萨拉特就当她是在寻求安慰，她不知道自己还能做些什么，只得从旁边抓过一条援助毯，盖住女人敞开的腹部。女人又把那个词重复了几遍，就彻底安静了。

萨拉特又在帐篷里待了一会儿，这期间一直握着那只手，但现在它只是徒余重量。她听着那队人马开回北方，撤向他们先前闯入的大门。他们从她所在的帐篷旁经过，成千上万，长长的队伍似乎没有尽头。她并不把他们想象成男人，甚至感觉他们根本不是人类，而是一个为期一天的黑暗季节：一个原始的冬天。

穿军靴的脚步声远去了，只剩下火堆还在远处毕剥作响，萨拉特透过帐篷前门向外张望，看见了尸堆后的那堵墙。

随后来了一个掉队的士兵，一名年轻的军人，吊儿郎当地把步枪扛在肩上。经过尸堆时，他停了下来，拉开裤子拉链，开始对着墙壁小便。

萨拉特望着他。她从兜里掏出小刀，弹出刀刃。那人正背对着她。她出了帐篷，走向那人。她已不再害怕，她前进着，如同一个幽灵，她女孩的外壳下包藏着一团冰冷的火焰。她接近那人，跳到他身上，摸到他的脖子，割开了他的喉咙。

那人去够她的胳膊，抓住了她。她把他推到墙上。两人都摔倒在地，她压着他，他倒在尸堆上。被她割开的部位已是血流如注。她把他压制住，不停地捅刀子，现在他的脖子上已经沾满了滑腻腻的鲜血。很快，那人停止了挣扎，她依然握着手中的刀，一进一出，一进一出，直到刺进那具身体深处，直到刀子遇到了阻碍。她失声尖叫，猛刺他的后脑勺，颅骨卡住了刀子。她的左手从血淋淋的刀把上滑下来，握住了刀刃，手掌被拦腰割出一道深深的伤口。疼痛麻木了她。生命的热量离开了那人的身体，但这一次，萨拉特毫无感觉。

☆　☆　☆

清晨，南方自由军抵达营区，是一队从亚特兰大开来的士兵。他们的卡车隆隆地驶过大门，进入营地，后面跟着带“红色月牙”标志的卡车和救援巴士，再后面是几名记者。

士兵们下了卡车。他们全是少年和小伙子，其中不少人从没上过一天战场。他们走在尸体和焚尸堆之间，目瞪口呆，一有风吹草动就拔枪。外国人权观察家和记者一声不吭地开始清点和记录死难者的情况。

太阳升起在佩兴斯上空。残缺不全或惊吓过度的幸存者们，都从各自的藏身处或被弃置的地方走了出来。躲在管理大楼里的营地工作人员也出来了，高举着“红色月牙”旗帜，嘶喊着报上自己的身份。

萨拉特绕着大楼走，军人一看见她就举起枪，喝令她不许动。一名士兵命令她跪下。但萨拉特依然站着，浑身浸透了鲜血。

一名营地工作人员看见是她，立即让士兵们放下武器。

“她是个难民，她是个难民。”那个女人说着，冲向女孩。

“萨拉特，亲爱的，把刀放下吧，”女人说，“没事了，都结束了。”

萨拉特把视线从那些小伙子和他们的枪上移开，转向那个女人。她一把推开对方，进了管理大楼。她走下楼梯，朝姐姐藏身的办公室走去。她在门上敲了三下，再两下，再一下——这是她们多年来约定的敲门暗号。良久，门里传来了脚步声。

“是我，”萨拉特说，“他们已经撤了。”

达娜缓缓地打开门，看见了妹妹。

“天哪！”她说，“他们对你做了什么？”

“我们走。”萨拉特回答。

她带着姐姐走出大楼。院子里，一些南方士兵正在灭火和搜查帐篷。

士兵们用白布盖住尸体和遗骸，把他们放上担架，再抬到等在一旁的卡车栏板上。一些戴口罩的人在写字板上记数。记者对着死者拍照，并对幸存者提问，可幸存者们直愣愣地盯着他们，目光有如木雕泥塑。少数毫发无损的人被迅速送上了巴士。

见到屠杀的惨景，达娜尖叫不止。萨拉特搀着她的胳膊，把她的头埋在自己怀里。

“他们把他俩杀了，对不对？”达娜喊道，“妈妈和西蒙。他们把他俩杀了？”

萨拉特把姐姐带到一辆巴士跟前，上面已经坐了几个沉默的幸存者。

“跟他们走吧，”萨拉特说，“只要妈妈和西蒙还活着，我就要找到他们。他们就是死了，我也要找到他们。”

一个幸存的营区工作人员来到双胞胎跟前，说：“你不能留在这儿，萨拉特。”

“我得安葬我的同胞。”萨拉特说。

“这些军人会安置他们的，他们会得到尊重。但你必须离开。这儿不安全——他们说不定还会回来。”

“我要留下。不同意，就让他们崩了我。”

萨拉特转头对姐姐说：“我们很快就会团聚的，我保证。”

达娜从兜里抽出一条手帕，把它系在萨拉特左手的伤口上。随后她拥抱了妹妹。

“漂亮姑娘。”她说。

达娜登上巴士。萨拉特走向密西西比片区一个火葬堆的余烬。她一路上经过的那些帐篷不少都被划破洞开了，门也掉了下来。燃烧的气味呛得她呼吸困难。

她回到自家的帐篷。门被踢开了，切斯特纳特一家的物品被胡乱地扔在床上和地上。但里面没人。

萨拉特穿过土路，钻进路旁的另一座帐篷，她想，妈妈前一天晚上或许去那里拜访朋友了。那座帐篷的门也洞开着。

她在门外驻足片刻，试着鼓起勇气，怕会在里面看到什么，她试着想象着妈妈的尸体，试着想象着那具躯体毫无生气的模样。但她却不敢去想。相反，她的意志退缩了，编织出一个苍白而稚气的遁词：我的妈妈不会死的，因为她是我的妈妈。别人也许会死，但我的妈妈不会。

萨拉特走进帐篷。地上、墙上都有血迹，但依然不见人影。

她在外面那扇坏掉的门边，看见地上有拖行的痕迹。都是些宽阔的刈痕，像小河沟的源头。她不必循迹而去，就知道它们通向哪里。那边不远处，有一个硕大的火堆，焦黑的肉体尚未燃尽。

☆ ☆ ☆

士兵们默默地干活儿。她与他们并肩劳作，对周遭的景象已经麻木。她帮着给死者盖上白布，再把他们抬到等候的卡车上。尸体被摆放在卡车的栏板上，装满一车后，卡车就向南驶去，新的卡车再开过来接着装。到了晚上，死者都运走了，火也都扑灭了，幸存者都被送进了离这儿很远的一座医院。

大部分士兵都奉命回亚特兰大去了，但有一小部分得留下来看守佩兴斯营。留下的人诅咒着自己的霉运，因为他们得在营地里过夜。死者虽然已经运走了，但他们的气味犹在，他们的音容犹在。

萨拉特向北走去。亚拉巴马也有军队进驻，他们把守着已被毁坏殆尽的隔离带，但一名士兵已经在椅子上睡着了；另一个则在用平板电脑看电影，丝毫没有察觉她的存在。他们似乎笃定那帮杀手不会再回来了。在他们身后，前一天晚上还亮如白昼的蓝军探照灯如今已是一片漆黑。

萨拉特走进她和马库斯养宠物的帐篷，那只老鼠已经逃之夭夭了，但乌龟切丽林还在它的畜栏里。

她抱起它，它却并没有缩回壳中。她带着它来到营地中央，巴士还剩最后一辆，她把它放到巴士的座位上。这会儿，留在营区的人已经不多了，只剩那些戴着手套和口罩记录伤亡情况的男男女女。他们在拍照，记下建筑外墙上的弹孔和地上风干的污迹。

萨拉特回到盖恩斯的办公室。整个营区都弥漫着一股烟火味，但这个房间却充满了一种截然不同的气息：它来自精细的木材、纸上的陈年墨水、锃亮的漆皮鞋，还有笔挺的西装。

她关上门，撕下墙上的地图，掀翻桌子。她推倒书架，然后把那些战前样式的西装全部从衣架上拽了下来，把盘子在地上摔得粉碎，扯开那些陈年古书，撕碎书页，折断书脊。然后她瘫坐在地上哭了起来。

过了一会儿，门开了，盖恩斯走进房间，跨过毁坏的书架，绕过掀翻的桌子，在萨拉特对面席地而坐。他仿佛来自另一个世界，他的战前西装纹丝不乱，没有沾上一点儿灰尘或血迹。

“我一听说就赶来了。”他说，“家里人都还在吗？”

“我妈死了，可我找不到她的尸体。”萨拉特说，“我哥也死了，我也找不到他的尸体。”

“他们自称‘21世纪印第安纳人’，”盖恩斯说，“是军人，但不在编制内，不过蓝军指挥官毫无疑问知道他们的……”

“别再说他们了，”萨拉特说，“我不想再听到任何关于他们的事。我不想再读关于他们的书，不想记住他们的首都，也不想知道他们是怎么欺负我们的。”

“那你想做什么？”盖恩斯问。

“我要杀了他们。”

萨拉特双手掩面。她全然没有看见，就在那一瞬间，她老师的唇上浮现出一抹淡淡的微笑。

战争办公室——最终赔偿决议档案

案件编号：091682

申请人姓名：马丁娜·切斯特纳特

（死亡／至亲申请）

案件概述：

（一）理赔协议

联合赔偿办公室下属之抚恤金支付管理处（以下简称“付款方”）现依据《国内案件理赔法案》，针对马丁娜·切斯特纳特及其三名受抚养人（成年男性一名、未成年女性二名）（以下简称“收款方”）申请赔偿一案做出最终理赔决议。该项决议已获当事双方认可，适用于“（二）”中所述事件，并具有最终且不可撤销的效力。该项决议及赔偿决定均由付款方独立考量制定，不可议付。

（二）事件详情

收款方在密西西比一处由“红色月牙组织”管理的难民设施（“佩兴斯营”）中遭受侵害。调查办公室最终认定，该事件级别为“二级——严重；已中止”。事件性质为“其他／未定义”。

（三）伤亡情况

马丁娜·切斯特纳特（成年女性）：死亡

西蒙·切斯特纳特（成年男性）：转移；一级损伤（头部）

达娜·切斯特纳特（未成年女性）：转移

萨拉·切斯特纳特（未成年女性）：转移；四级损伤（左手）

（四）付款安排

因转移（三人及以上），收款方将获居住场所一处（佐治亚州，林肯顿，027号福利住房）。因死亡，收款方将获赔5000美元。因一级损伤，收款方将获赔2500美元。因四级损伤，收款方亦将获赔100美元。

（五）让渡与撤回

该决议不代表承认联邦政府下属任何军队、机构存在过失（参见附录一《反悔政策：条款与条件》）。收款方特此放弃与该事件相关的一切追索权。

PART 3 | 2086.10

佐治亚州

–

林肯顿

1

恶魔离开时，在他的身体上留下了痕迹。人们从数英里外赶来触碰它，亲吻抚摸他额头上的伤痕，并拜谒这位“奇迹男孩”。有时候，他们会坐在屋里，默默无语。家中唯一的动静来自厨房，保姆卡琳娜·乔德赫里在里面一边干活儿，一边哼着古老的福音歌曲。另一些时候，来拜谒男孩的男男女女会祈祷，偶尔也唱歌。还有一些时候，他们会激动得不能自已，哭着对他喊出自己孩子的名字。而那男孩则任由他们把自己当作某种化身，坐在那里，一言不发，身上满是人们颤抖的手，整个人像云朵一样安详。

房子坐落在河边，就在已经没入水中的乔伊路与张伯伦渡口交汇的地方。类似的房子还有几幢，都分布在东北至以利亚克拉克[1]、西南至奥古斯塔的地带上。这些房子都是些简单的农舍，用廉价的木材搭建，有着乙烯外墙——其实就是预制件房，材料都是由萨凡纳河上的驳船运来的。这种房子建于战争之初，只有30幢，这些年来，其中一座已经毁于雷击造成的大火，另一座则被从天而降的“鸟”夷为平地：那台战争机器虽然完全失灵，却依然致命。余下的“福利住房”全部分配给难民居住，这些人都来自南方邦国最偏远的地带——都是一项黑暗六合彩的大奖得

1 以利亚克拉克州立公园（Elijah Clark State Park）是佐治亚州林肯顿境内的一座自然保护区。

主，都是幸存者。

春天和风细雨，棕黄的萨凡纳河裹挟着泥沙奔流。尽管奥古斯塔就是河上最后一个深水港了，但较小的货船却时常深入腹地，一直开到哈特韦尔[1]。船只在隔离墙的阴影中逆流而上，在那道墙的背后，就是全面封闭的南卡罗来纳州。船只行驶缓慢，满载着谷物、太阳能板和走私武器，货物由“密亚佐”政府军、反抗军或雇佣军把守。

☆　☆　☆

卡琳娜是早上到的，她开着三轮蹦蹦车一路颠簸，沿着那条土路从林肯顿一直开到切斯特纳特家所在的沙嘴边缘。她抵达时，这所房子的住户们还在酣睡。

她关掉电视，收拾了头天的碗盘，然后走进厨房。所有东西都原封不动，跟她昨晚离开时一样。操作台上撒着一把高粱面。她每天晚上都会撒上一把，记下形状。早上再对照自己的记忆，查看面粉有没有变形，据此推断是否有鬼魂来过。她瞧瞧面粉，没有东西来过。

厨房有一道后门，门外是三级向下的楼梯，通向河畔那个斜坡上的院子。那其实算不得什么院子，只是一块空地——除了临河那一面，其余两面看上去都毫无遮拦。空地从屋前的小花园向外延伸，过了灌木丛，一直铺展到附近一片林地的边缘，萨凡纳河穿林而过，不断辟出新的径流。

这里方圆几英里内都无人居住，既不会被田纳西猛烈的战火波及，也不会有林肯顿和其他城镇的人前来造访。除了来触摸西蒙伤口并祈祷的那些人之外，这里几乎就没有别的访客。守望着

1　哈特韦尔（Hartwell）是美国佐治亚州的一座城市。

这片土地的，唯有居住在此的这户人家、南卡罗来纳隔离墙瞭望塔上的卫兵，以及每周用船运来食物和补给的反抗军士兵。

有一回，达娜小姐难得真情流露地向卡琳娜透露切斯特纳特一家过去一直住在大河边、围墙下。他们始终受到羁绊和围困——困在沧海桑田中，困在一成不变里。

院子里，晨光把枫树灰色的树干照得纤毫毕现。树木纤细孱弱，在微风中颤抖。树上偶尔会掉落一片血红的枫叶，卡琳娜会把它拾起来，悄悄地把收集来的树叶夹在一本旧《圣经》里，再把书藏在西蒙床底下。等叶子变得松脆了，她就把它们碾碎，加到那男孩的洋甘菊茶里。她相信这种红色的叶子有治愈作用，也相信西蒙正在痊愈。

这就是她的工作——切斯特纳特一家的保姆，“奇迹男孩”西蒙·切斯特纳特的保姆。名义上，她受雇于南方自由邦，尽管亚特兰大从不按时给她发工资，也没兑现当初承诺的报酬，但她还是照干不误。她学过护理，在战争初期和中期都曾照料过南方的幸存者。

☆ ☆ ☆

这天早上，河水蔚蓝，水面倒映着云朵，泛起粼粼白波。空气湿润，夹杂着泥土和废气的味道，此外还有一种气味，来自隔离墙背后。一条笨重的疏浚船拖着一道乌黑的尾迹，缓缓地逆流而上。雨季过后的那几个月中，这些船会在河上来回奔走，改变河床的面貌。

卡琳娜脱下拖鞋，走到水边。这里的泥土呈焦糖色，脚底踩在上面感觉凉丝丝的。她望着起伏的波涛，那是大河浩荡而迟笨的怀抱。对面，有个年轻人驾驶着一辆老旧的摩托艇，停靠在南卡罗来纳隔离墙的墙根下。他拿出喷漆，在墙上涂上几个红色的大字："KAB[1]."

在奥古斯塔港附近，这面隔离墙宛如一幅生动的壁画，但在这样的腹地，灰色的水泥墙面上却几乎空无一物。上方瞭望塔里的士兵眼看着这个年轻人搞破坏，却全然无动于衷。就算那人准备把钩子搭在这堵30英尺高的壁垒上，爬进那个"凝滞州"，他们估计也只会袖手旁观。他们只关注那些试图逃离南卡罗来纳的人，深夜里的每声枪响，都只冲着一个方向，为着一个目的。林肯顿人说，河边那些零乱的树林里全是这些距自由仅一步之遥的南卡罗来纳冤魂，但实际上，这一带要算整个红区最安全的地方之一了。

卡琳娜离开河岸，去查看菜园。她之前跟萨拉特小姐提过，想种些蔬菜，于是一周之后，一艘反抗军小艇就载来了大包大包厚实的黑土。这种肥沃的土壤来自东部，卡琳娜在上面种起了甜菜、萝卜、大黄、生菜，还有豇豆。不过，尽管她从不忘记浇水，它们也都挺过了酷热和暴雨，但这些蔬菜就是不肯在外来的土壤里生根。

然而今天早上，她看见了一株新芽：一根嫩芽孤零零地破土而出。它绿得寡淡，简直惨白，她也知道它活不下来。但兴许，它会在土壤之下、在根须生长的地方留下某种遗传因子、某种指南，这样她下次播撒在这里的种子，也许就能多一些冒芽。

☆　☆　☆

她走出菜园时，看见切丽林正拖着步子慢慢穿过院子。卡琳娜刚开始为切斯特纳特一家工作时，一度想不通为什么每周的补给中还会有蜗牛和蟋蟀。随后，有一天，她终于看见这只乌龟迈

1　KAB是英文"Kill All Blues"的缩写，意即"杀死所有蓝党"。

着蹒跚的步子爬过菜园。

卡琳娜又回到河畔。岸边有一台移动除盐装置，有冰箱大小，重量也差不多——为了把它运到上游来，反抗军不得不动用了一条旧式的化石燃料拖船。它立在一个由几块 2cm × 4cm 木料搭成的底座上，上面的软管浸在微咸的河水里。

卡琳娜展开机器上的蝶形太阳能板，让它们面向初升的太阳。渐渐地，它们开始吸收阳光。机器苏醒了，吸滤机很快便嗡嗡作响。机器开始净化河水，滤除泥沙和盐分。这些盐分来自远方，那里的海洋早已吞噬了沉没的国土。

在太阳能的驱动下，这台装置每小时能滤出两加仑饮用水，净水会一滴一滴地缓缓流入蓝色的饮水罐中。如果改用旧式化石燃料驱动，功率能提高一倍。不过，尽管卡琳娜很清楚，萨拉特小姐规定在这个家里只许用旧式燃料，但太阳能板其实完全够用了，所以，每当这位年轻小姐几周不见人影，消失在田纳西战线以北的丛林中时，卡琳娜就转而仰赖太阳的馈赠。达娜小姐只有妹妹在家时才同样坚决，等萨拉特小姐一走，她就睁一只眼闭一只眼了。因此，每次萨拉特小姐一回来，屋子里就会响彻那台老态龙钟的柴油发电机的轰鸣，到处都弥漫着柴油味。

争辩毫无意义。萨拉特小姐对妥协没有兴趣。

一艘反抗军小艇开了过来。卡琳娜认出船头上的青年是前骑士团成员亨利 · 亚拉巴马。过去六个月中，大部分反抗武装都被亚特兰大的“反抗军联盟”收入麾下，不过仍有人无法割舍自己旧日的队伍，于是把姓氏改成了自己出生的州名，以示抗议。

亨利把船开上卡琳娜所在的泥岸，抛下船锚。

“早啊，甜心。”他说。

“早上好，亨利。”卡琳娜答道，“你又迟到了。”

“怎么啦？你今天气不顺还是怎么的？才晚了不到一个小时嘛。”

卡琳娜把裙子提到膝盖以上，涉入河中。她侧身跨过亨利身旁，拎起一大袋补给品。随后，这名反抗军战士又扛下来三袋。

“放这儿。”卡琳娜指着菜园旁的一块地方说。

“我帮你扛进去吧，不费事儿。”

“放这儿就行。”

亨利放下袋子，又回到船上，取来两个上锁的不锈钢盒子，小心翼翼地把它们放在袋子旁边。接着，他和卡琳娜一起从船上卸下一桶柴油，把它搬往屋旁的避雨窖。卡琳娜取下挂锁，两人走下楼梯。

切斯特纳特家那台声嘶力竭的发电机就藏在这里。旧式化石燃料那甜蜜而苦涩的气息不由分说地弥漫在这间阴冷潮湿的屋子里。它的这股气味总能唤起卡琳娜早年的记忆，让她回想起自己在地球另一端度过的童年：加油中的军用吉普，狂野而永不熄灭的油井大火，借头灯的光线包扎的伤口。对她而言，旧式燃料的气息，就是战争的气息。

他们回到河岸边。亨利站住，瞄着卡琳娜，笑了。

“那你跟我回去吗？”他说。

“请回吧，亨利。”卡琳娜说。

“去奥古斯塔待几天呗，就一回嘛。”他央求道，“让我带你参观参观板道。那儿的酒吧老板都认识我，包你玩得开心。”

“我们还是等战争见了分晓再说吧，”卡琳娜说，“我可不希望自己最后跟了个战败的家伙。”

“天哪，那帮小子说得没错，”亨利说，“你真是老了，都不会寻开心了。”

卡琳娜微微一笑："多谢你送来的东西，亨利。我一定会转告萨拉特小姐，说你来过了。"

他脸上调皮的笑容消失了。他摸回船上，开进水中，很快就消失了。

卡琳娜把铁盒搬到院子一侧，那儿有一间木工小屋，门上的合叶已经锈蚀。门关着，闩孔里插着一根撬棍。

小屋在这里已经有些年头了，比房子还久，甚至比那些树木还久——那时，海水还没有淹没沿海的城市，横行的河流也没有没过先前的堤岸。小屋的外墙用的是一种苍白而多节的木材，上面涂着红褐色的条纹，像是木头生了锈。

卡琳娜摘下撬棍，门荡开，她把铁盒搬进去，按指示把它放在一张工作台上。除此之外，屋里空无一物——架子上空空荡荡，每扇窗户上都挂着过去那种援助毯。萨拉特小姐不久就会回来，打开这些盒子，取出里面的东西，带到很远的地方去，然后这里就会复归空无一物。不过在那之前，卡琳娜得把盒子原封不动地放在那儿，再把撬棍换成一把密码锁。其余的时候，她都不得进入小屋；陪西蒙散步时，也不能让他靠近那里。

她很清楚盒子里装的是什么。而且，她也大概猜到了萨拉特小姐的身份，只是没有说破。其实不少人都知道，尽管他们向来避而不谈。在林肯顿，切斯特纳特一家头上仿佛带有圣人的光环：他们是大屠杀的幸存者，南方大业的捍卫者。在亚特兰大，政客们会给他们写信以示支持。在奥古斯塔，没有一个码头工人不知道他们的大名，没有一个酒吧老板会收他们的钱。

卡琳娜对这一切心知肚明。但她跟别人不同，并不崇拜萨拉特小姐，也从没把她奉为神明。她还是个孩子——才 17 岁，还不到卡琳娜一半的年纪。她从过去的经验中得出结论，小小年纪就受过摧残的孩子，会比任何军人都更高效、更冷酷无畏。从新闻和镇上的人的闲聊中，她也得知了这女孩的经历。正因为知情，所以她能够理解。但这并不意味着她一定就得钦佩萨拉特的所作所为。

卡琳娜把袋子搬进厨房。里面都是稀缺品，全是镇上买不到的东西：乌龙茶、虾壳绷带、人称“跌打药”的止疼药、西蒙的抗痉挛药，还有来自俄罗斯联邦的鱼子酱。

卡琳娜开始做早饭。西蒙只吃水嫩的炒蛋，不加盐，不加黄油。中午一看见他眼皮开始打架了，她就会给他做个三明治，涂上巧克力酱和杏肉冻。他吃下去，会一连几个小时都精神抖擞、生龙活虎。

送走来拜见他的那些泣不成声的朝圣者之后，她会利用那几个小时带他到林子里散步。在许多日子里，在萨拉特小姐又去往某处秘密地点，达娜小姐也去了奥古斯塔港之后——这里只剩他们两人的时候，他们就会牵手漫步。

他喜欢看斑驳的船只身后弯弯曲曲的尾迹，也喜欢听枯叶在脚下碎裂的脆响，还喜欢阳光落在他后脑勺时的温存，那附近已经长不出头发了。

他不时会在地上发现一些紫色、橙色的花——那真是些奇异的生命，丝毫不畏酷热和频繁的风暴。有时，他会指指那些花，卡琳娜尽管并不认识它们，却会编出一些名字：大蕊花、晨光、紫花、南方紫花。

做好早饭，卡琳娜就去叫醒西蒙。与这所房子里的所有房间一样，他的房间也是四壁萧然：一张床头柜、一个衣柜，还有他的床，即是全部装饰。萨拉特小姐对房子的装潢做了规定：那就是没有装潢。墙上不挂图画或照片，客厅里不摆花瓶，前廊上甚至连一块门垫也不放。过去，屋顶曾有过一个铁艺风向标，就是一只站在旋转箭头上的公鸡——结果，切斯特纳特一家搬进来的第二天，萨拉特小姐就爬上去把它给拆了下来。

唯一的例外，是一尊难看的陶瓷瓜达卢佩圣母像，就立在西蒙的床头柜上。雕像上布满裂纹，而且比屋里的任何台面都更容易落灰。但萨拉特小姐严令禁止卡琳娜碰它。

她人还没进屋，身上的香味就唤醒了西蒙——她知道他喜欢这种甜腻的香草香水。他笑着醒来，向她伸出手。她穿着他喜欢的颜色，都是些温暖明媚的色彩——红色、黄色，飘逸的裙摆上印着一朵向日葵。她在他床边蹲下，他立即握住她的手。他坐起身来，在她脸颊上吻了一下，吻得漫不经心，嘴唇上还沾着睡梦中流出的涎水。这是一个进步——但她还瞒着双胞胎。她们知道他已经能记起一些名字，也会回礼，估摸着他应该能自己穿衣了，但她们不知道他还萌生了爱意。

“早上好。”她说。

“早上好。”西蒙回答，模仿着她的节奏、她的语调。她帮西蒙脱下睡衣，换上干净的白T恤、运动裤，他最近腰围见长，撑满了裤腰。她把他近来上升的体重，还有腰上新长出来的那圈肉，都当作痊愈的信号。在搬进这所房子的头几个星期里，他除了牛奶和苹果泥，什么都吃不了。在一个可怕的早上，他的家人发现，他对熟肉的气味怀有强烈的恐惧。而现在，他开始进食了——尽管像个小孩一样挑食厌食，但起码能吃东西了。

她带西蒙坐到厨房桌边的一张椅子上。接着，她回到他的房间整理床铺。床上铺着上好的床单，用的是反抗军走私进来的上等布瓦吉吉棉布。

☆　☆　☆

中午，来看他的女人们到了。她们早到了几分钟。卡琳娜透过客厅窗户看到她们在车道尽头的那道小门前徘徊。她让她们等——她明白，要是早几分钟放她们进来，她们下次就会来得更早，而且其他人听了，也会有样学样，最终打破卡琳娜好不容易定下的时间表。

中午12点整，她准时走上车道迎接那些女人。她们被热得够呛，蜷缩在那辆三轮蹦蹦车里，开车的女人名叫克莉丝汀，却坚持要大家称她为本特利寡妇。她的女儿莱斯莉坐在她的身旁，她的母亲埃莉诺坐在后座上。

卡琳娜打开门。三轮蹦蹦车的车胎在土路上无力地空转了几下。随后，车子一路颠簸着驶向房子。卡琳娜跟在后面，慢悠悠地走回屋里。她到达时，本特利寡妇和女儿正搀扶着寡妇的母亲下车。那位老妇人——埃莉诺，身体已经快被肺癌掏空了，虽然她的女儿和外孙女总是想方设法用希望来烦扰她，但她却早已坦然接受了自己行将就木的事实。

本特利寡妇的丈夫一年前死在东里奇[1]一次失败的反抗军突袭中，自那以后，她就终日穿着黑色长袖上衣和黑裙，并要求母亲和女儿也学她的样子。那身衣服松松垮垮地挂在老太太枯槁的身体上，呆板、松弛，像一面湿透的旗帜。

卡琳娜讨厌看到一身黑的寡妇们。在她看来，她们就像自己制造的废墟，永远屈从于那些或鲁莽、或愚蠢、或仅仅是倒霉的男人，而且她们就算再虔诚，那些男人也都早已死去，永远入土了。

丈夫们从来不会穿一身黑，他们不会用那种沉默的宣言来束缚自己，也不会因为苟活下来而不得不在所有人面前表现得闷

---

1 东里奇（East Ridge）是美国田纳西州下属的一座城市。

闷不乐，俨然一面行走的丧旗。丈夫们可以大发雷霆，可以上前线为亲人复仇，以牙还牙。卡琳娜觉得，这进一步证实了只有在战时，世界才会变得像男人们一直期待的那样，简单、凶残而无拘无束。她认识的一些女人后来再也没用过自己的名字——她只记得她们叫这寡妇那寡妇——但她从没见过一个某某鳏夫。

虽然大半辈子都生活在南方，但她仍会时常感到自己是个外人。她是医生的女儿——父母都来自孟加拉，为人理智，思维敏锐，曾克服了极端的贫困和激烈的动荡，没工夫，也没耐心多愁伤感。她父母年幼时，就曾遭遇过可怕的战争——经历了躲避海平面上涨的死亡北逃、阿鲁纳恰尔大屠杀，以及四次失败的春天革命——因此，他们毕生都致力于在自己所到之处减轻战争的创伤。

卡琳娜最初的记忆，全都跟战地医院、带血的床单和战场上雷鸣般的枪炮声有关。她亲历过最后一次俄罗斯扩张战争，还有布瓦吉吉边境上的一次次征战。她第一次给病人做缝合时是 14 岁，第一次止血是在 15 岁。她对战争的了解，远胜于这些异想天开、故作姿态的寡妇。

同时，她也明白，战争的创痛，是世人唯一的共同语言——那些来抚摸西蒙前额的人，没有一个明白这个道理。生来就掌握了这门语言的人，散布在世界各地，他们念诵的祷词不尽相同，他们笃信的空洞迷信也是形形色色——但全都异曲同工。

战争以相同的方式摧毁他们，把他们变得同样胆怯、愤怒、复仇心切。在和平富庶的时代，他们看似迥然相异，可一旦失去和平与财富，他们却又如出一辙。所以，她明白，适用于一切战争的口号其实非常简单，就是：换作是你也一样。

☆　☆　☆

她把几个女人领进客厅。“喝点什么吗？”她问。

“水吧。”莱斯莉说。这个十来岁的少女一屁股陷进沙发里，坐在远离妈妈和外婆的那一头，盯着窗外流动的河水。

“能见到西蒙，我们真是太高兴了，”本特利寡妇说，“去把他请来吧。”

卡琳娜把她们留在客厅，自己出门来到后院。她看见西蒙正坐在反抗军刚才停靠的泥岸上，往水里扔着树枝。

“你明知道我告诉过你别坐得离岸边这么近。”卡琳娜说。他冲她扬起脸，笑了。他的脸颊圆润而光滑，一笑起来，脸上的肌肉就改变了形态，流露出敬畏的神色。

“你有客人了，”她说着，扶他站起来，拍掉他裤子上的泥巴，“付费的客人。”

“付费的客人。”西蒙说。

她把他带回屋里。他一走进客厅，本特利寡妇就恨不得从座位上跳起来抚摸他。

“你好啊，西蒙。”她说。

“你好，本特利太太。”卡琳娜授意西蒙。

“你好，本特利太太。”他重复道。

本特利寡妇捧着西蒙的脸，说：“亲爱的，今天感觉怎么样？”

“他感觉相当不错。”卡琳娜说。她知道本特利寡妇讨厌她插嘴，于是一逮着机会就这么做。

“卡琳娜，甜心，能帮我的妈妈和我泡点茶吗？”本特利寡妇说，“她嗓子疼了一早上了。”

卡琳娜把西蒙留给她们，进了厨房。她烧上水，从食品柜里取出几包密西西比早餐茶，她可不打算把上等的好茶浪费在这帮访客身上。客厅里，本特利寡妇还在抚摸西蒙的脸蛋。

“亲爱的，你昨晚睡得怎么样？”她问，“睡得好不好？”

"睡得像个小宝宝！"卡琳娜从厨房里喊道。

她回到客厅时，女人们已经开始了她们那套仪式。本特利寡妇膝上放了本《圣经》，一手握着她母亲的手，另一只手搁在西蒙额头上。三个人看上去就像在进行一场癫狂的信仰疗愈布道，正在驱逐恶魔，净化灵魂。

卡琳娜把茶端上桌，但女人们却视而不见。本特利寡妇已是念念有词，她每次登门都会重复同一段祷词，一段她已烂熟于心的赞美诗：

因你要为我吩咐你的使者，

在我行的一切道路上保护我；

他们要用手托着我，

免得我的脚碰在石头上[1]……

本特利寡妇双目紧闭，念念有词，双手颤抖，声音哆哆嗦嗦。她母亲望着她，顺从地忍受着这一切，而她女儿依然盯着窗外流动的河水。

祈祷完毕，本特利寡妇擦去泪水，陷入一种宣泄过后的深深倦怠，并且还想尽可能多地跟西蒙待一会儿。但她付费的时间已到，卡琳娜把二人送回车上。离开前，本特利寡妇付了探访费：500元红钞。卡琳娜接过钱，谢了她。

"还有件事，"本特利寡妇说，"我们想请你帮个忙。"

那女人摸到三轮蹦蹦车的后座底下，拽出一个鞋盒。她当着卡琳娜的面打开盒子，只见里面装满了一卷卷红钞——数额足有10万之巨，也许还不止。

"这是我们早上才从南方第一银行取出来的。"她说，"银行

1 出自《新约·诗篇》第91章第11和第12节，译文据中文和合本，与本书原文略有调整。

经理百般阻挠，但我们说了，钱是我们的，你们不能扣下。”

“你想让我拿它怎么办？”卡琳娜问。

“帮我们存着就行。”本特利寡妇说，“佩兴斯那事以后，局势又恶化了。南方自由邦和‘反抗军联盟’在亚特兰大争夺执政权，但两派都控制不了局面。战事愈演愈烈，大家不过是在坐等蓝军攻破田纳西线南下。你知道，到时克肖总统肯定会关闭银行，免得‘密亚佐’破产。我们只想请你帮忙保管一下——放在小伙子那儿就行，只要那样就行。我们会付钱的。”

女人把鞋盒塞进卡琳娜手中。保姆用余光瞥见寡妇的女儿脸上闪过一丝不屑。

“他不过是个男孩，克莉丝汀，”卡琳娜说，“他又不是银行，他没法付利息，也不会炒股票。他只是个男孩而已。”

本特利寡妇又从钱包里抽出一张500元的钞票：“我们不要利息，也不要股票。我们只希望这钱能与他同在，仅此而已。只求庇佑他的神灵能够眷顾。”

卡琳娜看着女人们顺着土路远去。有时，她十分鄙视本特利寡妇这种人，他们总是如此狂热地笃信自己口中的祷词和手中的念珠，轻信祈祷的力量。不过她之所以如此鄙视他们，主要还是因为这些年来，在照料这些人的过程中，她自己也耳濡目染，开始信起这样的邪来——比如她开始试图用祈祷驱散愤怒的“鸟”，驱赶隔离墙背后那些南卡罗来纳人身上的疾病，还有，她相信鬼魂会在高粱面上留下足迹。

三个女人走后，她又回到屋里。西蒙蜷在沙发上，膝盖抵着胸膛睡着了。

她拿着钱，想了一会儿对策。要是她想成全寡妇，就应该把盒子塞到西蒙床底下，放在《圣经》和枯叶旁。不然她还可以把它藏在避雨窖里，跟燃料桶放在一起。但要是放在这些地方，卡琳娜就得担心钱早晚会被萨拉特小姐翻出来。那样的话，她一定会操着她那沙哑、严厉的嗓音，把卡琳娜狠批一通，说她没资格自作主张。或者，再往坏处想，她也可能一言不发，但有一天这笔钱就会不翼而飞，被贡献给光荣的南方反抗事业。

她正思来想去，忽然看见一个黑影闪现在厨房窗外的河面上。她本能地蹲下，躲在操作台背后，等那只“鸟”飞走。她知道它们会漫无目的地投下死亡，并且知道它们今天要是真选中了这里，那她应该早就没命了——不过她还是在操作台背后躬下腰，条件反射般地求生。

几分钟过去了。她站起来，向窗外张望。河上的黑影消失了。她出门走进院子，在了无生气的菜园里跪下来，在土壤里深深地挖了下去。她挖啊挖啊，一直挖到最下面那层泥土。她把寡妇的鞋盒放进坑里，掩埋起来。

☆　☆　☆

一个年轻的士兵在瞭望塔上来回走动，他缓慢而有节奏的步伐牵动着她的心跳。萨拉特了解他胜过他自己：一个北方乡下的穷孩子——也许是贫农的儿子，也可能是出来逃难的，来自一片焦土的加利福尼亚，或是已被摧毁的南、北达科他，总之，是禁令之下的产油带。她明白他参军并不是为了献身上帝或报效祖国，而是为了逃避——为了给自己创造一个机会，让自己不再重蹈父亲的覆辙，不必一辈子猫在太阳能板背后焊接，或泡在立体农场上没过脚踝的屎汤里劳作。除此之外，干什么都行。如果这意味着他得扛起步枪，穿上带棕色斑点的迷彩服，那么好吧。她从没和这名士兵说过一句话，在此之前也从没见过他，但她已经看透了他的灵魂。

萨拉特透过步枪的瞄准镜观察，士兵的脑袋在十字线上起伏，像漂动的浮标。

☆ ☆ ☆

佩兴斯大屠杀之后的头几周，是一段最黑暗的日子。这所相当于血腥钱的房子让她们感到陌生：姐妹俩每天晚上都睡在一起，房间里彻夜灯火通明，窗户也用木板封得密不透风。头几天夜里，达娜无法入睡，她僵直地躺在萨拉特身旁，确信那些抓走妈妈和哥哥的人还会回来抓她们。到了第五天，几个南方自由邦的军人从医院给她们送来了那具一息尚存的躯壳，也就是她俩以为早已死去的哥哥。面对此情此景，达娜失声尖叫，因为这意味着屠杀将无休无止。

萨拉特一直等到切斯特纳特一家彻底安顿下来，生活有了规律，才开始离开哥哥、姐姐，到外面去闯荡——她先是去了亚特兰大，向负责调查佩兴斯大屠杀的委员会提出申请，要求了解母亲遗骸的情况，尽管她心里清楚，那只会是一团灰烬。一个又一个自鸣得意的南方政要向她致以问候和祝福，为她提供了自己助理的联系方式。他们赞赏她的坚韧不拔，称赞她把一切安排得井井有条。

她很快明白，在暴行中幸存，就意味着成为伤痛共和国的荣誉使节。她的悲伤，必须遵循某些约定俗成的准则。彻底崩溃、睚眦必报，都有违这些准则。但她也不能无动于衷、彻底谅解。社会允许她和那些与她同病相怜的人以一种亦步亦趋的方式缅怀亲人，他们可以捧着亲友的照片在报纸的镜头前摆好姿势，可以加入热闹但百无一用的游行，也可以呼吁各方消除流血事件，仿佛流血事件是害虫、是流浪汉，可以被清除、被驱逐。而她只要遵守这些准则，在这个框架内哀悼，就依然能获得公众的广泛同情。

但这一切对萨拉特而言根本无足轻重。那些哭哭啼啼的寡妇来看望她哥哥、抚摸他的额头时，她就让雇来的保姆卡琳娜去应付。此外，南方自由邦的政客有时会专程驱车从亚特兰大赶来，给切斯特纳特一家颁发牌匾和装裱过的《团结宣言》，或请求与佩兴斯大屠杀的幸存者合影，每当这时，她就会从厨房偷偷溜掉，到树林里晃悠，直到他们离开。这些合影照片留存至今的极少，全都散落在南方政权的档案中，或夹在那些作古政客的档案里。在这些照片上，只有达娜与亚特兰大那些志得意满的家伙站在一起，笑得无比灿烂，但完全是强颜欢笑。

随后几个月，达娜的噩梦渐渐平息了，公众对佩兴斯大屠杀疾风骤雨般的关注也降温了，记者和政客都不再前来，萨拉特这才把全部精力都投入到眼下唯一重要的事上：复仇，了却宿怨。

有段时间，她会一连几个星期待在塔拉迪加[1]附近的森林里，盖恩斯在那里有座摇摇欲坠的小屋。他会教她射击。起初，他问她愿不愿意把自己变成武器，也就是成为北方人口中的人弹。她并没有被这个选项吓住，但一想到要抛下达娜，留她独自照顾不能自理的哥哥，她就感到良心不安。但她依然渴望杀敌。于是，盖恩斯从架子上取下他那把旧猎枪，让她学着狙击栅栏柱上的易拉罐。

一开始，他教的东西她怎么也学不会——那支枪的确不大好使，瞄准器歪了，扳机也不牢靠了，但这些并非全部原因。真正的原因，在于她对不久前经历的一切还记忆犹新。她望着那些易拉罐，给它们安上当晚袭击佩兴斯那帮北方佬的脸孔。她在这样的幻象面前不能自已，怒发冲冠，极度渴望摧毁那些将她摧毁的

1 塔拉迪加（Talladega）是美国亚拉巴马州的一座城市。

凶手。怒火包裹着她，就像止血带一样，尽管会导致她部分坏死，却让她得以存活。

最难学的是静止不动。几日后，她终于打中了易拉罐，也渐渐掌握了狙击老鼠的技巧，但每当盖恩斯命令她在某处完全静止、待上几个小时，她还是感到力不从心。有几次，她趴在地上睡着了，树林里的虫子都爬到了她身上。他说，这种狩猎最重要的一点就是要与周遭完全融为一体，成为土地。但她真想动一动啊，简直想得快疯了。

一天，乔来到小屋。萨拉特从没见过盖恩斯在那里接待过任何访客，但乔那样子却像来过无数次了，仿佛他也跟盖恩斯一样，是这所房子的主人。

“我给你带来一件礼物，”他告诉萨拉特，“一件对你工作有帮助的东西。”

他送给她的是一把步枪，一件精良的武器。这把 20 式狙击步枪是藏在一个米袋里随物资援助船夹带进来的。盖恩斯那把旧枪根本瞄不准的许多东西，它却能以外科医生般的精准将其锁定。

她学会了拆枪、上膛，学会了揣摩着它的脾气。每次达到人枪合一的境界，她都会用红色指甲油在黑色的枪托上涂个小小的钩，尽管她只是用它射杀了一只无处可逃的老鼠。她为自己的武器命名为坦普尔斯通，以纪念第二次内战中第一个真正的反抗者，那个在杰克逊除掉合众国无赖总统的姑娘。

“我能帮你的就是这些了，”乔说，“不管怎么说，一切还得取决于你自己如何利用这些条件。枪是我们的，但命是你的。”

这回，她终于明白了他的意思。

☆　☆　☆

萨拉特一动不动地蛰伏在一座土丘的平顶上，藏身于一片灌木和芦苇丛中。她身后是绵延起伏的丘陵，一直延伸到佐治亚边界，边界附近的地下，密布着反抗军的地道网。她前方 1 英里左右，屹立着半途前沿行动分支基地的南墙，那是田纳西战线上最大的北方军事指挥基地。再往前，就是晚霞浸染的大烟山了。

她花了大半个星期在燧石地道里行进，同时留心倾听着巡逻队经过的脚步声，随后又穿过丛丛灌木，才来到这样的前沿地带。她昼伏夜出，在山核桃树的掩映下前进。在终于抵达这个山头之后，她又等待了三天，吃的是脱水食品，排泄物就地掩埋。整整三天，她都紧盯着半途基地的南门，等待时机。

她放下枪，端起望远镜，对准地平线。门外那条仓促铺就的沥青路上腾起一片热晕，它上升均匀，表明四下无风。她扫视着自己和基地之间的那片树林，与瞭望塔里的士兵寻找着同样的目标：不自然的阴影，笔直的线条，树丛中发亮的黑镍色闪光。

盖恩斯曾训练过她如何观察这些东西。他会在小屋里摆上一桌子物品——书、刀叉、一只飞轮、一盒散落的扑克牌。东西每次都不一样，位置也不尽相同。他会用床单把桌子罩住，再叫萨拉特进屋。随后他会掀开床单，让她看十秒钟，再迅速盖上。接着，他会让她描述桌上的每样东西，连最不起眼的细节也不能遗漏，比如扑克牌的顺序、飞轮的孔数等等。

太阳落山了。半途基地沐浴在暮色中，俨然一座用集装箱和长帐篷搭建的纸壳堡垒。士兵们在瞭望塔上来回踱步。

萨拉特一动不动地趴在地上。她的裤子还有一点潮湿，静卧时解的小便还没干透，这会儿，刚才打湿的地方已经冷却僵硬了。她能感到小便沾在自己的腿毛上，一直流到了她赤裸的脚踝着地的位置。

四名军人爬上瞭望塔。她看出其中肌肉发达的那两个是保镖，保护着第三个人。那人比其他几个都要年长，一头银发伏贴地分开。他的制服跟其他人一样，但人却显得与众不同：他举手投足间透出一种镇定自若，在第四个人和塔上的卫兵为他指出地平线上的一些记号时，他气定神闲地点着头。

萨拉特知道那些军人指的是烈士们出现的地方——男男女女从那里走出枫香树丛，胸前绑着释放地狱之火的武器。他们大都在距大门 100 英尺开外的地方就被击毙了。要是他们肩上扛着火箭筒，蓝军的炮塔就会估算火箭的飞行轨迹——还没等火箭弹落地，发射者就早已死于非命。反抗军对此心知肚明，也知道这些袭击根本无济于事，但黑森森的枫香树丛中依然每隔几天就会走出一件行走的武器。

萨拉特把坦普尔斯通的瞄准镜从塔顶那几个年轻士兵身上移开。她瞄准了那名长者。他通身散发着一种距离感，一种拒绝。他的身材比身边那几个人矮小，体态敦实，疲惫毕露。她看见暮色在他肩头的那四颗星星上闪耀。情报无误，那是一名来自哥伦布的将军。

那名军官的头部进入坦普尔斯通的瞄准镜。萨拉特深深地吸了口气。她胸膛贴地，进入静止状态。顷刻间，萨拉特和她手中那个张着黑色小口的姑娘就处在同一条直线上。她扣动扳机，坦普尔斯通发出一声沉闷的叹息。还不等她唇上的芦苇停止颤抖，萨拉特就知道了结果。

半途基地的一声枪响：约瑟夫·韦兰将军的生与死（节选）

将军下葬那天，是一个星期天，哥伦布万人空巷，全城都来为他送行。送葬队伍在丹尼尔·纪大道上缓缓前行，经行政宫，前往三一圣公会教堂。一路上，成千上万名群众夹道注目。联邦政府各办公机构——从首都到整个战时北方——都降下了半旗。

一口精美的木棺出现在灵车上，纹理通直，色泽暗红——围观的人们已经许久没有见过如此上等的红木了。扶柩人就位了，其中三名代表由合众国军队派出，三军各一名，第四名则由合众国总统指派。在教堂内，小约瑟夫·韦兰议员致了悼词，台下的听众包括合众国各州州长、联邦议员，以及来自北方几乎所有战时盟国的外国政要。

俄亥俄的秋日素来阴云密布，然而当天下午早些时候，天空霎时拨云见日。10月的太阳在墓地上投下温暖的琥珀色光斑。一个海军陆战队方队伫立在棺木旁，行注目礼，他们身上的蓝色军服如花岗岩般笔挺。据说，在震耳欲聋的悼念枪声响起时，他们脸上都没有闪过一丝惧色。

约瑟夫·韦兰将军遇刺事件，在诸多意义上，都是第二次内战最重要的转折点。他死在一位身份不明的分离主义狙击手枪下，是在这场战争中阵亡级别最高的军事将领。

然而，如果说韦兰将军的死让南方分离主义叛军短暂地尝到了胜利的滋味，这一事件却也将南方政权推向了最终的覆灭。多年来，北方民意始终倾向于协商、统一，人们反对更大规模的手足相残。但一夜之间，公众的态度似乎都转向了强硬。从匹兹堡到卡斯卡迪亚，人们发出了复仇的呼声。而在哥伦布，联邦政府则倾听着人民的声音。

次年 1 月，小约瑟夫 · 韦兰将出任战争办总指挥——尽管仅在几年前，他还只是战争理赔办公室的一名初级官员，随后辞去公职，成为一名在任议员，截至他父亲去世时，履新尚不足一年。在他治下，北方军队日趋频繁地进入田纳西线以南作战。半途基地暗杀事件后一年内，超过 250 名来自南方各地的叛军被捕。虽然经过最终认定，其中一些人在战争中发挥的作用微乎其微，并因此得到了释放，但抓捕范围的扩大为根除叛军威胁奠定了基础。

2

将军倒地身亡。枪声在萨拉特耳畔回荡。不出几秒，蓝军堡垒就响起了呼啸的警笛。萨拉特从藏身处站起身来，转身面向红色国度。夜幕之下，她开始奔跑，并很快找到一个反抗军地道的入口。她钻进地道，开始爬行，头顶响彻着尖厉的警笛。地道低矮，阴冷潮湿，而且一片漆黑，她只能凭感觉匍匐前进。

她向南爬了半英里，出了洞口，来到一座斜坡下。她钻出一个盖着茅草的掩体，发现天空已经让曳光弹照得通红。西面的树丛动了一下，也许是边境小镇上的野狗在那儿觅食。随后，她眼看着瞭望塔上的枪手将那丛灌木夷为平地。

她趁着黑暗越过山丘，爬过干枯的溪床，跨过北美枫香树腐烂的树干。几周前向林子里进发时，萨拉特研究过地形，记下了山坳和狭缝的位置，这些地方的树木最为茂密，便于隐蔽。

不出几小时，她就来到查茨沃斯[1]附近的丘陵地带，她知道蓝军很快就会派人突袭这里。留在查茨沃斯这种地方的——北方军每次发动袭击，这些城镇总是首当其冲——大都是钉子户。其余人早已南迁，其中大多数都住进了亚特兰大周边高耸的贫民窟。但正是这些坚守边城的居民，每周还会移动路标迷惑敌军，一听到“蓝军”二字就会往地上吐唾沫。

1　查茨沃斯（Chatsworth）是美国佐治亚州下属的一座城市。

她发现自己的三轮蹦蹦车还原封不动地停在76号公路旁。她驱车向南，驶回安全的佐治亚州。路上，萨拉特发出胜利的长啸。

她抄小路回家，刚过傍晚的时候就到了。她带着沸腾的肾上腺素绕过小木屋，向东走进树林。她专注地走着，数着自己的步子，一直数到500。走完最后一步，她来到一片林中空地上，不远处就是河岸。她跪下来，挖开土壤，掩埋了步枪。她没有留下任何记号，埋好之后拍拍泥土，让它看上去平坦无奇。随后，她走回家中。

她从院子一头看见保姆卡琳娜在厨房里忙活，一边和面团，一边哼着《雅各的梯子》[1]。这女人身上有一种东西令她感到异样——并不仅仅因为她来自遥远的孟加拉群岛，其实，她的举止和口音中早已没有了故乡的痕迹——她太爱笑了，也显得太过安适自在，不像是在别人家里，也不像是跟另一家人生活在一起。萨拉特看得出来，西蒙已经喜欢上她了：每当她一靠近，他就会睁大眼睛，绽放笑容。萨拉特也知道这女人没有任何过错，但她却生出一个执念，总想提醒那女人注意自己保姆的身份：她不是切斯特纳特家的一员，永远不会是。

萨拉特穿过树丛，走下河滩，踏入水中。她喜欢水流舔舐皮肤的感觉。头天晚上逃离半途基地时，她曾踉踉跄跄、磕磕绊绊地穿过一丛蓟草，胳膊和肩膀上被划满了伤痕。这会儿，皮肤上的伤口刺痛起来，灼烧难耐，宛如滚烫的铁板上溅出的油星溅到身上。但这也同样，以一种独特的方式，让她感到愉快。

萨拉特继续向河中走去，一直走到双脚悬空，然后脱下衣

---

1 “雅各的梯子”这一意象出自《旧约 · 创世纪》第28章第12节，指雅各梦中所见的一架梯子，立在地上直通到天，神的使者通过梯子上上下下，耶和华站在梯子顶上。

服。她任由河水带走那身污衣，整个人轻盈地浮在水中，一丝不挂，浑身只剩脖子上那条盖恩斯送的项链。河水散发着泥土和水草的气息，也带着她的体味：那是一周未洗的脏污，她的腋下和双腿间都生出了一股醋酸味。她喜欢自己的味道，带着它行走四方，就像带着自己新生的婴孩。这会儿，她圆睁着双眼，潜入水底，把它献给了河流。

她感到瞭望塔上那个卫兵的目光落在自己身上。整道隔离墙上，只有一座瞭望塔能将切斯特纳特家一览无余。塔上坐着一名年轻的南方政府军列兵，负责防止染病的南卡罗来纳人出逃。

他们刚搬进这所福利房时，萨拉特坚决不肯在瞭望塔的监视下过夜。后来，还是盖恩斯带她去见了离她家最近的那座瞭望塔上的南方自由邦卫兵。结果，那不过是个沮丧的小伙子，来自佐治亚沿海一带，他甚至比萨拉特还小一岁，谎报了年龄才得以入伍。

不久，萨拉特就明白这个小伙子，还有所有戍守活死人州南卡罗来纳的小伙子全都来自红区，不构成任何威胁。此后数月，在她直挺挺地匍匐在地，透过步枪的瞄准镜窥视他时，她明白了另一件事：瞭望塔上那些卫兵其实什么也看不见。无聊和恐惧蒙蔽了他的双眼，他需要查看的东西实在太多，又实在太少。萨拉特伏地观察时，那个睡眼惺忪的男孩经常直勾勾地回望她，却对她的所作所为视而不见。

河水带走了她的味道，也洗去了凝结在她胳膊和腿毛上的污垢。她很小的时候，爸爸曾告诉过她，从前，在河流还没有溢出防波堤时，她的祖先中有人就葬在密西西比河畔。但最终，河水决了堤，吞没了附近的屋舍和良田，甚至吞没了死者的坟茔。河水奔流不息，他说，它一路狂奔，一路掠夺。

上岸后，她在岸边的一块石头上找到一套干净衣服。达娜坐在小木屋一旁。

一个树桩上，放着一把折叠剃刀和一瓶桉树油润肤乳。萨拉特在河边坐下，把脑袋剃了个干净。她又坐了一会儿，看河水流逝，感受着抹了润肤乳的头皮上那份清新凉爽，任由微风吹拂她的皮肤。接着，她站起来，穿上衣服。

她朝木屋旁的姐姐走去。如今，她俩的身高几乎相差 1 英尺，萨拉特已经有 6 英尺 5 英寸了，而且她还有一年才成年，个子说不定还会再蹿一蹿。

她在姐姐身旁坐下。达娜的发丝翻卷，有如波浪，在阳光下泛着巧克力色，此时还散发着椰子和茉莉花的香气。萨拉特眼前已经浮现出奥古斯塔那帮小伙子对她垂涎三尺的模样。

“你该进去打个招呼的，”达娜说，“西蒙今天心情不错。”

“他话多吗？”萨拉特问道。

“你说一句，他学一句。但也不能说没有进步。”

萨拉特摇摇头。“等我缓缓，”她说，“我还没完全平复。”她抬起右手，那条胳膊颤抖得厉害，像拨动的琴弦。

达娜搂住妹妹的肩膀。萨拉特倒向她，蜷起身子，把头搁在姐姐腿上。

“漂亮姑娘，”达娜说，“你回来我真高兴啊。”

姐妹俩看见了园子里的卡琳娜，见她正把衣服往岸边的晾衣绳上挂。她假装没发现她俩坐在木屋旁。她边干活儿边唱歌，唱的还是她最喜欢的那首赞美诗，她还会重复每句歌词，给自己营造合唱效果——我们我们，攀登攀登。

“她把他照顾得不错。”达娜说。

“我不信任她。”萨拉特回答。

“是她做了什么吗？”

“没有，只是她给人那种感觉。我不知道她到底怎么看我们，她究竟想要什么。”

“为什么要在意她的看法呢？”达娜问，“她不过是在这儿工作而已。”

“她就在我们家里，不是吗？反正她总是一个劲儿对西蒙和那些愿意听她絮叨的人说，她才不关心谁输谁赢呢，管它南方北方，只要别再打仗就行了。说得好像要是蓝军明天就攻进亚特兰大，她也会张开双臂欢迎似的。你知道她父母住在北方吧？是战前不久搬过去的。”

“所以呢？假如你置身事外，你难道就不会去吗？”

“没有人能置身事外。”萨拉特说。

☆ ☆ ☆

夜幕降临，一层湿漉漉的薄雾在空气中铺展。萨拉特断断续续地打了个盹，醒来时，姐姐还在轻抚她的头。她听见远处传来快艇的引擎声，那是一艘从内陆开来的反抗军小艇。

“你怎么能让我睡着呢？”萨拉特说。

“就一会儿嘛，”达娜回答，“你才睡了不到一个钟头。”

快艇靠岸时，姐妹俩走进木屋，抬出一批新的密封铁盒，搬到等在岸边的船上。

掌舵的小伙子是个新祖阿夫，来自亚拉巴马南部。他谢过她们，直接接过箱子，不消打开查看，就确信里面装着事先说好的武器。据他的经验，切斯特纳特一家的渠道十分可靠，与萨凡纳河沿线的任何走私渠道一样值得信赖。

她们看着他溯流而上。他一走，萨拉特也一扫睡眠中断的昏沉，开始感到饥饿难耐。她在树林里吃的最后一口杏肉冻已经耗尽了。她开始垂涎起油锅里翻滚的秋葵，木炭炙烤的鸽肉，还有桶酿怡然酒那带有肉桂香气的热辣口感。

“走，我们去奥古斯塔。”她说。

☆ ☆ ☆

战争期间，南方的心脏是亚特兰大，但造血器官却是奥古斯塔。在肆虐的风暴和高涨的海水侵袭下，东部沿海的大部分地区都被吞噬殆尽，于是，这里就成了整个红色国度赖以生存的港口。每逢月末，外国船只都会从世界各地驶来，停泊在城市东南150英里处的海上。船长们会在此等待领航员来带领这些庞大的船只绕过沉没的海滨城市，前往奥古斯塔港口。

每月一度，船只会运来丰富的货物，形形色色的人都会聚集到这座城市里来碰碰运气。他们中有船工、走私贩、反抗军、领航员，还有外籍船长及其船员。此外，这里还云集着休假的水手，全都隶属于那支无能的南方海军，他们孱弱的舰队早已把海上控制权拱手让给了蓝军。每个月总有那么几天，港口上那些临河的酒吧、妓院和客栈终日人声鼎沸。

到了傍晚，码头管理员拨动开关，点亮了悬挂在板道一侧的圣诞彩灯。板道建在雷诺兹街防波堤顶端的平台上，高20英尺。堤岸外侧几乎与河面垂直，只有几处相对平缓，上面建有阶梯，能通向领航员宿舍或泊船码头。堤岸内侧是个平缓的斜坡，清晨，能看见许多醉得不省人事的酒鬼在这一侧沉睡。

☆ ☆ ☆

萨拉特和达娜抵达奥古斯塔时，酒吧都已人满为患——里面不仅满是等待物资援助船靠岸的人，还有从“密亚佐”各地到城里来看“尤夫西”的游客。

姐妹俩先去了十二街附近的美食饭店。这是一座经过改建的浸礼会教堂，店门前的草坪上，站满了水手和亚特兰大来的小伙子，人人都是一副醉醺醺、喜洋洋的样子。草坪中央，一辆化石燃料雪佛兰古董卡车被架在垒得高高的砖块上。车身锈迹斑斑，色泽棕黄，引擎盖被卸了下来，过去引擎的位置放着一个木炭烧烤架。

烧烤架上腾起滚滚浓烟。美食饭店的老板、退休船长艾萨克手拿一把芭蕉扇，站在卡车两个空洞的车灯孔之间。他身材高大，上身赤裸，汗流浃背。尽管卡车冲他喷出一连串橙黄的火星，但他那张藏在大檐帽底下的面孔却依然显得泰然自若。熏黑的烤盘上烟气升腾，后面那座红砖教堂恍若一个遥远的梦。

“怎么样啊，老伙计？”萨拉特说。

船长转过身。“嗬，瞧啊，这不是全奥古斯塔唯一的纯爷们儿吗？看在上帝的分上，都给我起开！”他一边说，一边踢开烧烤架旁两个瘫在休闲椅上的亚特兰大大学生，“每个月这会儿，这儿就成了个动物园——你知道的，一有赚头就这样。”

“不碍事，”达娜说，“我们反正也准备进去把你这儿吃个底朝天呢，一星期都没正经吃饭了。”

船长点点头：“快进去吧。我让人给你们上些牛排。”

萨拉特哈哈大笑地说：“什么也比不上你家那道飞薄牛排啦，都是你亲自从天上打下来的吗？”

“你再满嘴跑火车，看我不把你打下来。飞薄牛排总比没的吃强。”

船长指指教堂临街一侧的弹头形长窗。原来的窗户很久以前就被捣碎了，毁于杰克逊堡血案后的一场骚乱，教堂内部也都损毁殆尽，连长椅和地板都被洗劫一空。

“对了，你朋友布拉格也在这儿。”他说。

“老的还是小的？”萨拉特问。

“哈哈！老的这阵子连起来尿尿都够呛了。是那个小子，还把他的人全带来了。”

“我的天！”萨拉特说，“那就没意思了。”

船长用手拭去额角的汗珠，又在牛仔裤上蹭蹭手：“他要是找你麻烦，你就告诉我，我会给他点颜色瞧瞧——我才不管他老爸手下那帮反抗军小崽子联合不联合呢。”

她们谢过老船长，进了屋。除了原本的红砖，这里就再没留下过去教堂的什么痕迹了——只在墙侧的一道拱上留下了“二人同下水里去[1]”一行大字，下方还有一道浅浅的凹槽，过去曾用来悬挂闪光的十字架。

船长喜欢搜集久已消亡的动物，也就是那些曾经存在却因无法适应这颗星球的持续高温而灭绝的物种。墙上挂满了标本：驯鹿头、麝香牛头、海狮头和白脸狐狸头，它们的眼窝里塞着玻璃弹珠，虎视眈眈地俯瞰着人群。

餐厅爆满。空气中有浓重的油炸味，以及啤酒泼洒后撒上的木屑味。餐桌摆得乱七八糟，占满了过去的教堂大厅。屋子尽头，一排慌慌张张的厨子正手忙脚乱地围着炉子和咕嘟冒泡的锅打转。

双胞胎在大厅里四下张望，想找个地方坐下。萨拉特立刻发现男人们都转过头来看她姐姐。达娜改变了这间屋子的轴心，掌控了这里的氛围。小伙儿们的目光飞向她，就像锉屑飞向磁极。萨拉特等着看他们谁敢更进一步，她暗暗希望有人有这个胆量。

她们走到最里面，在厨房附近找到一张桌子。但她们还没落

1　出自《新约·使徒行传》第 8 章第 38 节，全句为：“于是吩咐车站住，腓利和太监二人同下水里去，腓利就给他施洗。”

座，小亚当·布拉格的一名保镖就走上前来，邀她们过去共进晚餐。

“我们就坐这儿。”萨拉特说。

“我们这就去。”达娜说。保镖走后，她转向妹妹。“就去一会儿嘛，”她说，“只是示个好。”

“你明知道肯定不止一会儿，”萨拉特说，“再说为什么要示好啊？咱又不在他手下干活儿，也不为‘反抗军联盟’或别的什么人效力。”

“我才不管什么联盟不联盟、别人不别人的。但就算我们不理他，他这号人也依然是个人物。最好把他争取过来，说不定我们哪天能用得上他或他爸呢。”

“该死的，”萨拉特说着，站起身来，“跟他们一起就没法吃得舒坦。我们早去早了吧。”

今晚，那个年轻人在庆祝他 21 岁的生日。她们过去时，他正坐在屋角的一张大圆桌旁。屋里只有这张桌子上铺了桌布，桌旁围了一群保镖、反抗军士兵、祝寿的人和随从。

桌旁有几张萨拉特见过的面孔：那个叫亨森的著名走私贩，奥古斯塔副市长领航队队长，还有三个男人，穿着紧绷的西装，看样子可能是亚特兰大来的政府官员。战时南方四分五裂的政治版图，决定了“反抗军联盟”与南方自由邦的高级官员之间不能公开来往，因为双方在和平问题上存在分歧。但在奥古斯塔，人们可以暂时无视这些条条框框。

“晚上好啊，女士们，”布拉格说，“见到你们真是太高兴了。坐吧，坐。”

姐妹俩在主人身边坐下。他把她俩介绍给在座的人，声音洪亮，确保来来往往的随从都能听见。

“这两位是达娜和萨拉特·切斯特纳特，”他说，“佩兴斯营大屠杀的幸存者，骄傲的南方爱国者。我很荣幸能跟她们交上朋友。”

“很高兴见到你们，姑娘们。”一个亚特兰大来的西装男子说。布拉格介绍了他，称其为南方自由邦下属北佐治亚州政府的新闻事务负责人。

“你们不就是那个西蒙的两个妹妹吗？那个‘奇迹男孩’。”

“没错。”萨拉特说，“那你又是谁的妹妹？”

那人瞟了主人一眼，笑容渐渐消失了。

“好了，别闲扯了，”布拉格说，“我们开始吃吧。”

有人把一大摞碗碟和银盘从厨房里端了出来，里面盛着鸡肝、炸猪皮、浸在红色肉汁里的米饭、涂了密西西比鱼子酱的玉米片，还有用鸽肉仿制的牛肉，烤得外焦里嫩。一桌的吃货都静了下来，桌上只听见咀嚼声和刀叉碰撞的声响。布拉格乘机凑近他的两位客人。

“听说你到半途去了，”他说，“真的假的啊？”

萨拉特没吭声。

“呃，起码你还活着回来了。我爸派出去的人很少能做到这一点。”

宾客们用餐完毕，盘子被清走了，换上了别的：整盘整盘的切片水蜜桃、西瓜和蜜瓜，一罐罐冰水、柠檬水，还有炮兵潘趣酒。围坐在桌边的人吃啊喝啊，最后终于吃喝不下了。

一个亚特兰大人站起来祝酒，他喝得醉醺醺的，话都说不利索了。他先是扯了一通南方精神、崇高的自由事业之类的玩意儿，不过很快就说起车轱辘话来，最后还是布拉格打断了他：“不如这么说吧：敬南方，祝胜利。”

"敬南方，祝胜利！"人们附和着，在座的人都举起了酒杯。

那几个亚特兰大人不久就离开了。布拉格的几个伙计填补了他们的位置。其中有两个"盐湖兄弟"：特劳和科恩希尔。

反抗军起初找到他们的时候，"盐湖兄弟"本来有六个，都是西班牙福克[1]战役留下的孤儿。当时，蓝军、墨西哥军队，甚至还有一些迷途的得克萨斯散兵游勇在此混战，最终陷入了僵局。在那之后，此地就成了墨西哥保护领地的西北边界。

有人说他们是摩门教徒的后代。战役平息后，反抗军发现他们躲在市郊的一个养殖场里，于是就用找到他们的地点给每个人命了名。最后，他们被带回南方，加入了布拉格家那支喧闹的队伍。

服务员清理了餐桌，又端来雪茄和白兰地。雪茄都来自过去的加勒比岛屿，十分昂贵，基本都是绝版。烟雾在空气中弥漫，气味清甜，带有泥土的芬芳。

"你知道，我爸是因为不放心我才派我到这儿来的。"布拉格边说边凑近双胞胎，话音中饱含着微醺之人那种信口开河的友爱，"他说是为了确保补给不被沿海的蓝军截获，最终能顺利进入可靠的人手里——就是让我来盯着点。但我觉得他只是想让我尽可能少待在亚特兰大，怕我趁他睡着时杀了他，老头儿就爱担心这种宫斗垃圾。"

布拉格哈哈大笑。虽然他眼睛盯着达娜，留意的却是她妹妹。他身上有一种自然而然的魅力，这种特质只属于钟鸣鼎食之家的子嗣，或白手起家的富绅。他脸上自带微笑，嘴里戴着牙套，双眼有如枪膛，仿佛始终处在镜头前。他有一种罕见而优越

1　西班牙福克（Spanish Fork）是美国犹他州的一座城市。

的天赋，与人说起话来总是亲密无间，仿佛他口中的每个字，都是朋友间最珍贵的秘密。

另一些人来到桌旁，却被撵走了。那是些有事相求的反抗军，有意入伍者及其家属，想干走私的水手和失业的领航员，以及难民，他们有些想跻身亚特兰大的贫民窟，有些却想离开那里。

此外，餐馆里还有一些人，来自那些拒绝加入“反抗军联盟”的队伍——他们从屋子另一头的几张桌子上朝这边张望，捕捉着四分五裂的战时南方乍隐乍现的细微裂痕。

对萨拉特而言，这些全都毫无意义，不过是不安的男人之间可笑的地盘争夺战。南方自由邦、反抗军联盟，还有那些在边境战场上控制着不少地盘的编外队伍，几乎每天都会产生新的摩擦，争议包括该由谁来开设学校、征收赋税，该优先把谁家的烈士画入壁画等等。她既见过他们公开争执——通过各种目空一切、自吹自擂的演讲，也见过他们采取更为务实的办法——在亚特兰大和奥古斯塔的密室里私下商谈。他们的所作所为，令她作呕。她觉得他们不过是些自大而圆滑的船长，为星图上早已过时的边界争论不休，丝毫不顾敌军的炮弹正把自己身下的船只炸成碎片。

在萨拉特 · 切斯特纳特看来，这个算式其实十分简单：敌人侵犯她的同胞，她就必须回敬敌人。她十分清楚，除此之外，别无他法。洒出去的鲜血无法收回。

“不管怎么说，老头子要是知道你从半途活着回来了，肯定会很高兴的……”布拉格说。

“小点声行吗？”萨拉特说，“你想弄得尽人皆知啊？”

“不用担心，”布拉格答道，“你还是个新人，还不知名。这间屋子里，也就这张桌子上有几个人知道你是干什么的。而且相信我，他们要是胆敢向不该知道的人透露一个字，就会被割掉舌头。”

他转向坐在自己身旁的两个“盐湖兄弟”：“我说得对吗？”

两个小伙子一言不发。他们端坐不动，简直像被封在蜡里，嘴上既不带笑意也没有不满。大的那个梳着中分头——这发型稚气十足，反而让他看上去比弟弟年纪还小；后者的头发贴着头皮剃得极短。

“你知道他们的两个哥哥都已经死了吗？”布拉格说道，就跟他们不在跟前似的，“其中一个在费耶特维尔[1]附近遭遇了前沿突袭——蓝军就算没把他杀死，现在也肯定把他关在天知道哪个狗洞里了。另一个套上一身‘农人工装’，偷偷越过了电网。他一路北上，都到肯塔基了，结果在一个检查点被打死了，还没来得及引爆身上那玩意儿。他俩的行动都是经过我家老头子首肯的。两个小伙子之前都没摸过枪，但他还是点了头。”

布拉格转向萨拉特继续说：“但他在你的事情上却丝毫不肯让步，根本没法想象让一个女孩去上阵杀敌。要不是盖恩斯对他动之以情、晓之以理，他是绝对不会变卦的。不管怎么说吧，他肯定想见见你，这样你就可以去求他开恩了。那样他说不定还会再给你一次机会。”

“我不会求任何人，”萨拉特说，“你家老爷子对我来说什么也不是。他不是我的头儿，也不是我爸，我不必征得他的同意。你要是有话要对他说，就自己去说吧。”

“说真的，那我倒宁愿等他死了再说。”布拉格说。他停下等姐妹俩回话，但她们没有吭声。“你们知道他生我的时候都 56 岁

1　费耶特维尔（Fayetteville）是美国北卡罗来纳州南部的工商业城市。

了吗？56岁啊！我俩之间足足隔了半个世纪——我哪能跨过这么深的代沟啊？他做起事来还是老一套，以为自己还在沙漠呢，还没打完过去那场老掉牙的战争。他背负的传统太多啦，已经改不了了。我还不如就静观其变，但愿在他在撒手人寰之前，蓝军不会在亚特兰大竖起他们的旗帜。”

房间那头传来阵阵哄笑和掌声，打断了他们的对话。人们在餐厅里传着一句什么话，听到的人无不欢快地骂骂咧咧，要求再喝一轮。

“他们怎么这么高兴？”布拉格问一个保镖。保镖询问了一名服务员，回来后在老板耳畔嘀咕了几句。布拉格渐渐笑逐颜开，他转向萨拉特。

“是不是你干的？”他问。

那晚，萨拉特脸上头一次露出了笑容。

“我的神哪！”布拉格惊呼道，接着他终于放低了音量，“你个不动声色的贱人。你这一去，简直改变了整场战争。”

萨拉特眨眨眼睛。

布拉格转向保镖。“去‘城堡’里加几个位子，”他说，“这下我们可要好好庆祝了。”

☆　☆　☆

“城堡”门外排着一条长龙，队伍里大都是等着看比赛的年轻男子。一队看门人来回巡逻，看管着人群，一旦有人高声喧哗或发生争吵，门卫就会迅速请走涉事各方。

队伍两旁有几个街头小贩。其中一个在卖纸杯装的怡然酒，都是在街那头的排屋里酿造的；另一个在叫卖花生和烤玉米。

这些年轻人在等待“城堡”开门。终于，门开了，他们互相推搡着走上楼梯，几乎挤得头破血流。

“尤夫西”比赛于每月之交举办，午夜开赛。其余的时候，“城堡”里也有一些小规模的比赛，但只有在这天晚上，12名选手才会齐聚于此，一同争夺高额奖金。有些粉丝甚至从遥远的密西西比专程赶来，只为观赏这群雄争霸的南方奇景。

“城堡”曾是一座博物馆的圆形大厅。那是一座精美高旷的厅堂。中央的圆形地板上铺着软垫，但很薄，要是有人狠狠地摔在上面，骨头就会与下面的大理石地砖一同震颤。

圆形大厅的内圈，用围栏围出一个八角场，围栏很高，一直延伸到二楼的看台。观众大都坐在看台上。但在一楼的擂台外围还有二十来个座位，都是留给奥古斯塔那些达官显贵的，比如南方政府的首脑，亚特兰大的名流，在城里度周末的外国船长，或者，其他一切有钱有势的人。

布拉格和切斯特纳特姐妹就坐在那里，绝对的黄金位置，旁边就是拳手们即将出场的两扇大门。看台上落下无数的爆米花，同时传来阵阵粗鲁的咒骂。

灯光暗了，天花板上的喇叭里炸响了震耳欲聋的摇滚乐。

掌声雷动，大门荡开。拳手们赤脚登场，浑身只着短裤。有几名选手扎着头带，套着护臂或护腿。这些护具的颜色都十分鲜明：全是红黄绿，上面绘制着各式图案，有闪电、虎头，还有南方旗帜上的星星。选手们身上文着十字架、《圣经》经文、带刺铁丝网，还有亲人的名字。他们目不斜视地走进围栏，毫不理会观战的人群。很快，灯光亮起，音乐渐弱，栏门关闭了。12个男人站在里面，相互打量着，谋划着进攻路线。

通常来讲，在一场“尤夫西”中，开场制胜的办法没有，但开场出局的方式很多。钟声敲响后，大多数拳手并不会扑向场上最羸弱的选手，而会盯上动作最慢的那个——这样他们既能放心出手，又不会显得恃强凌弱，还可以坐视其他选手互搏，为自己减少对手。不过这种手段最终往往事与愿违，而且一旦两个人盯上了同一位迟缓的歌利亚[1]，他们自己就不得不相互对垒。这种竞技具有高度的任意性，因此，把赌注押在任何选手身上都堪称随机，而一位拳手只要能在退役前赢上三四场比赛，他的职业生涯就堪称辉煌了。

主持人在擂台边宣读了选手名单。其中有几个是新手，赛方之所以选中他们，多半是因为他们块头够大、下巴够方，看上去起码能在台上屹立好几分钟。

擂主是一名来自哈蒂斯堡[2]的选手，今年19岁，名叫乔舒亚，以“幽灵”的名号参赛。传言他曾为领土护卫队效过力，年仅13岁时就在东得克萨斯战场上杀敌。其实，这都是他的经纪人编造的谎言，部分目的是为了抗衡另一个——由对手散布的——流言，说这名拳手其实是北方人的后代，眼看战争快结束了，就跟匹兹堡的赞助人签订了协议。

如果今晚胜出，“幽灵”就将迎来自己的“尤夫西”三连胜。这将是一项史无前例的纪录，因为在这样一项赛事上，上一场的擂主一踏上擂台，就会成为其余11个人进攻的焦点。

不过萨拉特感兴趣的只有一位拳手，一个名叫泰勒的老将。她早年还在佩兴斯营的时候就听说过他，大屠杀前，他曾在那里生活过。她对他和他的家人知之甚少——不知道他们有没有随他一同离开，如果没有，其中是否有人幸存。她只知道他曾住在南卡罗来纳片区，已经打了将近十年的比赛，身体遭受了不可治愈

---

1 歌利亚（Goliath）是一位非利士人勇士，因与未来的以色列国王、年轻的大卫战斗而著称。

2 哈蒂斯堡（Hattiesburg）是美国密西西比州福雷斯特县的一座城市。

的创伤，要知道，这项赛事的选手，平均职业生涯只有四个月。

铃声响起，看台上迸发出一阵欢呼。选手们彼此逼近，很快开始格斗。在“尤夫西”比赛中，选手离开擂台的方式只有三种：一是放弃比赛；二是受重伤后申请从擂台上仅有的一扇门离开；三是被打得不省人事——这时几个赛场小丑就会上去把选手拖下擂台。

为了保持“尤夫西”离经叛道的南方竞技本色，组织者拒绝为其订立任何书面规则，严格来讲，每个月走上竞技场的12名选手不受任何条款制约。

但事实上，不成文的准则形成了一个严密的体系，约束着这场混战，这些荣誉法则对突袭做出了限制，规定了躲避时间。例如，选手不得袭击明显正逃向出口的对手。但选手即便违反这些规则，也不会受到什么实际的惩罚。

比赛十分激烈，但始终无人倒地。到了第12分钟，12名选手依然悉数屹立。人群掌声雷动，为难得一见的“12—12”奇观喝彩。但到了第15分钟，一半的选手都离开了赛场，其中四人是自己走下去的，浑身是血，一瘸一拐；另外两个是由小丑拖下去的，已经失去了知觉。像往常一样，选手们接二连三地涌向出口。一旦无须再承受第一个倒下的耻辱，这些人就瞬间失去了对疼痛的忍耐力，那些自觉获胜无望的人在遭遇锁头或十字固时，几乎是欣然就擒，这样他们就能申请弃权了。

布拉格凑近萨拉特说：“你的老邻居脚受了伤。”

佩兴斯的泰勒艰难地将重心移到右腿上，此刻，他左脚的脚踝又青又肿。现在场上只剩下他、擂主“幽灵”和一名临场加入的选手，一个名叫格雷森的庞然大物。

像每场“尤夫西”接近尾声时一样，擂台垫上已经布满了一道道干涸的血迹，这区区几名选手，让擂台显得格外空旷。出于本能，选手们都后撤几步，好喘一口气。格雷森的右眼上方豁开一道大口子，他用胳膊上的护套拭去血迹。人群很快对这种毫无进展的场面失去了耐心，开始起哄，要求他们开战。

最先出手的是泰勒，他一瘸一拐地向格雷森逼近。但还不等他揪住对手，格雷森就举手认输，迈向出口。看台上爆发出一阵嘘声，人群被激怒了，不满这位尚有余力的选手竟选择了投降。选手退场时，他们用花生和爆米花砸他，喊他胆小鬼，说他有辱赛场。格雷森一言不发。他很快被领出那扇大门，进了选手区。那是一间经过改建的展厅，位于昔日博物馆的深处，曾用于陈列恐龙化石。

现在场上只剩两个人了，虽然其中一人上场时呼声最高，但现在另一个人却赢得了观众的拥戴。一些人为他欢呼，因为他们知道这个毫无胜算的挑战者来自那场著名蓝军大屠杀的发生地；另一些人为他鼓劲，因为他已经对“尤夫西”桂冠发起过 23 次冲击了，创造了一项纪录。不过大多数人为他加油，只是因为人天然有袒护弱者的倾向。他在年轻力壮的对手面前越是胜出无望，喧闹的人群就越是支持他。他们本能地希望在他身上看到一种骑士般的不屈，坚信自己如果处在他的位置，也会表现得同样顽强。

擂主走上前来。他身形精悍，皮肤上青筋暴起。泰勒竭力掩饰自己的伤情，但他左脚上的伤——让他不得不在原地蹦蹦跳跳——却并不是他步履蹒跚的唯一原因。他已是身心俱疲，过去所有比赛的重量，都沉甸甸地压在他身上。

擂主瞅准了下手的机会，飞起一脚踢在对手肿胀的脚踝上，撂倒了对方。随后擂主立即骑到对手身上，迅速地连出三拳，打断了挑战者曾无数次受伤的鼻梁。

现在，“尤夫西”赛场上只剩下两名选手了，而且其中一人显然大势已去，一般而言，在这种情形下，打断鼻梁就意味着比赛终结，这样双方都能体面退场。挑战者要做的，只是弃赛或躺在地上不动；并且无论他选择哪一种，观众都不会怪罪于他。于是擂主停止进攻，跪在挑战者身上等待。

但挑战者拒绝认输。相反，这名浑身是血、遍体鳞伤的拳手挥拳向上，打在对手身上。这完全出乎擂主的意料，他还来不及遮挡，对方的拳头就端端地击中了他的下巴，只不过这一拳力量微弱，并没有造成任何损伤。擂主见状，又是一阵暴击，挑战者的脑袋随之东倒西歪，简直快从脖子上掉下来了。

擂主又开始等待，结果挑战者再次拒绝认输。他躺在地上，挥动胳膊，这回却连拳头也握不起来了，只在擂主肩上拍了一巴掌。

观众变得不知所措，渐渐安静下来，担心擂主终会失去耐心。但相反，擂主站了起来。他离开挑战者，后者脑后的垫子上，已经出现了一团猩红的光轮。他走到擂台边教练们的座位附近，恼怒地举起双手。

“你还在等什么？”擂主的教练问。

“我已经放他一条生路了。”擂主回答，“你想让我怎么样？打死他吗？”

“不想被你打死的话，他会弃赛的。”教练说，“你该干吗干吗吧。”

他们说话的当儿，挑战者靠着那条好腿踉踉跄跄地站了起来。他晃晃悠悠地走到擂台边缘，用整个身体撞向擂主。现在，他什么也没有了，只剩重量，他凭借体重把对手推向赛场边缘，摔倒在地。

擂主倒下时，发出痛苦的号叫。擂台边缘的尼龙绳带上有一处凸起，在他胸口上划开了一道长长的口子，鲜血从伤口喷涌而出，洒到擂台之外。

眨眼工夫，擂主已经站起身来。他狂怒不已，骑到对手身上，不停殴打，直到教练、观众，连同所有目睹这一切的人都看出，那人已经死了。

☆　☆　☆

灯光亮起，人群散去。通常，来看比赛的年轻男子在离场时都热血沸腾，走在板道南面的背街小巷里，随时可能为一点摩擦而大动干戈。但今晚，人群沉默不已，安静地消失在帝国酒吧或雷诺兹街上别的酒吧里。

布拉格已是酩酊大醉，邀请姐妹俩跟他一起回木排客栈，这个周末，他和他那一行人包下了那里所有的房间。不过他显然只对双胞胎之一感兴趣，而姐妹俩都拒绝了他的邀请。

萨拉特和达娜在板道上站了一会儿，望着港口。在冬天的狂风暴雨之后，海浪时常会冲破防波堤。今晚，水波涌动，有如黑亮的糖浆。海上一片空茫，连那些巨型货轮也都不见踪影，按理说，它们中的第一批此时应该已经到港了。

“比赛时有个人说礼物船才到河口就搁浅了。”达娜说。

“他们每个月都来，”萨拉特回答，“怎么还会搞砸呢？”

“水下的地形会变。有的地方上个月还挺深，这个月就变浅了，不是每天出海的话，你还真弄不清楚。”

萨拉特望着下面领航员宿舍里的人。屋里亮着灯，他们在饮酒、打牌，消磨时间，盼着有人来把他们调到河口去。那条宽阔的航道离沉没的萨凡纳旧城不远，河流在那里汇入海洋。一些人已经上了拖船，准备去救援搁浅的船只，因为这活儿得花上一整天，再说，尽管领航员的收入在奥古斯塔的合法职业里几乎要算最高的，但他们依然用得着这笔钱。

“今晚你要去见你的帅小伙吗？”萨拉特问。

“你知道我要去的，”达娜说，“这又不是什么大事，别大惊小怪的。我俩不过是在交往而已，只是开开心。你明天一起床，我就回来了。”

“他连个正经领航员都不是。”

“他还在受训呢。谁上岗之前不得先学习呀？得培训。”

“他配不上你。”

达娜笑了。“你说你觉得谁配得上我呢？”她拉过妹妹的手，吻了一下，“回头见，漂亮姑娘。”

萨拉特知道姐姐会在哪里过夜：第七街的法尔戈船运大厦。大楼占地一个街区，有着办公楼的外观，里面密布着领航员的培训宿舍、船运管理办公室和海关办公室、供外国船员住宿的旅舍，还有南方自由邦的北佐治亚州政府。

萨拉特厌恶那地方。对她而言，它意味着冗余的虚饰，是她祖国的行政机构为自己的存在寻找的借口。实际上，里面的海关办公室腐败不堪，旅舍是明目张胆的妓院，而地下室里那些临时储物间几乎全被走私贩垄断。

那里的一切都是谎言，而且是最无耻的那种，即在战时假装一切如常。一想到姐姐会置身其中——跟某个心不在焉、欲火中烧的男孩躺在某个肮脏的铺位上——她就觉得恶心。

她独自一人来到贝尔·勒贝尔[1]喝酒、休息。这家小酒馆位

1 该店名原文为法语“Belle Rebelle”，意为“美丽的反抗”。

于十街和十一街之间，在那座老旧的排屋里占据了一间。酒吧老板娘莱拉·德诺姆在楼上留了三个房间。有的晚上，她会把它们租出去，不过大多数时候，她都免费让老朋友和熟客住。

过去两年来，莱拉16岁的女儿小莱拉一直在店里为客人斟酒。此刻，她正踩在一个玉溪烟箱子上，越过吧台向外张望。她能叫出所有熟客的名字，而对萨拉特，她了解得更多。

贝尔·勒贝尔最忠实的回头客主要有两种——一种是领战争抚恤金的伤残军人，他们会长时间枯坐在几张靠里的桌子旁，花着亚特兰大发的钱，把自己灌得酩酊大醉。另一种则是“海狸鼠”，也就是领航员、拖船或牵引船船长，还有那些深更半夜给缉私队开快艇的人。这帮人会坐在酒吧一隅，聚在后墙上一块大屏幕周围。

大屏幕显示着船只靠近和驶入河道时的位置及状况。每当某艘物资援助船需要领航员或打算雇几名帮忙卸货的码头工人时，屏幕上就会弹出一条提示。

凭借这块简陋的屏幕，酒吧老板娘大获成功——老板娘与一颗商业卫星的所有者是多年挚交，目前依然覆盖这一地区的商业卫星已是凤毛麟角，那颗卫星就是其中之一。

当晚，屏幕上挤满了滞留的船只，它们本来早该逆流而上，向奥古斯塔进发了，此刻却在那艘搁浅的货船后面排起了长队。工人们呷着兑水的怡然酒，诅咒着自己的霉运。

“他但凡有点脑子，就该乖乖地待在那艘该死的船上，等着人家把他这个笨蛋一路拖回去。”一个领航员说，“他要是再敢来，肯定会被人绑在板道上。”

萨拉特坐在酒吧另一端，大莱拉也在那儿，支在吧台上吃炸泡菜。

“我的小姑娘！”她一边拥抱萨拉特，一边说，“盖恩斯说你很快就会过来，见到你真是太好了。”

“你怎么样啊，莱拉大妈？”萨拉特说。

酒吧老板娘耸耸肩：“老样子。今晚不走运，有人说那条船还得好几天才动得了。大家都开始担心自己赊的账了，怕没钱付上个月的账单。”

“那边是遇上风暴了还是怎么了？”

“哪儿啊？之前倒是有一场，叫‘沃尔特’，是四天前从海湾刮来的六级风暴，不过到了佛罗里达海上就立马平息了。这会儿也就是下点雨，刮刮风了，没准还是让礼物船的船长们在边境外面吃了点小苦头，但也算不了什么。”

“那他们让什么给拖住了？”萨拉特问，“卡住的肯定不止那一条船吧。蓝军是不是又查得严了？”

大莱拉摇摇头：“还就是那一条船。想不通吧？他们派去一个领航员，一个叫布伦斯维克的毛头小伙子——拿执照还不到一星期呢，就去给打头的礼物船领航。结果呢，他用的是上个季度的航路图，把他们带到南边老远的地方去了。那可是这个月的第一艘礼物船啊，他就让人家搁浅在哈金森礁上了。”

“那他们就在那儿干等？”

“他们天没黑就去了。南方自由邦官方那帮管航运的家伙坚决不让别人靠近，我猜他们是好不容易才抓住个大显身手的机会。所以大家现在都在等他们把船拖出来，再牵进河里。”

“老天，”萨拉特说，“连条船都弄不进来，我们还怎么打胜仗啊？”

她吃了点炸泡菜。这道菜是用蟋蟀粉炸的，大莱拉信誓旦旦地保证没人能尝出来。但萨拉特坚称她能。蟋蟀粉后味陈腐，会在舌尖上留下洗碗水的味道。

大莱拉叫女儿端来一个灌满怡然酒的长颈瓶。女孩给萨拉特斟了一杯。

“那帮小伙子怎么样了？”大莱拉问，指指酒吧一角的那群“海狸鼠”。

“他们问能不能把账挂在下个月的船上，怕万一这些船掉头走了。”

“你怎么跟他们说的？”

“你知道的。”

“好姑娘。”

小莱拉回到酒吧另一端，萨拉特望着她的身影。她梳着一条粗粗的马尾辫，辫子后的脖颈上有个小小的文身，那是佐治亚州的形状，至今还没让她母亲发现。

“家里人都还好吗？”大莱拉问。

“还行。”萨拉特说，“盖恩斯的朋友海勒医生上个月又来了一趟，说他们在跟‘红色月牙’搞个什么项目，就是把有伤病的南方人送到匹兹堡的大医院去。我跟他说，那样我宁可让西蒙死。”

“那能有什么坏处呢？又不等于你背叛自己人。万一北边那些医院真有什么法子能治好他呢？”

“除非他们有时间机器，否则治不了。”

大莱拉叹了口气，给自己斟上一杯怡然酒：“那些信呢？盖恩斯说你把信都寄回去了。”

“我们不需要资助，”萨拉特说，“每星期都有人从整个红区寄信来。我从没见过他们——我知道其中有些人家里连个尿壶都没有，结果还给我们寄来一包一包的钱，就跟我们这儿是教堂似的。我们可不是教堂，不用他们来搞慈善。”

大莱拉大笑："噢，亲爱的，这我明白。盖恩斯介绍我们认识的时候我就看出来了。不过你得知道，这些人并不是为了你们啊！他们是为了自己。你真以为这些人不知道自己穷啊？他们当然知道了。但他们还是给你们寄钱，因为对他们而言，能跟你们产生联系实在太重要了。"

"他们对我们知道些什么啊？"萨拉特答道，"就是他们在报纸上读到的那些，还是南方自由邦政客在集会上宣称的那些？就凭这点了解，他们这不是在拿钱打水漂吗？"

"他们不需要知道别的，只需要知道你们干净就行了，"大莱拉说，"你、你姐姐，还有你哥哥，特别是你哥哥。你们之所以干净，是因为你们在佩兴斯经历过磨难。那些政治家、反抗军，甚至还有布道的，他们说得确实好听，但不像你们这么清白。所以他们才寄钱给你们，才会写信说要为你们祈祷。就是因为你们干净。"

"这不是真的。"萨拉特说。

"噢，这可千真万确。也许不大合情理，也不大公平，但事实就是这样。"

"他们既然这么爱干净，为什么还坐在家里写信呢？为什么不直接上前线？哪怕只是说说自己为南方骄傲、为自己一方自豪也行啊！我每次读《邦联日报》或别的南方报纸时，都会看到某个新的民调，说什么南方自由邦那群胆小鬼和他们那个假惺惺的和平计划得到了越来越多的支持——而那个计划唯一的诉求，仅仅是要对方允许我们在自己的土地上来去自由。他们要真那么爱干净，就应该把亚特兰大这帮孬种吊死，再把裤兜内衬塞进他们嘴里。"

对面的角落里爆发出一阵欢呼。萨拉特起初还以为这帮码头工人是在听她慷慨陈词，其实他们是在为终于挪动的船只欢呼。那个卡在哈金森礁的红点终于变绿，东面一排等候的货船开始溯河而上。本月的礼物船巡游开始了。

“看样子又不用赊账了，宝贝儿。”一个码头工人冲出酒吧时说。

“反正也没人会赊给你。”说话的是小莱拉。

水手出门时给了她一个飞吻，她则回敬了一根中指。

不一会儿，酒吧里安静下来，只有那些领战争抚恤金的人还在窃窃私语。这些人——今晚来了半打——都比萨拉特大一二十岁，但看上去却远远不止。她对他们知之甚少，只知道那个少了一条腿的叫内森什么的，他旁边那位叫杰布，左半身瘫痪；其他那些总坐在贝尔·勒贝尔昏暗角落里买醉的家伙，不管今晚在不在场，身上都带着各自的伤痕，有些伤看得见，有些伤看不见。

大莱拉指指他们：“你想知道谁会永远支持战争吗？去跟这些人聊聊吧。在他们眼里，战争永远不会结束。我敢打赌，大多数给你写信的人还没被摧残到这种地步。他们要么跟战争擦肩而过，要么就是失去过亲朋，或听说过某场屠杀，但那跟这完全是两码事。事实上那些写信的人只是在你们对面隔岸观火，并没有你们那种经历，也不想去经历。他们也不像你们这么年轻，大都到了一定岁数，都还记得这世界过去不是这样，也见过和平。你要是见过和平，肯定也希望它能重现。”

“和平不会再有了。”萨拉特说，“他们既然爱做梦，就让他们做去吧。”

大莱拉把手掌扣在萨拉特手中。她的手心暖暖的，仿佛感染了她双眼的热切。“也许吧，”她说，“也许吧。我问你，要是他们真在北方那座医院里安了时间机器，而你有一次回到过去的机会——回到一切之前，回到那个没有战争的世界——你会回去吗？你可得跟我说实话啊。”

“这根本就不重要嘛，”萨拉特说，“他们不可能办得到。”

“但假如他们能呢……”

“不可能。”

酒吧老板娘笑了，是苦笑。萨拉特怀疑那笑容背后有某种类似同情的东西。“时候不早了，”她说，“他们一晚上都会在码头卸货，明天制衣厂的经销商也会到这儿来，到时候又会有一场三天三夜的狂欢了。”

她递给萨拉特一把房门钥匙。“赶紧睡会儿吧，”她说，“房间都按你的要求准备妥当了。”

萨拉特谢过她。两人拥抱之后，大莱拉就回家去了。她家住在板道往南十个街区，远离河滨的喧嚣。

小莱拉打了铃——要打烊了。萨拉特把杯中的怡然酒一饮而尽，摇摇晃晃地从椅子上站起来。她经过伤兵们的座位，上了楼。那帮人正准备动身前往廉价汽车旅馆或外战老兵俱乐部[1]（现在已经改成了内战老兵俱乐部）。她上楼时贪婪地盯着小莱拉，后者与她四目相对，却一言不发。

房间不大。床铺本是一个钢板上下铺，床架从一艘毁弃的南军驱逐舰上淘来后，被拦腰锯断，两个铺位并排摆放，草草凑出一张双人床。房间里亮着一盏床头灯，灯光洒在漆成褐色的墙面上。吊扇在天花板上转动，竹质的扇页早已变形，晃晃悠悠。墙上有一扇小窗，能俯瞰板道、港口和河流。

---

1 外战老兵俱乐部（The Veterans of Foreign Wars）是一个服务于美国退役军人的机构，成员为曾在美军服役并在海外参与作战的老兵。

萨拉特闻了闻床单，都是新洗的，还带着茉莉香。她每次在贝尔·勒贝尔过夜，做的第一件事就是这个。她厌恶别人的气味，一旦闻出什么——哪怕是另一个身体最细微的蛛丝马迹——她就会掀掉床单，直接睡在床垫上，或者干脆睡在地上，因为尘土能掩盖一切异味。

床头柜上有个旧播放器，是可以储存音乐的那种，无须从云端下载。它曾属于大莱拉的母亲，谈不上新奇，也算不上古董，没什么价值——只是一件旧物而已。

萨拉特在里面找一首以前听过的歌，是她喜欢的一首慢歌。播放器正面倒是有一个显示屏，不过早就坏了。于是她只好一首一首听过去，一直听到要找的那首。音响里传出波本威士忌般混浊的钢琴声。整首歌恍如一件破碎的晨衣：

昨夜在我梦里，你蠢动似蜜[1]。

萨拉特脱下衣服，把上衣蒙在灯罩上，轻柔的灯光由橙黄转为血红。T恤上印有南卡罗来纳州州旗[2]，只不过把蓝色的背景换成了红色。

萨拉特侧耳倾听。外面的楼梯上，传来小莱拉轻盈的脚步声。她推开门。脱去围裙的她更显纤巧，站在萨拉特的影子里，仿佛一个奶白色的幽灵。进去之后，她转身关上门。

“过来。”萨拉特说。

“好好说。”小莱拉回答。

“不。”

萨拉特微微一笑。她喜欢小莱拉跟自己较劲，这一点小莱拉

---

1 出自美国歌手菲奥纳·阿普尔（Fiona Apple）的歌曲《蜜糖般的迟缓》（*Slow Like Honey*）。

2 南卡罗来纳州的州旗背景为蓝色，上面有白色的棕榈树和月牙图案。

也知道，因为这会让接下来的一切更显甜蜜，能将粗粝化为柔情蜜意。萨拉特渴望的正是这份粗粝。她要的不是爱，而是得到爱，付出爱。她用干涩的舌尖舐过小莱拉的肌肤，所到之处，惊起一片汗毛倒竖。她渴望去感受爱，就像感受骨骼断裂；她渴望用另一种语言嘶喊，一种她甚至从不知道自己早已通晓的语言，它从她唇齿间无声地落入枕席，有如存入保险库的秘密；她渴望疼痛，并希望小莱拉也分享她这份渴望。

她们的声音渗出单薄的窗户，被淹没在港口的嘈杂声中。窗外，“海狸鼠”们驾着起重机和卡车，准备腾空礼物船上的货物。货船就快来了，船上满载的物资包、帐篷材料，还有援助毯将被分发到红区各地。随后几天，货船将在这场以物易物的交易中获得丰厚的回报，再次装满货物：来自南方制衣厂的成箱成箱的服装，亚拉巴马沿海那些血汗工厂制造的廉价电子产品，还有亚特兰大的立体农场出产的蔬菜瓜果。随后，货船将驶离港口，在经历了收获与付出之后，奥古斯塔又将复归平静。

小莱拉悸动的心跳在床垫的弹簧中回荡。萨拉特背过身去。吊扇缓缓转动，在她们头顶上漫不经心地画着圈。

她感到小莱拉的手指在自己脊背上循着一道伤痕游走。那道伤口又细又长，从左肩上一直延伸到后背中央。

“怎么弄的？”小莱拉问。

“不知道。”萨拉特说。

“你当然知道，就是不肯告诉我。”

“没错。”

小莱拉从床上坐起来，俯身拾起地上的T恤穿上。萨拉特扯下她那身衣服时，把领口拽得有些变形了。外面的板道上，一盏硕大的航标灯闪闪烁烁，一道光线透过窗口洒进房间。小莱拉霎时沐浴在一片白光之中，她身上的红印和潮热瞬间消失了，通身如细瓷般纯净，整个人又焕然一新。

“这是我在这儿的最后一年了。”她说，“你 1 月再来，我就走了。”

“你能去哪儿呢？”萨拉特问，依然背对着她。

“去南边的瓦尔德斯塔[1]，我的妈妈就是在那儿长大的。她的亲人都还在那儿。”

萨拉特笑道：“大家都巴不得离开南部沿海那些鬼地方，你还要回去？”

“待在这儿还不如回去，”女孩说，“我可不想一辈子给醉醺醺的‘海狸鼠’端盘子，打扫他们的呕吐物，最后有天醒来，发现自己已经成老莱拉了。在那儿，我起码不用整天提心吊胆，也不用担心蓝军当晚就会越过田纳西，一把火把那儿烧成灰。”

“蓝军不去瓦尔德斯塔只有一个理由，就是那儿连可烧的东西都没有。”萨拉特说，“你能干什么？到贫民农场上干活儿，还是进制衣作坊？”

“真说不定呢。”

萨拉特摇摇头。“天哪，”她说，“你还这么年轻。”

“你不也一样？”

萨拉特转身面对她，说：“转过来。”

小莱拉顺从了。萨拉特把她的马尾辫拨到一旁，亲吻她后颈上那个佐治亚文身。“想去哪儿就去哪儿吧，”她说，“但今晚，你是我的。”

“我才不是谁的呢。”小莱拉回答道。但她又继续在悠悠旋转

---

1 瓦尔德斯塔（Valdosta）是美国佐治亚州的一座城市，位于佐治亚南部边界附近。

的吊扇底下躺了好一会儿。

后来她走了，萨拉特进入梦乡。她梦见了佩兴斯，梦见自己手中的刀子过早地滑落。梦里，蓝军把她绑走，带到北方，带进一片树林。他们在地上挖了个深坑，把她囚禁在里面，泥坑幽暗，深不可测，她爬不出来。这个梦，她总是重复，每个夜晚，她一闭上双眼，就会置身于那个空洞的深坑，无助、茫然、孑然一身。

醒来时，噩梦的余味会久久地逗留在她的毛孔中。每每此时，她就会感到一只温暖的手在抚摸她的头，有个声音在说："没事的，漂亮姑娘，没事的。"

她让自己在姐姐的呼吸中平静下来，嗅着姐姐腿上的皮肤的味道。她沉浸在这首摇篮曲之中——没事的，漂亮姑娘，没事的。但她始终紧闭着双眼，因为她知道姐姐的声音和气味不过是一场海市蜃楼。这一切都是她自己的想象，是她的大脑为了抵御残留的噩梦而虚构的幻影。她一旦睁开双眼，就会发现姐姐不在身边。

☆　☆　☆

屋外的港口，人声鼎沸。船员们一上午都在忙着卸下一箱箱货物。到了中午，萨拉特不得不睁开眼睛时，人们已经开始再次往船上装载货物了。

萨拉特走到窗前。尽管有那盏慢悠悠的吊扇，但屋里还是潮乎乎的。她抬起窗户，倚在窗前，赤身裸体地感受着萨凡纳的微风。在明亮的日光下，板道看上去陈旧而饱经风霜，几个醉汉睡在自己的呕吐物中。一艘货轮挡住了河面，但萨拉特依然能看见对面那幅巨大的烈士壁画。

壁画很长，画在南卡罗来纳隔离墙上，长度差不多相当于十个街区。眼前的这一段，纪念的是含冤而死的南方人，图画和照片占满了墙面，没有露出一丁点儿水泥。每天，快艇都会从河岸上送来一批北方袭击中的幸存者，他们可以在墙上画下亲人的面孔，或贴上他们的照片。

只有死者才有资格登上壁画。后来，这种仪式变得十分风靡，以至于开快艇的小伙子人人都在船上备了梯子，方便人们爬到高处去。红色士兵们从瞭望塔上俯视着寄托哀思的人们，然而，不论这些人爬得多高，多么容易栽进墙后的“凝滞州”南卡罗来纳，他们都丝毫不干涉。最终，奥古斯塔这段隔离墙被完全涂满了，壁画开始向上下游蔓延。

只有在极少数情况下，比如佩兴斯营大屠杀这类事件过后，新的烈士才能跻身奥古斯塔这段壁画。不过，人们已经达成了一项默契：绝对不碰壁画中央。那个神圣的地方属于茱莉亚·坦普尔斯通的肖像。

一个喝得微醺的水手赤裸着上身、吹着口哨踉跄地走下板道。他是个新手，刚刚站完在港口上的第一班岗。他头戴一顶北欧海盗帽，是件小孩子的道具，上面有一对荧光绿的塑料犄角。他路过贝尔·勒贝尔时一抬头，瞧见了窗前赤身裸体的萨拉特。他停住脚步，打量着她，显得有些踟蹰。终于，萨拉特忍不住了，向前猛地一倾，仿佛要扑向他似的。他吓了一跳，后撤一步，几乎从板道摔到下面的码头上。萨拉特冲受惊的水手眨眨眼，关上了窗户。

她穿上衣服，下了楼，酒吧里空无一人。她给自己弄了一杯酒，吃了点昨天剩的炸泡菜，就离开了。

堤岸还跟昨晚一样热闹，不过热闹是另一种劳动，而非放松。到了晚上，等这个月的生意做得差不多了，礼物船也开回大西洋了，奥古斯塔就将再次纵酒狂欢，届时临时驻足的水手们又将散尽千金。随后，这里会渐渐安静下来，在本月第三周之前，起码一半的酒吧会索性关门歇业。

她搭上一辆在萨凡纳公路上往返的卡车，去往东面的海滨。这种车专门接送水手和外国船员，也负责在奥古斯塔和其他城市之间运输货物。

她抵达桑德花园时，已是下午时分。河流的入海口荒芜苍凉，却有一种独特的魅力。岸边一排庞大的码头隐约可见，不少航运公司都在此设立了办公室，而最后一批打捞蛙人也都是从这里出发，去海底的萨凡纳城中心寻宝。

远处，距岸边 6 英里开外，一排闪光的浮标标示出海上边境，浮标后面就是蓝军控制的水域了。他们的海岸船打着转，每驶来一艘礼物船，他们就会把它押送到一个硕大的海关平台旁，供军人搜查。

红区边界上，在那些引导过往船只驶向河口的灯标船附近，还有一个较小的平台，平台上有一座用集装箱焊接而成的小屋。

那是一家咖啡馆，老板名叫普林斯 · 温德尔，已近百岁高龄，一辈子都住在佐治亚沿海一带。“内迁运动”开始后，他成了最后一个留守者，也是唯一始终坚守自己土地的人，即使土地已不复存在。

80 年中的大部分时间里，他都在经营这间小店。尽管他已几近失明，却仍不愿关张上岸，现在，他的咖啡馆只在每月的头三天营业。这几天当中，他的顾客是那些领航员、外国船员，还有驾驶海关巡逻舰的北方士兵。

换作别的南方人，要是胆敢为北方人服务，肯定早被抓起来了。但普林斯 · 温德尔既老迈又固执，因此，即使他固守年轻时的和平观念，也不会有人追究，而他这家小小的咖啡馆，则成了战时美国本土上唯一的中立区，南北双方在这里达成了一种心照不宣的休战状态。

盖恩斯在岸边的一间仓库里存放着一辆摩托艇，泊在 21 号码头上。萨拉特把它取出来，开到海上。

去往普林斯·温德尔咖啡馆的路程十分漫长。她之所以选择在此时此地与线人见面，是因为这会儿河口上交通稀少。到了晚上，第一批礼物船就该返程开回地球另一端了，在蓝军搜查货船上的偷渡客时，海岸线上将再次排起长队。但在这几个小时里，海上仍是畅通无阻。

萨拉特把摩托艇泊在平台下，顺着梯子爬上甲板。门上，“营业中”字样的霓虹灯闪烁着。咖啡馆里挂着几张照片，上面是过去的萨凡纳城，还有普林斯·温德尔孩提时代的家。

萨拉特在不少房间的墙上见过这种照片——照片的持有者对它们怀着一种仪式般的郑重，仿佛怀念某物时，只要足够虔诚，就能唤回那件事物本身。

普林斯·温德尔坐在柜台后面。他盯着门口看了一会儿，试图辨认来客。等萨拉特凑到跟前，他才终于认出她来，露出了笑容。

“茱莉亚！”他说，“能再见到你真是太好了！”

萨拉特拥抱了老人。在奥古斯塔附近，她对不少人用了化名，老人便是其中之一。“你怎么样啊，老板？”

“不赖，”普林斯·温德尔说，“好光景啊，这个月。风暴跟我们擦肩而过。不过天哪，上个月可真不咋的。”

他走进厨房，一面给客人准备咖啡，一面接着描述着上个月的风暴。萨拉特坐在离柜台最近的桌旁等待。很快，她听见另一艘小艇停到了平台下。一名蓝军士兵爬上梯子。

无论他们见过多少次，每次近距离接触线人那身制服时，萨拉特都会感到它触发了自己内心深处某个原始的机关。

军人走进屋里。普林斯·温德尔跟他打过招呼之后，很快就回到厨房，去给他准备他的老三样。

军人在萨拉特桌旁坐下。每个月，他们都像这样极其短暂地见上一面，每次不超过几分钟。而每个月，眼前的他都令她惊叹——虽说身材依然有些矮小，但他仿佛一夜之间就长成了男子汉。

他活了下来，他活得很好，这才是唯一重要的事。

“你把他做掉了，”马库斯说，“那边人人都他妈的在谈论这件事。这是继总统在杰克逊遇刺后，蓝方最高级别的伤亡。”

“没你，我可办不成。”萨拉特说。

马库斯的目光越过萨拉特肩头，盯着大门。

“有人要来咖啡馆找你？”萨拉特问。

“没。不过谁知道会不会有人进来呢。”

马库斯隔桌推来一支香烟：“这个月我就搞到这一条信儿，是个车队，四辆轻装甲车。他们会在拉塞尔岩洞附近穿过田纳西战线，里面可能会有某个去参观前线的战争办副秘书长。”

萨拉特盯着那支烟——她能看见纸卷里层透出几个字，画着一张简单的地图。“谢了。”她说。

“能帮我个忙吗？”马库斯说。

“当然。”

“最近低调点，据说他们要为半途基地的事展开报复。现在人人都确信他们要让那个老家伙的儿子来主持战争办，而他会把前线掀个底朝天。我不知道他会怎么做，或者什么时候动手，但我保证他肯定干得出来。”

萨拉特捏捏朋友的肩膀，触到了他制服上的肩章，那代表着他在军队中的级别，而那支军队，曾拥有世界上最强大的军事力量，它如今属于她的敌人。

“你真够朋友。”她说。他又扫了一眼门口。

他们听见普林斯·温德尔出了厨房。马库斯付了钱，二话不说就离开了。萨拉特又待了半小时才离开，品着咖啡，听普林斯·温德尔回忆 2057 年“乔治”飓风卷走整个城东的往事。

随后她赶回港口。她能看见蓝军的海关船在东面等待，知道她的朋友会再在那里停留两日，然后回到半途分支基地。她回忆起自己最后一次在佩兴斯见到他的情景，想起自己亲眼看着他沿那两条细细的水泥钢丝踏入未知的国度。自那以后，对他的任何选择，她都没有丝毫怨言。

议会特别委员会关于造反与分离主义活动的档案
——战争办总指挥小约瑟夫·韦兰的证词
（节选）

要阐明这一点，主席女士，做一番简单的剖析也许是最好的方法。

我们这个国家实行选举制度。我们的选举遵循一套严格的规则，我想在座的各位委员对这些规则都十分熟悉。然而，在特殊情况下，我们也会实行特殊选举。例如，在丹尼尔·纪总统遇刺时，我们就实施了事实上并非选举的特殊选举。这种应急手段，可以用于应对个别极端情况。也就是说，我们之所以搁置常规的方针，是因为实际情况已远远超出了常规的框架。

并且在我看来，主席女士，应该说任何通情达理之人，都不会真的认为暂时搁置常规流程，在下次大选之前任命一位总统，就意味着我们彻底背弃了美国民主的基本原则。

现在，回到您的问题上。您问我们从羁押的造反分子身上提取信息时，采取了何种手段，对此我十分乐意作答。

在我就任战争办总指挥后，在所谓的田纳西战线上，分离主义恐怖袭击——也就是夺去我父亲生命的那种袭击——数量骤降。当然，这首先归功于我们军队的英雄儿女。不过，我相信，分离主义暴力活动的急剧减少，也是我们一项战略举措的直接成果，那就是在袭击活动最为猖獗的地区，逮捕并审问已知的分离主义领袖及嫌疑人。

主席女士，我必须申明：我们瞄准的对象绝不是什么天使。我们把精力集中在那些为反抗军招兵买马的人员身上——这些可鄙的男男女女长年累月地对南方年轻人进行洗脑，利用他们开展暴力活动，实施自杀式袭击，在叛国的道路上越走越远。

现在看来，在绝大多数情况下，这些招募人员都从不具备亲手拿起武器的勇气。如此一来，主席女士，我们就面临一个抉择：要么花上数年时间去给他们定罪，因为他们犯下的罪恶尽管绝对真实，但极难取证——而在战争条件下，要以和平时期的标准给他们定罪更是难上加难——要么，我们可以从他们那里尽可能多提取一些信息。我所说的这些信息，主席女士，后来挽救了无数美国人的生命。

我们的举措并非野蛮，主席女士，尽管他们屡屡挑衅。像在任何一场战争中一样，我们会在时间允许的情况下，根据事件的紧迫性采取措施。分离主义招募人员提供的信息有时会被证明是虚假或不可靠的，遇到这种情况时，我们也采取了相应的对策。总之，战争办最重要的使命，就是保卫我们的祖国。

并且，主席女士，我相信我们做到了这一点。我相信，在未来几个月内，分离主义恐怖分子将会放弃他们注定失败的分裂活动，而这场战争也会很快结束。同时我也十分确信，我们将重回和平时期的正轨，正如我们已经重启常规的总统选举一样。我敢说，在座的每位委员都和我一样，渴望看到一切尽快回归正常状态。

我相信，主席女士，我们正前所未有地接近和平。

3

萨拉特穿过辛克莱尔湖[1]的废墟，沿着残存的米利奇维尔路一直走。路面坑坑洼洼，有的坑洞深达10英尺；此外，路面上还布满了倒塌的树木、电线和残破的栅栏。

快到湖边时，萨拉特下了主路，拐上一条小道，它通向一条过去的湖滨道，还有湖床上一片干涸的滩涂。这里倒塌的树木最多，它们栽倒在船屋顶上和破落的码头上。灌木丛下偶尔会有啮齿动物窸窸窣窣，不过除此之外，四周一片寂静。萨拉特缓缓踱向约定的地点。

对辛克莱尔湖的燃烧弹轰炸，发生在战争之初，当时人们还不知道蓝军的空中武器已经失控。黎明时分，这里响起了一阵嗡嗡声，宛如困在玻璃杯里的苍蝇。在整个南方，人们早已对"鸟"习以为常，但谁也没见过它们成群结队地出现。而那群"鸟"起码有十架，都伸展着机翼，在空中盘旋，在水面上投下阴影，像褪色的瘀青。

在南方，没人知道"鸟"为什么选择荡平这个地方。有人猜测，也许是合众国的某个机师输错了坐标；或许，那些决定该轰炸哪些地方、该结束哪些生命的将军和政客，获得了错误的情报。

对此，人们莫衷一是。不过总之，大家还是宁愿相信点什

---

1 辛克莱尔湖（Lake Sinclair）是位于美国佐治亚州的一座人工湖。

么，什么都行，因为他们无法接受这一切毫无原因——没人愿意相信徘徊在空中的“鸟”选择在此时此地降下地狱之火，全都无人指使、纯属偶然。

燃烧弹轰炸后的数年中，湖泊渐渐干涸了。但在萨拉特到来之前那一周，一场风暴席卷了这里，湖床上至今还积着雨水。湖床表面覆盖着一层绿油油的水藻，厚厚的，像铺了一层地毯。长满水藻的积水是如此平静，有如翡翠色的坚实地面，人可以行走其上。

湖边所有的房屋都已倾圮，小路变了形，树木静静地伫立着，色泽灰白。到了湖畔，萨拉特顺着一条短短的车道走向一座损毁严重的教堂，一个由住宅改建的宗教场所。那扇大门上牢牢地挂着一个乌木十字架。

教堂建筑在轰炸中被拦腰劈开。临湖一面的房间里，地板几乎完全垮塌。几间内室——两间卧室和一间书房——悬在湖床上，摇摇欲坠。不过房子的前厅依然立在平地上。

萨拉特从屋侧的一条缝隙爬进去，那里过去曾是个窗台。稀稀疏疏的几缕正午阳光透过天花板上的破洞洒入房间，形成一道光幕，除此之外，室内一片昏暗。房间散发着故纸的气息，微小的颗粒在光柱中翻飞。

每个月中旬，她都会在这里与乔会面。不过，此时距离她在半途分支基地击毙那名将军已经五个月了，这还是他们在那之后第一次见面。这几个月中，蓝军日益频繁地进犯南方，战事愈演愈烈。情况是如此严峻，乔只得暂停了他们的会面。

她看见他在房子里，像往常一样坐在光幕前的一把木质厨房椅上。她认出了他的轮廓：清瘦的身材，利落的姿态，双手十指交错，搁在桌上。

“早上好，萨拉特。”他说，“很高兴我们又见面了。”

“早上好。”萨拉特回应道。

“快进来坐。今天天气真好，不是吗？”

她依然喜欢他的嗓音，还有他奇特的口音。他习惯把清辅音“P”念成浊辅音“B”，把不发音的“H”读出来。有时，他谈起家乡，会直接说他的母语，那种语言使用一套截然不同的字母，读音是一连串叹息声和考究的卷舌音。

萨拉特在厨房的桌边坐下，感到温暖的阳光倾泻在自己后颈上。透过后窗，她能看见几近空茫的湖面上那片沉闷的绿。

“我总算有机会当面向你道贺了。”乔说。

“小事一桩。”萨拉特回答。

“此事绝对非同小可。这是开战以来南方最重大的一次胜利。而事情是你做的，萨拉特。这是你的胜利。”

“这算哪门子胜利啊？只不过打死一个人而已。他们那边还有很多人苟活在世上呢。”

乔摇摇头。“阿尔伯特对你的判断一点没错。”他说。

“你见着他了？”萨拉特问，“我找了他好几个月了，但他完全不见踪影。”

“我也没有他的消息。”乔说。

“你说他会不会被抓了？他们老早以前就知道他了。”

“我想不会。三四十年前倒还有可能，但他现在跟我一样，都是老骨头了，而他们是不怎么在意老骨头的。他当兵那会儿也是这样——他会一连消失几天几夜，不跟任何人打招呼，独自越过边境，潜入鲁特巴[1]。那时候，随意穿越伊拉克可不是什么好主意。有几回，他还带上了我，让我替他翻译和开车。起初，我还

1 鲁特巴镇（Ar-Rutbah）位于伊拉克西部安巴省的沙漠深处，但地理位置重要，处在伊拉克通往约旦的主要通道上。

以为他在搞什么危险活动，通敌叛国之类的。结果他只是想了解那里的风土人情。我想他们最终还是治了他的罪——他在军事监狱待过一年，这事他跟你提过吗？”

“他告诉我，你好几次救过他的命。”萨拉特说。

“这可不敢当。我只是提供了一些便利，也就是充当了所谓的中间人。美国人那时喜欢身边有个既懂英语又懂阿拉伯语的本地人，熟人熟路嘛。有本国人帮忙总是好的。”

门外传来一根枯枝断裂的声音，打断了他们的闲谈。萨拉特转过身，透过前厅墙上的裂缝向外张望。她一边观望，一边等待脚步声响起。但没有任何声音。她又转向乔，只见他依旧气定神闲地坐着，身上的绿衬衫被阳光照得白晃晃的。

“那要真是蓝军，我们恐怕连发愁的时间都没有了。”他说，“还是说正事吧，你需要什么？”

“拉汗姆[1]，”萨拉特借用了乔对这件武器的称谓，“就是你去年拿来的那种。”

乔点头应允：“好。要大的还是小的？”

“都要，跟上次一样。下周有个车队会去坦尼加[2]附近。其中有一名上校。我知道他们的路线，准备在那儿布雷。”

“跟上次一样，明白了。还需要什么吗？要不要给坦普尔斯通多备些子弹？钱呢？”

“只要地雷。”萨拉特说。

“成。”

“还有件事。”

---

1 原文“Lag’m”，是阿拉伯语“地雷”的音译。

2 坦尼加（Tennga）是佐治亚州莫雷县境内的一处社区。

“但说无妨。”

“我听说他们在搞秘密和谈，南方自由邦几个月前派人去了哥伦布。真有这事吗？”

“我想没错。”乔说。

“现在还在谈吗？”

“根据我的线报，战争办总指挥暂停了和谈。”

萨拉特露出了笑容。

“我说了，”乔说，“这是你的胜利。”

☆ ☆ ☆

萨拉特从辛克莱尔湖回到家中，看见车道上停了一辆陌生的汽车，一辆化石燃料轿车。车旁站着阿蒂克，“盐湖兄弟”中的老大。

“老天，”萨拉特说，“我还以为你死在费耶特维尔了。”

“布拉格先生有话要对你说。”阿蒂克说。他跟萨拉特差不多高，但更瘦削，几乎有些病恹恹的。他的两只眼睛隔得很远，眼神跟他那几个兄弟一样呆板。

“哪个？”萨拉特说，“儿子还是老子？”

“老布拉格先生，”阿蒂克说，“他要见你和你姐姐。”

“他不必见我姐姐。咱就快去快回吧。”

“他说了要见你和你姐姐……”

“你是聋还是傻？”萨拉特凑近那男孩说。他给人一种机械死板的感觉，仿佛缺少点什么。“就我和你，要不你就自个儿回亚特兰大去。你看着办吧。”

他们驱车前往南方首府。车上有一台老式收音机，萨拉特拧开旋钮。收音机里断断续续地传来周边那些业余播音员的节目片段：《圣经》朗诵者的声音有如游魂；宗教狂人在小隔间里号叫嘶喊，宣扬末日的降临；疯子对着虚空哭天抢地。她最终停在一个频道上，里面有个上了年纪的男人在宣读一份名单。背景音乐是一首南方爱国歌曲，她记得小时候曾经听过。老人用单调的声音流利地念着，很难听出这些名字究竟属于英烈还是叛徒，或者他现编的。

“你在费耶特维尔出了什么事？”萨拉特问。

“我被抓了。”阿蒂克说。

“蓝军把你抓了？又把你放了？你当时肯定什么都招了吧。老布拉格一定很喜欢你，否则你早该被反抗军吊死了，嘴里再塞上裤兜里衬。”

“我一个字都没说，也不是被蓝军抓的，”阿蒂克说，“抓我的是恐怖分子。”

萨拉特一愣，片刻之后才反应过来，他指的是编外的南方反抗军，也就是那些拒绝被布拉格纳入麾下的队伍。她放声大笑。

“你让自己人抓啦？我的天哪！简直比让蓝军一枪崩了还丢人。”

“他们不是自己人，”阿蒂克说，“他们是恐怖分子。布拉格先生才是自己人，多亏了他，我才能出来。”

“什么恐怖分子啊？”萨拉特说，“这个词儿安在谁头上都行，不是吗？”

但阿蒂克并没听她说话。“我一个字也没说，”他重复道，“一个字也没说。”

地平线上，在一团污浊空气的笼罩下，南方首府出现了。

☆ ☆ ☆

层层叠叠的贫民窟连成一堵高墙，耸立在灰霾中，直冲云霄。它们是亚特兰大城郊的标志。这座城市庞大得不可思议，并且随着人口增加，这个城市还在癌症般地向外扩散。

许久以前，这座城市的格局与今天截然相反。市内的核心区被摩天大楼占据，外围则属于医院、体育场，以及宽阔的大学校园。再往外，摩天大楼让位于郊区，那里曾有成片的购物中心和公园，还有高尔夫球场和绕城公路。而今天，城里最高的建筑，变成了依城而建的贫民窟，这些高楼棕黄黯淡，有如龋齿，将城市团团围住。里面居住着南方的弃儿——有家园被“鸟”任意摧毁的边境难民，有为了躲避暴雨和酷热而逃离南部沿海的人，还有军人和反抗军，以及出生于此，甚至祖辈父辈都出生于此的人，那些以此为家的人。

在日益扩张的贫民窟附近，矗立着制造电子设备的血汗工厂、制衣厂和立体农场。这些建筑规模庞大，宽敞矮胖。其中，血汗工厂、制衣厂均由红砖砌成，而农场外侧则镶有一层厚厚的玻璃。玻璃并不透明，内侧喷了砂，熏天的肥料味溢出墙外，盘桓在市郊，像给城市上了一层涂料。每个清晨，都会有一支凄凉的队伍从贫民窟向宽敞的厂房进发，到了傍晚再由厂房回到贫民窟。

再往城里走，就是南方自由邦政府的办公区了，这群千篇一律的灰色建筑像护城河一样围绕着城市的核心地带。在它们中央，是南国议会大厦、克肖总统和诸位秘书长的官邸；此外，还有一些艳俗而森严的宅邸，属于血汗工厂、企业和农场的所有者，那些南方新贵。

阿蒂克驾车在贫民窟中缓慢地穿行。空气中那股气味来自雾霾和千万台轰鸣的发电机排出的废气。一小群孩子在这辆老式化石燃料车一侧追跑，本能地知道驾驶这种交通工具的人一定身居红区上层。他们敲打车窗，讨要零钱。一个瘸腿老人在车阵中挨个儿询问，兜售五块钱一盒的纸巾。孤星旗[1]歪歪斜斜地垂挂在头顶的阳台上，车子在小休斯敦的街巷中走走停停。

他们从萨拉特家所在的林肯顿开到亚特兰大用了不过两小时，而从亚特兰大城郊前往市中心又花了两小时。车子开到“反抗军联盟”总部外，停在一扇铁丝网大门前，门口由几个身穿旧式丛林作战服的小伙子把守。卫兵略带鄙夷地瞅着阿蒂克的乘客。他们打开大门，挥手示意车子通过。

总部构造简单，不过是三栋挤在一座高架桥下的低矮建筑。楼上没有任何标志，每栋楼前的台阶上，都有几把塑料椅子，上面坐着几个男人和少年，身旁靠着步枪。

其中两人把萨拉特和阿蒂克带上中间那栋建筑的二楼。他们被安排在一间房间就座，里面十分宽敞，似乎是起居室。等了半小时，老布拉格到了。他让儿子推着轮椅，还有三位助理陪同。此时的亚特兰大酷热难当，但老人身上的衬衫依然扣得严严实实，外面还套了一件毛背心。尽管如此，他头上还是没有一颗汗珠，仿佛他的毛孔经年日久，已经硬化、干枯了。

他儿子把他推到阿蒂克和萨拉特跟前，自己在一个角落里落了座。

老布拉格冲阿蒂克挥挥手，阿蒂克立即起身离开。接着，他把萨拉特从头到脚打量了一番，脸上流露出含糊、戒备的神情，仿佛在阅读一本用外语写成的书。

终于，他转向儿子。“你没看错，”他说，“她可能还真不是。”他儿子没有搭腔。

他又转过来，面向来客。“那么你就是制造这场混乱的姑娘

1　孤星旗（Lone Star Flag）是得克萨斯州州旗。

啰，”他说，“叫什么名字来着？”

“萨拉特·切斯特纳特。”

“萨拉特·切斯特纳特，”老布拉格重复道，“是蒙哥马利的切斯特纳特吗？那可是好人哪。他家有个叫保罗的小伙子，战争爆发没多久就上了战场，死在博蒙特[1]了。”

“不是。”萨拉特说。

“她家是路易斯安那的，”小布拉格插话，“在南部，密西西比河边上，靠近旧奥尔良。”

“我的老天哪，她都不是红区人！”老人说，“我们真沦落到这种地步了吗？竟让沼泽地居民的后代扛枪上前线。”

他又凑近萨拉特：“你知道，盖恩斯头一回跟我提起你时，我还以为他在闹着玩。他这人就是这样，总想标新立异，惹大家恼火，招的女孩比男孩还多。每隔几周，就新养一个小宠物。”

萨拉特皱了皱眉。她一直知道盖恩斯还有别的学徒，每次听说有人弹潜入蓝区，夷平某座城市广场时，她都会琢磨，给那人套上“农人工装”的会不会就是盖恩斯。但她依然在脑海中的一个角落里埋藏着一个念头，觉得自己也许就是他唯一的弟子——也就是说，有了她之后，他就没必要再为这项事业招募别人了。她心里清楚，这不是真的——当然不是——但这并不妨碍她对此深信不疑。

“啊，不过话说回来，我对那个盖恩斯向来怀有恻隐之心，”老布拉格接着说，“他为我们的事业鞠躬尽瘁。他曾为北方人效过力，那时布瓦吉吉还不过是一堆混战的部落。不过那都是这一切之前的事了，我并不怪他……”

---

1 博蒙特（Beaumont）是美国加利福尼亚州里弗赛德县下属的一座城市。

萨拉特感到老布拉格把烟味迎面喷在了她脸上。她有些惊奇，这个老人竟能这样自说自话、喋喋不休。她心想，也许最让他得意的并非那些话语，而是他自己的声音。他的眼睛小而暗淡，只在他说话时绽放光芒。

忽然，他停住了，转向一名助理，说："诺亚，去给我们端点水来。还有，叫几个小伙子把办公室那台电扇搬进来。这儿简直比地狱还热。"

助理走出房间，很快，两个年轻人就扛着电扇进来了。他们在房间两头各安上一台，这样侧风就能吹到萨拉特和老人坐的位置。

"还有，不管怎么说，你那位姐姐怎么没来？"老布拉格问，"我跟他们交代过的，要见你们两个。"

"这些事与她无关。"萨拉特说。

"亲爱的，这些事与我们每个人都有关。"

助理端着一个托盘回来了，上面放着两杯水。老人一饮而尽，就跟从没见过水似的。

"都怪那个可恶的盖恩斯，"他抹着嘴说，"他老这样对待那些孩子，让他们以为这一切都以他们为中心——让他们以为自己的感受、失落、伤痛能左右这场该死的战争。但事实并不是这样的。其实外面的世界大得很，小姑娘……"

"别叫我小姑娘。"萨拉特说。

"世界太大了，没法全都装进坦普尔斯通的瞄准镜里。"

萨拉特听见自己步枪的名字，皱起了眉头。布拉格见状笑了："没错，我们也知道些秘密。不过我们是你的朋友，而外面可有不少人是你的敌人。"

他指着一扇半开的窗户，透过窗缝，能听见亚特兰大市中心在酷热和脏污中嗞嗞作响。他说："在这条街上不远，就有南方自由邦的人，只要他们觉得能从哥伦布换来任何一点好处，或者能推动他们称为和谈的投降计划，他们明天就能把你交给蓝军。这儿有的是懦夫和耗子，而你现在就是这帮人的食物。"

"你会拯救我，是不是？"萨拉特说，"就你和你手下那群毛头小子？就凭阿蒂克那种落进自己人手里的货色？还有另外那个根本没法在蓝军开枪前引爆'农人工装'的家伙？瞧瞧这地方吧——你们不过生活在高架桥底下一个该死的洞里，一面大言不惭，一面眼睁睁地看着南方自由邦那帮软蛋把红区卖了个遍。见鬼，你来求我帮忙还差不多，我怎么可能要你帮忙？"

老布拉格放声大笑，露出黑黢黢的牙龈。他转向助理："她跟过去的我们一样蠢，这真是亘古不变啊！"

他又转向萨拉特，说："亲爱的，你还不明白吗？我叫你到这儿来是因为我喜欢你。我的人没有一个比你够爷们儿，没有一个干出过你那样的壮举——那可是个将军啊！丹尼尔·纪总统之后最大的战利品——我找你来就是为了这个。我想把你带在身边，免得你落入他们手里。因为，相信我，现在他们已经让你毙掉的那家伙的儿子来负责攻打南方了，而他为了揪出杀父仇人，能烧光一座座城市。如果让他发现是你，他会把你吊死的。"

"那就随他去呗，"萨拉特说，"我不怕死。"

"那是因为你还年轻，还以为死会很痛快，"老布拉格说，"但他们可有法子让你慢慢死，拖得像一辈子那么长。"

"那你想让我怎么样？趴在洞里等着？"

"没错，就是这个意思。回到你河边那个漂亮的福利小家去，乖乖地在那儿待着。别接近半途附近的任何地方，也别去跟奥古斯塔那个酒吧老板娘的女儿鬼混。"他稍做停顿，咧嘴一笑，"没错，这我们也知道——还有，一定要跟你姐姐、哥哥——你的家人待在一起。等到哥伦布那个二代冷静下来，我向你保证，我们会助你一臂之力，让他也脑袋开花，如果你想那么做的话。”

“你说完了？”萨拉特说。

“嗯，亲爱的，”老人回答，“我说完了。”

萨拉特站起来。“谢谢你的建议。”说完，便离开了。

☆ ☆ ☆

阿蒂克开车送她回家。路上，她回味着这一席谈话。那可是个能左右反抗军走向的人物啊，而自己在他面前却毫无惧色，这令她信心倍增。她坐在轿车副驾位置上，挪动身躯，把头探出窗外。此刻，就连窗外微咸的亚特兰大雾霾，都宛如山间的习习清风。

“我们在迪里之家歇一脚，喝一杯吧，”她说，“我知道他们付不了你几个子儿，我来请。”

“我必须送你回家。”阿蒂克说。

“怎么，他们是按小时雇的你还是怎么样？只是喝一杯而已——要不了多久。”

阿蒂克摇着脑袋。“他们不喜欢我去那儿。”他嘟囔着，“那不是我去的地方。”

她起初以为他指的是布拉格和他的手下，接着，她才反应过来，他说的完全是另一码事。

“天哪，你没开玩笑吧？”她说，“之所以你连扛起枪上田纳西前线都不怕，却不敢踏上自己人的地盘，就因为他们的肤色跟你不同？”

经她这么一激，他似乎默许了。不一会儿，他们就驶入了新第四病房社区[1]。那是一片密密麻麻的高楼，位于城东，紧挨着一座庞大的电子工厂，厂房里终日有尖厉刺耳的噪声传出。

居民区的楼群挺拔、灰暗，楼间距甚至不足一臂——它们靠得如此之近，楼与楼之间狭窄的巷道纷繁交错，简直堪称阡陌纵横。这些逼仄的街道上，挤满了一排商贩，小贩兜售着衣服，琳琅满目的货摊上摆满各处顺出来的私货，此外还有倒汇的、修三轮蹦蹦车的和一元店。

他们把车停在社区外，走着进去，一路穿过建筑之间一个个狭窄的沥青路口。每栋楼的天台上都铺满了太阳能板，电线垂下来，交织在楼宇间，在人们头顶形成了一张网。上了年纪的男男女女坐在街边，打量着路过的萨拉特和阿蒂克，不过他们留意的是那个高大的光头女孩，而不是那个垂着头走在她身后的犹他小伙子。

迪里之家是一座砖房。它坐落在一条狭窄的死胡同里，三面都是住宅楼。屋外有一片露天区域，乱糟糟地摆放着陈旧的牌桌和折叠椅。这些座位整天不是座无虚席就是几乎满座，不论昼夜。

萨拉特和阿蒂克要了几杯酒，找了一张桌子坐下。她喝着一瓶金威，他呷着一杯可乐。

“所以说你欠那个老头子一条命啰，嗯？”萨拉特说，“就因为他动用关系，帮你脱离了苦海？”

“我早就欠他的了，”阿蒂克说，“他在犹他救了我和我的兄弟们。要不是他，我们早死了。”

“那么，你们在犹他究竟出了什么事？你们就一直躲在农场

---

1 新第四病房社区（New Fourth Ward）的名字来源于位于亚特兰大东侧的老第四病房社区。

里吗？我听说他们是在屎堆里还是什么玩意儿里找到你一个兄弟的。”

阿蒂克不说话了。她试图让他谈谈来红区之前的日子，但他不肯。后来，她倒是激得他喝了好几瓶啤酒。不一会儿，他的肩膀松弛下来。等到暮色铺展在城市上空时，他跟萨拉特都喝到位了。

“你瞧，布拉格这种人的问题，就在于以为自己是这儿的主宰，”萨拉特说着，尽管有些吐字不清，却十分笃定，“他们从没体会过寄人篱下的滋味，自以为可以对你发号施令，要你做这做那，而你还必须从命，好像你完全没有发言权、没有思想，好像你根本就不是个活人。”

阿蒂克的目光越过萨拉特，落在一群年幼的孩子身上，他们赤着脚，在巷子里互相追逐，玩着捉人游戏。

“你瞧，这就像阿尔伯特·盖恩斯有一回跟我说的——你见过盖恩斯吗？”

“没。”阿蒂克说。

“你应该见见他。他是把这场战争看透了——跟那群老笨蛋可不一样。他有一回对我说：‘注意听，我马上要向你传授有史以来一切成见的要义了。’”

萨拉特倾身向前，俨然要透露一个重大的秘密：“所有这些老家伙，都希望一切跟他们年轻那会儿一样。但一切都回不去了，而且他们不管怎么做，都没法再年轻了。不光我们这边这些老家伙是这样，他们那边的也一样。想想北方，就算他们随我们去，又能怎么样呢？想想他们要是从没像现在这样，只是为了阻止我们建立自己的国家，按自己的方式行事，就来跟我们拼命，杀害那些无辜的人——那样的话，事情就真会有那么糟吗？不会，当然不会。可在那帮管事的老家伙年轻时，世界不是这样，因此他们没法放任不管。可是你和我，”她指指身后那群玩耍的孩子，“还有他们：我们还年轻呢，我们可不受他们那些条条框框的约束。我们有朝一日会从他们手中夺过权力，因为归根结底，他们根本不在乎什么红区，他们自始至终只在乎自己。可我们不一样，我们属于这里。我们……”

“我不属于这里。”阿蒂克说。

“但你在乎它啊，在乎南方的大业。”

“我不在乎。”

萨拉特靠向椅背，他话音中的无动于衷让她有些吃惊。“那你为什么还要为它战斗呢？”她问，“既然你不在乎南方的大业，你为什么还要端起枪，甘冒被蓝军撕碎的风险呢？”

“我想有所成就。”阿蒂克说，他依然望着萨拉特身后那群嬉笑玩耍的孩子，“我只想有所成就。”

☆　☆　☆

他还不习惯喝醉，两人在公路上歪歪扭扭地开了半小时之后，她终于让他靠边，换了她来开。

与太阳能驱动的三轮蹦蹦车相比，这辆化石燃料车可显得笨重多了，但有着野兽般强劲的引擎。萨拉特不时会踩踩油门，只为倾听古老的机械咆哮的声音。

他们回到她家时，已是夜里。

到家后，她在后院里看见了卡琳娜和西蒙。西蒙坐在一把厨房椅上，对着河面，头上扣了一只银碗。卡琳娜正小心翼翼地沿着碗边剪去碎发。她在树上挂了几只纸灯笼，烛光透过纸孔投下光斑，宛如片片雪花。西蒙在笑，卡琳娜用剪刀凉丝丝的把手清扫他后颈上的碎发时，他就在座位上扭来扭去。

“我姐呢？”萨拉特一开口，吓了他俩一跳。卡琳娜脸上的笑容消失了，换上了一副不痛不痒的神情。

“我不知道，”她说，“下午跟她那个领航员朋友一起走了。我猜大概是去奥古斯塔了。”

萨拉特示意保姆进屋：“去给他弄点晚餐。”

“行，”卡琳娜说，“我一给他剪完头发就去。”

“不，马上去。”

卡琳娜放下剪刀。萨拉特在保姆眼中读到一丝怨毒，于是她抱以同样的态度。卡琳娜离开时，西蒙回过头来看她。“别担心，乖乖仔，”她说，“我去去就来。”

直到不知还能看什么了，西蒙才把目光投向妹妹。她觉得他看上去十分可笑：坐在院子里，头上扣了个碗，活像个假扮太空人的小男孩。

“她想把你变成小孩，”萨拉特说着，把碗扔到一边，“她把你当小孩对待。但你喜欢这样，对不对？”

西蒙什么也没说。她扳过他的脸，让他对着河面，开始动手剪他的头发。她本想把碗的形状剪掉，但卡琳娜已经把他的发型整个儿剪坏了，弄得她别无选择，只好接着剪完。

“她不是家里人，知道吗？”她在哥哥耳边低语，“她或许对你不错，但她不是家里人，她是外人。外人能干出什么，你最清楚了。”

她躬身跟哥哥说话时，闻到他改变了的体味，离开佩兴斯后，他闻上去就是这股味道。她觉得那味道酸腐恶心——像坏掉的牛奶。她试图回忆他过去的气味，住在营地时的气味。

她回想起，有时他跟反抗军出勤回来，人会醉醺醺的，而她会捕捉到他身上的怡然酒味，但那都是临时的，掩盖了他本身的体味。他真的有过另一种气味吗？他过去闻上去是不是跟她、跟达娜一样？她已经记不起来了，并且，就在她竭力回忆从前那个尚未丧失自我的哥哥时，她发现自己在生他的气。怪他没有死在佩兴斯。要是他当时干干净净地去了，像与他同赴刑场的人一样，她就能永远怀念他，怀念一个烈士，而不是眼睁睁看着他变成木偶——一个一脸目瞪口呆的玩物，身边围绕着溺爱他的保姆和愚蠢的寡妇。她曾经的哥哥，如今仅剩一具空洞的躯壳。现在的他，有辱她对他的记忆，也驱走并埋葬了过去那个俊朗、骁勇的男孩。

他真该死掉。

她想得入了神，没注意西蒙在哭。他没哭出声，两眼还直愣愣地盯着前方，借着灯笼漏出的雪片般的微光，她能看见闪烁的泪花。

“怎么了这是？”她说，“连自己妹妹都嫌弃是不是？就愿意相信外人是不是？跟你根本不知道底细的女人在一块儿才开心是不是？”她说着说着，听见自己的声音越来越高，也很清楚这些话能传到屋里，但她毫不在乎。“她都不是红区人。她爸妈还住在北方呢，还跟蓝军在一起。就是害你变成这样的蓝军，杀害爸爸、妈妈的蓝军，每天都残杀、凌辱我们同胞的蓝军。你还喜欢她？还喜欢她胜过自己的亲妹妹？”

直到哥哥开始放声大哭，一边用手挡脸，一边躲闪，她才发现自己已经下意识地扬起手，准备抽他了。

萨拉特把剪刀往地上一扔，冲进屋里，与站在厨房里的卡琳娜擦肩而过，跑进姐姐的房间，砰地关上门。她躺在姐姐空荡的床上，身上柔软的被单在灯光下泛着淡淡的粉色。被单上的气味属于某种美好的事物——像柑橘，又像茉莉润肤乳。而这气味也属于达娜，属于她的秀发，她的肌肤，她的气息。

那是萨拉特自幼就熟知的气味，切斯特纳特一家的气味。

☆ ☆ ☆

破晓前，她被一阵敲门声惊醒了。她起初还以为是达娜，但来的却是卡琳娜。

“你怎么还在这儿？”萨拉特问，“你现在都在这儿过夜了？”她尖刻地笑道，“你都跟他睡在一起了？”

“萨拉特，外面来了个人，”卡琳娜没有回答，直接说，“说是跟你姐姐有关。”

萨拉特一听，还没完全清醒，就夺门而出。她在车道上见到了布拉格手下的另一个男孩。他垂着头，仿佛做错了事。

“说话，”萨拉特说，“她出了什么事？”

“是‘鸟’。”男孩喃喃地说。

☆ ☆ ☆

他们驱车来到离奥古斯塔不远的地方。快到医院时，她看见路旁有轰炸的痕迹。

一群附近镇上的居民聚在车辆扭曲的残骸周围，呆呆地望着眼前的惨景。那是三辆小车和一辆大巴的残骸。大巴损毁严重，但车身还没散架，而那几辆三轮蹦蹦车则完全迸裂，像签语饼[1]似的彻底变了形。路面被炸出一个坑。

他们开往最近的医院。与其说那是医院，不如说是一间诊所，面积只有餐馆大小，战前曾是一座兽医院。死伤人员的家属把入口和大厅挤得水泄不通。他们身旁，是“反抗军联盟”的军人，被亚特兰大派来记录伤亡情况。萨拉特一面推开人群，一面

1 签语饼（Fortune Cookie），又称幸运饼干，是北美中餐馆的特色点心，食用时轻轻将其拦腰掰开，便会得到饼里的中英文签语。

高喊着姐姐的名字，直到小亚当·布拉格抓住她的胳膊，把她带进诊所深处的一个房间。

他们从大片死者和垂死之人身旁经过，场面静默而壮观。那辆大巴运送的是从南卡罗来纳蓝区边境上回来的南方民工。他们受雇修补北方一侧的隔离墙，这是亚特兰大和哥伦布达成的秘密协议之一。这项工作高度危险，薪水微薄，合众国那边没人愿意做。

男男女女都躺在地上，身上盖着带血的白布，身旁围着一众亲属。护士和医生人手太少，根本忙不过来，他们在病人之间辗转，神情沮丧而无奈。

她找到姐姐所在的房间。进屋前，她听见小布拉格似乎在跟自己说着什么——“这纯属走了背运！”他说，“那些玩意儿都失控多少年了。”但他的声音听上去十分遥远。

她进屋后关上门，把痛苦的呻吟和哭号都挡在外面。

床上的女孩膝盖以下全没了，她身下的床单和盖在身上的毯子都被鲜血染得殷红，那颜色是如此深暗，有些位置甚至成了黑色。她身上的衣服被剥了下来，露出灼伤起疱的皮肤。

萨拉特站在姐姐床前，用手抚摸着达娜人腿上的皮肤。她摸到好些凹凸不平的地方，应该是有人试图给伤口止血时留下的。她看见姐姐额头上用炭笔做了记号——“3点49分”，绑止血带的时间。

这是她最后一次看到这副胸膛起伏的样子。她看见姐姐眨了眨眼睛，动了动嘴唇。

“会没事的。”萨拉特说，但这话却仿佛不是她说出来的，它从她嘴里脱口而出，像是谁在借她之口，“会没事的。跟我待在一起就好，一切都会好起来的。”房间里弥漫着一股医用酒精的味道。

萨拉特双膝跪地，把头埋在姐姐胸前，达娜与她十指相扣。

“漂亮姑娘，”达娜说，“我已经开始想你了。”

☆ ☆ ☆

接下来那周，萨拉特只回了一次家。她给达娜的房间上了锁，并禁止卡琳娜靠近。此后再没踏进家门一步。

她睡在屋外，有时会到那间木屋里去，有时则直接睡在河岸边潮湿的泥土上，这里紧挨着卡琳娜好不容易种出几株粮食的那一小块菜地。夜里，她常做着溺水的梦。

她把姐姐的骨灰撒进了萨凡纳河。一个月后，蓝军终于找到了萨拉特。一天夜里，她听见树丛里有什么响动，像是手扶树干或脚踩泥土的声音，很轻、很远。夜色沉静，其中裹挟着一丝呢喃。多年后，她才回想起来，木屋墙上曾出现过一个游移的红色光点。接着，门吱的一声开了，一个储气罐蹦蹦跳跳地落了进来，屋里霎时变得喧嚣而明亮。

内战存档计划
——糖面包监狱在押人员书信
（已批准／已解密）（节选）

亲爱的████████，

我收到了你2月的来信，是由来自██████████████人道救援组织的██████转交的。信照例都先由████████审阅了一遍，所以我也不知道自己拿到的内容是不是完整。不过我十分感激████████，█为了帮我，简直不遗余力，当然，更得感谢你给我写信。

我还住在星期六营。我们应该有差不多███人，不过也说不准。我们依然被单独关押，并且由█████████每███小时██████████一次。

自████████████接手后，这里每况愈下。我想，他曾████████，不过我从没见过他长什么样。我猜就是他下令没收我们的书、眼罩和牙膏牙刷，以及一切能维持我们做人尊严的东西。据我所知，在我们开始抗议后，就是他准许下属对我们进行███████。

他们随时都有可能这么干。这里没有昼夜之分。一开始，他们会进来，要你别再顽抗了，赶快进食。

一旦你拒绝服从，他们就会把你带进另一个房间，那里███████████████████████████████████████。███

█████。

█████，█████ █████，█████。

█████ █████。

█████，█████，█████ █████，█████ █████。

█████。█████ █████ █████，█████。

█████。

█████，█████ █████，█████。█████ █████，█████ █████ █████。█████ █████，█████ █████。

我听说█████以为我们中有人杀了他父亲。但我被关在这儿已经很多年了，早在那事发生之前就进来了。我根本没见过█████，要不是从一名█████那儿听说了这事，我连他的名字都没听说过。

此外一切如常。日子一天天过去。█████ █████，只有█████日除外，那天我们能晒点太阳。

我知道他们已经停止对外公布我们当中仍在接受█████的人数了，████████████████████████。为了迫使我们放弃，他们用尽了一切手段。这儿有个护士，█想尽一切办法，只为了让█████尽可能更████████。我不明白这是为了什么。我对█说，这样做有违█的誓言，但█毫不在乎。我也向看守求过情，但他更是无动于衷。

我听说家乡那边正在进行和谈。为了你，我希望那是真的，但我不认为这跟我们这些人有什么关系。我们在里面待得太久了。过去的我们，早已被洗去了。这儿的人都会自言自语，还能看见鬼魂。我时常梦见你，还有████和████，以及我们的家。希望能早日收到你的回信。

爱你的，

████

4

他们被赶上呼啸的飞行巨兽，押往糖面包监狱。每个人都被铐着坐在地板上，靠在一起。他们蒙着眼罩，塞着耳塞，全然不知自己身在何处。犯人们用每个毛孔捕捉着蛛丝马迹，想摸清自己乘坐的究竟是个什么东西——它巨大的金属舱在某个秘密空港的柏油跑道上停得太久，晒得滚烫，但起飞之后，舱内又骤然变得冰冷刺骨。谁要是开口讨水或要求松开锁链，非但得不到，身上还会招来别的东西——硬邦邦的枪托，或金属包头的靴子。于是犯人只好闭嘴。

一具具躯壳如人偶般缄默，掠过佛罗里达海上空。

水面上只露出个山尖，便是那个半岛州最后的遗迹了。海上有座人工岛，是用石料和混凝土筑成的，外面围了一圈高高的带刺铁丝网。一块荒地探出铁丝网外，一直通向海边，长约 50 英尺。上面只有一小块空地留待修建码头之用，其余部分都是野草丛生，地面上铺着厚厚的一层杂草。

草丛掩蔽着岛屿。雨云散去时，佐治亚南部沿海的居民要是极目眺望，能在佛罗里达海上望出很远。而他们有时会把糖面包当作一个幻影——不过是热带海上的海市蜃楼。

重排营地、隔离男犯人期间，他们就把女犯人都关在笼子里。笼子很小，个子高的囚犯在里面根本站不直身子。

戴黑色面罩的看守在笼子间巡视。面罩遮住了他们的面容，但从他们眼周的皮肤可以看出，这些人十分年轻。看守以收押编号的最末两位数字称呼笼中的女人，彼此间则以首字母相称。这样一来，每当高级军官命令看守把这些女人转入别的笼子或送往“顽固分子区”时，那些口令听上去就像在下一盘棋。

不过，看守们偶尔不留神，会以真名相称。这样一来，那群无所事事、只能坐着听声的女囚，就学会了如何区分这些每小时来巡视一次的看守。高个子、蓝眼睛的那个是利利曼；说话带口音的好心人叫伊兹，他曾透过铁条偷偷往笼子里塞瓶装水，但很快就被撤掉了；粗脖子那个——也是最凶狠的一个——是巴德·贝克尔。

过了一阵子，女囚们对他们又有了进一步的了解：她们知道了看守们都来自哪里，他们的孩子和宠物都叫什么名字。女囚们对营区的地形也开始有了模糊的概念，知道这些军人居住在营区外围，在岛屿的另一端。尽管她们身处低矮而空无一物的笼舍中，这些情况根本派不上什么用场，但女囚们依然把它们统统熟记于心，牢牢抓住听来的只言片语，仿佛它们是未经打磨的钥匙坯。

女人们不时会发发牢骚，抱怨这里晒得睁不开眼，或宣称笼子太小，太久没洗的连身囚服气味熏天。要是哪个女人整天怨声载道或大吵大闹，一小队武装看守就会打开笼子，把囚犯拖到“顽固分子区”去。一天后，被拖走的女囚又会回到原来的笼子，不再有任何抱怨。很快，所有的囚犯都停止了抱怨。

☆ ☆ ☆

萨拉特·切斯特纳特相信自己的笼子是朝海的。她能听见海浪拍岸的声音从瞭望塔后、从那片倒伏的芦苇丛之外传来。到了风暴肆虐的季节，天空中浓云密布、电光石火，海浪也会高高卷起，再狠狠地撞碎在布满礁石的海岸上。而在另一些时候，海面又是如此平静，波涛声轻轻柔柔，像一只从容舔食的狗。她在笼子里戴着镣铐，无法站直身体，总是竭力想看一眼海面，却怎么也看不见。

刚进来那几周，她一句话都没说，不管是对看管她的守卫还是关押在近旁的女囚，都一声不吭。看守们把她的沉默看作一种消极抵抗，常常威胁她，要把她送到“顽固分子区”去。而那些女人则被她的少言寡语弄糊涂了，开始猜测她是不是外国人——兴许是个间谍，或是某个被逐出蓝区的叛国者，而她却只顾倾听海的声音。她养着一根折断的肋骨，是那些军人那天晚上在林肯顿逮捕她时弄断的。一段时间过后，胸腔中的疼痛已不再那么尖锐，呼吸也顺畅了不少，但经过几周的坐卧，她的后背和膝盖都开始发炎。为了缓解痛苦，她索性像小孩子一样跪在地上，并一直保持着这个姿势，直到巴德或别的哪个看守命令她起来为止。

她在等死。

她十分确信，那队戴面罩的看守很快就会把她从这儿带走——不是去“顽固分子区”，而是押往某个位于蓝区腹地的法庭。她想象着自己被带上大堂，戴着手铐、脚镣，面前是一排排、一行行义愤填膺、冷嘲热讽的北方人。她想象着自己站在行刑队前，身后是一排年轻的士兵，与那些曾进入坦普尔斯通瞄准镜的人毫无二致。她想象着自己面对他们微微颤抖的双手，微笑着。因为不论他们事后会如何处置她——随便埋在乱葬岗上也好，把尸体焚烧后随处播撒也好——她最终都会回到河流中去，回到姐姐那儿去。

她在笼中等待，死亡的念头支撑着她。

到了第三个月末，女囚们被转入了营地。那些始终顺服的囚犯领到了白色囚服，被分入星期四营，她们在那儿能享受优待，过上集体生活。其他人则被套上蓝色囚服，带往星期五或星期六营，关进单人牢房。

一些女囚还说起了另一个地方，星期日营。她们绘声绘色地描述那里的事，萨拉特觉得那些情节简直像是出自腐朽的中世纪传说，而且她一开始并不相信这地方真的存在。

在星期四营待了几天之后，她第一次被带去“会客”。他们把她领到一个由几座临时建筑组成的小型办公区，那里的房间一律室徒四壁，只在天花板上安着几个摄像头。墙壁全是光溜溜的，都经过加固，且相当隔音。

他们命她坐到一张小小的金属椅子上，椅子旁边是一张金属桌子。她的双手被铐在扶手上，戴着镣铐的脚踝则被铐在地上。看守很快就走了，屋里静了下来。

她独自坐了三个小时，脊背渐渐变得火烧火燎。她想换个姿势，但椅子却牢牢镶在地上，不管她怎么扭动脖子，都无法缓解肌肉的抽搐。

门开了，进来一个大萨拉特十岁左右的小个子女人。她的打扮很像那些在亚特兰大政府机构里工作的女人。她叠起西装外套，把它轻轻放在桌上，随后坐了下来。

“我们很清楚你干了什么，萨拉·切斯特纳特。”她说。

直到这时，萨拉特才恍然大悟，抓她的人对她的所作所为一无所知——不光因为这女人用的还是她早已弃用多年的名字，而且，如果蓝军清楚她犯下了何种罪行，就没有再提审她的必要，她也不必再交代什么。他们什么都不知道。也许他们在得知她造访过“反抗军联盟”总部后，对她产生了某种模糊的怀疑；也许她只是随机卷入了一场清除行动、一次摸底。

“你要是现在就交代——也就是说向我们坦白一切，再告诉我们你那些同伙的名字——我也许还有办法帮你。”那女人说，随后她微微倾身向前，“你还有时间，萨拉。你还有希望离开这里，回到西蒙和达娜身边去。你还有机会做出正确的选择，只要你对我开诚布公。你能对我开诚布公吗，萨拉？”

“我什么也没干！”萨拉特说。

女人闭上眼睛，过了一会儿，她摇摇头，说：“萨拉，我知道你把我当成敌人了，其实我是来帮你的。我在哥伦布的上级可打算把你关一辈子呢，他们想让你一辈子都见不着家人。他们一看到你，只会想到这个……”

女人从她的手提箱里取出几张明晃晃的照片。她把它们往桌上一拍。照片上是一片残骸，属于一辆四分五裂的汽车。萨拉特起初以为那是姐姐罹难的那场事故，但转念又觉得不大可能——画面上是另一个场景，而且那女人似乎并不知道达娜已经死了。她看见那些照片里满是破损的沙袋，还出现了一座检查站的残迹。在其中一张上，重兵把守的北方首府在远处若隐若现。

那女人一定是读出了萨拉特脸上疑惑的神情，于是迅速收起照片。

“我当然明白这不是你干的，萨拉，但我的上级只会想到这个。”她说，“不过我对他们说了：‘给我一次机会，让我去跟她谈。’我看过你的档案，萨拉。我知道你经历过可怕的惨剧。而且我还知道，你不会希望无辜的人——不论是南方人还是北方人——遭遇同样的不幸。”

那女人扭头瞧瞧身后，似乎想确认四下无人。“你知道，我的祖父母都来自亚拉巴马，”她说，“我想，我身上可以说还流着南方的血。我知道这些价值在你心目中意义非凡，萨拉——护弱、言真、为仁，特别是为仁。我想再说回我在哥伦布的上级，萨拉，我希望自己能对他们据实相告，说你并不是什么坏人，你手上并没有沾满无辜者的鲜血。我要是这么对他们说，他们会听的，还会送你回家，让你回林肯顿，和达娜、西蒙团聚。我能帮你，萨拉，不过你也得帮我。”

“我什么也没干。”萨拉特说。

女人脸上温柔的神情顿时退去了些许，刚才舒缓的声音也变得生硬了。

“你知道吗？你包庇的这些人，有些已经被我们逮捕了，”她说，“他们就在这里，在这个营地里，而且已经向我们招认了你的事。他们为了自保，已经背叛了你。你想眼看着他们重获自由，自己却在牢里了却余生吗？”

“我什么也没干。”萨拉特说。

“阿尔伯特·盖恩斯向我们告发了你。”女人说。这个名字让萨拉特不由得心头一紧，但她什么也没说。

“没错，”女人接着说，“阿尔伯特·盖恩斯把你放弃了。他跟我们交代了，说你是个造反分子。你想让我们相信他吗，萨拉？你希望我们对你用上对付造反分子的手段吗？”

“我什么也没干。”萨拉特说。

女人又摇摇头，站起身：“这事可以很简单，萨拉，也可以很复杂，全都取决于你。”

“我什么也没干。”萨拉特说。

女人走出房间。很快，进来一个蒙面看守。他还没摘下面罩，萨拉特就凭借那副体格和那个粗脖子认出了他。有些看守行事谨慎，从不在囚犯面前露脸，但此人却似乎毫无顾忌。他凑上前来紧盯着她，凹陷的双眼带着鄙夷的神情。

她还没来得及转过脸去，就挨了他一耳光。她的头猛地一偏，身体却被绑在座位上动弹不得。

“你个装聋作哑的红党假小子，”巴德说，“我们会让你放声歌唱。”

他又叫来四名军人。他们都戴着蓝色手套和面罩，体形被身上的盔甲放大了一圈。

“把她带到‘光室’去。”巴德说。

她被带到另一栋建筑的地下室，关进一个房间。这个混凝土斗室空空荡荡，只在地上镶了两个锚桩。锚桩对面的墙上，安着一组硕大的射灯。

看守把萨拉特的手腕铐在脚踝上，然后又一同铐在地上的锚桩上，这样一来，她只得深蹲在地上，动弹不得。看守们离开后，房间沉寂了片刻。接着，伴随着一阵嘈杂的流行电音，射灯亮了，整个房间淹没在一片令人魂飞魄散的白光里。

萨拉特闭上双眼，白光在她眼皮里化作炽热的红光。她低下头，有那么一会儿，强光的冲击似乎变得可以忍受了。但很快，屋里开始升温。她开始汗如雨下，膝盖不堪承受身体的重量，火辣辣的。

到了第三天，门开了。一个戴面罩的看守走上前来，把一碗食物和一碗水丢在萨拉特近旁的地上。碗是软橡胶做的，落地时里面一半的食物都被泼洒在地上。看守随即离开了，砰地带上了门。

其中一个碗里装着清汤寡水的黄褐色燕麦粥，上面零星地漂着白色的碎屑。萨拉特双手被缚，只得艰难地凑近食物。她用手指捏住碗，身体尽可能前倾，然后无力地把食物喝进嘴里。燕麦粥有股硫黄味，味道糟透了。但她依然狼吞虎咽，因饥饿而疯狂。不一会儿，她的连身囚服上就沾满了食物，地上也洒得到处都是。在射灯的炙烤下，燕麦粥开始蒸发。卫兵隔天就会进来一次，每次都扔两个碗在地上。

到了第十天，她感到脑中嗡嗡作响，膝盖发麻，简直难以忍受。她的尖叫声响彻房间，而当她睁开双眼，眼前浮现的似乎仍是闭眼时那片殷红的暗影。第 20 天，看守带走了她。

到了“会客室”，那个身穿伏贴西装的女人问萨拉特有没有改变主意。

“我什么也没干。”萨拉特说罢，跌坐在囚椅上。

女人起身走出房间。很快，巴德又回来了。萨拉特的视力已经严重受损，在她模糊的视线里，巴德似乎在飘来荡去，看上去朦朦胧胧，像一个快被遗忘的梦境。他揪住她蓬乱的头发。被捕后，她曾经的光头上又长满了头发。

“你以为这事最后会怎么了结啊？”卫兵问道，把热烘烘的鼻息喷到她的脸颊上，“你以为你最后能赢？我们会放弃？我敢向你保证，你一定会放声歌唱。”

他放开她，又叫来几个看守。“带她到‘音室’去。”他说。

☆ ☆ ☆

不必“会客”的那几个月，萨拉特住在星期六营的一间牢房里。牢房呈正方形，她站在中央，伸开双臂，手指就能扫到四面墙壁。墙是混凝土浇筑的，涂了奶油黄的漆。牢房两侧，各有一张金属折叠床和一个金属马桶，此外别无他物。屋里始终亮着一盏顶灯，让人不辨昼夜。失去了日夜（随后是季节）的循环，人只能依靠唯一的标志来判断时间：那就是门外看守的脚步声。

看守们时刻都在星期六营的走廊上来回走动。萨拉特牢门上的监视窗每隔三分钟就会打开一次，一双眼睛会出现在窗口，查看房间，随后监视窗又会关上。一段时间之后，走廊上开关金属监视窗的声响形成了一种节奏，据此，萨拉特能判断出一天的起始和终了。后来，她默默记下了每双窥视的眼睛，在心里给他们安上了名字。

有时，附近的牢房里会传来尖叫声；有时，女囚们会等着监视窗打开，伺机往看守的眼睛里扔一把屎尿。随后，不出几分钟，一小队蒙面看守就会冲进袭击者的牢房，把尖叫着的女囚连拖带踢地投入"顽固分子区"。一周后，女囚会回到原来的牢房，从此不再发出任何杂音。

萨拉特隔壁的女囚叫埃琳娜，来自密西西比，已经精神错乱。她会贴着水泥墙跟萨拉特说话，那些话语传入萨拉特的耳中时是如此清晰，简直怀疑那是她自己的大脑在酷刑折磨下产生的错觉。

埃琳娜说，她自出生就在这里，生来就被囚禁于此，因为她一来到这世上，蓝军就认定她是个恐怖分子。她说糖面包曾一度坐落在一片开阔的露头高地上，没有牢笼，也没有围墙。她还唱起歌来，歌词里唱的是短吻鳄、沼泽和会说话的啮齿动物。

在卫兵的脚步声和女囚的惨叫声中，萨拉特聆听着邻居的话语，就像聆听自己的呼吸——被动而不假思索。不过在另一些时候，那是她唯一能听到的声音，它提醒她还活着。

萨拉特偶尔会隔着墙壁跟那个微弱而轻柔的声音对话，这时，她会编些故事。埃琳娜问她从哪儿来，她就回答南卡罗来纳，然后精心编织了一个谎言，讲述自己如何逃过那场席卷全州的瘟疫。她喜欢在那个看不见的邻居面前胡编乱造，也乐于看到邻居似乎对她深信不疑。在最可怕的几次"会客"之后，当她经历了数周的折磨，带着痛苦的幻觉回到牢房时，躲进这些纯属虚构的经历中，能让她略感宽慰。

但是，她还是拒不认罪。

“会客”并无规律可循——有时，那个穿伏贴西装的女人几个月都不来见她，萨拉特还以为审讯终于结束了；有时，那女人却又仿佛住在岛上不走了，几乎每天都会提审萨拉特。她被独自关在“音室”或“光室”里，一关就是好几个星期，这种折磨麻木了她的感官，以至于在她眼中，一臂之外的世界都化为一团糨糊，难以分辨。她被长时间地铐在地上，那种姿势渐渐地磨损了她的膝盖骨，并把她的脊柱拧成了一道疼痛的弯弓。

即便如此，她还是拒不认罪。

☆ ☆ ☆

在岛上的第三年，萨拉特参加了一场绝食抗议。埃琳娜说，每个营区的女囚都参与进来了，她们拒绝一切食物，只喝水。她说女囚们已经绝食好几周了。她还说有人因此而死——这是一种自杀行为，一种看守们称为“失调”的行为。

她说，女囚们有一系列的诉求，如要求允许亲友探视，允许她们从红区聘请律师。单人牢房的女囚要求到操场上放风，见见太阳。其中最重要的是重获自由。还有一项什么要求，萨拉特没怎么听明白（她猜也许是索要某种药物或经书）。

萨拉特没有诉求。向自己的囚禁者索求优待，在她看来可谓匪夷所思，就像要求蝎子别去蜇人。沉默是他们无法从她手中夺走的唯一武器。为一些无望的诉求打破沉默，对她而言是一种极端懦弱的行为，相当于默认糖面包里那些残暴的行径还遵循着什么法律。

正是因此，她拒绝见那些所谓的人道主义联络官。他们每隔几个月就会空降营区，脸上挂着一副不屑一顾的表情。

也正是因此，她往那个身穿伏贴西服的女人脸上啐了一口唾沫，还撕毁了他们唯一允许她读的书，把涂满大便的书页糊在监视窗上。

同样，正是因此，萨拉特没有任何诉求。

相反，她只是单纯地拒绝进食。饥饿让她从折磨她的人手中夺回了主动权，把它牢牢掌握在自己手中。饥饿让她获得了力量和掌控。

绝食一周后，她饿得头昏眼花，被看守送进了医务室。

她被带进一个房间，里面有高高的白色天花板。黑色的帘子挡住了窗户，遮蔽了阳光。房间里的味道，萨拉特并不陌生——是医用酒精的味道，她想起最后一次见到姐姐时的情景。

房间中央有一张床铺，摇到牙医椅的高度。旁边的一张金属小桌上，摆放着一排皮下注射器、一卷橡皮管、一盒一次性手套，还有两袋透明液体。

看守们把她架到床上。她感到皮带绑住了自己的手腕、脚踝和胸膛。她被绑得动弹不得，只得盯着空荡荡的天花板。

她看见一名军人站在她身旁的那张小桌前。尽管他身穿白大褂，脖子上还挂着一副听诊器，但她知道他是军人。他解开橡皮管，固定在其中一袋液体上，把它挂到一个金属支架上。她用余光瞥见他开始向橡皮管一端注入一种亮晶晶、黏糊糊的物质，不过看守巴德很快阻止了他。

“那个不必，”巴德说，“她是个健壮的姑娘。”

随后，他们开始给拼命挣扎的萨拉特强制进食。她眼前的白色天花板上渐渐布满了金星，病床在摇撼，她感到卫兵们用手按着她，试图阻止她挣扎。流食酸涩的后味涌上她的喉头，又从她的嘴里溢出。她仿佛在品尝自己的内脏。

喂食进行到一半，一阵风吹来，把黑色的窗帘掀开一条缝。

一束阳光闯进房间。萨拉特闭上眼睛，感受温暖的阳光掠过自己的趾尖。她依稀听见从很远的地方，传来了孩子们嬉戏的声音。

☆ ☆ ☆

1 月，一场持续三天的风暴扫荡了这座岛屿。雨点吧嗒吧嗒地落下，听上去像某种巨大的昆虫在监狱的墙壁上爬行。女囚们尖叫着蜷缩在自己的单人牢房里。

风暴为萨拉特免除了每日例行的进食，再次降临的饥饿感俨然一种恩惠。第四天，她的牢门开了，巴德走了进来。他照例带了一队看守，但他让他们都等在外面。他关上了身后的牢门。

他人还没出现，她就知道是他，走廊上的脚步声表明了他的身份。按理说，她对这人本该一无所知，但她却常常惊异地发现自己对他竟了如指掌——她熟悉他咒骂她时涨红的脸，仿佛惹得他暴跳如雷的是他自己的声音；还有他每次说谎时，上唇会微微上提，做出一副厌恶的神情。她了解他，就像动物了解天气。通过捕捉他一颦一笑中的玄机，她能判断即将到来的风雨是温柔还是暴戾。

但今天，她看不透他。他凹陷的双眼中，透出一种镇定。他脖子上的青筋也不再暴起。在他精壮的脸上，她读到一种表情，像圣诞前夜的孩子那样迫切、激动、充满期待。

他在床上坐下，萨拉特本能地后退。她嗅到了他身上那股军营早餐的味道，一股子油炸味。他望着床边地上的一摊东西，那是萨拉特上次的呕吐物，它已经风干，成了一片沙色的碎屑。他笑了。

“告诉我，你相不相信印度教那些鬼扯？”他说，“这儿的图书馆里有本书，写的就是这玩意儿。有天晚上我实在闲得慌，就拿来读了。你相不相信他们说的，什么你这辈子要是净干坏事，那下辈子投胎就会变成蛤蟆或蚂蚁？我是说，我见过你是怎么对待我们给你的那本《圣经》的，知道你不是基督徒，所以我想你也许会相信这种东西。”

萨拉特一言不发。巴德握起拳头，指节爆出脆响。她在等待他涨红脸颊，暴起青筋，她已经做好了准备，打算躲进遥远的幻想中去。

“这事儿我已经琢磨好一阵子了，”巴德说，“因为我总觉得自己上辈子肯定干了什么伤天害理的事——烧过孤儿院之类的，所以才会沦落到这儿，成天给笼子里的畜生当保姆。”

门上的监视窗开了，一个看守朝里看，巴德挥手把他打发走了。那一刻，萨拉特真想猛地扑向他那汗渍渍的脖子，用牙齿深深咬进他的皮肤。但她的身体太虚弱了，已经无法执行头脑的想法。所以，当他再次转向她，把手搭上她的膝头时，她想冲他吐一口唾沫，但嘴里只是徒然无力地流出些白沫。

“不过你瞧，我还是有理由认为自己上辈子不至于太坏的，是不是？”巴德说，“我肯定不至于太坏，要不然，我这辈子就该变成你了。”

他轻拍她的膝头，随后站起身来。

“还记得你刚来那会儿吗？”他问，“记不记得你总像条狗似的，使劲把脸往笼子上凑，就想看一眼水面？好了，萨拉·切斯特纳特，你猜怎么着？我们要带你下水了。”

☆ ☆ ☆

看守把她押到另一个地方，进了一栋她从没见过的小楼。楼身刷了白漆，上面没有任何标记。小楼位于一片营区边缘，营区用围墙和路障隔离，与星期六营类似，不过要小得多。营区处在岛屿边缘，进楼时，萨拉特能听见远处波涛拍岸的声音。

他们把她押进一间屋子，里面没有窗户，一盏老旧的战前白炽灯投下刺眼的光晕，照亮了房间。低矮的白色天花板上垂下一根绳子，灯泡就挂在上面。

这里跟强制进食的房间一样，中间也摆了一张床铺。来的还是同一批人：穿军服的看守和穿白大褂的军人。不过这回站在床边的换成了穿军服的人，穿白大褂的则站在房间一侧。萨拉特望过去时，他们避开了她的目光。

她再次被绑在床上。尽管并没看见平时床边桌上的那些用具，但她还是闭上眼睛，等待喂食。然而，她却感到有人把一块软布蒙在了自己脸上，随后，她听见了一个声音，是那个穿伏贴西装的女人。

"要是你想让我们停下来，萨拉，"那声音在她耳畔低语，"你就得配合。"

那声音消失了，房间里一片寂静。接着，萨拉特溺水了。

水流涌动，无穷无尽。

她在生死之间徘徊，感到身体不再属于自己。一波一波的光和热将她包裹，她的心在恐惧和惊骇中抽搐。水流吞没了她，死神却迟迟不肯降临。

凭借这种手段，她的囚禁者终于攻破了她的防线。

为了不再受水刑折磨，她承认了他们加在她头上的一切罪名——她承认自己与人串通，参与了形形色色的暴力反抗活动，其中许多罪行她根本闻所未闻。她承认自己在新第四病室社区参与谋杀了三名监军线人，还承认参与了哥伦布市郊的一起汽车爆炸案。他们问她认识哪些造反分子，她就交代了所知的一切。当他们问起她不知道的事，她就编造出足以乱真的谎言。穿伏贴西装的女人把一大叠书面口供放在她的面前，她就在每一页都签上名字。

为了不再遭受水刑，再离谱的妄语她也能言之凿凿。

☆ ☆ ☆

随后几个月，她的日子轻松了不少。渐渐地，她获得了一些过去得不到的稀缺小件——几盒肥皂和香波，《圣经》之外的书籍，用来遮挡头顶灯光的黑色眼罩，蜘蛛毒制成的止痛药——可以缓解她膝盖和背部的刺痛。每天，她被带到操场上放一个小时的风，她总是躺在墙根下温暖的水泥地上沐浴阳光，像家猫一样心满意足。对他们送来的食物，她照单全收，狼吞虎咽。食物热量极高，寡淡无味。很快，她的体重开始飙升，因为牢里实在无事可做，成天只能枯坐、进食。但她依然把所有食物吃得一干二净，这样他们就不会再给她强制喂食了。

隔周的周五，卫兵会进来给她剪指甲、修头发，这时，她会乖乖坐着，任他们摆布。而他们在到来之前的那个周四，她会趁指甲还长，将手指深深地掐进大腿内侧，直到渗出温热的鲜血。那些看守尽管每隔五分钟就会查看她一次，却都以为她在手淫，于是也就随她去了。

第二年夏天，看守们换了岗，巴德彻底离开了——但当埃琳娜隔着墙壁低语，告诉萨拉特这个消息时，她全然无动于衷，因为那个粗脖子的看守已经谋杀了她的灵魂，从前的那个女孩早已不复存在。

白天化作黑夜，黑夜化作白天。一晃数年。

☆ ☆ ☆

距离她最后一次“会客”已经过去许久了。一天，两名看守来到萨拉特的牢房，把她带到她认罪的那栋旧楼里。在走廊上，她认出了这个地方，但感到这里变得颓败、凋敝。桌椅上都蒙着一层灰。墙上贴着一张陈旧的手写提示：使用后请清理。

他们再次让她坐下，但这次看守并没有把这名女囚的镣铐锁在地面的锚桩上。士兵们退出了房间，不久，进来一个萨拉特从没见过的女人，她很年轻，穿着正式的衬衫套裙。

见到这名新的访客，萨拉特被一阵充满寒冷的恐惧攫住了。她盯着那女人，一言不发，一动不动，暗自下定决心，如果他们又要带她去那个小白房间，她就撕裂自己的咽喉，免得再被绑到水刑椅上。

女人坐下来，把一个简易的文件夹放到桌上，开口道："萨拉·T. 切斯特纳特？"

萨拉特没有回答。

"你是萨拉·切斯特纳特吗？"女人又问，"这是你名字对吧？"

萨拉特点点头。女人从文件夹里取出三小叠装订过的纸。

"萨拉，我叫加布丽埃尔，"女人说道，"我是哥伦布和平办的遣返专员。我希望你能认真听我接下来要向你交代的事情——你在听吗？因为这非常重要。好吗？"

萨拉特又点点头。那女人的嗓音十分悦耳，抑扬顿挫，适合给孩子们做讲解。

"我需要你浏览这三份表格，并在上面签字。"加布丽埃尔说。她话音未落，萨拉特就开始签字。

"等等，慢着，让我告诉你这些都是什么，"女人说，"仔细听着：第一份是和平办的声明。说美利坚合众国政府将你作为疑似反抗分子拘捕和暂时羁押，是出于良好的意愿。然而，导致这一行为的消息来源，目前已被政府判定为不足以采信。上面还说，经过审核，你的状态已变更为'丧失战斗力'。第二份是免责协议，涉及美利坚合众国政府旗下的所有机构，且永久有效。

第三份是一份郑重声明，要求你保证未来不会参与任何针对美利坚合众国政府机构及其所有成员、代表的行动，或为这些行动出谋划策。”

萨拉特瞅瞅那女人，又瞅瞅表格，再瞅瞅那女人。

“你们想让我做什么？”她问。

那女人在桌上俯下身子，握住萨拉特的手。

萨拉特对陌生人肌肤的触感是如此生疏，她对无关暴力的碰触是如此生疏。

“萨拉，战争结束了，”加布丽埃尔说，“你要回家了。”

萨拉特听见了这些话，却无法领会其中的含义。女人又重复了三遍，直到萨拉特终于推开她的手，离开椅子，躲到房间一角。萨拉特在墙角跪下，蜷成一团，像个胎儿，拒绝面对那女人，也拒绝听她说话。很快，恼怒的加布丽埃尔离开了房间，看守再次进来，把萨拉特拖回了她的牢房。

几天后，他们又带走了她。但这次，他们没把她带进任何一栋“会客”楼，而是送到了停机坪。她同另外14名女囚一起，被押上一架飞机。在清晨灼烁的阳光下，她们显得憔悴而又迷惘，上飞机时也没有互相交谈。

飞机很快起飞了。透过狭小的舷窗，萨拉特向外张望，看见自己曾经住过的囚牢置身于一片无边无际、金光闪闪的蔚蓝中央。她的视力严重受损，已无法分辨小飞机身下的地形。但她对自己身在何处心知肚明：自己正处在海浪拍岸的佛罗里达海上空，海床上布满厚厚的海藻，水中遨游着一群群两眼昏花的狮子鱼。尽管她看得并不真切，但这一切却无比真实。

飞机掠过海面，降落在陆地上。

萨拉特要回家了。

奠定基业：一名前南方招募人员的日记
（节选）

有些招募者会使出各种邪招。我认识一个人，会在大半夜把他们带到某个不毛之地，让他们躺进敞开的坟墓。他会对他们说："这就是你的归宿，困在漆黑的地下，永世不得翻身。除非你愿意为同胞的事业而战。上帝会保佑那些为同胞的事业战斗的人。"这招只对南部沿海那些穷途末路的人管用，能让他们套上"农人工装"，但很多聪明的家伙一眼就能看穿这种把戏。

我发现，最行之有效的办法，就是在真相中掺杂一些谎言。我的做法是向他们讲述蓝军那些骇人听闻的暴行——给他们看各种照片，像伯利森燃烧弹轰炸和佩兴斯大屠杀的受害者之类的。但与此同时，我会给他们讲述普莱森特里奇[1]那场大屠杀。可笑的是，在我为南方反抗军效力的这些年当中，没有一个招募对象有心去核实普莱森特里奇是否真的有过这样一场大屠杀。他们只是想当然地认定确有其事。蓝军对他们的同胞犯下了这么多罪行，这为什么不是他们干的呢？一段时间之后，就连我也记不清普莱森特里奇是不是真的有过一场大屠杀了。

这样一来，我们后来被蓝军逮捕审问时，撒起谎来也比较容易。他们想要名字和罪行，我们就两样都成批成批地往外吐。我

1　普莱森特里奇（Pleasant Ridge）为美国堪萨斯州波尼县下属的城镇。

认识一个人，直接把他以前在军营里共事过的人全供出来了。一周后，突袭纵队就抓来一批会计、厨子和日用品库管。

最终，蓝军积攒了太多不可靠的信息，只得释放了所有人。但这事就像一条咬尾巴的贪食蛇——等他们终于反应过来，准备释放所有在押人员时，那些囚犯恰恰已经变成了他们起初想逮捕的危险分子。我始终认为，糖面包监狱是南方有史以来最得力的招募者。

PART 4 | 2095.01

佐治亚州

-

林肯顿

1

我依然记得第一次见到她的那天，她闯进我生活的那天。

在我家领地的边缘，有一道铁门，就立在公路和我家车道交会的路口上。妈妈在得知自己怀孕后请人竖起了这道门。她还请来一些工人，在防波堤的墙根上又浇筑了一层混凝土。她甚至还让他们在房子周围也立了一小圈尖木栅栏，用这道设施把我们与温室以及领地上的其他区域隔开。爸爸说这是小题大做，宝宝又不是玻璃做的。但妈妈，这个曾以为自己再也不会有机会做母亲的女人，依然坚持己见。爸爸说，有时她会整夜整夜不睡，设想着命运与恶魔将怎样串通一气，夺走她唯一的孩子，直到天亮。

那两扇门上，装饰着卷曲盘绕的铁花，关起门来，两扇门上的花纹就会拼出一个菠萝的轮廓。门边立着一个旧式邮箱，是件陈年古董，属于那个还有政府邮政的年代。邮箱上立了个木质的装饰牌匾，上面写着：卡琳娜和西蒙·切斯特纳特。

有一回，爸爸犯了迷糊，把车开到大门时忘了按铃，结果一不小心把车子撞在门上。后果并不严重——他从来不会开得太快——我们没有受伤，但自那之后，我的妈妈就叫他别再开车出去了。爸爸大多数日子里都状态不错，如果只拉拉家常的话，你根本就不会察觉他曾有过怎样的经历。但妈妈说，那团迷雾说不准什么时候就会回到他脑中，把他从现实中拉出去。就连健康的头脑，也有糊涂的时候，更别说受过伤的了。反正这事就是说不准。

一楼的客厅里有个蜂鸣器，大门一开就会响。妈妈实在受不了那种尖锐的声音，不久前让人把铃声改得稍微悦耳了些，变成两声钟鸣伴着一阵轻柔的沙沙声，像微风中婆娑的树叶。陌生人到来的那天夜里，我听见了那两声钟鸣，我爬下床，奔到楼下。

爸爸站在门口的台阶上。车道在我家房子门前绕了个圈，把妈妈的玫瑰园围在中间，那些玫瑰是淡粉色的。许多客人都说，这些花在整个南方都绝无仅有，是庇佑切斯特纳特一家的神力让它们得以存活。

我站在爸爸身旁，望着开来的车。时值隆冬，我当时六岁。这一切，我都还记得。

“你该睡了，”爸爸说，“你再不睡，明天该让妈妈不省心了。”

但我不断央求，他也无暇争辩，注意力完全被渐渐开近的车和新来的客人吸引了。我躲在他背后，偷偷往外看，对这个已经让我的父母争执了好几周的陌生人满心好奇。

车停在屋前。柏油路是新铺的，轮胎压在上面，发出嘎吱嘎吱的声音。妈妈下车时，显得心力交瘁。

我之前见过她这副模样——那是在上一年冬天，“齐尼思”风暴席卷了这里，摧毁了温室。我家的房子是用精细的红砖砌成的，经受住了风暴的考验，但整个领地上却布满了碎玻璃碴儿，太阳能板也被破坏得扭曲开裂。妈妈连续奋战五天五夜，与工人们一道修缮受损的设施。我还记得当时她脸上那种精疲力尽的神情。在那些时候，我会感到她其实也暗自希望爸爸的身子不那么虚弱，能帮她分担些家务；或许还会希望他的心智能恢复得更好，不光会与人愉快地交谈，还能把要紧的事记在心里，不再堕入那种云里雾里的状态。有时候，要是我不愿睡觉，或是跑到院子里的禁地玩耍，妈妈就会呵斥我。那似乎是一种双重发泄，一是为了斥责我；二是因为她十分气恼，因为每次都得由她一个人来呵斥。

右侧的车门开了，下来一个虎背熊腰、躬腰驼背的身影。她是如此魁伟，身躯遮蔽了车道上的路灯，一时间，她在我眼中就像一堵有手有脚的黑墙。

“欢迎回家，萨拉特！”我的妈妈说。

陌生人缓缓走到灯光之外。我的爸爸走下前廊，显得困惑不已，双眼眯成一条缝，似乎竭力想看清远方的什么东西。

“西蒙，看在上帝的分上，”我的妈妈说，“你难道不记得你妹妹了？过来抱抱她。”

我的爸爸走上前去，拥抱了她。她感到他的双臂环绕着自己，于是浑身紧绷，也没有回抱他。爸爸松开她时，泪水涌上了眼眶，但那个陌生人却用一种我从没见过的目光瞧着他。她的眼神中，有一种暴虐的殷切，仿佛记起了某件曾经充满柔情、如今却已面目全非的东西。她望着他，仿佛他的脸是一副石膏面具，是她在改头换面之前比照自己的面孔铸造的。

我跑上前去，想凑近瞧瞧我们的客人，却又害怕地躲在妈妈的裙子后面不敢出来。

“本杰明，这是萨拉特，”她说，把我从身后拽出来，“她是你的姑妈。”

我注视着面前这个小山般的女人，惊得说不出话来。我见过一次她的照片，照片上的她应该只有十来岁，瘦削、光头，脸上挂着邪魅的笑。跟我面前这位简直判若两人。这女人身形肥胖，肚子绷在脏兮兮的灰色T恤里，而且不只如此，她身上的一切似乎都太大了——四肢活像粗壮的树干，鼻子又扁又宽。

我听说她是爸爸的妹妹，甚至还不到 30 岁——但她却比他显老，甚至比我的妈妈还老。我那时还小，以为人只有三种年龄——跟我一样幼小，像我的父母一样成熟，或者特别特别老，像我北方的外祖父母，还有那些来拜访我爸爸的黑衣老妇人一样。但这个女人无法归入任何一类。

妈妈把我推到客人面前。我等着她把我举起来——像其他客人那样抱我、捏我的脸蛋。到这所房子里来的客人，很少有不给我带礼物的，那些穿黑衣服的老妇人——喊我“奇迹中的奇迹”——时常把我拉到一旁，往我手里塞崭新的百元大钞。但这个客人什么也没做。我不知所措，只好抱了抱她的腿。

她一动不动地站着。

“他早该上床睡觉了，”妈妈把我抱起来说，“我得带他上楼。进来吧，萨拉特，进来。”

客人却环顾着这所房子，仿佛它是用荆棘修筑的。

“这是谁家的房子？”她问。

“是我们的，萨拉特。”我的妈妈说，“是你的。后来光景好了些，我们就把老房子拆了，几年前的事了，就在……”她顿了顿，“快进屋吧。”

但萨拉特却朝另一个方向望去，她的目光停留在领地东侧，那边，在三座温室和过去那间木屋背后，有一道蜿蜒的防波堤向南延伸。

“这堵墙怎么会在这儿？”她问。

“你是说防波堤吗？那是我们 2091 年左右修的，”我的妈妈说，“以前河水一年会泛滥三四次，总是冲毁温室。”

“河根本不经过那儿，”客人说，“那边离河岸还有 10 英里呢。

我过去老在那儿散步。”

“萨拉特，河会改道的，”我的妈妈说，“那片地早被河水淹了。”

我似乎看到她脸上闪过一丝剧痛，但转瞬即逝。

她似乎完全瞧不上我们的家。别人都说，整个北佐治亚都没有比切斯特纳特家更精美的宅邸了，她却全然视而不见。

“我们给你准备了个房间，”我的爸爸说，“是个漂亮的房间。”他看看我的妈妈，妈妈点了点头。

“没错，房间很棒。”妈妈说，“我想你会喜欢的，萨拉特。从那儿能看到河，跟你从前的房间一样。”

一听到“河”字，客人的身体似乎轻微地收缩了一下，仿佛这个字触发了她体内深藏的某种防御机制。我那时还不知道水曾给她带来过怎样的折磨。

她指指那间老旧的木屋，说：“我要住那儿。”

“萨拉特，”妈妈央求道，“那里面什么也没有，只有废弃的玻板和用剩的木材。快进来吧。”

“我住那儿就行了。”

我看见妈妈瞧着爸爸，而爸爸丝毫不认为客人的要求有什么离谱。我拿不准他究竟是听见了这话，还是又神游到九霄云外去了。

“行吧，萨拉特。”我的妈妈说，“你怎么舒服怎么来。我们会把那张空床从地下室里搬出来，再给你拿点床单什么的。”

“不用，”她说，“现在这样就行。”接着，她就穿过玫瑰丛，走进那间木屋。我以前只知道那是园丁用来存放割草机的地方。

我观察着她的步态。她膝盖僵直，拖着步子，几乎连脚都不抬。她让我想起了我养的乌龟，它每迈出一步，都仿佛一个痛苦而审慎的壮举。我想整晚不睡，弄清她究竟会不会在那座歪歪倒倒的破旧木屋里歇息，但无奈妈妈叫我赶快回床上去。

我的房间面朝玫瑰园和车道。从我屋里向外望，看不见房子东面的木屋。妈妈总是把我的卧室窗户关得严严实实的，我在里面只能隐约听见嗡嗡的太阳能板和潺潺的流水的声音。但我还是躺在黑暗中聆听。我家这位客人进屋后不久，里面就传来一阵剧烈的咔咔声，整座小屋仿佛都要倾圮了。

终于，我听见父母在低声争执。我一个字也听不清，但能听出两人在争吵——有些话语尖刻刺耳，都是从我妈妈的嘴里说出来的。据我所知，爸爸从来都是平静安详的，不论遇到什么样的情况，他都始终稳如泰山。别的大人对待他的方式——要么同情心泛滥，要么颇不耐烦——让人感到他似乎不该是现在这个样子，他好像哪里出了问题，身体机能经历了某种深刻的衰竭。但在我看来，他只是和善罢了。

我听见妈妈下了楼，听见前门开了又关。

☆ ☆ ☆

多年后，她的信件带我寻访了她记忆深处的那些角落，我借助她留下的字句，才得知在自己亲眼所见的事实之外，还发生了什么。读完她的回忆录，我获悉了姑妈深藏的所有秘密。有些人注定要继承某种可怕的遗赠，某种自出生起就潜藏在他们血液之中的顽疾。

知情与理解，就是我命中注定的顽疾。

☆ ☆ ☆

我的妈妈朝木屋走去。她进了屋，看见我们的客人正在连撕带扯地拆卸地板。

“你这是做什么，萨拉特？”

“我想睡在土上。”她说，“回屋去吧，卡琳娜。”

“那好吧，没问题。”我的妈妈说，“需要帮忙吗？我想我们在哪间温室里还有一根撬棍。”

“我自己能行——你进屋去吧。”

拆下来的地板靠在墙边，我的妈妈用手指捋着木板背面。木板脏兮兮的，在土壤中浸润多年，被染上了一层淡绿。

“你还记得你们刚把我雇来打点老房子那会儿吗？”我的妈妈说，“你让我坐下，一条条给我讲你为我列出的禁忌：‘禁止靠近木屋，禁止靠近地窖，禁止打开船上那些小伙子送来的盒子，禁止在达娜小姐睡着时把她吵醒……’”我的妈妈顿了顿，接着说，“总之呢，在你终于说完之后，我简直不知道还有什么是我能做的。你唯一没禁止我做的，就是照顾你那个哥哥。我想，自那以后，我就没有干过别的。”

跪在地上的客人抬起头，问：“那还是他吗？”

“你不必这么说，萨拉特。”

“那还是他吗？”

“他好多时候状态都挺不错的。”我的妈妈说，“好多时候都很好，你根本想不到有多好。有时候他会稍微犯点迷糊，忘记刚发生的事，有时候他会记不起来过去的事。但他并不是……他很好。”

客人直勾勾地盯着我妈妈看了一会儿，随后又拆起地板来。

☆　☆　☆

我第二天早上醒来时，她还待在她的屋里。我坐在厨房门外的台阶上等她出来，对昨晚所见的身影将信将疑，以为那不过是一个诡异的梦境。我的父母在屋里，坐在厨房操作台前。

“这都快中午了。”妈妈说。

“让她睡吧，卡琳娜，”我的爸爸回应道，“这是她七年来第一次在那之外的地方过夜。”

“我不是担心她睡过头。你怎么知道她没有……”妈妈瞥见了台阶上的我，“你怎么知道她没做出什么事来？”

爸爸站起来，吻了吻妈妈的额头。我知道妈妈受不了爸爸这样，特别是在吵架的时候，好像不管她要说什么，这个吻都可以抵偿。

“她需要时间。”他说。

“成吧，”妈妈回答，“但我不会再做一份早餐了。不管她这会儿起来还是半夜起来，她都得吃这个。”

橱柜上放着一只盘子，里面盛着一摞煎蛋，妈妈在我家那排编过号的温室边上建了个鸡舍，这些都是刚从里面收来的新鲜货。此外，盘子里还盛着 6 号温室出产的芦笋和几片货真价实的弗吉尼亚培根。

“说得有理。”爸爸说，“我不是要你等她，不过你应该把她当自家人。”

“这话没道理。”我看出妈妈开始恼火了。她不耐烦的时候有个习惯，爱把大拇指深深抠进别的手指里。“我都嫁给你了，不是吗？她本来就是自家人。”

爸爸没想到这会惹妈妈生气，于是有些退缩。他早上通常都是最清醒的，最不容易忘事或重复同样的话，但他时常无法预料别人听了自己的话会有怎样的反应，因而十分苦恼。

“我去端给她吧。”我踏进厨房说。

我的父母瞧瞧我，再瞧瞧对方。

“行啊，为什么不呢？”爸爸说，“她是你姑妈，去吧。”

我郑重其事地接过盘子。厨房操作台的大理石台面上有乳白色的花纹，我那年蹿了点个子，刚好能够到上面的盘子。出门前，我从罐子里取出一块燕麦饼干放在盘子里。我不确定这点食物是否能满足那个庞大的身躯。

到了木屋，我发现门虚掩着。我挤进门缝，用胯顶开门。屋里，尽管阳光已经透过木板间的缝隙渗了进来，但那只战前式样的旧灯泡依然亮着——我能感觉到它的热量。空气中弥漫着尘土和樟脑丸的味道，还有新翻的土壤散发的潮气，以及她的气息。

她还睡着，问号似的蜷成一团，在裸露的土地上占据了一个角落——仿佛夜里，趁她熟睡，整座木屋都悄悄后撤了。她在打鼾，右手的大拇指微微地痉挛着。

把盘子放到工作台上时，我尽量放慢动作、轻手轻脚。她把一只陈旧的黑色工具箱从架子上取了下来——在它长年闲置的位置，灰尘勾勒出的轮廓依然清晰可见——里面的工具散落一地：一把螺丝刀、几把钳子，还有一把折叠刀。折叠刀有着黑色的铝制刀柄，上面刻着个英文缩写，我不知道其中的含义，刀刃上残留着几缕头发。

看到那把刀，我怔住了。在家里，妈妈绝不允许我靠近任何带锋刃的东西，连钝得像只能切肥皂的黄油刀都不行。但这个发霉的旧木屋却给我一种别样的感受，仿佛这里是一个狂野的国度，自成一体，完全不受我妈妈的那些禁令约束。我盯着工作台上那把锈迹斑斑的刀，看得入了神，甚至没注意到鼾声已经停止了。

我听见一个声音，仿佛有人骤然深吸了一口气。我扔下刀子，回头一看，发现她已经站起身来——我根本没想到这样庞大的身躯移动起来竟能这么迅速。

她迈出一个箭步，但不是扑向我。她就像一只受惊的猎物，飞快地躲进另一个角落，尽可能远离我所在的位置。她使劲往墙上退，因用力过猛而撼动了整间木屋，我甚至以为这间破屋马上就要倒下来压在我们身上了。

我有些怕她，也很想撤到门边，但某种力量却把我留在了原地。我看到她的胸膛一起一伏。她看我的眼神，就仿佛我的手脚都是毒刺。

“早餐！”我脱口而出，“我给你送早餐来了。瞧啊，瞧啊！”

我指了指工作台上的餐盘，但她并没有把目光从我身上移开。

慢慢地，她开始向我靠近。走到我跟前时，她蹲下来，俯下身子，面颊都快贴到我脸上了，我甚至能闻到她脸上那股浑浊的起床气。

“我忘记你叫什么名字了。”她说。

“本杰明，”我答道，“我叫本杰明·切斯特纳特。”

她用一只手捧起我的下巴，端详着我的脸。“你长得跟你爸爸一样，像他小时候。”她说，“你一点也不像你妈妈。”

她剃光了头发，头皮上留下了新的伤口。

“你为什么想睡在这儿呢？”我问，“这里闻起来怪怪的。我们家里有好多漂亮的房间，我爸妈说你想住多久就住多久。”

她放开我。她的眼睛发红，一侧脸上沾着泥土，还穿着来时的那身衣服。我突然意识到，家里没有一件衣服是她能穿的。

“我接下来这句话，你可得听好了。”她说，我点点头。

“永远别再进来了。”

☆　☆　☆

直到晚餐前，她才走出木屋。

那些日子里，只要天不太热，妈妈就喜欢把晚餐安排在后院，紧挨着防波堤用餐。我们在码头上有一张漂亮的桌子，是用卡斯卡迪亚红木做的。尽管防波堤挡住了河景，但我们还是能感受到河上吹来的凉风。

我的妈妈在院子里看见了她。“过来吃点晚餐吧，萨拉特，”她说，“今天晚上美极了——现在真是难得一见。”

萨拉特瞧着早先那一小块田地，我的妈妈就是在那上面播下了第一批种子，那时她还只是个保姆，一个不速之客。

“看着眼熟，对吧？”妈妈说，“这是原来的，是从老房子那会儿保留下来的。你还记得你过去总给我带来肥沃的新土吧？我们现在全都用它了，每个温室都是，跟以前那种土完全一样。”

☆ ☆ ☆

接下来那几周，日子变得规律了。姑妈这个客人大多数时候都整日待在木屋里。有时，她会走出房门，在温室之间徘徊，但都是趁夜深人静、我的父母睡下之后。在一些夜里，我会在黑暗中醒着，望着窗外，寻找她的身影。

每次到木屋去给她送饭，我都会把盘子放在门外的地上，透过门缝向里张望。屋里有一张桌子，其实就是一块胶合板架在几只叠放的油漆桶上。我总能看见她弓着背伏在上面。木屋里随处都是廉价的软壳日记本，这种东西现在只有林肯顿的最后一家枯树制品店还在卖。她在用传统的方式写着什么。

妈妈说，要是她不想融入我们这个家，那我们就当她不存在好了，但我做不到。每次那些来做客的老寡妇给我捎来礼物时，我都跟她们去后院里玩耍，确保我能透过门缝看到木屋里面的动静。但她却丝毫没有留意我。她仿佛置身于一片只属于她自己的狂想空间，不受任何约束，藐视父母向我灌输的那些生活常规和礼俗。

一想到她睡在土上、站着吃饭，还曾在一个神秘的地方待过七年，我就惊叹不已：人还可以这样生活！我生长在防波堤的保护下，而她则生长在河边。

她回来后那几个月，我们的客人变少了。林肯顿和亚特兰大的那些政客不再出现。但老寡妇们像上了发条的钟似的依然每周准时报到。其中有些人也想见她，但她从不到屋子里来。

有时，我在温室间玩耍，会听到工人们操着奇特的南方拖腔议论她。他们管她叫“蓝鼻子”或“裤兜嘴”，可我根本搞不懂那是什么意思。不过这些词听上去十分遥远，颇具异国情调，充满了冒险的意味。

☆ ☆ ☆

那年冬末，家里来了个生客。我透过卧室窗户，看见了他那一小队人马——三辆破破烂烂的轿车，用非法燃料的那种——出现在车道尽头的大门口。我下了楼，听见妈妈说不该让那种人靠近我们家半步，必须立即请他打道回府，但爸爸说那可不是待客之道。

车子上了车道，驶向房子。老旧的引擎咯咯作响，我们的客人闻声走出棚外。几个灰头土脸的男女走下车来，簇拥着他们的头儿——小亚当·布拉格。

现在，战争眼看就要结束了，国家终于有望实现统一，而眼前这几个人，就是反抗军联盟的全部成员了。

“西蒙·切斯特纳特，你这个活圣人，”布拉格说，“整个该死的红区唯一配得上这份好运的人。”

“你好。”我的爸爸有些没把握地说。

“怎么，不记得我啦？还记得你们来找我老爸那回吗？他可帮你们从‘烈士基金’里赚了一大笔呢。”

“你想干什么，亚当？”我的妈妈说。

但那人没搭理她，因为他看见那个高大的身影出了木屋，正向这边走来。

“我的天哪，萨拉特，”他说，“见到你出狱我别提有多高兴了。”

“我跟你没什么可说的，”她告诉他，“走开吧，离开这儿。”

“我不会把你这话放在心上的！”布拉格回答，“天哪，你经历了那么多，其实你干什么我都不会怪你的。我只想耽误你几分钟时间。咱能借一步说话吗？”

“有话你就说吧。”

布拉格瞧瞧我的父母：“能不能让我们单独谈谈？”

“进屋去吧。”姑妈吩咐我的父母，“他们要不了多久就会走。”

爸爸带我进了屋，妈妈回到客厅，站在窗前观望。

布拉格步入我家的领地。时值正午，温室在阳光下闪闪发光。几名工人在农场外围劳作。此外，周遭一片寂静。

“你知不知道自己跟州长吃的是一个档次的生菜和西红柿？”布拉格说，“你哥哥过得真不赖，萨拉特。你该为他骄傲。”

“你想干什么？”

“对了，他们有没有告诉你那个了不起的‘切斯特纳特财产基金’是怎么来的？”布拉格问，“你会喜欢这个故事的。原来啊，那些以为上帝守护着你哥的人，也想让上帝守护他们的钱。于是他们就把钱从银行里取出来，存在你家。那天夜里，蓝军把你抓走之后，所有人都以为他们会把这栋房子掀个底朝天，把钱全拿走。但他们只带走了你，并没碰那些钱，于是越来越多的人开始相信切斯特纳特的领地有神灵庇佑。很快，你那位嫂子就掌管了一家银行，规模堪比南方第一银行。这还不算那些往这儿寄钱的人，其实就是捐钱，不要一分回报的。”他笑了，接着说，“你真该立刻冲进那栋大宅子里，向他们要属于你的那份。天哪！那都是你应得的。”

“我问你，你究竟想做什么？”

“首先，我来这儿最重要的目的，是见你。”布拉格说，“听说你要出来时，我简直不敢相信。他们要是都开始清空糖面包了，那我想战争还真是快结束了。”

他指指站在车旁的那些男女。“瞧见他们了吗？那就是伟大的南方反抗军如今的全部成员了。”他说，“战争之初在田纳西和东得克萨斯前线战斗过的那些家伙，早就放下了武器，投身巡回演讲了——他们现在都住在亚特兰大，搞着竞选，高谈着什么‘有尊严的和平’。”

“奥古斯塔再也没有餐馆会给你留座位了，所以你心里不是滋味？”

“哈哈！奥古斯塔早不是你印象中那样啦。现在船都停在北边那些港口，我们能分到什么货物，全由蓝军定夺。这是南方自由邦那群骄傲的爱国者为了换取和平——他们称为‘伟大的再统一’——做出的又一个让步。为了在哥伦布那小子身边占据一席之地，他们不惜出卖国家。”

“你专程来招募的那个姑娘已经不存在了。”萨拉特说，“走吧，别再来了。”

“亲爱的，其实你我都清楚，你已经完了，没什么招募的价值。”布拉格说，“我看见你从小屋里走过来时是一瘸一拐的，我们也都听说过他们是怎么对待糖面包里那些囚犯的。跟你一起放出来的那批姑娘都死了三个了，不是北方人干的，是她们自己。天哪，就算我想招募你，反抗军里也起码有一半人深信你为了获释而背叛了我们的事业。”他挥挥手，从车旁那帮小伙子中叫过来一个，“不，萨拉特，我不是来招募你的，我是给你送礼物来了。”

那个小伙子拿来一张照片。他长相奇特，皮肤过于苍白，乱糟糟的头发紧贴在头皮上。布拉格别的随从都尽量不看萨拉特，但这个小伙子却直勾勾地盯着她，眼中闪烁着恶意。

“你不记得他了，是吗？”布拉格说。这小伙子的确面熟，她试着回想在哪儿见过他，却怎么也想不起来。

“这是特劳啊，”布拉格说，“是最后一个活着的‘盐湖兄弟’。他的兄弟们要么死了，要么生不如死。他老想去和他们团聚，但我觉得也许是因为他们在天上守护着他吧，弄得他只好违心地留在我身边。我说得对吗？”

特劳没有作声。

布拉格给萨拉特看那张照片，她顿时石化了。

她从他手中夺过照片，凑到眼前，直到她凭借已经弱化的视力，也能准确无误地辨认出照片上那个面向她的人。尽管他被蒙住双眼、浑身是血，但她对这张面孔甚至比对自己的脸更熟悉。这张脸属于糖面包那个粗脖子的看守——巴德·贝克尔，对她用水刑的人。

“你怎么找到他的？”她说。

“这蠢货想开车带他老婆、孩子去锡安[1]玩，结果闯进了墨西哥保护领地，”布拉格说，“墨西哥人弄清他的身份之后，就到处给他找买主。我想你俩在那地方可能打过交道，也许你会愿意去跟他打个招呼。”

她的目光始终没离开那张照片：“他在哪儿？”

“我们把他关在南边一个安全的地方了。”布拉格说，“你想怎么处置他尽管吩咐，或者你可以自己过去亲自动手。”

---

1 锡安国家公园（Zion National Park）是位于美国犹他州西南部的一个自然保护区。

☆ ☆ ☆

她不顾我父母的反对，跟布拉格一起走了。他们向西南方向进发，驱车五个小时，来到塞米诺尔湖[1]畔，湖边斑驳褪色的树丛，掩映着一座小木屋。木屋矗立在一个布满水藻的水坑旁。地上有一道细细的刈痕一直通向门口。在南面，远方的佐治亚海滨隐约可见，海岸线在凶蛮的佛罗里达海面前节节败退。

她在屋里看见四个人，都被绑着手脚、蒙着眼睛——有卫兵巴德、一个想必是他妻子的女人，还有他们两个十来岁的儿子。四个人都被绑在椅子上，眼睛上蒙着黑布条。他们刚刚受过一番凌虐，每个人脸上都挂满血迹和瘀青，但她要见的人伤得最重。

布拉格和随从们都等在外面，她独自进了屋。那个被蒙住眼睛的女人听见门开了，立即开始抽抽搭搭地哀求，但萨拉特没搭理她，径直走到巴德身旁跪下来。她凑近一看，发现他眼眶上的青紫已经超出了眼罩。他浑身湿透，大汗淋漓，心跳剧烈，身体也随之颤抖。

她把手搭在他的膝盖上。他猛地向后一缩，像触了电。

“放了我的家人吧，”他说。这声音与她记忆中的不同——比过去细些，并且毫无把握。“放他们走吧，他们是无辜的。”

她轻轻揭开他的眼罩，他望着她，似乎在竭力阻止自己认出她，仿佛只要抛却与她有关的记忆，自己就能在现实中摆脱她。他闭上那只还能用的眼睛，再次睁开时，却发现她还在面前。于是他挺起腰板，坐直身子，好让自己有勇气面对接下来那可想而知的命运。

萨拉特从兜里掏出那把生锈的折叠刀。她捧起巴德的下巴，

1　塞米诺尔湖（Lake Seminole）是位于美国佐治亚州西南部的一个自然保护区，靠近佐治亚州与佛罗里达州交界处。

抚摸着他的脸颊。

“亲爱的，亲爱的，我会让你放声歌唱。”

☆ ☆ ☆

顷刻间，周遭的世界消失了，满屋子的号叫声也消失了。她的世界里只剩下狂怒与无以消解的渴望。她渴望他的血。他看上去完全不像她最后见到的样子：此时的他，脸上刚刚冒出胡楂儿，头发也更长，但他身上还流着当时的血。而她一滴也没给他留下。她站起身来，望着那具已被掏空的躯壳，感觉不到丝毫的满足——就像一个漂在海上的人，干渴难耐，只得徒劳地喝下海水。

复仇完毕，她又转向其他俘虏，准备割开他们的喉咙。她先来到两个孩子身旁。他们十六七岁的样子：两人都有一头红卷发，并继承了父亲的脸型。两人中较矮的那个尿了裤子，颤抖着抽泣；另一个静静地坐着，双眼正对着关押他的人，虽然他其实什么也看不见。

她凑上前去，正要对他们下手，却第一次留意到他们的脸宛如彼此的镜像。

“你们是双胞胎？”她说。

矮的那个没出声，高的那个点点头。

他们一定不知道她为什么饶了他们一命——究竟为什么，刀都已经抵在他们喉咙上了，她却站起身来，掀翻桌子，放声尖叫，但并没有动他们。

屋外，布拉格 行人等待着。当他们看见她手上、身上的颜色时，一些人移开了视线，另一些人则露出了笑容。

“我们会把他们跟房子一起烧了的，”布拉格说，“不会有人知道。”

“不，”她说，“两个男孩和他们的母亲都还活着，放他们走。”

“放哪儿去？”

“随便。把他们偷运过西面的边境，送回蓝区，送他们回家。”

“萨拉特，他们说不定已经看见什么了。他们也许会听出我们的声音，很有可能会告诉……”

“送他们回家。”她说。

☆ ☆ ☆

在漫长的回程中，她远远地瞥见了亚特兰大。她在糖面包监狱里的这些年中，这座城市变得愈加庞大。

“我听说阿尔伯特·盖恩斯前些年自杀了，”她说，“他被埋在哪儿了？”

“噢，他还没死，反正起码还能出气。”布拉格说，“被蓝军放出来之后，他就躲进了自己那间林中小屋，谁也不见，哪儿也不去，只与愧疚做伴，一天天消沉下去。到时候就让蛆虫给他下葬吧，该死的‘裤兜嘴’耗子。”

“真是他揭发的？”

“他是其中一个。他们开始抓人后不久，那些骄傲的南方爱国者忽然间全都开始告密了。他供出的可不止你一个，估计得有上百个名字。实际上，要不是我爸让我保证不杀他，我早就亲手把他结果了。不过呢，我虽然是保证了，但你没有啊。”

他们在环绕南方首府的公路上缓缓行驶，路上只有他们一辆化石燃料车。她发现，周围的车辆全是原来那种三轮蹦蹦车的变种，都是纯太阳能的。她还记得过去那些战时视频的片段，画面上是一群南方人挤在硕大的化石燃料卡车上吵吵嚷嚷，挑衅似的踩着油门。现在，那一切都已不复存在，路上的景象，会让人疑心南方向来没人愿意与化石燃料扯上关系。过往车辆里的人会盯着她乘坐的这辆笨重的化石燃料轿车看，有些是出于好奇，有些则面带鄙夷。但没人试图拦下他们，也没人说三道四。

她想起多年前，在佩兴斯，盖恩斯曾对她说过一番话。他说："南方人告诉你为什么而战时，你可以赞同或反对，但你绝不能说他言不由衷。"他说，"不论我们的同胞是对是错，总之，他们向来都是心口如一、言出必行。"

结果，就连这，也是一句谎言。

☆ ☆ ☆

她在黎明前回到家中，悄悄翻过东侧的防波堤，进了园子。我推开窗户，一声不响地探出身子观察她。她来到木屋旁，脱下衣服，赤身裸体地在花园的水龙头下擦洗身体，涤濯衣物。

她的身体是我记事以来见过的第一个裸体。我注视着她，对她身上古怪的伤口和变形的疤痕着了迷，还以为每个大人都有这样一个伤痕累累的身体。

各方均较为满意、颇受鼓舞：
再统一和谈口述历史
（节选）

大卫·卡斯特罗（2089—2095年任和平办资深谈判专员）：

我还记得对方代表团从亚特兰大赶来的那天。事前，我们做了六个月的筹备，在谈判前夕，我们已经准备了几千页的谈话要点，内容涵盖了所有的话题：边境管制、赔偿损失、交换囚犯……总之，凡是你能想到的应有尽有。坐上谈判桌之前，我们已完全摸透了总统的底线，很清楚他愿意让步到何种程度。我们以为已经做好了万全的准备。

第一天的谈判开始了。我记得会谈地点是和平办地下的一间大宴会厅。我们合众国一方有五名代表，人数不多，因为我们并没有决策权。会后，一切都要提交行政宫审批。但南方和谈代表团出现时，却起码有两打人。每个人都有自己的头衔，不是某某革命总指挥，就是某某爱国组织秘书长。有个人向我递来他的名片，上面表明他是一名“护宪官”。

我们以为他们会首先从限制旅行入手，或者一上来就要求我们释放关押在各大监狱的反抗军俘虏，或者，他们也许早就等不及想谈谈钱的问题了。世界在进步，而他们固守化石燃料已经太久了，他们的城市正在崩溃，我们以为能把基建资金当作筹码，迫使他们做出种种让步。

我们为他们准备了一份简短的议程，在上面提议了几个谈判切入点。但我还记得，就在第一天，他们的领队坐到桌旁，看也没看，就把议程推到一边，对我们说：“眼下的当务之急是：我不希望听到你们任何人使用‘投降’这个词。”

原来，他们对旅行限制、交换囚犯之类的事根本毫不在意。他们花了整整三天时间，对再统一纪念日的演讲、和平协议前言中的措辞咬文嚼字。每天，他们都会想出一些新的内容，要求加在日后的公开记录中——一会儿是些奋起抵抗侵略之类的废话，一会儿又强调人在面临侵略时有必要自卫，也有必要捍卫珍贵的传统。见鬼，我还记得有一天，我们花了好几个小时，只为排定“再统一日”当天的合影细节。他们希望先由他们的总统伸手，而后我们的总统再握住他的手。结果第二天，他们又变卦了，这回他们想让我们的总统先伸手。

当然了，这是合众国谈判专员所乐见的，这样一来，他们就能在各大战略举措上频频得手。行政宫那些人也乐意成全对方，他们的眼光就更长远了，甚至想到了自己有朝一日也许会需要争取南方人的选票。我是唯一提出不同意见的人。我对总统团队的人说，要是我们再这样听之任之，要是我们只会点头微笑，放任他们把这场战争包装成君子之间势均力敌的争执，而不是一场因他们固守有害燃料而引发的血腥厮杀，那么，战争就永远不会真正结束。

但最终，哥伦布却依然听之任之。而如今，尽管已事隔多年，我们却还在承担后果。他们就是不懂，始终不懂：你得用枪打赢战争，用笔打赢和平。

2

2095年春天，我摔断了胳膊，伤得不重，骨头也很快就长上了，但那是我对疼痛最初的记忆。

5月，长达几个月的煎熬已接近尾声。新的生活格局——姑妈把自己关在我家那间木屋里足不出户——甚至扰乱了爸爸一贯的平静。许多个夜晚，我直挺挺地躺在地上，贴着卧室的通风口，听他和妈妈在楼下争吵。“这都几个月了，她连句话也不和我们说，”我听见妈妈说，“连声早安都没有，好像我们这都不配似的。”

“时候未到嘛，”爸爸回答，“她需要时间。”

“别再那么说了。她需要的是医生，心理医生，是受过训练的那种，专门开导有她这种经历的人。她需要帮助，但我们帮不了她。”

“‘红色月牙’来的那个人说，她得学会习惯自由。”我的爸爸说。

“你看她像在学吗？”

后来他们吵不动了，就商量着开车去林肯顿吃消夜。妈妈不想把我单独留在家里，不过她以为我已经睡熟了，于是决定冒几个小时的风险。一听见她上楼来看我，我就跳起来，蹿回床上，闭上了眼睛。

我一直等到汽车尾灯消失在铁门外。随后，我下了床，打开灯。

我出了房间，穿过走廊，走下楼梯，经过墙上那排褪色到无以复加的照片。照片上有我的祖父母，还有一个女人，姑妈说那是我的另一个姑妈。

其中有一张我爷爷的照片，我的名字就是照他起的。照片早已褪色，只能看出一个男人淡淡的轮廓，面孔已是一团云雾。他怀里还抱着个什么东西，但那也已经无法辨认。很长时间以来，我都以为这张照片是在他死后拍的，上面是他的鬼魂。那时我已经开始相信，世上还存在着另一种年龄，那个年龄的人，甚至比活人中最老的还要老——他们已经老得没法说话了，甚至连自言自语也做不到，都被禁锢在纯粹而密实的静谧中。

我下了楼，打算一解那个在我心头萦绕了好几个月的谜题。它就隐藏在我们的一间温室里。

我出了门。花园里的空气罩在我身上，热烘烘、湿答答的。安在屋侧的灯一感应到我的动作就亮了，我一走开，它又自动熄灭。

我向南走，来到那一排温室前。温室都是用一种透明玻璃搭建的。每块玻板里都镶有纤细的铜丝，那是从阳光中汲取能量的元件。当时，透明太阳能板还属于新生事物，在田纳西战线以南相当稀奇，我的妈妈为了把它们运过边境，足足与人僵持了好几个月，还打了无数通求人的电话。白天，它们轰鸣闪耀，夜里则静默无声。而且，即便在运转时，它们也是透明的，人可以透过玻板看到温室里生长的植物。

园子的东南角附近，有一座闲置的温室，也就是36号温室。它的外立面上装的不是玻璃，而是胶合板。“齐尼思”飓风过境时，不少温室都受了损，需要修缮的一共有12座。后来我的妈妈想方设法，又从北方弄来一些玻璃，但只够修缮11座温室。

这么一来，36 号温室的外墙就只能用胶合板代替了。

我曾见过我家这位客人深夜造访这里。她每次进去，都带着一两本旧式笔记本。出来时，本子却都不见了。

到了 36 号温室前，我发现大门已经用木板钉上了，门上还挂着一把小锁。不过屋顶上有个地方少了块板子，我想从那儿应该能看到里面。

屋顶太高，我爬不上去。我瞥见一把梯子靠在 35 号温室一侧，我的妈妈在那间温室里种了毛茸茸的秋葵和胳膊那么粗的茄子。我竭尽全力把梯子推离墙面，倒向 36 号温室时，发出轰然巨响。我回头瞧瞧家和木屋的方向，想看看自己有没有惊动她，但那边没有任何动静。

我爬上梯子，每爬一级，它都会轻微地左右摇晃几下。但我曾多次见过工人用它，他们个头可都比我大多了，于是我继续往上爬。

爬上最高一级时，我简直喜出望外。越过木板屋顶，我家的领地一览无余。而且，这里不光能俯瞰我家，还能将周遭尽收眼底：远处有蜿蜒的河流，茂密的树木直接生长在水中。我向南远眺，望见了远方城镇的灯火。

但在温室里，我几乎什么也没瞧见。月光在里面投下一方银光，只照亮了一块裸露的泥土上浅浅的脚印。我探出身子，努力想看清月光之外的地方，但里面却没有任何迹象能表明她来此的目的。

就在我准备放弃的时候，一束红光吸引了我的视线。它来自遥远的北面，比河对岸还要远。我转过头，想找到它，但它却倏地消失了。

我一动不动地站在梯子上，眺望着我家领地的边缘。河流在防波堤背后涌动，发出轻柔的哗哗声。不过那里还有什么别的东西，在对岸的夜色中略显突兀。尽管几乎难以辨认，不过还是能看出地平线上有一道分界线——在它的南侧，是一片均匀而生硬的黑暗；而它北侧的夜空则是深深浅浅，有浮云缱绻，也有星光斑驳。

我注视着地平线上的线条，想弄清它究竟是什么。忽然间，那道红光再次闪现，刺眼夺目的光芒直端端地照进我的双眼。

我倒下时，感到自己看见了一座瞭望塔的轮廓。

紧接着，满目都是天空。梯子倾覆时，我就望着它。黑暗中，我伸出左手，想在落地时支撑一下身体。

接着，一阵前所未有的剧痛顺着我的胳膊向上蔓延，仿佛一柄燃烧的火剑。我躺在地上，尖声号叫。我把头扭向一边，不去看那条胳膊，转而望着车道尽头的大门。我喊着妈妈，尽管心里明白她根本不会听见，我是独自在家。

随后，我听见木屋那边传来脚步声。她高大的身躯向我俯下身来。

我疼得直哭，求她帮帮我，其实我并不知道自己想让她做些什么。我只希望胳膊别再这样灼痛。她在我身旁跪下。

“你摔断了胳膊。”她说。

听罢，我吓坏了。那时，我并不知道断裂的东西还可以复原。每次农场里摔坏了什么——花瓶、灯泡，或者温室的玻板——我的父母都从不修理，他们只会把那东西扔掉，再买个新的。

“看看它。”她说。

我拒绝从命。

“看看它。”

我转过头去看那个灼痛的部位。看到我那条胳膊以一种匪夷所思的角度弯折着，我晕了过去。

☆ ☆ ☆

醒来时，我已经在自己床上了。她坐在我床边。

“把这个吃了，”她说着，递给我几片白色的药片，“它能帮你止痛。”

我吞下药片，不出几分钟，便感到通身洋溢着一种陌生的欣喜，一股热量从胃里涌向每根指头。

“还疼吗？”她问。

我摇摇头。周遭的世界在我眼中变得朦朦胧胧、影影绰绰，不过我的胳膊倒是不疼了。

“你在那儿干吗呢？”

“我想朝温室里看。”我说。

“为什么呢？”

“我看你有时会去，就想弄清你在里面干吗。”

我知道这会惹她生气，不过我想，我要是撒谎，她肯定会更生气，而且我十分确信她能看出我有没有撒谎。

不过，她看上去并不恼怒，也没有回话。相反，我觉得自己似乎在她的眼神中读到了一丝钦佩，不过转瞬即逝。

“你是从梯子上摔下来的？”她问。

“是啊。”

她笑道：“你还真是你爸的儿子。”

我回头看看受伤的胳膊，发现它已经被笔直地固定在一块木板上，一些碎布条把胳膊和木板绑在一起。

我的胳膊俨然一副粗制滥造的假肢，我开始疑心这条胳膊会不会就此废掉了。父母带我去林肯顿和其他孩子玩秋千或打篮球时，我可从没见过哪个男生有木制的假肢。

“你以前骨折过吗？”她问我。这个蠢问题令我十分光火——显然没有嘛，我身上又没有留下别的夹板。

“没有。”我说道，试着去抬胳膊，但连接大脑和手臂的那根神经就跟断了似的。

“我动不了这只胳膊。”我说。

“会好的，”她回答，“夹板能把断骨接上。骨头怎么断的不重要，怎么接的才重要。”

“很抱歉我偷看了你的东西，女士。”我说。

她摇摇头。“别这么叫我，”她说，“我的名字是萨拉特。”

“对不起，萨拉特。”

“你为什么要那么做呢？”她问我。

“只是因为好奇。”

“永远不要为此道歉，”她说，“生命的全部意义，就在于好奇。”

我们听见门铃响了，铁门开了。我知道是我的父母回来了，尽管我害怕他们在得知我干的好事之后会大惊小怪，但又感到自己仿佛置身事外，那种陌生的欣喜还包裹着我。

我的妈妈上了楼，一看见我，眼睛立刻瞪得像一对铜铃。

“你干了什么呀？”她一遍一遍地问。一时间，见她完全没注意我的姑妈，我还以为她是在问我。随后，肯定是某个兴师问罪的揣测在她脑中油然而生，于是她转过身去。

“你对他做了什么？”她说。

“他摔倒了，摔断了胳膊。”萨拉特答道，“我给他上了夹板，喂了点跌打药。他会没事的。”

“你居然没叫救护车？你居然没请医生？你居然没给我们打电话？”

我的妈妈向她逼近。“你他妈的到底怎么回事啊？”她质问道，“孩子的胳膊都断了，你却什么也没做？”

萨拉特沉默了。我看着妈妈带着那种表情站在她面前，心想：妈妈搞不好要动手了。不过她只是重重地关上窗户，上了锁。

“看在上帝的分上，你到底明不明白啊？战争已经结束了！”妈妈尖声尖气地嘶吼着，“这里不是佩兴斯，不是前线，更不是关你的监狱。你想留在那个世界可以，那就爬回你那个肮脏的木屋别再出来。但你别想把我们都拖进去，明白吗？想都别想。”

我眼看着萨拉特走开。爸爸听见了妈妈的声音，也赶到楼上，她出去的时候与他擦肩而过。她经过他身旁，仿佛当他不存在。那一瞬间，谁也无法想象他们竟是亲兄妹，甚至无法想象他们有过任何交集。

看见我的胳膊后，爸爸走到床边。

“噢不。”他说。

“这就完啦？”妈妈质问他，“她把你儿子的胳膊都弄折了，你就只有这么一句话？”

“不是她弄的。”我抗议道。

“她已经无可救药了，西蒙。”妈妈说，“她对我们是个威胁，对你儿子也是个威胁。我不知道你怎么总是看不清这一点。”

这回，他们根本懒得放低声音了。我眼看着他们在我的房间里争吵。爸爸无比沮丧，竭力搜寻准确的措辞，但这一回，妈妈根本就不等他说完。但我并不难过。那时，我还不知道眼前浮现的只是化学作用下的幻境，是跌打药在我的血管里巡游的结果。后来，胃里的暖意渐渐变了味，“哇”地吐了一地，我竟依然感觉良好。

到了林肯顿的诊所，医生说骨折比看上去严重。父母带我进去时，他看到我的胳膊上绑着一块木板，顿时笑了。他问他们是不是在田纳西战线上的某个旧掩体里找到我的，我当时是不是在奋勇抗击蓝军。

他给我打上正经的石膏，还说，胳膊不出一个月就会完好如初。那时，跌打药的效力正在退去，我胳膊上那股火辣辣的疼痛又有些死灰复燃，但我依然记得，听到“完好如初”四个字时，我心里简直像一块石头落了地。

我们驱车回到家时，时间已近黎明。在去医院的路上，妈妈始终用大拇指掐着手指，这会儿她终于冷静下来，开始逼问我是怎么摔断胳膊的。但我顶住了压力。不知为什么，我生怕父母会走进 36 号温室，翻出里面的东西。等他们终于把我放回床上时，我微笑着睡着了。

☆ ☆ ☆

对妈妈身上的一个特点，我至今依然记忆犹新：她有一种出神的本领。有时，她还在后院的地里种着什么奇花异草呢，突然间就能定住不动。我撞见过她一两回——纹丝不动，仿佛是为了不让途经的野兽注意到自己。有一次，趁她回了屋，我在防波堤边跪了下来，想学她的样子，定定地注视着面前的水泥墙壁。但我的思绪却犹如脱缰的野马，在脑海中堆积，才过了一两分钟，我就坚持不住了。我年纪太小，还静不下来。

我摔断胳膊之后的那天早上，妈妈去找了萨拉特。木屋的门虚掩着，里面始终亮着灯。透过门缝，妈妈能看见她躬身坐在工作台前的一张凳子上，用旧日的方式一针一线地缝着什么。

“你要是想让我走，我会走。”萨拉特说着，眼睛始终不离手上的活计，身子背对着房门。

妈妈进了屋。即使在凉爽的清晨，那盏白炽灯也把木屋里照得热烘烘的。

“这里就是他们那天晚上关我们的地方。在你被抓的那天，”妈妈开口了，“他们先是带走了你，搜查了木屋，然后就把西蒙和我关在这儿，用步枪指着我们的脑袋，把整栋宅子翻了个底朝天。我从没见过西蒙像那天那样，一见到枪就失声尖叫。”

我的妈妈在木屋另一侧的工作台旁找了个凳子坐下。她端详着一只旧易拉罐，以前是用来装油漆的，现在则成了个笔筒。“我向来厌恶这该死的木屋。”妈妈说。

妈妈的目光转向萨拉特手上的活计——她在缝一件灰色上衣，衣服已经太大了，松松垮垮的，像装土豆的麻袋。针脚宽大、毛糙，缝衣针在她粗大的手指上几乎消失。

“这种光线不适合干针线活儿，”妈妈说，“天知道你怎么能开着那玩意儿睡觉。”

“我已经不会在黑暗中睡觉了。”萨拉特说。

我的妈妈做了个鬼脸。木屋里有股肉味，像是肉铺的腥气。工作台的架子上有一只老旧的渔具盒，从未开启过的搭扣已是锈迹斑斑。

“昨天我不该那样呵斥你。”妈妈说，“医生说了，夹板上得不错，而且要不是你给本杰明吃了那些止疼药，他恐怕会号一晚上。”

“他太软弱了。”

“天哪，萨拉特，他才六岁啊。”

“我这话不带贬义。”

“他说他是在把一只狼赶出温室的时候摔倒的，”妈妈说，“天知道这一带多少年都没有狼了。我想这应该是他第一次对我们说谎。”

萨拉特抬起头。“他是个好孩子。”她说，“他什么也没干。”

“哦，我不是生他的气。”妈妈回答，“他撒谎是因为他喜欢你，想让真相成为你们之间的秘密。这就是一个小男孩对他姑妈的感情。他喜欢你，萨拉特。尽管你想尽办法与我们保持距离，但他还是喜欢你。”

“他们跟我说起他时，我还以为他们搞错了。”萨拉特说。

“谁跟你说起他了？”

“有一阵子了，还是在他们想让我开口那会儿，他们时不时会提起要把西蒙、达娜或妈妈抓起来。其实他们掌握的信息就是这么有限——甚至不知道我们当中谁死了、谁活着。后来有一天，他们说：‘要是你不开口，我们就把本杰明带走。’我于是心想，不知道我妈妈和姐姐的事也就罢了，他们竟然不知道本杰明已经死了 20 年了。”

我的妈妈微微一笑。清晨的第一道阳光透过墙缝钻进房间，点亮了空气中的尘埃。

“你的哥哥是个好男人。”我的妈妈说，“在他这儿，什么事都好商量。但当时一查出我怀的是个男孩，他就说什么都要给孩子起这个名字。那还是我认识他以来，第一次见他这么坚决。你信吗？”

“你嫁给他那会儿，他还跟个小孩似的吗？”萨拉特说。

妈妈叹了口气：“所以说就是这事？你不爽的就是这个？那好，就当他是吧。就当他还是那个脑袋里留着弹片的天真少年，那个我受雇照料的男孩，就当是我占了他的便宜。不如就说我强奸了他吧，利用他怀上了我的孩子，而他由于头部严重受损，根本就不知道这一切是怎么回事。就当这些都是真的好了——那你就冲我来啊！你可以冷落我，甚至可以打我，如果那是你唯一的发泄方式。但西蒙何罪之有啊？而且，那个小娃娃更是天底下最无辜的了。”

萨拉特叠起衣服，放到一旁的工作台上。她从台子底下取出一个灌满怡然酒的玻璃罐。之前她去温室里摘了些杧果、蜜桃和橙子，再用吃剩的水果酿了酒。她拧开盖子，一股腐败的清甜萦绕在空气中。

“你知道，以前那些老寡妇中有些人现在偶尔还来，”我的妈妈说，“她们中活着的已经不多了，但这些人还会来抚摸西蒙的额头，念她们那些叽里咕噜的咒语。她们依然称西蒙为‘佩兴斯的奇迹男孩’，就跟他这辈子从没干过别的事似的。她们始终以为，所谓奇迹，就是指他的生还。但那么多坏人也活下来了啊！那些走狗屎运的人也活下来了啊！其实，他的生还并不是什么奇迹，真正的奇迹，是他正一天天好起来。”

她从凳子上站起来，拿出两只“南方自由邦大团结”马克杯，倒出里面那几颗从地板上脱落的钉子。她走向萨拉特，递过去一只杯子。

“满上，”她说，“你偷的可是我的水果。”

她们一直喝到日上三竿，喝到墙缝里盈满赤橙的阳光。妈妈在一个架子上找到一台手摇收音机，她摇啊摇啊，直到它传出了调频的沙沙声。她调整波段，停在一曲难以辨认的轻柔爵士乐上。古老的机器嘶声歌唱。

“他们在里面让你听音乐吗？”妈妈问。

“这种不让听。”

“我希望你明白，我们尽力了，萨拉特。”妈妈说，“我们发起了请愿，雇了律师。我们给州长和前任州长塞了钱，直到他们终于肯坐下来跟我们谈。我们还向议员提起过你的案子，可他们都坐视不管。他们甚至害怕自己的名字会跟那个地名出现在同一句话里，但我发誓我们尽力了。”

“你们大可不必。”

我的妈妈凝视着萨拉特脸上一道柔和的线条，那道伤痕划过她的左脸，是她在糖面包时因为拒不开口而留下的。伤痕止于下颚，而在它的末端，另一道线条又出现在脖子上。

“天哪，我根本没法想象你都经历了些什么。”我的妈妈说。

“我从没指望你理解。”

“其实你希望我能理解。我是说，要不然你早走了。你完全可以到北边去，去任何你觉得还在打仗的地方，杀上几个敌人。总之，让自己死在那儿。可你还待在这儿。我过去见过这种情况，我小时候看过父母在我们生活的那些人间地狱里救助伤员。你伤得太深，已经遮掩不住了。你表面上虽然当我们不存在，但实际上却想告诉我们他们都对你做了什么。我觉得你想让我们知道。”

萨拉特一把将那罐怡然酒扔到对面的墙上，罐子撞得粉身碎骨。

“你想让我说什么？你想让我说我被他们拿下了？好吧，我被他们拿下了、拿下了、拿下了……现在你高兴了吗？你说得没错，我忘不了。可现在既然木已成舟，我又能做些什么呢——像掐蜡烛一样把它掐灭吗？昨晚你以为是我弄伤你儿子的时候，你都准备撕开我的喉咙为他报仇了。而我凭什么就该放下我所经受的一切，放下我从你儿子这么大时起就经受的一切呢？跟你明说吧，做得到的那个我，已经死了。”

“可你还活着，”我的妈妈说，“而且你还会缝补衣服，拿水果酿酒，还会在你那些老式本子上写东西。你晚上还会出去给我那个摔断胳膊的小儿子上夹板。你在好起来，萨拉特。也许你心中的痛苦还在顽抗，但你确实在好起来。”

我的妈妈站起来。“如果你认为我觉得你并不可爱，那么你想得没错。”她说，“上帝做证，我当然明白你是我的家人，我们是姻亲，我应该相信你是值得我爱的，但我真的没法这样去想。你经历了那么多可怕的事，才成了今天的样子，可我需要接受的，并不是你的过去，而是如今的你，而且我知道你也并不觉得我值得你爱。

“但我还是会爱你，你哥哥也无论如何都会爱你，你的侄子也无论如何都会爱你，这就是家的意义。你愿意慢慢来，就慢慢来吧，萨拉特。你愿意怎么疗伤，就怎么疗伤。”

☆　☆　☆

之后那一周，我们去了林肯顿的星期六集市。我并没指望她会跟我们一起去，但我一出门，就看见她已经坐在副驾驶座位上，把座位往后调了一大截。

记得当时，这在我心目中是一个重大事件、一个里程碑——我们一家人，终于一起出门了。

我们到达时，集市已是如火如荼。每个周末，整个北佐治亚的人都蜂拥而至，到镇上来购买生鲜——因为生意实在太火爆了，人们索性在浸礼会老教堂旁的桃树街辟出四分之一英里，办起了集市。我喜欢跟着父母在市场上溜达，看那些商贩跳出来和他们打招呼。要论富有程度，我们在整个南方都排得上号，但只有在这里，我们才是某种特殊的贵胄：受持续的酷热和频繁的风暴影响，小规模农业种植已几乎绝迹，全国仅剩五六个家族还沿用着传统的农业模式，我家就是其中之一。我喜欢看到店家走出摊位，撇下正在买东西的顾客，奔过来问卡琳娜女士最近又在忙些什么，又再造了什么奇异的作物。

不过，那天几乎没有人前来与我们攀谈。我立刻明白这是因为萨拉特。有些摊主长年跟切斯特纳特一家打交道，所以很清楚她是谁，但大多数人却对她敬而远之，被她的块头和缓慢而沉重的步伐给震住了。

过了一阵子，还是有个瓜果商过来打了个招呼。他是我父母的一位大客户，独家经销切斯特纳特农场出产的卷心菜，并宣称它们具有各种健康功效。见他走上前来，妈妈在爸爸耳边低声说："他叫山姆。"

那人过来握住我父母的手。"嗬，这不是我在全佐治亚最喜欢的一家人吗？"他说。

"你好啊，山姆。"我的爸爸微笑着说。

"你怎么样啊，西蒙先生？你气色不错。"

"我还行，还行。"

山姆转而对我的妈妈说："听说你们又有新货啦。"

"我哪次让你失望过啊，山姆？"妈妈说，"新货随时都有。"

"那快跟我说说啊！都有什么？联合农场的泰勒说你培育出一种不那么喜水的橙子。那就是新货吗？"

我对他们的对话渐渐失去了兴趣。我四下张望，想找一个卖小孩玩意儿的摊位，那儿的小丑会用气球做各种动物，会变纸牌魔术，而他们脸上的妆会在炎炎酷暑中晕得乱七八糟。

这时，我才注意到萨拉特已经走开了。她正站在一家卖人工培植肉的摊位旁，全神贯注地凝视着街上的某个东西。

当时我并没意识到，有些事她是不可能知道的。她不可能知道那些已经得到了南方自由邦首肯的谈判条件，是获取和平的前提。她也不会知道，作为回报，红区人员每月可以前往北方的几所医院就医，同时，在"再统一日"当天的演讲中，南方参战的初衷也将得到略微正面的表述。

对这些，她一无所知。相反，她只是看见一名全副武装的蓝军士兵在集市上巡逻——在南方的土地上巡逻。

我看着她从摊位上抄起一把屠刀。接着，她一步步逼近那名军人。这样敏捷的身手，我此前只在她身上见过一回，就是那天早上她在木屋里猛地躲开我的那次。那个蓝军士兵在集市另一头，正和几个裁缝攀谈，根本没注意到她在逼近。

我本能地知道要出事了。我开始狂奔，受伤的胳膊笨重地垂在体侧。等我赶到她身边时，她离那名士兵的后背只有几英尺了。她高高举起了屠刀。

我一个箭步冲上去，拦在她和那名士兵之间，嘶喊着要她住手。

我的喊声惊动了那名军人，他转过身来。我当时背对着他，但我知道他想必已经举起了武器，因为萨拉特已经站在原地一动不动，屠刀从她手中滑落。

我开始想象接下来会发生什么。她也许会被抓起来，关回那座监狱。这回，他们不会再放她出来了。我只求身后那名士兵不要当场将她击毙。

接着是一阵沉默。她脸上暴怒的神色渐渐消失了，代之以一种难以置信的诧异。我听见军人在我身后喊出了她的名字。

“萨拉特？”

接着，她也喊出了他的名字。

“马库斯。”

☆ ☆ ☆

一名商贩跑到街道另一头，叫来一名在那边巡逻的蓝军士兵。军人飞奔前来，举着步枪。

“趴下！”他冲萨拉特大喊。但她并没有动，依然凝望着那个她几分钟前还想置于死地的人。

“没事了，”马库斯对同伴说，“她是我的老朋友。”

那名士兵放下枪。他看上去依然满腹狐疑，但马库斯挥挥手把他打发走了。

马库斯环视了一圈围观的人群，问道：“这是在开不说话的拍卖会还是什么？”

有人窃笑起来，与其说被他逗乐了，不如说是松了口气。趁人们陆续返回各自摊位的当儿，马库斯朝附近一座教堂的方向扬了扬下巴。他转身向那里走去。

萨拉特瞧瞧我，说：“回你爸妈那儿去。”

“你会伤害他吗？”我问。

“不会。”她说，“我不会伤害他的。”

她走进教堂，看见他站在长椅间，已经摘下了头盔，卸下了步枪。她看清了他的面容，还是那张脸，那副皮囊，那个男孩。他们上次见面以来的这些年间，他长高了几英寸，但整个人还是小小的。而且，他身上的军装垫高了他的胸膛，拓宽了他的肩膀，更让他显得比例失调、又矮又壮。

他看她的眼神就像个孩子。“我不知道，”他开口道，“萨拉特，我不知道……”

但她看见的却不是他，而是乔克霍洛沟，还有切丽林的畜栏，蒸汽弥漫的小破淋浴拖车，以及林子里那个能望见永恒的高台。她走上前去，抱住他。

“你还活着。”他在她耳边低语。他不断地重复着这句话，弄得她都不知道他是想让她相信，还是在说服自己，“你还活着，你还活着。”

他们并肩坐在长椅上。教堂平淡无奇，散发着霉味，很像古老的南方故事里那些旧式法庭。他们上方的楼厅里也有座位，但空无一人。这里只有他们两人。

“这么说，他们把你从海关船上调走啰。”萨拉特说。

“嗯，现在海上交易都在北方进行了。所有东西都得由蓝军先过一遍，再运到南边来。这样能打击走私。”

“那你呢？你在这儿也打击走私？”

马库斯大笑。

“你知道吗？一开始我还以为他们派我到这儿来，是因为他们私底下知道我本质上始终是个南方人。不过现在，我觉得他们把我安在这儿主要是因为我个子小。他们可能以为不派征兵广告上那种肌肉发达的大兵来这儿巡逻，当地人就不会那么抵触了。”

“可惜他们想错了。”萨拉特说，“天哪，我看见你才十秒钟，就想给你一刀了。”

他微笑着，她沐浴在他的笑容里，感到自己仿佛只要走上前去，推开教堂的门，就会发现一个全新的世界在面前等待。

她脖子上有一道淡粉色的伤痕。他把手指按在伤痕的一头，循着它捋下去，一直来到她肩头。

“这是我干的。”他说。

“这与你无关。”

“穿上这身皮，萨拉特，你就不可能不知道他们在糖面包的所作所为。长时间以来，我都靠逃避度日，假装对这一切视而不见。事实上，我从不在意战争双方对彼此犯下了什么罪行，因为这是一场战争，而战争的实质也许就是践踏规则。但一旦涉及你，我就难辞其咎了。这是我干的。”

她握住他的手，把这手从自己肩上移开。她试图回忆那道伤痕的来历，一时间却怎么也想不起来。

“你从没伤害过我，”她说，“你是活下来的人当中，唯一从没伤害过我的人。”

☆ ☆ ☆

接下来的几周，我的胳膊开始痊愈了。不久，那条胳膊尽管依然打着僵硬污秽的石膏，但已经能动了。我能从石膏一端闻到里面的皮肤那种长期没有清洗的味道。不知为什么，那股难闻的气味有一种匪夷所思的诱惑力，让我欲罢不能。

摔伤后两周，妈妈允许我到外面去玩了。不过去林肯顿打篮球、练游泳这些活动，还要等拆了石膏、医生确认断裂处完全愈合之后才能恢复。

一天早上，我在院子里玩。父母都在我家领地的另一侧忙着跟一个承包商讨价还价。那人是来给大门换发动机的，先前那台坏掉了。

我们这个河畔小天地的运转，全都依赖各式各样的小型机械，而它们三天两头就会罢工、出毛病——太阳能板会被狂风暴雨摧毁，剪草机和发电机电路会在酷热中变形。多年后，我才意识到，父母当时必须时刻与自己生活的这片土地斗争，该是多么辛劳。

萨拉特在厨房里剥晚饭要吃的玉米。渐渐地，她开始日益频繁地出现在屋子里——有时还会跟我们一起坐在客厅里看会儿电视。有几回，她甚至在屋里吃了晚饭。她每次出现，我的父母都不会多说什么，装出一副轻描淡写的样子。不过我每次都能看出爸爸在极力掩饰嘴上那一抹得意的微笑。此前，他尽管记得她的名字，清楚她与自己的关系，但肯定有好一阵子都对她相当陌生；不过现在，我想他已经开始把眼前这个女人跟他记忆中那个女孩联系在一起了。我想，这样一来，他也能在某种程度上感知到过去的自己。

我透过厨房窗户望着她。她动作单调，眼神空茫，仿佛迷失在自己的内心深处。但随后，她抬起眼帘，看见了我，于是走了出来。她时常在领地上四处走动，在温室间徘徊。但这还是我头一回见她在白天靠近防波堤。河流似乎有一种隐形的力量，始终拒斥着她——她畏惧的不是河流的面貌，因为防波堤已经整个挡住了它，她受不了的是那种声音，河水流动的声音。

“胳膊怎么样了？”她问。

“挺好的，”我答道，“过不了两周就能完好如初啦。”

“不只是完好如初，断骨只要接得对，痊愈后会比原来还要强韧。”

这话听上去实在太棒了，我不管三七二十一，当即就信了。

我站起来。“你想不想看一个很酷的东西？”我问。

“当然。”

“那跟我来吧。”我说着，毫不犹豫地拉起她的手，领她来到防波堤底下一个垂柳掩映的角落。在这儿，我搭了一个小小的畜栏，在里面养着我的宠物。

“这是我的乌龟。”我边说边指着里面那只脊背高耸、岿然不动的动物。

有一瞬间，她似乎忘记了我的存在。只见她跪在畜栏旁，凝视着龟壳上对称的黄色花纹，几乎把整张脸都探了进去。

“它动作可慢了。”我说，为自己的宠物连头也不露而感到有些窘迫，“有时候它会一整天都不动。”

“它是女孩。”萨拉特说。

我问她怎么知道的，但她没有回答。

后来，她终于回过神来，站起身。我替她拍掉膝盖上的泥土。

“你真的坐过牢吗？”我问。

“是的。”

“为什么呢？”

“那些人从没告诉过我。”

“你在里面待了多久？”

“七年。”

这个数字超出了我的理解，简直就是一辈子。

“拆了石膏之后，你打算做什么？”她问。

“打篮球。”我说。最近几周，我满脑子都是这事，“我们队现在排名第一，要是能把余下的比赛都赢了，那我们就能到亚特兰大去参加锦标赛了。那儿有个水上公园，里面有全国最大的游泳池。”

“你喜欢游泳？”她问。

我点点头：“我每周要去林肯顿的游泳池游两回。要不是还打着石膏，我本来今天就该去的。”

“你家就在河边，你干吗还要去林肯顿的游泳池？”

我大笑道：“傻瓜，河里又不能游泳。”

她瞧着我，就跟看外星人似的；紧接着，她脸上的疑惑变成了怜悯。她从我身旁走过，走向防波堤，以她特有的方式拖着步子，弓着背，仿佛要把膝盖压散架似的。

我的妈妈在后院外的防波堤上画了一幅简笔画，就是幼儿园里的那种。画上有几个火柴棍小人儿在田野里的苹果树间玩耍，头顶上挂着一只微笑的太阳。她给那些小人儿起了名字，有时还会跟我讲他们的故事，就跟他们是真人似的。我始终不明白她为什么要这样做。

萨拉特站在防波堤边。她个子高，能越过墙头，透过垂柳的缝隙向远处眺望。她望着河面。多年后，我才明白她这样做需要多大的勇气，才明白再次踏入流动的河水前，她需要埋葬一个怎样的魔鬼。

她向我回过头来，说："那么来吧，我们来游泳。"

我下意识地四下张望，看父母在不在附近。在他们所有的禁令中，最严厉的一条就是不许逾越防波堤。妈妈曾严厉地警告过我，说我到了堤外可能会被淹死，染上致命的疾病，或遇上各种各样的怪兽。我站在地上，裹足不前。

"我还打着石膏呢，不能游泳。"我这么说着，其实担心的并不是石膏。

"你可以游。"她说，"来吧，我不会让你有任何闪失的。"

她缓缓地从另一侧爬下防波堤，不一会儿，她就徜徉在垂柳间，向河岸走去。看她消失在丝丝缕缕的柳叶间，我心中突然充满了恐惧。我开始想象她也许踏入河中就再也回不来了，那条绿色的大蛇也许会裹挟着她，流向世界的尽头。一种全新的勇气攫住了我，我迈开步子，紧随在她身后。

我站在墙头上，看着她步入水中。她和衣涉水，双脚赤裸。我爬下墙头，低着头奔跑，一路追寻着她在河滩柔软的泥土上留下的脚印。

随后，我抬起头，感到心魔开始作祟。有生以来，我第一次来到了河边。河流的磅礴与浩渺震撼了我，河岸是那样荒蛮、宽广，水面上的残枝败叶随波逐流，揭示着水流的速度。我从没见过水这样流动。

她站在齐腰深的水中，浪花围着她打卷。我还记得她当时的样子，嘴上挂着毫不掩饰的狂喜。水流舔舐着她身上的累累伤痕，却并不治愈它们，只给她带来一阵灼痛。

她静静地伫立在水中。我冲她招手，想让她离河岸近些，但她就跟没看见我似的。她并没有奔跑，却喘着粗气。那时的她，看上去就像一个孩子，圆睁着双眼，犹疑不决。我突然明白：她害怕了。

接着，她消失了，整个人没入水中，仿佛怀揣着铁砧。她再次浮出水面时，那件松垮的上衣紧紧地贴在她身上，她光洁的头颅在阳光下熠熠闪光。

“过来吧。”她说。

我摇头：“我怕。”

“好事，”她说，“这样你就能克服它了。过来。”

我低头望着河水。我过去所知的关于这个世界的一切，都在这一瞬间变得无比遥远。在河对岸，我看见一堵高墙，上面装着一排带刺的铁丝网，还有卫兵把守。尽管直到许久之后，我才能准确地表述当时的感受，但我明白，这世界大抵就是如此：荒蛮无比、毫不设防、居心叵测。

我涉入河中。

走了几步，我脚下柔软光滑的河底就没有了，水流将我卷入其中。我惊叫起来，但她很快用手托住了我。她把我托在水面上，带我走向更深处。淙淙的水声有如无数张看不见的嘴在齐声低语。

水是活的，因为它会流动。

我看着她，她脸上带着一种我此前从未见过的表情。

我的姑妈，正开怀大笑。

内战存档计划——再统一日庆典
邀请函
（已批准 / 已解密）

致：蒂莫西·库姆斯州长

佐治亚州，亚特兰大市

佩瑟斯渡口路 *391* 号

邮编：*30305*

亲爱的库姆斯州长：

奉小约瑟夫·韦兰总统之命，我在此十分荣幸地向阁下发出正式邀请，恭请您出席将于 2095 年 7 月 3 日（星期五）在俄亥俄州哥伦布市举办的“全国再统一首脑峰会”。

正如总统先生此前所言，本次首脑峰会，将为我们伟大的国家翻过历史上这黑暗的一页。届时，来自合众国各地的人民领袖，包括您本人在内，都将齐聚哥伦布，共同印证一个自我国建国之日起就不言自明的事实，那就是：美利坚民族永远不可分割。

出于安全及后勤方面的考虑，按照规定，来自某些特定州的与会人员前往会场的时间须安排在会前一个月之内，并须于会后一个月之内返程，佐治亚州即位列其中。因此，如若得便，请务必尽早复函告知您及随行人员之详情（总共不超过四人），以便和平办能有充足的时间为您安排必要的安检流程，并发放相关旅行许可。

尊敬的州长，这一天，对我们的合众国具有重大的意义。在这个日子里，我们将颂扬全体美国人卓绝的勇气，为了捍卫各自的信念，他们曾如此骁勇地投入战斗；此外，更重要的是，自这一天起，我们将摈弃前嫌，着手一项艰巨而事关重大的工作，那就是抚平战争带来的伤痕。这一天，将是欢庆的日子，也将是重建开始的日子。我诚挚期盼能在正式的再统一庆典及随后的大巡游中见到您本人，以及诸位来自伟大的佐治亚州的代表。

您诚挚的，

马尔科姆·凯森

国防部，和平办公室，南方事务总指挥副秘书

俄亥俄州，哥伦布市

哥伦布众议院一号

邮编：43215

3

5月末，“司各特”扫荡了林肯顿，留下一片哀鸿。这场风暴虽然不大，但格外强劲，我家尽管幸免，但我们的日常生活却被打乱了。社区活动中心和小学都严重受损，我的活动范围被限定在农场之内。我庆幸自己竟能交上这样的好运——这样我就可以多跟萨拉特待在一起了。

一天，我在木屋里找到萨拉特，发现她正在钉地板。我的父母头天晚上出去参加聚会了，举办者是刚刚形成气候的“新统一主义者联盟”南方分支，当时，他们是首批宣称和平等同于胜利的群体之一。我的父母决定在亚特兰大过夜，姑妈和我得以独享农场。

我看见她跪在那儿，紧挨着她此前拆掉地板露出泥土的地方。她的身旁放着一摞崭新的仿松木地板。

“你在干吗呢？”我问道。

“把地板装回去，”她说，“要是再拆一块木头，这座木屋就要倒了。”

“我能帮忙吗？”

“当然。”她招手示意我过去。我坐上她的膝头，她往我手里塞了一把榔头，她扶着钉子。

“先轻轻来一下，定好位置，再用力一敲，让它砸进去。”她说。

我试了一下，但根本不敢使力，怕榔头会落偏，砸到她的手。后来，我猛地一锤，钉子终于进去了，却是斜的，木头被钉得裂了缝。

“有进步，有进步，”我的姑妈说，“起码见效了。”

她于是就让我在那块钉坏的木板上练习，直到熟练为止。不出半小时，我就在木板上钉进了无数颗钉子，把它牢牢钉在地板上，任何力量也无法撼动。望着自己的大作，我露出了笑容。

到了中午，我们已经把地上的空缺填了一半，正午的酷热让我精疲力竭。她提议去河里凉快凉快。她轻而易举地抱起我，把我扛在肩上，带我来到领地东侧，翻过防波堤，向外走去，一直走到那些发育不良的树木与水面交界的地方。

我们停在一处河滩上，与柳林隔了一片绵软的泥滩。我们坐了一阵子，姑妈刚刚走了那么远的路，需要歇歇。我把手深深地插进泥土里。我们刚开始来河边玩时，有一回，我发现她喜欢裸泳。她第一次脱下衣服，是在水里，怕自己身上的伤疤会吓着我。但我其实一点也不害怕——那些伤疤，我在上次偷看她时都见过了，就在她刚来我家不久的那天夜里。于是，我也脱去了衣服。自那之后，我就再也无法想象人怎么能穿着衣服入水了。

我们在垂柳和隔离墙投下的阴影中畅游。有一次，我们在河里嬉戏时，我问她那堵墙为什么会在这儿。她说墙里的人都染了病，所以人们建了这堵墙，防止更多的人受到感染。我问她那是什么病。她说是一种不治之症，人们会不由自主地把这病传给下一代，下一代会传给再下一代。

东面，有一名卫兵在瞭望塔上张望。我冲他挥挥手，但他没有回应。一开始，我怕那些卫兵，不过姑妈跟我说，他们都不是真人，只是一双眼睛，既不能伤人，也无法为任何人或任何东西提供帮助。于是，我想到他们时，就会像想起妈妈画在墙上的火柴棍小人儿一样，完全克服了恐惧。

我们浑身赤裸地待在岸边，在阳光下晒干身体。即便此时，她的身体也依然令我称奇：她的大臂和肩膀上有一道道伤疤，宛如奇异的沟壑，看上去像坏死了一般，比她身上任何部位都更苍白；她的乳房和肚腩下垂得厉害；脑袋剃得光光的。在她身边，我相信任何东西都无法伤害我们，无论是河流、高墙，还是高墙背后的东西。

“达娜是你姐姐吗？”我问。这个问题已经在我脑中萦绕了数周，从那晚我听见她和爸爸说话时提到了达娜这个名字时开始。我知道楼梯墙上的照片中，有一张属于我的另一位姑妈，但我的父母没跟我讲过多少关于她的事。

这个问题似乎问得她措手不及。

“没错，”她说，“她是我姐姐，你爸爸的妹妹。”

“她住在亚特兰大吗？”

“不，她死了。”

“怎么死的呢？”我问。

“你知道那些有时会在这附近打转的‘鸟’吧？”

“当然啦。”

“嗯，它们现在是空的，什么也做不了了，只能飞来飞去，一直飞到太阳能板崩溃或机翼折损为止，最终坠毁在某块田地里。但在你出生之前，它们曾是一种武器，会从肚子里投下炸弹。”

这听起来实在太荒唐了——“鸟”肚子里居然能投下炸弹。但我相信这是真的，就像相信土里真的有过一种弯弯曲曲的生物，相信世上真的存在过一种带胡须的鱼，相信海底真的埋葬着古老的海滨城市。她的话，我全都相信。

“你知道吗？我姐姐，她就在这儿。”萨拉特指着河水说，“她死后，我没把她埋在土里，而是葬在河里。”

“为什么呢？”我问。

“我希望她能永远生动。”

“要是我死了，你也会把我葬在河里吗？”

姑妈轻轻笑了。“那还早得很呢，”她说，“那时我早不在了。”

“那要是你死了呢？”我说，“你想让我把你葬在河里吗？”

她被问住了，就跟从没考虑过这个问题似的，随后莞尔。

“嗯，”她说，“那样我会很感激你的。”

我往她胳膊上一靠，抱住她。她是我的，我爱她。

☆ ☆ ☆

我们从河边回来时，看见大门口有个男人。这人穿着一身战前那种样式的考究西装，戴一条绿色领带，我过去从没见过他。他把车停在车道上，站在门口向里张望。我们走上前去迎接他。

姑妈眼睛不好，我们都快到门口了，她才终于认出来人。她站在那里，久久地凝视着他，脸上不带任何表情。

“回屋去吧，本杰明，”她说，“我很快就来。”

我问她那人是谁，但她再次命令我回屋，那种不容置疑的语气阻止了我的追问。

她打开大门，打量着面前这个男人，这个她多年不见的男人。他老了，但魅力不减。他鬓角那两簇银发和同样开始花白的浓密髭须犹在，还跟她多年前在辛克莱尔湖的废墟上最后一次见到他时一样。

“你好，乔，”她说，“我还以为你早就不在了。”

“你好，萨拉特。”乔说。她立即听出了他的异域口音。“很抱歉没有早点儿来看你。我都不知道你被放出来了。”

她把他请进木屋。我从卧室窗户里望着他们，希望能捕捉到只言片语，但他们却一路沉默，进屋后关上了门。

直到后来读了她的日记，我才知道他对她说了什么。但为时已晚。

☆ ☆ ☆

他们坐在工作台前的凳子上。她发现他一点儿也没变，还是像他们从前密会时一样镇定自若。

“真是个可爱的孩子，”乔指指房子的方向说，“他是不是……”

“他是我侄子。”

“原来如此——你好吗，萨拉特？”他问。

“没死。”我的姑妈回答。

“首先，我想说，我并不知道阿尔伯特·盖恩斯都做了些什么。为了让妻女安然度过战争时期，他很早就把她们送到布瓦吉吉帝国去了。我听说，提审他的那些人告诉他，他们已经掌握了他妻女的行踪，并以此要挟他。我认识他那会儿，他绝对不是个懦夫，萨拉特，而且我……”

“别说了。”她说，“无所谓了。”

乔点点头。她明白，他和她入狱前的所有旧相识一样，正打量着她，想从如今这个虎背熊腰、身形庞大、体无完肤的女人身上辨认出昔日那个瘦瘦高高的十几岁少女。

终于，他开口了：“我知道他们在里面肯定对你百般折磨，萨拉特，我实在是抱歉极了。”

“你来肯定不是为了告诉我这个。”

“说得对，”乔说，“我知道你找到了一个过去监狱里的看守，还知道你实施了一些报复行为。”

萨拉特放声大笑。“报复，”她重复道，“报复，报复。我只不过杀了一个人。你难道以为只有一个人伤害过我吗？”

“你要是愿意，我可以吩咐线人把其他人也找出来。”乔说，“你在糖面包那会儿的看守大都调回内陆了。兴许……”

“这就完啦？”她说，“你为什么不帮我把他们全都揪出来呢——这你能做到吧，乔？——你不如把每个害我变成这样的罪人都揪出来吧！帮我找到杀死我爸的人，杀死我姐的人，杀死我妈的人，害得我哥终身残缺不全的人，把我们赶出家园的人，还有在佩兴斯大开杀戒的人。你帮我把这一大帮子人都找齐吧，乔。找齐了，我才谈得上报复。”

“要是我真能办到呢？”乔问。

一束诡谲的阳光透过墙板间的缝隙洒进木屋。

“什么意思？”我的姑妈问道。

“这些年来，我与一位北方青年过从甚密，”乔说，“他叫塔斯克，是位科学家，毕生致力于攻克一种疾病，也就是北方政府曾用来对付南卡罗来纳人的那种疾病。尽管他为此付出了数年的心血，却始终没能成功，并且还在尝试过程中培育出了一种更令人胆寒的东西——也可以说是另一种疾病，它足以荡平一座座城市，甚至消灭一个个国家。他已是万念俱灰了，萨拉特。去年，我跟他做了一笔交易——我要来了他制造的那样东西，而作为回报，我向他提供了前往我的祖国避难的机会，帮他远离战争，不再忍受这一切。

“再过几个月，就是再统一庆典了。战争即将结束，而且不管南方新涌现的这批政客怎么说，胜利终将属于北方。不过呢，要是有人跑一趟哥伦布，释放出这种病毒，战争的走向就会改变，胜利也将易主，一切都会逆转。所以我想知道的是，萨拉特，你愿不愿意成为这个人？”

沉默笼罩了房间。阳光照在那块还没来得及遮盖的泥土上，变得炽热。他在等待她的回答。

“其实你并不是非得让我去不可。”她说。

“没错。我可以把这个任务交给某个身在北方的联系人。其实我想，那样的话，事情兴许会好办得多。蓝军在边检站上增设了成千上万名卫兵，我打点过的那些人也都给撤掉了。但我还是想第一个问你，因为我清楚你立下过怎样的战功，又经受过怎样的折磨。你不是想一举报仇雪恨吗，萨拉特？我想，这就是你报仇雪恨的机会。”

他们听见屋外传来一阵嘈杂声。是一名工人在往温室里推新鲜的泥土。随后，周遭又安静下来。

“告诉我，你的真名。”我的姑妈说。

“我的真名是优素福·本·拉希德，今年71岁。我为布瓦吉吉帝国政府效力。”

“优素福，”萨拉特重复道，用舌尖抽打着每个音节，“优——素——福。”

“其实，对这场战争谁胜谁负，你根本无所谓，对吧？”她问。

“是的，我无所谓。”

“那为什么呢？为什么要掺和进来？”

“我来自一个崭新的国家，萨拉特，”优素福说，“我的同胞们缔造了一个帝国。它现在还很年轻，但我们有志成为世界上最强大的帝国。为了实现这个理想，别的帝国必须灭亡。我想你应该已经猜到了，要是情势与现在相反——也就是说，胜利在望的是南方——或许我就会在匹兹堡或哥伦布说这番话了。我不想骗你，萨拉特，此事关系到我们的切身利益，仅此而已。”

听到这儿，萨拉特笑了："你们就是没法放手，让我们心安理得地自相残杀，对不对？"

"好啦，"优素福说，"每个人都在打一场属于自己的美国战争。"

两人都不再说话，沉默中，萨拉特记起盖恩斯曾对她讲过的一件事。他有一次问她知不知道为什么"红色"成了南方的象征。她说是由于政治原因，也许跟国家分裂前谁更倾向于给从前的共和党投票有关。

但盖恩斯却说，真正的原因比这古老得多，甚至比这个国家本身还要古老。他说那其实是因为这里的土壤：南方有一种矿物质，能把土壤染成红色。他说要是去除南方土壤中所有的养料，去除幼苗生长所需的一切养分，那么最终剩下的，就是这种染红土壤的物质。

如今，她想，这会不会是他从头到尾对她说过的唯一实话。

"你手上的这种病毒，人一碰到就必死无疑吗？"她问优素福。

"我保证。"优素福回答。

"我绝对不会再回那座监狱。无论如何，绝不回去。"

"我保证。"

她从凳子上站起来，走到门口，推开房门。强烈的阳光涌进木屋。她向门外望去，看着这栋矗立在旧屋原址上的新房，看着萎靡的树木和防波堤禁锢下的河流。她周遭的世界在热浪中颤抖。

"你厌倦过这里吗，优素福？"她问道，"你有没有盼望过这一切能早日结束，让你回家，回到亲人身边，回到熟悉的世界中去？"

"当然，"优素福回答道，"我希望能早日回家。"

“我也是。”她说。

☆　☆　☆

自那之后，她就变得难以接近了。她再次把自己禁锢在木屋里，就跟她刚来那会儿一样。但这回，她把门关得严严实实的，还上了锁。我根本就看不见里面。

我实在太想亲近她了，会一连几个小时跪在木屋的后墙外，把耳朵贴在墙板上倾听。但我只能听见旧式的笔尖划过纸页的声音。

夜里，我躺在黑暗中难以入眠，想着我究竟做错了什么，弄得她对我敬而远之。我让她失望了吗——是不是因为我在面对河中的激流时，老打退堂鼓？是不是因为我总是问这问那，惹得她心烦？是不是我让她觉得无聊？最后，我感到走投无路，在白纸上写下了“对不起”三个字，塞到她的门缝底下。她没有回复。

☆　☆　☆

6 月中旬的一个星期六，趁我的父母去蒙哥马利县参加农产品交易会的当儿，她出了一天门。我们在领地上存了一辆老旧的三轮蹦蹦车，以备不时之需，她开走了它。

她驱车来到林肯顿的集市上。这天赶集的人比往常要少，镇子还没完全从飓风“司各特”造成的破坏中恢复过来。她一路经过一串稀稀拉拉的摊位，来到路的尽头，马库斯巡逻的地方。

他们二话不说，径直去了旁边那座教堂。这次她先进去，他跟在后面。

“你今天能来我真是太高兴啦！”马库斯说，“知道我刚从一个南方自由邦的小伙子那儿听说了什么吗？你还记得老普林斯·温德尔吗？就是以前那家海上咖啡馆的老板。他们要用他的名字在亚特兰大命名一条街呢。我猜统一委员会里肯定有人听说了他的事，于是决定这么干。估计是觉得纪念一个同时为双方服务的人会比较讨好吧。我想，你听了肯定会很开心——”

“坐下，”我的姑妈说，“我有话要跟你说。”

马库斯挨着她在长椅上坐下。“尽管说。”他说。

我的姑妈把一张折得很小的纸条递给她的朋友，上面写着一个人的名字和联系方式。

“这是我的一个熟人，我要你去找他谈谈。他能安排你离开这里，摆脱这一切，到世界另一头去开始新的生活。”

马库斯注视着那张纸条，满腹狐疑。

“萨拉特，一切都要结束了，”他说，“过不了几个月，战事就会完全平息，国家要重新统一了。到时候，我敢向你保证，人们很快就会把这一切抛在脑后的，快得让你难以置信。”

我的姑妈却摇摇头，说：“求你了，马库斯，去找他就是了。”

马库斯从她手中接过纸条。“战争结束了，萨拉特。”他说，但这次，他想说服的似乎并不是她。

“我知道，马库斯。”她说。

她吻了吻他，站起身来说：“我知道。”

☆ ☆ ☆

她离开林肯顿，驱车向西，来到笼罩在工厂和立体农场阴影中的亚特兰大市郊。她走上城市最东面的石山。山上那座破旧的村庄里有一片几近倾圮的平房，在它们旁边，是一间没有悬挂任何标志的红砖店面。这份可怜的产业，就是一落千丈的“反抗军联盟”如今的归宿了。

她到了以后，发现办公室里只有小亚当·布拉格和特劳两人。房间很小——也就能容纳一个餐馆或面包房——形状狭长。椅子都倒扣在桌上，只有布拉格坐的那张除外，他正在那儿啜着一杯咖啡。

看见她，他站起来。“哇，你好啊！”他说，“没想到了不起的萨拉特·切斯特纳特竟会光临我们的新家呢。”

他示意她坐到他对面那张椅子上。尽管他们拆除了原来的收银台和前台，这地方依然显得逼仄不堪，墙上铺满廉价的暗木，上面贴着陈年海报，邀人“来一杯可乐”。

特劳站在房间后部，他们挪走了那儿的桌椅，把地方腾给了没开封的搬家纸箱。她从糖面包出来后第一次见到他时——就在他们带她去会她的旧日看守那天——简直没认出他来。但现在他却显得眼熟，跟他哥哥一样消瘦，眼神呆滞而怨愤。

“你能相信我们竟会落到这步田地吗？”布拉格说，“让人赶到荒郊野外，被自己的同胞抛弃。你知不知道他们把我们赶出来以后，把什么安进我们原来那栋楼了——就是市中心高架桥底下那栋楼？居然是‘再统一庆典组委会’的新办公室。”

他大笑着摇摇头：“一整栋楼的人，成天就在那儿研究我们投降那天该在哪儿挂气球，在哪儿安排行进乐队。天哪，真希望我爸能活到今天。这阵仗准能让他再死一次。”

“我想找你帮个忙。”我的姑妈说。

布拉格示意特劳再去弄点咖啡。小伙子领命时，眼睛还盯着我的姑妈看。

“尽管开口。”布拉格说，“我们资源有限，但全都听你差遣。”

“要是我说，我能扭转整个局面——把蓝军的头头脑脑全都干掉，荡平北方，让他们一百年都见不到阳光——你会相信吗？”

“当然，我当然相信你。”布拉格说，“其他人那些禁令这么说我都不信，但你的话我信。”

特劳把一杯咖啡端到桌上，然后回到刚才的位置上望着他们。

“我想让你帮我越过边境。”我的姑妈说，“在统一庆典那天，我得出现在哥伦布。”

“神哪，萨拉特，这办不到。”布拉格说，“为了这场该死的庆典，他们在田纳西线上增派了无数兵力，比战争最激烈的时候还多。每个检查点都跟堡垒似的，不会放一个南方人过去，这恐怕要持续到年底了。”

“那些地道呢？”姑妈问，“就是我们以前去半途基地附近时爬过的那些。”

“萨拉特，他们好几年前就把那些玩意儿拆了。那个世界已经不存在了。唉，除了特劳，我手下就只剩三四个好手了。他们把我们拖垮了，如今人人都是又饿又累，无心恋战。你回去的时候自己看吧——在亚特兰大好好转转，瞧瞧南方自由邦立的那些巨幅标语——什么‘有尊严的和平’啦，‘尊重我们的过去，珍重我们的未来’啦。全是这种狗屎，而且大家对这些还挺买账。你知道不？他们甚至不再自称南方自由邦了。他们现在只用缩写，再也不说全名了，就跟那几个字母根本不带任何含义似的。他们挥舞着自己的懦弱无能四处招摇，仿佛它是一面该死的旗帜——”

“我知道一个办法，”特劳说，“我知道怎么去哥伦布。”

布拉格不说话了。

“怎么去？”我的姑妈问。

特劳走到桌前：“有一趟去北方的医疗巴士。圣·约瑟夫医院跟莱克辛顿的一家医院签了协议，每个月初能送几个人到北方去。他们一次最多只送 12 个病人，而且对此守口如瓶。不过我认识那个负责人，他跟我哥一起在田纳西线上待过一阵子。从那时起，他就欠我哥一个人情，而且现在家里也没别人了，这个人情，他只能还给我了。我会跟他说，我有个朋友得去北方治病，要不就只能等死。他会顶掉某个人，把你换上去。你只要一跨过边境，就能去哥伦布了。”

布拉格盯着他的副手，目瞪口呆。他转向我的姑妈，说：“不过你要是真像刚才说的，准备大开杀戒，那你总得带件什么吧——像武器、炸弹之类的。不是说医疗巴士蓝军就不搜查了。”

“我带的东西他们是找不到的，”我的姑妈说，“随他们怎么搜，反正肯定找不到。”

“我有一个条件。”特劳说。

“什么条件？”姑妈问。

“我跟你去。”

“我用的那东西是没法瞄准的。那是一种病，能传遍整个哥伦布。任何人只要一上路，就回不来了。”

“我跟你去。”特劳说。

“不行。”

“让他去吧，萨拉特。”布拉格说，“他在这儿反正也是越待越废，这十年来，他成天就想着要去追随他的家人。成全他吧——这是你欠他哥的，跟圣·约瑟夫医院那人一样。”

“我不欠任何人的任何东西。”我的姑妈说。

布拉格叹了口气，揉揉太阳穴：“让我问你个问题吧，萨拉特。这些年，你在糖面包受审的时候，他们有没有问过你是否跟那个蓝军将军的死有关？他叫韦兰。”

“没有。”

“但实际上这是你唯一真正干过的事。他们问的那些别的事，你恐怕都提供不了什么有价值的信息。但你唯一杀过的人，他们却一次都没提。你觉得这是为什么呢？”

“我不知道。”我的姑妈说。

“我来告诉你为什么吧。他们没问你，是因为在你被抓走后两天，阿蒂克那小子径直走到哈罗盖特的蓝军边境卫兵面前，自首了。他跟他们说，是他杀了那个将军。他想方设法让他们相信是他——还把从我们这儿听来的细节全说了，只是把枪手换成了他自己。现在他也被关在糖面包——在一个叫星期日营的地方，那儿关的全是重刑犯，都是些求死不能的家伙。这就是为什么他们从没问起你唯一做过的这件事，萨拉特。这就是你重获自由的原因。”

“那是他自己的选择。”我的姑妈说，“我从没要求过他这么做。”

“没人要求他这么做，但这并不能改变他挺身而出的事实，也不能改变你现在活着坐在这里，全都仰赖他的义举。”

布拉格指指特劳：“我知道你是去地狱走过一遭的人，萨拉特。我知道他们肯定对你使了不少手段，也知道你不再是过去那个你了。但这些小伙子根本就没有过去，都是还没好好活过就死了。成全他吧，让他随他的哥哥们去吧。”

特劳站在桌旁，眸子湛蓝而宁静，脸上看不出一丝波动。

“把事情办妥，”姑妈对他说，“你就能跟我去。”

特劳点点头。

“盐湖兄弟”中的最后一个走出了这间陈旧的红砖店面。

布拉格站起来。他朝里走到那堆尚未拆封的搬家箱旁，开始在里面翻来找去。

“你知道吗？我过去一直很好奇，他究竟是怎么跟你说的？”布拉格说。

“谁怎么跟我说的？”

“盖恩斯，他当年究竟说了什么才把你招入麾下的？你知道，他只要打算收编谁，就会对症下药地制订各种方案。比方说，他要是看上了某个笃信宗教的孩子，就会说南方的胜利如何体现了神的意志。如果他们缺乏安全感，他就会谈起反抗军大家庭一向多么包容。但他总对我父亲说，你太聪明了，这些都没用。而且你好奇心太重，也太——他怎么说的来着？——暴戾。这个词我后来还查了字典。他说没有人能说服你为南方而战，除非你受到了人生境遇的感召。”

布拉格回到桌旁时，手里拿着一颗铜铸的小五角星：“那么，萨拉特·切斯特纳特，我感谢上苍，让你受到了人生境遇的感召。”

他把五角星放在桌上，推到她跟前。那是一枚徽章，锈迹斑斑，略微有些变形。

“这是我父亲很久以前找人做的，”布拉格说，“都是照过去南方国旗的风格铸造的。你知道那面旗子上的星星全画歪了吗？右边都比左边长，压根儿也没打算改回来。我父亲有过一个宏愿，希望未来能有一支正规的南方反抗军。所以他找人做了这些小小的勇者勋章，准备用来表彰那些在抗击北方敌军的战争中建立卓著功勋的人。”布拉格笑道，“结果那个可怜的杂种一个都没发成。”

我的姑妈拿起五角星。背面的别针锈得厉害，怎么也打不开。

“真能起作用吗，你那个玩意儿？”布拉格问，“你在哥伦布把它一放出来，就能给他们来个全歼？能把蓝军、南方卖国贼，还有所有那些人统统撂倒？”

“一个不落。”我的姑妈说。

布拉格伸出手，握住我姑妈的手。“你会名垂青史的，萨拉特，”他说，“只要南方还在，你就永远是南方大业的英雄。等这一切结束了，城市会以你的名字命名。”

姑妈抽回她的手。她把那颗残损的五角星往地上一扔，站起身来。

“去他妈的南方，”她说，“去他妈的南方，去他妈南方所代表的一切。”

☆　☆　☆

她离开石山，驱车向西，穿越首都，横跨佐治亚，进入亚拉巴马。她进入森林，最后一次去见盖恩斯。

塔拉迪加森林比她印象中稀疏，树木之间的距离似乎拉大了。但通往小屋的小径依然如故，唤起了她往日的记忆，她曾无数次在这条路上一边潜行，一边搜集易拉罐或猎杀老鼠。

她打算宰了他，就像宰了那个对她用水刑的看守一样。

她打开门，发现他坐在里面，倒在椅子上沉睡。

布拉格对她说过，盖恩斯与其他招募者一同落网后不久，在监狱里中过一次风。她在他右侧的脸颊上找到了中风的痕迹。他坐在一张锈蚀的老旧轮椅上，身上穿着污秽的睡衣，上面的补丁都快掉了。他顶着一头稀稀拉拉的白发。

他显得十分苍老，简直老掉牙了。他呼吸时，会发出尖细的哨声，那是空气从嘴里逸出的声音。于是，她总算明白为什么余下的反抗军里没人来对着他的脑袋开一枪，再把裤兜内衬塞进他嘴里了。那对他来说，太仁慈了。

她的脚步声惊醒了他。他一看见她，就往后一缩，呼吸也加快了。他张开嘴，却一句话也说不出来。她看见他的眼睛像煤气灯的火焰那样急促地跳动。一时间，他打量着她，有些狐疑，不过她知道他认得自己。正如她无论如何都会认得他一样。即使她进门时发现里面只剩一把白骨，她也会认得他。

她环顾四周：脏碗盘摆了一桌子，水槽里也都是。地上到处扔着衣服——再也不是她记忆中那些笔挺的西装了，而是南边的血汗工厂里出产的内衣和裤衩。屋角有一个书架，但上面空空如也。

在床边的一张桌子上，她看见了盖恩斯过去放在佩兴斯办公室里的那台音响。整间小屋里，只有这台音响上没有落灰。她打开它。那首旧日的古典曲目回荡在房间里：《疲惫的朝圣者之歌》。

她在他身旁跪下，凑近。现在的他，这个不修边幅、疾病缠身的老人，让她觉得无比陌生。但在内心深处，他依旧是从前那个人。

他看着她，在微弱的气息间，他说："我女儿。"

他一遍一遍地重复着："我女儿，我女儿……"每次都像欲言又止，仿佛后面还有半句话，但实际上却始终只有这三个字。

接着，他的呼吸停滞了，一时间，她还以为他已经撒手人寰，以为这就是他最后的暴行：死在她面前。

随后，他又吐了一口气，同时吐出了他刚才竭力想说的那句话：

"他们说会伤害我女儿。"

她从兜里掏出他多年前送给她的那把小刀。她掰开他粗糙的手指，露出发黄的掌心。

她把小刀还给了他。

☆　☆　☆

6月下旬，风暴平息了，庄稼又发了芽。几个月来，妈妈都悄悄地在温室里试种草莓，随后一夜之间，草莓全都结了果。拳头大的果实沉甸甸地坠在叶子底下，红得发黑，丰美多汁。妈妈所有的朋友都被她请到家里来品尝农场的最新产品，人人都说，这是他们吃过的最美味的草莓。

一天夜里，我的父母争吵起来。随后，爸爸出门散了个步。他想一个人静静时，偶尔会去防波堤上坐坐，面向河水，对着隔离墙。

过了一会儿，他妹妹走出木屋，坐到他的身旁。

他俩坐在一轮铜黄色的皓月下。西风吹拂，垂柳翩翩起舞，像被催眠的蛇。河水在他们面前流淌。

“她想到北方去，等他们签了和约就动身，”爸爸说，“去匹兹堡，或者北上纽约。她想把农场和房子都卖掉，在那边定居。”

萨拉特试图摸清哥哥的清醒程度，不知他是不是又撇下她神游到九霄云外去了。

“那你怎么想呢？”她问。

“我不想去。”

河上传来引擎的轰鸣。在夜色的笼罩下，一艘看不见的疏浚船不知在何处缓缓地改变着河流的形态。

“记得我们小时候，还在路易斯安那那会儿，一开始是爸爸提出要到巴吞鲁日的许可证办公室去弄一张北方通行证的，”我的姑妈回忆着，“我还记得为了这事，你是多么生他的气。你不停地对达娜和我说，想去蓝区的人都是叛徒。我有一回甚至看见你收拾了一个包裹，埋在你拴筏子那附近的地下，那架势就好像爸爸一旦真要带我们去北方，你就会背起行囊，独自漂到密西西比河上，到海湾里哪个人工岛上去生活似的。”

她轻轻一笑，回头看看哥哥，发现他盯着双脚，脸上也露出了微笑。

“你一点都不记得了，是不是？”她说。

我的爸爸摇头。“这些东西有时候会从我脑袋里溜走。我能……”他揉揉太阳穴，“事实上，要是真不记得，我反倒能开心些，我要是什么都不记得就好了。”

我的姑妈望着河对面瞭望塔上的卫兵。她在想，如今在上面看守隔离墙的，会不会还是她少女时代的那些小伙子。这会儿，他们存在的唯一标志，只是几束律动的微光，红色的光点在黑暗中闪耀。

“这事挺不好说的，对吗？”她说，“你记得什么、不记得什么，你决定把什么留在记忆里。佩兴斯大屠杀之后那天晚上，记得我送走了达娜，那些士兵以为你死了，也把你送进了太平间，但我就是不肯走。当时还有许多尸体没有运走，空气中依然全是焚烧的气味，因为他们之前把尸体都扔进了火堆——但我却想留下来。我想找到妈妈，哪怕找到她的一丝痕迹也好，哪怕她只剩一捧灰也好。最后，那些士兵告诉我，只给我十分钟打包，否则他们就要把我绑起来，扔上大巴了。于是我回到咱家。你知道我拿了些什么吗？我拿走了爸爸那尊雕像——瓜达卢佩圣母像，我带走了我和马库斯养的宠物乌龟，我还从妈妈的床上拿了几张旧照片。我什么衣服也没带，妈妈存了一辈子的钱也都没拿。什么有用的东西都没带，拿的全是垃圾。”

“那不是垃圾，”我的爸爸说，“那是我们的过去。”

“正是。”她说，“盖恩斯曾给过我一本书，里面就有这么一段话。书上说，南方没有未来，只有三种过去——遥远的过去是传统，刚刚经历的过去是经验，还有一种过去尚未到来。而在他们那儿，在蓝区，却存在着——你妻子想要的，也是我们的父母想要的——未来。”

“如果我们真要去北方，”爸爸问，“你会跟我们一起去吗？”

“别问我这个。”姑妈回答。

这时，在暮色的掩护下，一架丧失功能的“鸟”从他们头顶掠过。她记起从糖面包出来之后第一次听到它们的声音时，自己是如何下意识地趴在地上，捂住耳朵，呼着气，以减少近在咫尺的爆炸给肺部带来的冲击。随后，她站起身来，大惑不解，不知道为什么自己在感知到危险时，第一反应仍是迅速自救、挣脱死亡。要知道，自打受过水刑之后，她清醒时就再也没有过任何活下去的欲望了。为什么针对她的暴力总令她感到恐惧，除非它来自她自己？她想不明白。

“我希望你能为我做件事。”她对哥哥说。

“行啊。”我的爸爸回答。

“我希望你能原谅我。”

“原谅你什么？”

“原谅我作的恶，”姑妈说，“原谅我夺走你那么多东西。”

“你没有夺走我任何东西，萨拉特。自打佩兴斯之后，你就在照顾我。卡琳娜跟我讲过你当时怎样回来找我，在其他人都以为我死了的时候，你和达娜是如何不离不弃……”

“那不是真的，我巴不得你死了。你刚被送回家时，我一见到你，见到他们把你伤得这么重，我简直宁愿你根本没活下来。我就是这种人，西蒙。但现在，我为什么会变成这样已经不重要了，总之，这就是我。我不指望你爱我，也不指望你对我说我没做错任何事。我想让你知道，我做错了许多事。求你了，我恳求你，说你会原谅我吧。”

“我原谅你，”我的爸爸说，“原谅你了。”

她倒进哥哥怀里。自从沾上自己第一个刀下鬼的鲜血那天起，她就再也没有哭过，当时，她还是佩兴斯的一个小女孩，而今天，她终于再次掉下了眼泪。

她此后再也没有见过哥哥。

☆　☆　☆

第二天早上，我天不亮就醒了，听见我家的车在车道上行驶，不由得心中一惊。曙光中，我看见姑妈把车停在她藏东西的那间温室旁。我把卧室窗户推开一条缝，向外张望。

她打开后备厢，拿着一柄铁锹走进温室。有好一会儿，那边什么动静也没有，不过她很快又出现了，手上黑黢黢的，沾满了泥土。我看着她从温室里搬出几十册布满尘土的日记本，把它们放进后备厢。随后，她驱车离家。大门开了，门铃却没响。

那一整天，她都不在家。第二天一早，她回来了。天还没亮，黑暗中，我听见楼梯上响起了她沉重的脚步声。我的卧室门开了。尽管四周一片漆黑，但我知道是她。

她走到我的床前，蹲下来，打开台灯。我已经很长时间没有这么近地观察过她的脸了，我能感觉到她身体的热度。我凝视着她，眼睛瞪得大大的。

“嘿，”她说，“你想不想去冒险？”

听到这个词，我顿时精神了，点点头。

“跟我来，”她说，“还有，别出声。”

我看见，她打开我的衣橱抽屉，往一个小背包里塞了几件换洗衣服。“拿着，”她边说边把背包递给我，“你会用得着的。”

我身上还穿着睡衣，就跟着她上了车。她缓缓地把车开上车道，我看见触发门铃的控制板被她弄坏了，上面还挂着切断的电线。我们悄无声息地驶出大门。

我问我们这是要去哪儿，但她说这是个惊喜。我们似乎一直在路上，背朝太阳前进。我们身后的天空一片湛蓝，但面前却是乌天黑地。

终于，我又睡着了。醒来时正午已过，我们已经来到了一片陌生的乡野。我们所在的公路两旁，是无边无际的褐色田野。我看见路边还有残破的招牌，属于那些已成断壁残垣的汽车旅馆和餐厅。

我们在向一条河流驶去。我能远远地瞥见它——河面宽广，河水颜色棕黄，如蜂蜜般黏稠。我又问她我们要去哪儿，但她依然守口如瓶。

驶近河滨时，她拐上一条狭窄的土路，道路两侧是成片的桃金娘树。那些树木已不再明艳，但地上却铺满了它们桃红色的落英。我们把车停在一棵树旁，树干上拴着一根白布条。

她下了车，我也跟着下了车。有好一会儿，她只是站在那里，一言不发。我求她把我们的目的地告诉我，但她只是让我等等。冒险的念头依然让我兴奋不已。

一辆深色轿车出现在路上，向我们驶来。

车上下来两个男人。一个高大粗壮，另一个身材矮小，两人都蓄着胡须。矮的那个向我们走来，把我上下打量了一番。

“就是他吗？”他问道。

“对。”我的姑妈说，“你们知道该怎么做？”

“不成问题，”矮个男人说，“一个月左右到达沿海一带，然后跟走私船能走多久是多久，不过你放心，我们会照顾好他的。”

我看着她给那人递过去两个信封。他拆开其中一个，数数里面的钱。另一个信封封了口，上面写着我的名字。

“这个等他成年之后再给他。”她说。

我问她这到底是怎么回事。

她跪下来，看看我的脸。“你得跟这两个人走一趟，”她说，“他们会带你去一个安全的地方。别担心，不会有事的。”

“我不想跟他们走，”我说，“我想跟你待在一起。”

“对不起，本杰明，”她答道，“你必须跟他们走。”

矮个子男人扛起我。我冲他尖叫，对他拳打脚踢，脚踝重重地踢在他的小腿上。我求她别离开我。

矮个子男人把我扛到等在一旁的车上时，我看见那个高个子在跟萨拉特握手。

“我只想说，切斯特纳特小姐，终于能见到您本人，我备感荣幸。”他说，“我对您当年在半途基地立下的战功早有耳闻，您是一位真正的南方爱国者。”

“务必让他在那边过上好日子。”她说。

“遵命，女士。”那人回答。他回到车上，我们启程了。我用脑袋死死抵着后窗，眼看着我的姑妈那魁梧的身影渐行渐远，直至消失。

两个男人驱车朝密西西比河方向开去。我尖声号叫，喊着要妈妈。我们一离开会面地点，那个矮个子就回过头来给了我一耳光。

“我他妈可不管你是谁的侄子，”他说，“你要再这么叫，我就打穿你那个该死的下巴。”

我向后退缩，震惊不已。我品尝着嘴里腥咸的血液，那是我有生以来第一次挨打。

两个男人一直等到夜幕降临才过了河。他们驾着一条陈旧的反抗军小艇，借着月光渡过河流。

“欢迎来到紫色国度，小子。”矮个子男人说，“这里放眼望去，到处都是胆小鬼和卖国贼。”

我们向西行驶了好几个星期。两个男人不肯白天赶路，也不肯走大路。周遭的景色开始变得陌生——大片大片的黄沙中，耸立着一座座焦糖色或橙色的平顶山。沙漠一望无垠，沙地里弃置着坦克和飞机的残骸，还有战争初期留下的临时帐篷。他们只给我吃老式配给包里的食物：有肉粉，还有那种被设计成永不腐坏的、齁甜的杏肉冻。

我们不时会在一些破落的村镇停留，这些地方一般由一些士兵把守，他们身上都穿着我过去从没见过的制服。他们说的是另一种语言，路标我也看不懂。有时候，这些军人会用步枪指着那两个绑架我的家伙，问他们在保护领地有何贵干。这时，我会犹豫要不要大声求救，但那个矮个子说过，只要我一开口，他就会弄死我。

一天，我们走到了沙漠的尽头，面前是一片干枯荒芜的森林。这片森林似乎也同样无边无际，不过林中却没有一个活物。我正置身于一场大火留下的废墟中。

抵达太平洋沿岸时，我已是浑然不知天日。那两个人在一间海水淡化厂的混凝土废墟上扎营，那栋建筑只剩一半还留在水面上。接下来的几周，海水冲刷建筑物的声音渐渐令人不堪其扰。我从那两人的对话中得知，我们本来要从这儿搭乘的那艘走私船被扣住了，下一艘船得过一个月才来。我们等待着。

每天夜里，那两个人都守着一台小收音机听新闻。一连好几个星期，都没有什么值得一提的消息，接着，新闻开始连篇累牍地报道哥伦布暴发的一种神秘疾病，过了一阵，一切又平息下来。

10月底，来了一艘船。那是一艘玻璃纤维材质的旧捕蟹船，船体残破不堪，根本不适合出海。那两人把我拽上船。从登船那一刻起，我从头到尾都晕船晕得一塌糊涂。

北上的旅程漫长而艰辛。船长一直保持在近海航行，于是那两个人就对他破口大骂，说他这是想把船撞沉在岸边。

☆　☆　☆

后来，有一天，我在舷窗外看见了一座浮光闪闪的陌生城市。驶近海港时，我看见水里有船只撞在珊瑚礁上留下的痕迹。

“你到了，小子，”矮个子男人说，“这里是新安克雷奇——中立州。欢迎回家。”

第163届国会
真相与统一委员会听证会
（节选）
2123.12.01

与会代表：

伊莱·汤普森议员（新再统一党——阿肯色州）主席

芭芭拉·艾肯斯议员（民主党——卡斯卡迪亚／俄勒冈州）副主席

彼得·吉恩达尔议员（新再统一党——密苏里州）

克莱·诺曼议员（民主党——伊利诺伊州）

伯纳德·威利斯议员（民主党——印第安纳州）

证人：

巴雷特·辛格上校（退休）

汤普森议员：各位早上好。如果显示屏运行正常，那么我想我们应该就可以继续昨天的讨论了。艾肯斯议员？

艾肯斯议员：感谢主席先生。上校，在回看监控录像前，我还想向您确认您昨天提到的一点。驻守罗斯威尔检查站的两名士兵是二等兵马丁·贝克尔和谁？另一名士兵叫什么名字？

辛格上校：小巴德·贝克尔。

艾肯斯议员：啊对，谢谢。您昨天曾提到过，他俩——让我想想……按您的说法就是“搞运动的料”，但不那么适合戍守边防。我说得对吗？

辛格上校：正确，女士。

艾肯斯议员：那您这句话具体是什么含义呢，上校？

辛格上校：呃，有些年轻人，你在征兵办公室就能看出个大概……我是说，如果当时双方依然激战正酣，我是不会把他俩派去戍边的。

威利斯议员：我想上校已经说得很明白了，议员。这是两个狗娘养的狠角色。

辛格上校：这个描述十分贴切。

威利斯议员：鉴于他们过去的经历，我觉得这不能全怪他们。

艾肯斯议员：谢谢您，上校。我们回到录像上来吧。那么，依照我的理解，这是迄今仅存的一份记录当天过境情况的影像资料？

辛格上校：我们手上只有这一份了，是俯拍镜头。没有平视镜头，也没有声音。

艾肯斯议员：那么归根到底，我们究竟掌握了什么呢？推测？猜想？

辛格上校：呃，女士，我们目前明确知道的是，这辆巴士去往的医院，在哥伦布出现头几例感染者之前就出现了同样的疫情。因此，我们有理由相信病毒的传播者是乘坐这辆巴士越过边境的。

艾肯斯议员：但我们没有证据，也没有医院记录。而且，上校，在这段录像上出现的人当中，我们知道名字的，只有您的两名士兵。

辛格上校：没错，女士。显然，再统一瘟疫期间，国内许多地区都出现了惨重的伤亡，遗失的记录不计其数。我们手上幸存下来的资料就只有这些了。

艾肯斯议员：很好。那我们来看录像吧。所以医疗大巴是在当天中午左右到达检查点的，对吗？

辛格上校：正确，女士。

艾肯斯议员：并且当天没有其他任何车辆或车队通过边境进入北方？

辛格上校：没错。两天后就是再统一庆典了，南方边境已经全线关闭。

艾肯斯议员：那么，看守罗斯威尔检查点的两名士兵事前知道这辆车是被允许过境的吗？

辛格上校：他们应该知道这是一辆授权车辆，但我们从不允许士兵对任何车辆直接放行。他们应该明白，自己需要检查车辆，并查验所有乘客的证件。对任何从红区前往北方的人，他们都会一视同仁。

艾肯斯议员：我们能不能快进到乘客下车那一段……就是这里，谢谢你。这时，两名年轻人之一——我相信是二等兵马丁·贝克尔——还在岗哨楼里。所以我们看到他的兄弟，小巴德·贝克尔，实际上正在命令乘客排成一排，接受检查。我说得对吗，上校？

辛格上校：正确，女士。同样，这也是例行检查。

艾肯斯议员：我现在看到，在检查头两名乘客时，二等兵小巴德·贝克尔尽管刁蛮无礼，但也只用了一两分钟。然而，当他看到第三名病人时，我想他的态度发生了明显的转变，您同意吗？

辛格上校：我想可以这么说。

艾肯斯议员：您知道原因吗?

辛格上校：可能是因为这位病人的体形吧。从外形上看，这个女人相当令人生畏。也有可能是因为她看上去比前面两人都年轻许多。还有可能是因为她让他想起了某个人，或者说他认为自己过去见过她。或者，他也许只是看她不顺眼——只是一种本能的反应而已。

艾肯斯议员：接着那个为她推轮椅的青年把旅行许可证递给二等兵检查。现在——能不能在这里暂停一下——上校，您能不能告诉我这位二等兵在说什么?

辛格上校：他在询问她患了什么病。

艾肯斯议员：而他并没有问前面两个病人。

辛格上校：是的，女士。

艾肯斯议员：而她的回答是?

辛格上校：从那个角度，俯拍镜头拍不到她的面部。

艾肯斯议员：不过上校，我们是否能做出这样一个合理推断，二等兵并不相信她?

辛格上校：这个我不清楚。他显然没有立即对她放行。

艾肯斯议员：没错，他命令她站起来。

辛格上校：唇语专家是这样告诉我的。

艾肯斯议员：随后，为她推轮椅的青年试图插话，二等兵毫不犹豫地用步枪指着他，命令他跪下。

辛格上校：议员，您现在谈论的这两位小伙子，都曾被捆住手脚、蒙住双眼，被迫坐在一旁见证一名红色分离主义分子——一名从未落网的罪犯——折磨并杀害了他们的父亲。您谈论的这两个小伙子，为了入伍上前线，曾在征兵表格上谎报年龄，而当时他们戍守边防才只有几个星期而已。显然，这样的盘查方式并不符合我们对边防卫兵的训练。也许他那天心情不好吧。可惜我们也无从得知了，因为到了那周周末，屏幕上的这些人就统统毙命了。

艾肯斯议员：我疑惑的不是这个，上校。我们再快进一些……然后他再次转向轮椅上的女人，可以看出，他又命令她站起来。被她拒绝后，他踢翻了她的轮椅，于是她跌倒在地，倒在那个跪着的青年身旁。现在他用步枪指着那两个人，那么这时，我有理由猜测，他起码会扣留他俩，甚至可能会将另外十个病人也一并扣留。如果你在这里暂停录像，问我接下来会发生什么，我绝对敢打赌，当天不会有人越过边境。

辛格上校：我想是的。

艾肯斯议员：不过随后，另一名士兵，也就是二等兵马丁·贝克尔从岗哨楼里出来了。他立即叫他的兄弟把枪放下，试图平息事态，对吗?

辛格上校：看样子是这样。

艾肯斯议员：随后他查看了他们的就医许可——也就是他的兄弟刚才查看的那份——又看了看地上那个女人和跪在她身旁的青年。但他并没扣留他们，也没有审问他们。他……呃，我甚至可以大胆地说，他对他们动了恻隐之心。他要他的兄弟放他们过去，对全车人放行。

辛格上校：是的，女士。

艾肯斯议员：实际上，如果我的简报材料无误，我相信甚至没有人去检查后面那几位病人的证件。两名卫兵只是命令他们全体回到车上，继而放行了车辆。因此，如果再统一瘟疫的罪魁祸首就在后面的队伍里，那么他或她甚至连快速盘查也没有经历，是不是这样?

辛格上校：是的，女士。

艾肯斯议员：令我困惑的正是这点，上校。这里有两名年轻士兵。两个人都有过同样可怕的经历，亲历了父亲被分离主义分子杀害的事件。两个人都，用您的话来说，是“搞运动的料”。但就在其中一人准备射杀两名病人时，另一人却把他们从地上扶起来，对所有人挥手放行。您不认为这起码有那么一点令人费解吗?

辛格上校：我不确定，女士。

艾肯斯议员：我的意思是，我读过一些保存至今的军事记录，上校，我发现这两名小伙子才上任短短几周，就因为在边境上虐待南方人而遭受过数次责罚，而当时过境的人还相当少。他们入伍显然是因为一心想报复他们心目中的杀父仇人。然而偏偏就在那天，二等兵马丁·贝克尔却决定慈悲为怀。如果您的直觉是对的，也就是说，我们在观看这段录像的同时，确实也在看着在我们国家释放可怕病毒的那个人，那么如果他当时没有放行，您是否可以想象，这一举动将会挽救几百万条生命?

辛格上校：这两个小伙子当时根本不知道数百万人的生命正危在旦夕，议员。那时，田纳西战线上已经大半年没有战事了。而且两天之后又有再统一庆典。那两个小伙子只知道有一车病人要到北方去接受治疗。

艾肯斯议员：一车南方人。

辛格上校：也许吧，议员。但我认为那种想法也不无道理，也就是说，即使是一心复仇的人，在某些情况下，也有可能慈悲为怀。

艾肯斯议员：不，上校，我认为这不可能。

4

头四年里，我逃跑了五次。一开始，我想给那两个把我送来的走私贩塞钱，让他们送我回去，把我放到西海岸上的随便哪个地方。失败后，我又试图走陆路，结果三次都被边防军送回了孤儿院。到了第三次，他们说，再有下次，他们可不会管我是不是小孩了，他们会开枪。

我明白我的父母已经死了。但这并不妨碍我编织出一些聊以自慰的幻想——他们说不定活了下来，瘟疫说不定从未波及我家，她说不定也为他们做了些安排，像她为我做的一样。我尽量让自己这样相信，尽管明知这一切只是虚妄。

☆ ☆ ☆

到了 16 岁，我在新安克雷奇当起了码头工。我跟那些莽撞的船长一起工作，去解救他们撞上礁石的船只，收入相当可观。

到了休息日，我偶尔会前往当年上岸的港口，站在人群之中，与他们一同咒骂新来的移民。那时，大陆上的瘟疫已趋于平息，走私贩大都不愿再把幸存者送往北方，担心自己会染病。不过其中一些人仍在加利福尼亚沿海设有隔离屋。幸存者只要在里面隔离一周，出来时也没有出现任何症状，就会被认为是安全的，可以上路。

本土主义是一场金字塔骗局，在这个已然拥挤不堪的城市，我发现自己对难民充满鄙夷。我们在码头底下冲他们嚷嚷，让他们滚回家去，尽管我们心知肚明，他们的家乡已是瘟疫横行。我们举着标语，将他们斥责为恐怖分子和罪犯，拆毁了为他们准备的住所。这样做时，我感觉很好，感觉自己已经在这里扎下了根。

他们的漂泊印证了我的归属。

18 岁生日那天，我在码头工人宿舍里发现有人从门缝底下塞进来一个信封，里面的纸陈旧发黄，是一封信。

亲爱的本杰明：

我想告诉你一些事，一些你有权知道的事。

我刚到你家时，心是空的。我以为这世上再也没有任何美好的事物了。然后，我遇见了你，于是我明白我错了。我们一起在河里度过的时光，让我重拾了快乐。

我曾对你说过，断骨只要接得对，痊愈后会比原来还要强韧。这句话反过来也同样成立。

真希望我们认识时彼此都还是孩子。我想我们一定能成为最好的朋友。我多么想带你去看看我小时候的家，看看我们那片棕黄的海，还有你爸爸用护墙板做的海盗船。我多么希望你能见见你的爷爷、奶奶，他们都是善良又正直的人，而且一定会非常爱你。你的祖祖辈辈，都有着善良的心地。

而我最希望的，是你能在新家过上美满的生活。还有，不管我曾让你受过怎样的委屈，我都希望你得到幸福。我爱你。

萨拉特

30727–83161

我把信扔进一只旧鞋盒。随后的近 40 年中，我再没看过它一眼。

☆ ☆ ☆

时光荏苒。我上了学，拿了个历史学位。随后，仿佛命中注定一般，内战研究贯穿了我的整个职业生涯。

瘟疫结束后，国已不国，历史学家赖以还原史实的资料大都失传了。但在这样的事实面前，我并没有退缩，我搜寻着每一份文件，每一份被遗忘的目录，每一位幸存者的证言，顽固得近乎偏执。同事们并不知道我的身世，也从不认为我的坚持有什么异样，对没有得到完美解答的问题刨根问底，似乎本就是学者生涯的一部分。

一天，我在佐治亚做完一场演讲正准备回家。我与其他乘客一同上了飞机，我们所有人都坐在自己的座位上，在停机坪上等待机翼从阳光里多汲取些能量。我盯着面前的屏幕。屏幕上是一幅内陆地图，还显示着一些数字坐标，标示出我们在地球上的方位。

突然间，我明白了萨拉特信末那串数字的含义。

一回到家，我就把储物箱翻了个底朝天，直到翻出那封信。第二天，我就飞回南方，去往那串数字标注的地点。

那是一片一贫如洗的乡野，位于国境的最南端，靠近佛罗里达海岸线。在这里，即使把空调开到最大，也依然难敌热浪。我驱车驶过寸草不生的农田和破败的村镇，战后的贫困随处可见，不时还能看见几面三星旗无力地垂在拖车前的旗杆上——提醒着人们，在红区的许多地方，战争虽然停止了，却从未结束。

我来到一座矮小的农舍前，房子不带农场，只在屋前有一小块土地，屋后有一片贫瘠的河床。前廊上有个男人，正在清扫排水沟里的沙土。我敢说，他肯定比我年轻，但长年的暴晒把他的皮肤变得十分苍老。

“您有什么事吗？”见我顺着车道走来，他开口问道。

“老实说，我其实也不知道。”我说，“我有……我有这儿的地址。但我不知道——我这么问您不会介意吧？您住在这里很久了吗？我是说，是不是瘟疫前就在这儿？”

他脸上温和愉快的表情霎时变成了怀疑。我有些后悔，觉得自己不该在这样一个地方提起“再统一瘟疫”，毕竟在这一带，一些媚俗的年轻人不时仍会穿着印有茱莉亚·坦普尔斯通艺术镂空头像的T恤。

“你叫什么名字？”他问道。

“本杰明·切斯特纳特。”

“哇，我的天哪！”他说，“我这么多年都以为我妈肯定是疯了。进来，进来吧。”

他领我进屋。客厅里有一张破败不堪的沙发，上面坐着一个老妇人，在听旧日的情歌。她孱弱消瘦，身旁放着一把轮椅。

“妈妈，有人找你，”男人说，“就是你这些年来一直念叨的那个人。这位是本杰明·切斯特纳特。”

一时间，她盯着我看，那样子仿佛我是个鬼魂。随后，她双手掩面。

“我一直以为死前等不到你了。”她说。

老妇人打发儿子去弄点喝的，然后示意我坐到她的身旁。她抚摸着我的脸，就跟认识我似的。但我却压根儿不认识她。

“像。”她说，“我看得出来。虽然不明显，但你还是有几分像她。”

“我不想骗您，”我说，“我完全不认识您，也不知道我为什么来这儿。”

她哈哈大笑：“我想她是刻意这样安排的。”

老妇人跟我握了手。“我叫小莱拉·德诺姆，”她说，“我很久很久以前就认识你的姑妈萨拉特了。早年间，在你还没出生的时候，她经常光顾我妈妈在老奥古斯塔港开的酒吧。”

她的儿子端着一罐柠檬水回来了。“妈妈，对不起，我那些年不该那样说你，”他说，“我想你是对的。”

“来吧，”她对我说，“不如让我带你看看你为什么而来。”

她的儿子想扶她一把，但她却让他出去继续清扫排水沟。她从轮椅上取下一根拐杖，示意我跟着她到厨房门外去。

我们走进一座地下避风窖。地窖的木门曾上过红漆，但油漆早已斑驳剥落，难以辨认。门上有一把挂锁。老妇人戴着一条项链，上面挂着一把钥匙。她把它交给了我。

“去吧，”她说，“它们现在是你的了。她把它们全都留给了你。”

我打开门，阳光泻入地窖。我看见地上整整齐齐地码放着我的姑妈过去的那些日记本。

“一共有两打，”老妇人说，“我向她保证过，我绝不会丢弃，也不会去读，两样我都做到了。”

我端详着那些笔记本。想到它们曾沾满我的妈妈那间温室里的泥土，我突然感到一阵恶心，甚至怕自己会当场呕吐。

“你这么多年都一直留着它们？”我问。

“没错。”老妇人答道。

“为什么呢？为什么要这么帮她，还一帮这么多年？”

“为什么？”她重复道，感到颇有些好笑。“因为这么做才对啊！”她笑道，“萨拉特说过你是个可爱的孩子。本杰明，不过你得明白，在地球上的这个地方，对错不取决于胜负，也不取决于谁杀死了谁。在这里，对错甚至与是非无关，只取决于你能为自己人做些什么。”

她指向西面，指着土地的尽头，那里的田野一片死气沉沉，仅有几间窝棚和破败的马厩散布其间。尘土在太阳下飞扬。

“你知道，去参加‘再统一庆典’的佐治亚代表中，有三个是这儿的人，”她说，“他们回来后，不出几天，半个镇子的人就全病倒了，所以这儿如今才显得这么荒凉。这里死于瘟疫的人，是亚特兰大以南最多的。”

她用拐杖敲敲避风窖的门。“比利的爸爸和我，我们在这个洞子里住了 18 个月，”她说，“我们靠罐头过活，在一个临时马桶里解手，然后每周趁夜深人静出去倒一次。就这样过了差不多两年，直到这儿的人都死得差不多了，瘟疫蔓延不下去了为止。”

“天哪，”我说，“那可真是人间地狱了。”

“没错，”老妇人回答，“我们是这儿附近唯一幸存的人家，因为只有我们提前把车开到附近的三个镇子上，见到焗豆罐头和瓶装水就买。只有我们做了准备。”

过了一会儿，我才明白她的意思。

“再残酷的恩情，也是恩情，”老妇人说，“欠下的情我必须还。不过现在，你该从我肩上接过这副重担了。一个女人心头压着个这么大的秘密，是没法安息的。”

☆ ☆ ☆

那年冬天，我在内尔奇纳[1]租下一间湖畔小屋。在那里，我读完了所有的日记，写下了这个故事。

那年冬天，我得知了切斯特纳特一家最初的住处，我得知了奶奶带着爸爸和姑妈们逃离家园的经过，我也明白了那些黑衣女

---

1 内尔奇纳（Nelchina）位于美国阿拉斯加州，是瓦尔迪兹－科尔多瓦人口普查区的一部分。

人常说我的爸爸经历过“佩兴斯的考验”是什么意思。

我还得知了她所经受的一切，以及她所做的一切。在佩兴斯，在半途基地，在佛罗里达海上的那座监狱。我读到了他们对她用水刑的那一天，还有那个奇怪的外国人到我家农场上来找她的那一天，也得知就是他向她提供了以牙还牙的武器。

读完之后，我感到无所遁形，冷水浇背。事实白纸黑字，清清楚楚：她绝不是什么小角色或从犯，事情就是她干的。

几十年过去了，那是她最后的懦弱迫使我理解她，迫使我决定如何处置她的秘密。

那么我就做出决定。

那一天，在终于从中提取了一切可用的资料之后，我把日记码成一堆，付之一炬。其实，收藏内战纪念品的阔绰历史爱好者遍地都是，愿意的话，我大可以把它们卖给其中一个，换取一笔不菲的收入。我也完全可以把它们匿名捐赠给某座博物馆，交给内战存档计划或真理与统一委员会。但我实在按捺不住想烧掉它们的冲动。

眼下，这是我唯一能伤害她的方式了。

☆　☆　☆

现在，她几乎已完全离我远去。我早就活过了她的年纪，也活过了我的父母的年纪。不过我仍不时会想象她在送走我之后，在终于踏上蓝区的土地时，曾有过怎样的见闻。

她去哥伦布时，走的应该是桑贝尔特大道，路面闪闪发亮，像铺了一层钻石——一座座大楼从路旁掠过，其中居住着内迁移民的后代。她应该老远就看见了那些为纪念国家再次统一而竖立的巨大广告牌，其中一些被愤怒的北方人喷上了涂鸦——用硕大的蓝字写着"KAR[1]"——他们依然不愿意就这样轻易放过南方。

我想象她出现在参加"再统一日庆典"的人群之中，默默地摇着自己的轮椅，来到大游行的始发地，庞大的身躯溢散着病毒。人群应该为她让出了一条路——看到她身上因折磨而留下的伤疤，她剃光的头，还有她弯曲的脊柱，他们心中想必充满了怜悯。

记得有一回，我俩在萨凡纳河里游泳，她试着在水下憋气。我坐在岸边给她计时，尽我所能地读秒。以她的身形，我以为她一定能在水下待上许久。但没想到她的肺却十分虚弱，不一会儿，她就浮出了水面。

她吸了口气，脸上浮现出一种我从未见过的神情，显得那样如释重负，仿佛她并不是在水下屏息了几秒，而是已经窒息了一辈子，现在终于得到了解脱。

有时，我会想，她在服下那剂毒药，走上再统一广场时，是不是也同样松了口气——体会到一种莫大的解脱，与溺水截然相反。

☆　☆　☆

萨拉特·切斯特纳特的日记，我只保留了一页没有烧掉。那是第一本的第一页。我把它夹在钱包里，时不时就会拿出来，读一读开头那两句话：

小时候，我和爸爸妈妈、哥哥姐姐一起住在密西西比海边的一座小房子里。

那时，我还快乐。

1　KAR 是"Kill All Rats"的缩写，意为"杀死所有耗子"。

ACKNOWLEDGMENTS 致谢

这本书得以问世，要归功于安娜·梅勒·帕佩尼、安妮·麦克德米德以及桑尼·梅塔。他们的恩情我无以为报。

我还要感谢唐纳德·理查森、威斯利·福克、卡罗琳·斯马特、马丁·伦达尔斯、米西·拉迪戈和伊萨克·彭德格拉斯，感谢他们在我写作这本书的两年当中，给予我的支持以及更加难能可贵的友谊。

此外，要感谢克诺夫出版社的爱德华·卡斯滕梅尔、提姆·奥康纳和安德鲁·里德克尔，感谢他们不厌其烦、兢兢业业的工作态度。与他们并肩工作，使我成了一名更好的作家。我要感谢的还有苏珊娜·史密斯、莱斯利·莱文，以及尼克拉斯·拉蒂默，感谢他们的善意、专业技能与热情。

感谢我的母亲尼温，她是我认识的人中最善良的一位。我所有的勇气都来自她，我所有的德行也都来自她。

最后，感谢特蕾莎，一如既往，一言难尽。

无人幸免

〔加〕奥马尔·阿卡德 著
齐彦婧 译

图书在版编目（CIP）数据

无人幸免 /（加）奥马尔·阿卡德著；齐彦婧译．
— 北京：北京联合出版公司，2018.5
ISBN 978-7-5596-1290-8

Ⅰ．①无… Ⅱ．①奥… ②齐… Ⅲ．①长篇小说—加拿大—现代 Ⅳ．① I711.45

中国版本图书馆 CIP 数据核字（2017）第 285098 号

AMERICAN WAR

by Omar El Akkad

Copyright © 2016 by Omar El Akkad
This translation published by arrangement with Alfred A. Knopf, an imprint of The Knopf Doubleday Group, a division of Penguin Random House, LLC.
Simplified Chinese edition©2018 by United Sky (Beijing)New Media Co.,Ltd.
All rights reserved.

北京市版权局著作权合同登记号 图字： 01-2017-8923 号

选题策划　联合天际
责任编辑　崔保华
特约编辑　刘　默
美术编辑　冉　冉
封面设计　汐　和

UnRead
—
文艺家

出　　版　北京联合出版公司
　　　　　北京市西城区德外大街 83 号楼 9 层　100088
发　　行　北京联合天畅发行公司
印　　刷　小森印刷（北京）有限公司
经　　销　新华书店
字　　数　291 千字
开　　本　880 毫米 × 1230 毫米　1/32　12.5 印张
版　　次　2018 年 5 月第 1 版　2018 年 5 月第 1 次印刷
I S B N　978-7-5596-1290-8
定　　价　55.00 元

关注未读好书

未读 CLUB
会员服务平台

本书若有质量问题，请与本公司图书销售中心联系调换
电话：（010）5243 5752　（010）6424 3832

未经许可，不得以任何方式
复制或抄袭本书部分或全部内容
版权所有，侵权必究